第一次心动（全二册）上

舒月清——著

江苏凤凰文艺出版社

图书在版编目（CIP）数据

第二次心动：全二册 / 舒月清著. —— 南京：江苏凤凰文艺出版社，2024.1
ISBN 978-7-5594-7750-7

Ⅰ.①第… Ⅱ.①舒… Ⅲ.①长篇小说 – 中国 – 当代 Ⅳ.①I247.5

中国国家版本馆CIP数据核字（2023）第085261号

第二次心动：全二册

舒月清　著

责任编辑	白　涵
特约编辑	梨　锦　靳　丽　夜　斓
装帧设计	安柒然
责任印刷	刘　巍
出版发行	江苏凤凰文艺出版社
	南京市中央路165号，邮编：210009
网　　址	http://www.jswenyi.com
印　　刷	北京盛通印刷股份有限公司
开　　本	880毫米×1230毫米　1/32
字　　数	570千字
印　　张	18
版　　次	2024年1月第1版
印　　次	2024年1月第1次印刷
标准书号	ISBN 978-7-5594-7750-7
定　　价	69.80元（全二册）

江苏凤凰文艺版图书凡印刷、装订错误，可向出版社调换，联系电话025-83280257

目录

第一章 (001)
忽而春风遇见你

第二章 (027)
轻轻拾起年少的"光"

第三章 (053)
月亮不知道

第四章 (077)
爱怕唐突，只敢说喜欢

第五章 (101)
那一天的云，很轻很轻

(153) **第六章**
藏不了的暗恋

(187) **第七章**
姜医生的名字,海啸山鸣

(211) **第八章**
爱,及时而已

(243) **第九章**
画小猫的少年

(267) **第十章**
去见你时,带上鲜花与爱情

第章

DI ER CI
XINDONG

忽而春风遇见你

如果总是梦到一个旧人,
那么说明很快就要重逢了。

/1/

夏季总是闷热的,刚下过雨的海都市气压低得让人喘不过气来,沈南洲讨厌夏季,更讨厌在这样的天气里还要工作。

然而一大早,沈南洲的经纪人就拿了个大喇叭,在他家门口开始循环播放他早年出道的黑历史。大喇叭循环到第三遍的时候,沈南洲忍无可忍地开了门:"凌成!我最后再跟你说一次,这里不是菜市场!"

凌成翘着兰花指按掉了喇叭,朝沈南洲飞了个媚眼:"请叫我 Leo,谢谢。"凌成在沙发上坐下,跷起二郎腿:"我来是为了提醒你,今天上午十点半,有一个来自《橙子日报》的采访,现在是早上七点半,除掉路上的时间,你还有两个小时做造型,我帮你叫了造型师到家里,不用谢。"

凌成接着又说:"对了,下次有工作的时候,手机别静音。"

沈南洲深呼吸两次,强压下内心的不满,说:"为什么要做造型?这只是一个采访。"

凌成像是知道他心里想什么一样,说:"如果你再不好好'营业',我恐怕你下一次巡回演唱会就要泡汤了。"

"为什么?"沈南洲微微皱眉,不耐烦地挠了一下乱糟糟的头发。

他五官深邃,几乎是照着希腊雕塑一比一捏的,眼睛细看也带着一点儿灰蓝,他抱怨的样子像是一只慵懒的布偶猫。

看在这张完美无瑕的脸的分上,凌成决定原谅他愚蠢的问题:"娱乐圈的新人就像是春天的韭菜,一茬一茬地长,你要是再这样在家里躺下去,很快你就在娱乐圈查无此人了。"

"不对。"凌成细细端详了一遍沈南洲那张堪称女娲毕设作品的脸,叹道,"你这张脸还是够吃几年饭的,也不至于查无此人。"

沈南洲没好气地说:"我是个歌手。"

"呵呵。"凌成微笑,"我不管你是歌手还是演员,我只知道,你今天有工作。"

在兜里的手机振动到第一秒结尾,第二秒开头的时候,凌成精准无误地拿起手机:"你好,我是星扬娱乐经纪 Leo……"

接完电话,他放下手机,对沈南洲道:"造型师来了,我去门口接一下他,你在这里坐着,或许……你可以先吃个早饭?"说着,他上下打量了一下沈南洲，"不过我建议，你最好换个衣服。"

凌成带着造型师进来的时候，沈南洲已经换了一身蓝白条纹的休闲服，说实话，蓝白条纹总让人想到医院充满消毒水味的病号服，但是沈南洲愣是穿出了在秀场走秀一样的气势，薄背细腰，不笑的时候眉眼冷峻，有种拒人于千里之外的冷漠。只可惜一开口就暴露了他的属性。

沈南洲化妆的时候，凌成在旁边指挥着："粉别抹太白，差不多就行了，眉毛修修，其他地方别动了，做个发型吧。现在流行少年感，妆感不能重。"

化妆师手忙脚乱地根据凌成的要求给沈南洲化妆，而当事人往椅子上一靠，安之若素地玩着手机。

凌成恨铁不成钢地拍了拍他的肩："起来了，太子殿下！"

真是皇帝不急太监急！每次凌成叫沈南洲"太子殿下"的时候，多半是阴阳怪气，这称呼来源于沈南洲曾客串过一个古装电视剧里的废太子，当然了，他非科班出身，这段黑历史被收录到了某视频网站"没眼看"演技大赏的集锦里。不过由于粉丝滤镜太厚，沈南洲的粉丝觉得他演得不错，毕竟他往那一站，就是个"绝世大花瓶"，谁能对他那张女娲毕设的脸说出苛责之话？所以还是有不少颜粉因为废太子剪辑视频入坑，爱称他一句"太子殿下"。

在路上的时候，凌成跟沈南洲交代了今天的采访事宜："《橙子日报》的采访提纲我已经提前看过了，没有问题，还是老生常谈的问题，对了，记得透露下你即将作为嘉宾参与《生命之门》的录制……"

"什么综艺？"沈南洲迷惑，"我怎么不知道？"

凌成放下手机，扶额："我的太子殿下，我上个月跟你说过的。"

上个月？上个月巡演刚结束，他累得人快没了。他问："能推了吗？"

沈南洲在星扬娱乐也算是当之无愧的顶流艺人，还是有很大的自由选择权的，然而凌成无情地拒绝了他："不行，公司欠了人情。再说了，这个综艺的热度很高，对你有利无害。"

"行吧，什么类型的？"

"职场综艺。"

"什么？"沈南洲微微皱眉。

"别担心，不是让你去求职的，求职的是素人，你在屏幕前的嘉宾演播室外面坐着就行，你的定位大概是个吉祥物。"

采访地点到了，凌成迅速闭了嘴，而沈南洲也收拾好状态，他不说话的时候,犹如高山雪莲,可远观而不可亵玩焉。

进了采访室,凌成八面玲珑地跟记者握手:"林老师,你好,我是沈南洲的经纪人Leo,之前相关事宜我们已经在微信上沟通过了。"

记者了然,点点头:"沈老师的喜好我已经做过功课,您放心。"

四台高清摄像机架好,同时对准了正中的沈南洲,即使在最高分辨率的高清摄像机的镜头下,沈南洲的脸也挑不出一点瑕疵来。

林甜甜是本次负责采访沈南洲的记者,她按捺下心中的兴奋,很快进入了工作状态。

林甜甜:"沈老师最近在做什么?"

沈南洲抿唇:"休息。"

林甜甜露出了然的神情:"不知道沈老师在休息之余有没有考虑过个人问题呢?"

沈南洲:"没有。"

林甜甜尬笑了两声:"沈老师还是一如既往地专心工作,想必粉丝知道了一定很放心,可以问下沈老师的理想型吗?"

这个问题沈南洲也回答过很多遍了:"长头发、知性、大方。"

还是那几个模糊的形容词。

《橙子日报》的问题和之前的媒体大同小异,沈南洲脸上挂着礼貌且生疏的微笑,已经神游到天外,思考等采访结束了吃什么。

林甜甜突然问:"都说歌手要饱尝爱情的苦才能写出深刻的作品,我看圈内不少音乐人的恋爱经历都很丰富,唯独沈老师一片空白,沈老师过往发布的专辑里也有不少是关于爱情的歌曲,不知道沈老师有没有尝过爱情的苦呢?"

沈南洲微抬下颔,露出像圆锥曲线一样顺滑的下颔,带着一如既往地高傲,说:"我从来不浪费时间在无用的东西上。谈恋爱是个人自由,但没必要硬跟音乐扯在一起。"

林甜甜合上采访本,微笑道:"谢谢沈老师今天的回答,祝您生活愉快,做出更好的音乐。"

摄像师关闭了摄像机,林甜甜和沈南洲一前一后站起来。

在准备出去的时候,林甜甜在心里做了一番激烈的斗争,突然叫住了他:"沈南洲!你……你还记得我吗?"

正巧在外面等候的凌成看他们采访结束了,走进来,听到这一句,心里一"咯噔",沈南洲这小子,不会在他眼皮子底下惹了什么风流债吧?

凌成悄悄打量了林甜甜一圈,眉目清秀,小家碧玉,在普通人里算个小美女,但跟沈南洲比起来实在是黯然失色。

沈南洲皱着眉头想了一会儿:"田林林?"

"对对!"林甜甜高兴起来,"我是Ａ城中学(20)班的!你还记得我不?我当时坐在你和姜晏汐班长的后面!"

凌成松了口气,原来是同学。

林甜甜说:"后来我上高中的时候,算命的说我这名字不好,就改成林甜甜了!我之前知道要来采访你的时候可高兴了!刚才见面你没认出我,我也没好意思打招呼,怕耽误工作!"

林甜甜大大咧咧地想拍沈南洲的肩膀,被他不动声色地躲过了。

林甜甜收回手:"不好意思啊,我太激动了!这么多年没见,你还是跟当年一样迷倒万千少女啊!不对,虽说现实里没见,但我在广告牌上倒是经常见你。"

林甜甜挠了挠脑袋。

提起姜晏汐,沈南洲突然对她有了印象。

面前这个穿着得体的黑白格子连衣裙、头发高扎成马尾的女人,面容与十多年前的"杀马特"少女重合起来。

沈南洲想起来了,当年他和姜晏汐的后桌,就是这个每日沉迷漫画和星座抽卡的少女。

林甜甜说:"说起来也巧,我今天来采访你,我同事被安排去采访姜班长了,你们说不定能出现在同一张报纸上……就是不在一个版,你在娱乐版,她在焦点新闻版。"

林甜甜还在滔滔不绝地说着:"姜班长实在是太厉害了!她现在是海都大学附属医院最年轻的副教授,她放弃了在国外的高薪与荣誉,选择回国,通过人才引进落户海都市,不愧是姜班长!"

旁边的凌成好奇,突然插了一句:"那当年的沈南洲是什么样子?"

/ 2 /

毫无疑问,姜晏汐是当之无愧的天之骄女,只要有她在的地方,没人能当第一,学习对她而言,就如同呼吸一样自然。

中考出分的时候，数十家中学打爆了姜晏汐家的电话，最后A城中学抢到了姜晏汐，并在大门口张贴红色喜报炫耀了一个月，看得其他几家中学是羡慕嫉妒恨。

高考出分的时候，昔日高高在上的那几所名牌大学纷纷放下身段，像是菜市场的小贩，把姜晏汐爸妈、班主任，甚至任课老师的电话都打了个遍，最后得知"噩耗"：姜晏汐在高二的时候已经跟B大签订了保送协议。

不过鉴于姜晏汐的省状元身份，B大多年的死对头Q大不死心，百折不挠地又给姜晏汐爸妈打了八个电话，劝说姜晏汐放弃B大来Q大。

A城多少年没出一个省状元了，姜晏汐的"名人介绍"至今还在A城中学的玻璃橱窗里面。

和姜晏汐比起来，沈南洲上学的时候，只能算平平无奇路人甲。不对，他比路人甲要好一点，他还有张好看的脸。顺便说一句，他爸是A城首富，现在生意已经拓展到外省。

但是上学的时候，谁管你家有没有钱？就连长得好不好看都要排在成绩好坏后面。

姜晏汐是联考第一进的A城中学初中部，而沈南洲是因为学区房，高下立现。

姜晏汐上初中那年，学区房的政策刚出来不久，所以班上三分之二的人是学区房，还有三分之一的人是考进来的。

小说永远是刺激狗血的，但现实往往平淡而无趣。

学区房的学生大多成绩拉胯，考进来的学生不用说，脑袋瓜和勤奋都是够用的，不过所有学生进来之后统一被分为两拨，成绩好的和成绩差的。这两拨人泾渭分明，相安无事，也不存在谁瞧不起谁的问题……

你说打架斗殴？笑话，你当重点初中的老师和教导主任是摆设？在这里，学生能做的最过分的事，顶多就是撒个谎不交作业，然而下一秒就会被老师叫家长，然后犯错的学生灰头土脸地在走廊认错，抱着老师大腿说："我再也不敢了。"

于是，在学生时代，姜晏汐是记忆超群、年级第一的守擂冠军，是天才少女，是风云人物。而沈南洲则是一个成绩中等偏下的普通学生，就是脸长得好看，家里有点儿钱。

事实上，初中都是些没出社会的小孩子，大部分人对于钱根本没有概念，所以沈南洲家里有没有钱对他在学校的处境毫无影响，倒是他那张脸还是引起了不少关注,但是仅限于欣赏,还是成绩最重要。

按理说,沈南洲的人生和姜晏汐本该毫无交集。好吧,事实上,也的确是这样。

沈南洲后来曾无数次地想,大概在姜晏汐心里,他就是一个平平无奇的初中同学。但是姜晏汐不知道,她曾经在沈南洲心里掀起怎样的波澜,就好像这平静的初中三年,大家每天打打闹闹,也没人知道沈南洲内心经历的兵荒马乱,疾风骤雨。

初二的时候,沈南洲的爸妈离婚了,还算是和平分手吧,沈南洲热爱自由的艺术家老妈跑去了南美洲写生,沈南洲一身铜臭气的老爸则以迅雷不及掩耳之速娶了新老婆。

于是沈南洲彻底进入了叛逆期,成绩也迅速从年级一千名掉到了年级两千名。全年级两个校区加起来一共两千五百人。

初二上学期的期中考试后的家长会,班主任把所有人的成绩拉了个表放在演示文档上,分分钟几百万生意的沈老板第一次觉得开会是个这么难熬的事情。

全班60人,沈南洲排第59,倒数第一是个先天智商有问题的。

沈老板想找个地洞钻进去,他这辈子没有这么丢脸过。

他在商场上挥斥方遒,今天面对班主任单独谈话时却不得不点头哈腰,觉得这辈子的脸都丢尽了。

尤其当他回到家的时候,发现沈南洲的作业还没写。

沈老板怒了,拿起旁边的衣服架子就要打人,只可惜沈老板忘了,沈南洲继承了妈妈的美人基因和他的东北壮汉基因,不仅脸长得好看,个子也长得高,上个月学校刚量的身高,181.5厘米。

几乎每天应酬不断的沈老板已经不是沈南洲的对手了,沈南洲轻轻松松地就抓住了沈老板手里的衣服架子,脸上写满了叛逆和挑衅。

沈老板说:"你看看你这副鬼混样子!跟街上的小混混有什么区别?全班60人,你考第59,下一步是不是要争倒数第一?"

沈南洲紧紧抿着唇,他把妈妈的离开全都怪在了喜新厌旧的沈老板身上,更别提沈老板光速娶了第二任妻子,直接就在儿子心里被判了死刑。

沈南洲是长得好看,剑眉星目,标准的美人脸,往那里一站,就是个英姿勃发的少年郎。

看着那张跟前妻相似的脸,沈老板心软了,把手里的衣服架子一扔,骂骂咧咧道:"我真是上辈子造了孽,生了你这么个逆子!"

沈老板瞧着杵在那里跟木头桩子一样的儿子,心里憋得慌。

沈南洲这小子跟他较劲,他这个做老子的能不知道?可他偏偏跟他妈妈之间有说不清道不明的感情问题,怎么跟孩子解释啊?

沈老板说:"你瞧瞧你们班那个姜晏汐,开家长会的时候,人家家长作为优秀学生家长代表在上面发言,我呢?开完家长会被你们班主任单独留下来训!我好歹也是个老总,什么时候这么被人训过?还不是因为你?"

这是沈南洲第一次记住姜晏汐的名字,从沈老板嘴里。在此之前,他只知道她是好学生,是班长,是学神,和他是两个世界的人。

但从这一刻起,沈南洲对姜晏汐多了点别的情感,没错,是讨厌。

沈老板继续说:"对了,我跟你们老师说了,下周调座位的时候,把你跟姜晏汐调到一起,你跟人家好好学学!"

/ 3 /

林甜甜和沈南洲的这段采访,一发上网就引起了热议。

沈南洲终于"营业"了!感天动地,热泪盈眶……

嘿嘿,我就知道我家哥哥专心搞事业,不愧是内娱号称"最不可能塌房的男人"!

沈南洲是要录综艺了吗?这算是他的综艺首秀吗?

有没有人注意沈南洲的微博点赞了《橙子日报》的采访!

突然,一条评论被顶到了上方。

大家这才发现甚少"营业"的沈南洲,竟然点赞了《橙子日报》当天的采访。

从前采访过沈南洲的媒体少说也有几百家,可从来没有过这个待遇。

如果凌成看到这条评论,一定冷冷一笑,心说,你们家哥哥可不只是点赞了这条微博,还把这条微博盘出包浆来了,反反复复不知看了多少遍。

本来凌成没怀疑什么,可沈南洲那天之后的反应实在异常,凌成不得不三番五次地旁敲侧击:"沈南洲,你不会是来真的吧?我跟你说,你可别自己作死,多少人盯着你的风向呢!"

沈南洲不明所以。

凌成干脆跟他挑明："就之前《橙子日报》采访的事，你不会真跟那记者有什么旧情吧？我瞧那小姑娘不是我们圈子的人，我劝你还是谨慎点。"

沈南洲笑了，仔细看还夹杂一些无情的嘲讽，他摇了摇头，把椅子转过去继续玩手机。

凌成感到被漠视的愤怒，但瞧瞧沈南洲这平淡的反应，跟了他好多年的凌成又放心下来，看样子那小姑娘不是沈南洲的心上人，要是沈南洲真看上了谁，绝不是这个反应。

凌成从沈南洲出道的时候就带他了，最清楚他是什么性格。

沈南洲是大学时出道的，一举成为娱乐圈一颗冉冉升起的新星，距今已有七年，也红了七年。在娱乐圈这些年，现在提起沈南洲，大家的印象都是"温柔有礼""娱乐圈老干部"，但只有凌成还有沈南洲的骨灰级粉丝知道，沈南洲出道早期，就是个一言不合就干仗的炮仗。

凌成说："不过你点赞了也好，本来还想给你发个通稿，宣传一下你上综艺的事情，这下外面都猜你点赞是因为综艺首秀，省了一笔发通稿的营销费。对了，我等会儿把稿子发给你，你记得转一下《生命之门》节目组的微博。还有，十天后参加录制，这档节目和以往的形式不同，是边录边播。"

"这么快？"沈南洲放下手机，他漂亮的眼睛里写满怀疑，"你确定没被人骗了？"

这节目也太草率了吧？

凌成拍了一沓合同在他手上，说："这上面早就说清楚了，你没认真看？虽说是公司为了还人情帮你接了这档节目，但你是公司的王牌艺人，公司也是为你好，这档节目是定位在医院的职场节目，素人嘉宾是在医院的实习生，你是观察室嘉宾……"凌成耐心叮嘱道，"你在节目上说话的时候注意点，其他几位嘉宾要么是娱乐圈的资深老前辈，要么是医学界的泰斗教授，个个来历都不一般……总而言之，你就坐着当花瓶就行了。公司这边也有意让你转型，国内的音乐市场没有那么大，你又不喜欢演戏，所以公司决定让你多上上综艺。"

沈南洲没好气道："我不喜欢演戏，难道就喜欢上综艺了？"沈南洲的大长腿一并，从椅子上站起来，"我要去问问小成总，到底是谁安排的？"

他贴身的西装勾勒出薄肩细腰,声音低沉且有磁性,像是传说中的海妖,然而在凌成眼里,沈南洲就是一个暴躁会拆家的阿拉斯加犬。

沈南洲大约也是意识到了自己的情绪失控,转头缓和了一下,说:"这次这个综艺接下就算了,以后不要给我再接综艺。"

凌成说:"等这个综艺结束再说吧。"

沈南洲心里升起不好的预感:"这个综艺要拍多久?"

凌成说:"节目计划要拍摄六周实习生的生活,实习生每拍两周休息一周,他们休息的一周就拍摄你们在嘉宾观察室的点评,最后剪辑完分六到八期播出……"

沈南洲微笑:"所以你替我全接了?"

凌成纠正他:"不是我,是公司。"

沈南洲说:"最多三期,你回去跟小成总说,行就行,不行就拉倒。"

凌成也知道这是沈南洲的底线了,说:"我会跟小成总说的,不过你记得先转下微博。对了,拍摄地点在海都大学附属医院,你可以提前做做功课。"

海都大学附属医院?

沈南洲叫回了凌成,他的表情有些许微妙:"我仔细想了想,做人要有契约精神,既然答应了要跟完整个节目,那就这样吧。"他轻咳两声,"下不为例。"

沈南洲的粉丝们并不知道沈南洲和经纪人之间的这场对话,她们对于沈南洲短短时间内又出来"营业"这件事情非常开心。毕竟众所周知,沈南洲每开完一场巡演,都得在家歇上一年,这次还不到一个月竟然接了综艺,无论是"事业粉"还是"颜值粉",都感到了莫大的欣慰。

沈南洲转发《生命之门》节目组的微博后,半个小时内上了微博热搜。

天哪,竟然是真的!虽说官方认证了,但我还是有一种不真实的感觉所以沈南洲会来录制现场吗?想去附属医院看病!

醒醒,沈南洲只是观察室嘉宾,不来医院。

医护人员友情提示:请理智追星,不要干扰医院的正常秩序哦。

孙媛媛快速地在手机上打下这行字,突然感到背后有人走过来,吓得立刻收回了手机,她转过头:"是你啊,姜主任,我还以为是方主任呢!"

现在是早上七点钟，对于一些人来说是熬夜的截止时间，然而对于这些医护人员来说，他们必须在手术室准备就绪。

大约是方主任还没来，姜晏汐又长了一张温柔的脸，孙媛媛兴致勃勃地拉着姜晏汐说："你知道吗？我们医院要录制节目了！"

姜晏汐向来是个很好的倾听观众，无论你说什么，她都会认真地看着你，好像在听一场学术报告。

孙媛媛说："就是有几个实习生，要拍他们在咱们这里的实习日常。你知道不？沈南洲竟然会做观察室嘉宾！"

孙媛媛想起姜晏汐是刚从国外回来的，听说她在国外待了好多年，或许没听说过沈南洲，她科普道："沈南洲是这几年娱乐圈最火的男明星！"边说边打开了手机里的相册，"你看，这个就是沈南洲！"

照片的背景大概是某慈善晚会，穿着黑色西装的青年轻轻抬眼，恰巧对上摄像机的方向，于是有了这一幕。

那双上扬的丹凤眼里两分纵容，一分了然，配合着嘴角微微扬起的弧度，更像是在参加家族商会，而不是慈善晚宴。

这张无意拍下的照片也彻底出圈了，不少人感慨，要是沈南洲当初有这"眼技"，也不至于在热搜上被嘲了整整一个月。

孙媛媛的注意力全在是沈南洲身上，没有察觉旁边的姜晏汐有片刻的失神。她突然问："那他现在是位演员吗？"

在她的印象里，沈南洲的演技好像不是很好。

孙媛媛摆摆手："不不不，他是位歌手，但是他比娱乐圈的那些演员还要火！"

这听上去倒是合理很多，姜晏汐心想。

在上午的手术结束之后，趁着休息的时间，姜晏汐打开手机，搜索了"沈南洲"三个字，搜索引擎跳出沈南洲丰富的人生履历，上面写满了他获得的大大小小的奖项。

不知怎的，姜晏汐心里升起一种淡淡的欣慰。

/ 4 /

周二的时候，照例要开组会。

不过这次的组会上，惯例汇报结束之后，神经外科的大主任宣布了一件事情：樱桃卫视的节目组将来海都学附属医院拍摄一档医疗职场综艺《生命之门》。

大主任环视一周，直接指定姜晏汐："小姜啊，到时候这几个实习生就你来带一下。"

大主任慈祥的眼神看得人发毛，没办法，在座这些医生大多都是读博出来的，头发都不多了，再加上临床之后常年加班，黑眼圈比熊猫还明显……唯独姜晏汐在一众人中头发浓密如海藻，白到发光，气质清隽，大主任越看越满意，神经外科的门面，学历又高，人又漂亮，就是她了！

组会结束后，同组另一位女医生顾月仙拉着姜晏汐说："于主任把这事指派你，估计也是觉得你形象好，你瞧我们科那些个糙老爷儿们，年纪不大，头发都掉得差不多了。就是你这段时间要累点了……"

顾月仙心有戚戚焉："上次我带的那个实习生，周一到周日就见了两次人影，只有出科的时候拿着本子来找我签字最勤快！我刚来医院那会儿，还觉得分个实习生能帮我做点事，结果各有各的事。不过想想，我自己实习的时候，也是想着整天摸鱼，也就随他们去了。"

顾月仙是前年刚进医院，目前还处在住院医师这个阶段，主治医师和住院医师都是要带实习生和规培生的。

而姜晏汐在国外的时候已经是华盛顿大学医学院副教授、西雅图普罗维登斯医学中心神经外科主任医师，所以回国后考取国内执业医师资格证后，直接被破格聘为海都大学附属医院神经外科的副主任。

不过明眼人都知道，姜晏汐的学历和国外任职经历摆在那里，年纪又轻，俨然是被当作接班人来培养，前途不可限量。

按道理，姜晏汐是不用带实习生的，不过综艺节目要求上镜，于主任也有意让姜晏汐多露露脸，所以指派了她。

顾月仙略带同情地看着她："你在国外的时候带过实习生没？在镜头前你还得注意形象，这可有你累的了。"

顾月仙大约也是因为科室好不容易来了一个女医生，对姜晏汐十分热情，这几天就自来熟地跟她黏在一起了："不过这也不算坏事，你刚回国，这也算帮你提高知名度的机会。"

虽然大家职称不同，地位更是天差地别，但是年龄相似，而且姜晏汐待人温柔，时常会让顾月仙忘记她是本科室空降的副主任。

姜晏汐脸上的笑永远恰到好处，温柔和煦："我知道了，谢谢你。"

既然是主任交代的任务，姜晏汐空闲之余也在网上搜索了节目相关信息。这档节目已经官宣的实习生有六位，三男三女，除此之外，观察室还有四位点评官，两位是娱乐圈的，两位是医疗圈的前辈。

姜晏汐拿着鼠标的手一顿，她看到了沈南洲的名字和海报，一些久远的记忆突然浮上心头。

初二下学期的时候，老师让班里同学组成了学习互助小组，本着就近原则，沈南洲作为姜晏汐的同桌，便成了姜晏汐的"救助"对象。

周五晚上，沈南洲因为月考物理考了40分，再次被物理老师拎到办公室谈话。沈南洲对这个流程也是轻车熟路了，左耳朵进右耳朵出，物理老师也是无话可说了，朝他挥挥手："你出去吧。"

沈南洲把卷子往胳膊下一夹，吊儿郎当地走出门，听见物理老师在身后感慨："好好一个孩子，怎么初二变成这样了？"

初一入学那会儿，沈南洲的成绩在班上虽然不算拔尖，但也不至于吊车尾，最主要的还是他那副散漫、对一切都不上心的态度，看得老师恼火。

彼时沈南洲的想法还很幼稚，他想，他妈跑到南美洲追求艺术了，他爸薄情另娶，组建新家庭，眼里全是他新娶的老婆，他学习还为个什么？像从前那样拼死拼活学个不上不下的成绩，好维持家庭表面的和谐吗？

沈南洲心里冷笑一声，把40分的物理试卷折成纸飞机，用一个自认为很帅的姿势投到了垃圾桶里："算了，带回去给老头子看到，也要被说教，省得惹他不痛快了！"

他转过头，看见姜晏汐从楼梯拐角处出现，她穿着A城中学的夏季校服，白T恤加红白格的短裙，夏季的微风吹起她的头发，有一种说不出的美丽。

沈南洲的视线有一瞬间的慌乱，他把这归罪于A城中学的夏季女生校服为什么非得是裙装。

姜晏汐的皮肤很白，腿又长又直，虽然手里抱着一沓书，但是腰背挺得很直，看上去像是跳舞的女孩子。

沈南洲本来想视而不见，转身就走的，哪里知道姜晏汐是为他而来的。

他听见姜晏汐叫他的名字，声音清冷得像照在幽泉边石头上的月光："沈南洲。"

沈南洲不自在地咳了两声："什么事？"

姜晏汐弯腰，从靠墙的垃圾桶里捡起被沈南洲折成纸飞机的物理成绩单,她的手指纤长如葱管,指尖微粉,她把那张满是皱褶的成绩单一点点展开、抚平,鲜红的40分跃入眼帘。

沈南洲那一点难得的羞愧心回来了,他夺过姜晏汐手里的成绩单,两人之间陷入了诡异的沉默。姜晏汐似是没察觉到他那奇怪的别扭,说:"班主任让我来教你,把这些题目订正完再回家。"

沈南洲脱口而出:"不用了!我自己会订正。"然而说完这话后,沈南洲简直想咬掉自己的舌头,他干吗要听姜晏汐的话?订正题目,那是他沈南洲会做的事情?

姜晏汐拖长声音:"原来你会做啊——"她收回手,没有戳破他的谎言,"既然你会做,那就抓紧时间订正。"

不知道为什么,她突然起了一丝逗弄沈南洲的心思,大约是觉得他很像家里那只会尜毛的蓝眼睛白猫。

/ 5 /

沈南洲很后悔,他一边咬着笔头,对着满是红叉的卷子抓耳挠腮,一边余光里偷偷瞄姜晏汐。

姜晏汐坐在他的对面,在翻看一本满是神秘"符号"的书,她看得十分入神,似乎并没有察觉到他根本就不会这些题目。

沈南洲悄悄挪回视线,抓起笔,随便在卷子上划了几道,嗯……选择题就选C,填空题就去选择题的选项里抄几个答案……

沈南洲很快就把这张卷子"订正"好了,他站起来,揉了揉茂密的头发,故意带有一丝不耐烦地说:"好了。"

姜晏汐合上书,轻轻抬眼,伸手接过,声音清冷:"好了?"

沈南洲不敢看她,伸手把旁边桌子上的书包一勾:"我走了。"

"站住。"姜晏汐站起来,以迅雷不及掩耳之速,在沈南洲冲出去之前,反手关住了教室门。

她的动作很快,却有一种独属于姜晏汐的气定神闲。

沈南洲急急刹住脚步,手上书包的重量无疑增加了他的惯性,让他差点撞上姜晏汐。

他用手往门上一撑,这才避免撞到她,姜晏汐的发尾扫过他的脖颈,让少年无端觉得心里一痒。

沈南洲收回手，不耐地坐了回去："你到底想干什么？"

他的态度很恶劣，但在姜晏汐眼里显得色厉内荏。

姜晏汐"啪"一下锁上门，说："班主任让我教你，如果你不会，可以问我，不要瞎写。"

"谁瞎写了？"沈南洲心虚，"那你说怎么写？"

姜晏汐指向第一题：

关于力的作用效果，下列说法正确的是：

A. 力是使物体保持静止状态的原因

B. 力是维持物体运动状态的原因

C. 力是改变物体运动状态的原因

D. 物体受力时，才会运动

姜晏汐问："这是单选题，为什么你选了三个选项？"

沈南洲理所当然："除了A，其他三个选项不是差不多？"

姜晏汐从他的书里抽出物理书，沈南洲的物理书上画满了形态各异、憨态可掬的猫咪。姜晏汐总算知道沈南洲每天上课的时候，明明"埋头苦记"，最后40分的考试成绩是怎么来的了。

姜晏汐直接翻到第七章："这是书上的原话，你记住就行了。"

接着她又指着一道题："一圆形容器加满水，若把一木块放入水中，水对杯底的压强是增加还是减少，还是不变？"

沈南洲看了看卷子上被红笔叉掉的"减少"，说："增加？"

姜晏汐说道："不变。计算液体压强公式P=密度*重力加速度*深度，木块放入水中后，排出和木块同体积的水，容器中液体高度不变，对杯底压强也不变。"

姜晏汐又问："如果这个圆形容器的水不是满的呢？木块放入水中，压强怎样变化？"

沈南洲有些心虚地说："不变？"

姜晏汐沉默三秒，说："增加。木块放入水中后，水深度增加，压强增加。"

沈南洲再次烦躁地抓了抓自己的头发："姜大班长，你放过我吧，刚才什么静摩擦力、动摩擦力，什么平衡力、匀速、匀加速、弹簧，我感觉我的脑子已经不是我的了。"他"啪"一下合上书，"这几章动不动就往水里扔木块，让我猜压强变化，还有各种奇奇怪怪的容器，我是真的学不会。"

姜晏汐瞧了一眼教室正前的时钟，时针已经指到了"8"这个数字，虽然是夏季，外面的天色也已经黑了。

教室里没有空调，只有两台风扇，有一台还坏了，剩下那台仅存的老旧风扇"吱呀吱呀"响着，和外面的蝉鸣、虫子叫混在一起，惹得人心烦。

姜晏汐低头看了看手中惨不忍睹的物理试卷，选择题和填空题已经订正完了，还有重灾区的解答题和实验题，她抿了抿唇："那好吧，你回去把我今天讲给你的知识点整理一份，明天给我检查。"她认真说道，"你的基础实在太差了，但好在物理是初二才学，你现在努力一下还来得及。你先把这学期的书还有上学期的书好好背一背，我会每天抽查。"

没办法，给沈南洲讲题的时候，他连最基础的定义都没搞明白，这不就相当于在教一个不知道"12345"为何物的人算计算题？姜晏汐觉得有些头疼，她一下觉得，和教沈南洲做题比来，她手上这本超纲的奥赛题都显得那么和蔼可亲了。

沈南洲满脸拒绝："我不。我不会，背不了，记不住。"

姜晏汐说："如果你把课上画小猫的工夫拿出一点来背书，也不至于连第二页关于力的定义都不清楚。"

沈南洲白净的脸皮飞上两朵"红云"："你看到了？"

姜晏汐点头："画得不错。"

沈南洲竟结巴了："你……真这么觉得？"

姜晏汐不明所以："是挺好的。"看得出来虽然沈南洲学物理没什么天赋，画猫还挺有天赋的，活灵活现，栩栩如生。

姜晏汐把他的物理试卷塞给他："好了，记得回去记错题本。"

时间不早了，今天班主任的任务来得突然，她还没有跟爸妈说她会晚回去，估计得等着急了。

"咔——"姜晏汐扭动手腕，锁上了教室门，她转头对沈南洲说："走吧。"

由于时间太晚，学校的门只剩下东门还开着，教室在学校的最西边，走到东门尚有十分钟的路程。

姜晏汐抱着书神色如常，只有沈南洲感到说不出的怪异，他从小到大唯一接触过的女性可能就是他妈，和女孩子走在一起，尤其这个人还是年级赫赫有名的姜晏汐，实在是太奇怪了！

他默默地跟姜晏汐拉开一米距离，然而她头发上的草木雨后清香却止不住地往他鼻子里飘。

沈南洲突然想起上周大课间，他在走廊的拐角处，听见一群男生暗戳戳地计划向姜晏汐表白，不知道为什么，他突然觉得胸口一闷。

姜晏汐确实是一个很有魅力的女孩，十三四岁的年纪，她已经长得十分出挑，清清冷冷，像一株深谷幽兰。但沈南洲其实早就对美貌免疫了，他那追求自由的艺术家老妈是有名的美人，就连他那满身铜臭气的商人老爸，年轻时也长了一副迷惑人的皮囊。

综上，沈南洲的审美自小就被他爸妈无形中拔到了一个高度，但他今天竟然为姜晏汐失神了，她的眼睛像漆黑的海底，让他忍不住打了个激灵。

所以后半程，他思绪复杂地跟在姜晏汐后头，隔了有两米远，好像在躲什么洪水猛兽。

远远地，东门的门卫室发出昏黄的灯光，姜晏汐停下脚步，问："你想吃什么吗？"她说，"东门口的如意馄饨还不错，吃吗？"

"好。"鬼使神差一般，沈南洲听见自己的声音如是说道。

沈南洲很少吃外面的东西，小的时候带他的那个保姆玩忽职守，导致他得了急性肠胃炎，为此沈老爹和沈老妈还大吵一架，沈老妈也因此放弃了她的艺术事业，但很不幸，她放弃了事业，反而成了后来很多年争吵的开端，最后，和沈老爹的爱情也以悲剧收场。

姜晏汐对老板喊道："老板，一份大份的猪肉虾仁馄饨。"她转过头去问沈南洲，"你要什么？"

沈南洲其实本来想点份小的，但瞧了瞧姜晏汐，他说："一样吧。"

虽然是连锁店，但A城中学东门口的如意馄饨做了十几年，似乎有什么独门秘技，做得格外好吃。

略带油花的鸡汤底，馄饨皮薄而肉饱满，筷子一戳就露出里面鲜嫩大只的虾仁，满口的脂肪和蛋白质在口腔里爆炸开来。

是好吃，但是沈南洲……有点吃不下了。

馄饨店已经过了营业高峰期，这时候店里只有他们两个顾客。

店老板是个胡子花白的老爷爷，笑眯眯地看着他们："你们正是长身体的时候，多吃点啊。"

沈南洲默默瞧了姜晏汐一眼，她吃的动作极迅速却不显得粗鲁，吹一吹汤勺，三两下就咬掉一只大馄饨，并未有多余的汁水溅出，吃得香极了。

沈南洲脑子里正天马行空，他一会儿想：我大概是班里第一个跟姜晏汐一起吃饭的人吧？另一会儿又在想：姜晏汐细胳膊细腿的，怎么这么能吃呢？他坚决不承认，是自己吃得太少了。

那晚的猪肉虾仁馄饨即使在沈南洲以后的人生篇幅里也占有浓墨重彩的一笔。

当然，不仅是因为他那晚逞强吃完了十一个大馄饨，被迫半夜去急诊，还因为当他和姜晏汐吃完馄饨后，被沈老爹逮到了。

那时沈南洲和姜晏汐已经走出馄饨店，沈老爹没戴眼镜，昏黄的路灯下，只看见自家儿子和一个女孩走在一起。

沈老爹怒气冲冲喊道："沈南洲！你竟然敢早恋！"他没有防备地被沈老爹揪住耳朵。在姜晏汐面前，沈南洲只觉得十分尴尬。

沈老爹说："你现在是越来越过分了，你才多大啊？谈恋爱是现在干的事情？人家小姑娘不过是被你这张脸给骗了，你们这个年纪不好好学习，谈什么恋爱？"

沈老爹一转头，刚想看看是哪个不学好的小姑娘，姜晏汐那张一看就是学霸的脸映入沈老爹的眼帘，这不是家长会上那个作为优秀学生代表讲话的年级第一吗？

/ 6 /

节目组的人来得很着急，几乎是大主任前天刚说，今天就有人来交接了。顾月仙站在走廊上微微侧头，对姜晏汐说："我瞧着，一定是哪位大明星的档期不够用，节目组才这么着急。"她小声猜测，"你说沈南洲的出场费一定不低吧？听说一个小明星上节目还有十几万通告费呢！"

姜晏汐说："或许吧。"

办公室被节目组征用了，摄像组正在紧锣密鼓地调试摄像仪器。

让人没想到的是，在实习生到来之前，沈南洲要来医院做一日实习医生，拍一个节目的先导片。

顾月仙说："不知道他真人是不是像海报上那么好看。"

时间久了，顾月仙也有点不耐烦，她瞧了瞧两边长廊拉起的警戒线，抱怨道："好没好啊？这得弄多久？"她跟姜晏汐吐槽，"领导是怎么想的？为什么要接这种吃力不讨好的节目？咱们是医院，又不是菜市场……"

姜晏汐想了想，说："或许是想让大家更了解医生这个职业吧。"

顾月仙说："算了，你瞧瞧我每天灰头土脸的，再瞧瞧咱们科室三四十岁就秃了头的那群'老大爷'，拍出来能有人看？"顾月仙精准吐槽，"真以为医院都是俊男美女呢？现在的观众只想看他们脑补出来的剧情。"

旁边的小护士插了一句："往好处想想，说不定节目播出之后，咱们医院的知名度更上一层楼，能拉来更多的经费。"

小护士看着年纪不大，实则已经在医院工作七八年了，把白板一横，抱在胸前，说得十分有经验。

姜晏汐问："节目组安排的那几个实习生什么时候来？"

顾月仙拿出手机看了下，说："好像是六个实习生，不过先来四个，另外两个据说要后面再来。"

姜晏汐说："那，这怎么安排？"

寻常医学生在本科大五时要进行为期一年的医院实习，一般由医院的教学办公室进行排表。每个人在哪几周进哪个科室，都是一开始安排好的，哪里有这样想一出是一出的？

顾月仙说："这节目能拍一年？我估计也就是走走过场，挑几个科室拍几个星期也就差不多了。我也搞不懂这节目想拍什么，瞧着像是拍实习生的内容，可我看这几个人的资料，有本科生，有硕士，还有博士……总而言之，杂七杂八搅在一起，四不像！听说医院教办会给先来的那四个考试，笔试后还有面试。听说笔试已经考过了，估摸着面试的时候也许会叫你过去……"

姜晏汐看顾月仙一直在四处张望，问："你在找什么？"

顾月仙说："沈南洲啊，他今天不是要来当'实习医生'吗？"她看了一眼手表，"七点半了，八点开始，他人呢？"

姜晏汐的视线落在前方戴着黑色口罩的男人身上，他穿了一身休闲装，戴着一顶鸭舌帽，在摄像大哥旁边帮忙调试设备，似乎只是一个平平无奇的维修工。

姜晏汐轻声说："他已经到了。"

"啊？"顾月仙问，"在哪儿？"

或许是因为身为歌手，需要在舞台上捕捉摄像头，沈南洲对于旁人的目光极为敏感，姜晏汐看他的时候，他下意识地转过了头，对上了她的眼睛。

顾月仙微微拉着姜晏汐的袖子，说："好像真的是他欸！咦，他怎么走过来了？"

沈南洲走过来的步伐夹杂着些许自己都没有察觉到的焦急，他停在姜晏汐面前，视线先落在她白大褂的胸牌上，然后微笑着，向她伸出手："姜主任，我是沈南洲。"

那双眼睛仍然如同少年般干净清澈，姜晏汐神色如常地伸出手："你好。"这里大部分都是节目组的工作人员或是医院的医务人员，无关人等已经被清出了场外，所以沈南洲摘下口罩和帽子的时候，只引起了一点小小的骚动。

按理说这些每天上班十二个小时，并且一周工作六天的医务人员，除了自己的工资单和值班表，其他事物是引起不了任何心绪起伏的，但……

顾月仙倒吸一口冷气，心说，我总算知道为什么沈南洲作为一个不常出现在大家视线里的歌手，还能常居娱乐圈一线了。

沈南洲的声音像低沉的大提琴："姜主任，今天麻烦您了，如果今天我有什么做得不好的，还请您批评指正。"

沈南洲面上端得比老狗还稳，实际上心里慌得一批，他的手心微微出汗，好像回到了当年在姜晏汐眼皮子底下改错题做作业的时候。

他的心里还有一种淡淡的失落，她好像对于自己并没什么特殊的反应，就连老同学见面的反应也没有，或许对她来说，他只是她一个再普通不过的同学，时隔多年，早就已经对他没印象了。

顾月仙突然有种错觉，觉得面前的大明星像一只蠢萌的大型犬，刚才还摇着尾巴兴高采烈，现在却失落地垂下了尾巴。

沈南洲打起精神："姜主任，不知道今天我们需要做什么？"

摄像头已经架好，跟上了沈南洲。

画面中央俨然是大明星沈南洲"初见"医院教授姜晏汐，和她热情打招呼的场面，俊男美女，自成一幅画卷，副导演盯着镜头，心里啧啧赞叹，这位姜主任，就是不做医生，去娱乐圈也绝对有一席之地。

不过想了想来之前查资料时百度百科里那一长串的荣誉奖项，副导演心道，这种好苗子属于国家人才，谁敢打她的主意？

姜晏汐想了想，说："先去查房，上午写病历，下午收病人。"

具体也没人跟姜晏汐说，到底要带沈南洲做什么，于主任的意思是让姜晏汐自己看着办。

一日实习医生嘛，不就那么点事吗？

/7/

摄像头及时对准了姜晏汐,她是天生适合站在焦点中心的人,摄像忍不住多拍了几段素材。

姜晏汐说:"1、18、19、26、27、29、36、45床都是我们的病人,1床和18床是新病人,需要写一下住院志和首程记录;19和26床这两天要出院,需要下出院的医嘱;27、29、36床可能需要换药……剩余的就看下有没有缺少的查房记录、术前小结、术后小结,补一下就好……下午还有新病人会住进来,我会和你一起去接病人。"

姜晏汐一口气说了一长串,沈南洲面上保持微笑,脑子里已经晕乎了,他已经能够想到,后期可能会在他脑袋上加"医学小白,一脸蒙"的字幕。

旁边的工作人员递上一套白大褂,左胸口袋上方有"海都大学附属医院"的红色字样。

沈南洲接过,一气呵成地在空中展开,穿上身,些许急迫又不失风度地一颗一颗扣好:"我好了,姜主任。"

崭新的白大褂勾勒出他的薄肩细腰,好像希腊艺术家手下最得意的雕塑作品,竟有一种说不出来的禁欲味道。

"啪嗒——"姜晏汐的靠近来得猝不及防,她把胸牌挂到沈南洲的口袋上:"把这个挂上。"

沈南洲回过神来的时候,姜晏汐已经退到了离他三步远的距离,她神色坦然,光明磊落,反而显得沈南洲那些小心思不能见人。

沈南洲的鼻尖还停有她身上淡淡的竹子幽香,他低头,沉默地把胸牌扣好,再抬起头来时,已经换上了熟练的"营业"笑容,他对着镜头说:"想不到还有实习工卡,我都有点紧张了。"

镜头放大到沈南洲左胸口的胸牌上,是一张类似于名片的白卡,左侧是一张沈南洲的一寸蓝底证件照,右侧写着沈南洲的姓名,所属部门:*教学办公室*。

沈南洲的视线快速地从姜晏汐的胸卡上掠过:*神经外科副主任医师:姜晏汐,12069*。

他心里突然升起一种隐秘的近乡情怯:她一如既往地优秀,是高悬在少年十五岁天空的明月,温柔遥远。然而明月照世人,月亮不是他一个人的月亮。沈南洲隐藏起那一丝失落,跟上了姜晏汐。

姜晏汐在病房门口停下来,说:"1床和18床都是从门诊转过来的,1床年纪不大,因右眼视力进行性减退,眼球突出曾在其他医院治疗,按'右眼视神经萎缩'治疗,未见效果,转到我们医院,初步怀疑脑室里长了肿瘤,根据后续检查可能要做手术;18床是位老人,以前做过手术,最近检查又长了新东西,因为年纪太大也不能再做手术,大概率要保守治疗,以减轻疼痛为主。我们先去问1床。你有什么问题不要当场问,出了病房再问我,18床你负责问。"

沈南洲拿着白板和笔的手一愣:"我?"

姜晏汐奇怪地看了他一眼:"他们说你准备得很周全。"

不用说,他们指的就是节目组,一定是多嘴的Leo说漏了嘴,沈南洲自从知道自己要上节目之后,恶补了很多关于医疗的知识,顺便还夹带私货地把姜晏汐的学术论文从学术网站上下载下来,仔细研读了一番。

结果就是……没看懂。大部分还是英文的,每个单词、句子他都认得,只是连在一起他怎么就看不懂了呢?

沈南洲说:"是了解了一些。"他自嘲说,"只是医学知识浩瀚无边,我一个外行人还有很多不足。"

姜晏汐这才想起来,沈南洲并不是她从前带的那些学生,也罢,叫一个当红大明星来做这件事,实在是有些难为他了。

虽然在姜晏汐眼里,这是个再简单不过的事,五分钟就能学会。

姜晏汐愣了一下,说:"那好吧。"

旁边的副导演笑眯眯地说:"姜主任,让小沈试一下吧,他是北城戏剧学院毕业的,也是个高才生呢!让他跟着你学,小沈很聪明的。"

副导演不知道姜晏汐和沈南洲的旧事。

然而沈南洲却感到了一丝不好意思,他的粉丝之前也不是没吹过他的"彩虹屁",说他正经科班出身,兼顾文化和艺术成绩,是娱乐圈一股清流,但在姜晏汐面前称高才生,这……

沈南洲悄悄垂眼看她,却见她神色如常,甚至还点点头:"好,那你等会儿就记着我说的,问18床的时候就照着来。"

沈南洲一时不知是忧是喜,但心里有一种隐秘的雀跃,为她间接地承认他还可以这件事。

姜晏汐推开病房门,浓烈的消毒氯水的味道扑鼻而来,夹杂着空调开久了的湿气味,这是一间混合病房,共有六个病床,东边三床,西边三床。

姜晏汐问的时候,沈南洲就在旁边奋笔疾书。

"你好,我是神经外科的姜医生,请问你叫什么名字?今年多大了?从事什么工作?因为什么原因来我院就诊?"

"我叫郑红妹,今年三十二岁,是纸板厂的工人,五年前我的眼睛被石棉块砸到了,当时没什么,然后眼睛就看不清了,我在我们当地那个医院治,没什么用,然后右边眼睛就瞎了。我就怀疑是他们瞎搞!没本事,给我瞎弄!医生,你们是大医院,可一定要给我把眼睛治好啊!我家里有老人有孩子,丈夫又不中用,我还得养家的……"

郑红妹絮絮叨叨,说着说着就偏题了,沈南洲记录的笔慢慢停了下来。

姜晏汐及时打断了她:"那这次又是出现了什么症状?"

郑红妹:"眼睛疼,不对,是涨得厉害,我这只瞎了的右眼,两个月前突然涨得厉害,别人看着也说不正常。"

郑红妹的右眼外斜突出,确实看着怪异。

姜晏汐问:"这个眼睛是一直都疼吗?白天疼得厉害还是晚上疼得厉害?一阵一阵的还是持续性的?自己吃过药没?"

沈南洲发现姜晏汐问得很快,几乎不给郑红妹多说话的机会,好几次郑红妹要偏题了,都被姜晏汐及时打断拉了回来。

沈南洲把姜晏汐问诊的步骤挨个记在了白纸上,他发现这些步骤和自己之前查阅的资料是吻合的,但又带有姜晏汐个人风格的一针见血,问无遗漏,三言两语就问到关键之处。

姜晏汐问到最后,说:"郑红妹,刚才你说的这些症状,我再跟你确认一下,五年前你在工作时右眼被石棉块砸中,当时并无明显不适,视力亦无障碍,两周后发现右眼视力减退,视物模糊不清,曾在当地医院按右眼视神经萎缩治疗,未见效果,两个月前右眼突发痛感。在出生地工作,未到过外地,无烟酒嗜好,月经4/31-32(月经周期为31-32天,月经天数为4天),无痛经史,二十五岁结婚,孕有一子一女,父母均有高血压多年,否认其他病史……"姜晏汐快速地把刚才郑红妹提供的信息复述了一遍,听得旁边的摄像和副导演都沉默了,他们不由得屏住了呼吸,有一种上学时代被学霸支配的恐惧感。

出了病房门,站在走廊上,姜晏汐从沈南洲手上接过他的白板,看了一眼:"挺好的,等会儿病历就交给你来写了。"

姜晏汐带沈南洲来到18床，把问诊的位置让给了他。

18床是个瘦削的老大爷，半坐在床上，靠着后面的垫子，饶有兴致地打量着沈南洲和旁边的摄像大哥。沈南洲在心里深吸一口气，微笑开问："你好，我是沈医生，现在我要询问一些关于你的个人情况。"

大爷把手往后一摆："你问吧。"

/ 8 /

摄像立刻对准沈南洲，他是天生适合镜头的人，只要在镜头下，他身上就有一种抓眼的魅力。他的声音很好听，像是低沉的大提琴，不愧是被媒体誉为"天使吻过的嗓音"，加上他那张极具迷惑性的脸，姜晏汐瞧着，原本把手一揣往那一躺的老大爷也严肃正形起来，端直了身子，不住地点头："是，是，沈医生你说得对。"

姜晏汐本是准备随时救场的，见他游刃有余，也忍不住弯了唇角。

记忆里的少年桀骜不驯，是让班主任也头疼的"坏学生"，而现在的沈南洲除了眉目还能依稀见当年的影子，其余一概不同了。

沈南洲问诊结束后，姜晏汐又补充了几句，两人就离开了病房。

结果18床的老大爷还挺舍不得沈南洲，叫住他："沈医生——"

沈南洲停住脚步："怎么了？"

老大爷说："沈医生今年多大，有女朋友了没？"

沈南洲脸上出现些许窘迫，没想到在这样的场合被问到个人问题，还是当着姜晏汐的面。他下意识地偷瞄了姜晏汐一眼，说："二十八了，还没。"

老大爷一拍大腿："太好了！"老大爷再看沈南洲，就像是看到了一块鲜美的肥肉："我有个孙女，比你小两岁，今年海都大学硕士毕业……"

这还是沈南洲头一回遇到催婚场面，他那企业家老爹早就不管他这叛逆儿子了，他那艺术家老妈更是无所谓儿子结不结婚，毕竟沈老妈觉得，结婚实在没什么意思，还不如不结。

沈南洲被吓得后退一步，副导演赶紧给摄像使眼色，让他们多拍几个特写，到时候作为花絮播出去，标题就叫"大龄当红男明星惨遭催婚"。

老大爷越说越起劲，还掏出手机来："沈医生，要不你们年轻人加个微信，自己聊聊？"节目组要来拍摄，事先都是跟这些病人沟通好的，但也没透露太多，只是说要拍一些关于医生工作的记录，而神经外科的这些病人，要么是年纪大了脑血管问题入院，要么是车祸高处坠落等造成的脑外伤入院，而这其中又以工伤为多……这些人自然是认不得沈南洲的。

沈南洲及时拒绝了老大爷："谢谢，我暂时还没有谈对象的打算。"

姜晏汐也帮着说了一句："老先生，沈医生是新来的，工作忙，可能暂时没空考虑个人问题。"

老大爷说："工作再忙，也不能耽误人生大事啊！"

沈南洲不得已，再加上那时大约也是鬼使神差，一时冲动，说："老先生，谢谢您，我已经有喜欢的人了。"瞬间，四周静得连跟针掉在地上的声音都听得见，就连摄像也竖起了耳朵：什么？当红明星沈南洲亲口承认恋情？沈南洲有喜欢的人等于沈南洲有女朋友，毕竟在大家眼里，谁会拒绝沈南洲呢？就是不知道是圈内人还是圈外人了。也没听说沈南洲和哪个圈内女星走得近啊？

副导演本来在举着手机拍摄沈南洲被催婚的场景，手一滑，差点发到朋友圈。想了想，他发给 Leo：小沈谈恋爱了？怎么一点儿消息也没听到？

姜晏汐也微微吃了一惊，不过想想沈南洲今年二十八岁，若是寻常人早结婚了，谈个恋爱也没什么稀奇。

老大爷略有遗憾："这样啊——"经验丰富的老大爷问，"还没追到？"

沈南洲迟疑片刻："她不知道我喜欢她，她是很优秀的人。"

天哪！究竟是何方神圣？八卦的副导演继续给 Leo 发消息：看不出来小沈还挺痴情嘛！

老大爷拍了拍沈南洲的肩膀："加油小伙子！大爷看好你！"

走出病房后，姜晏汐笑着说："你别太放心上，这些老先生、老婆婆惯爱给人做媒，但凡见到年轻医生，必得问问他们有没有对象。"

医生嘛，在老一辈眼里是很不错的职业，何况沈南洲长得还这样正派。

姜晏汐说："还好你只是来做一日的实习医生，否则，给你做媒的人怕是络绎不绝。"沈南洲突然问："那他们也是这样给你做媒的吗？"

姜晏汐的五官也极为端正，只是她与生俱来有一股清冷的气质，一看就知道是天生的读书人，仿若雪山之巅的高岭之花，让人望而生畏。

旁边的护士插了一句，说："那当然了！咱们姜主任长得好看，学识又高，不光病人想给她做媒，咱们院长那儿还有排着队的大好青年呢！"

姜晏汐从护士手里接过一次性拆线包和换药包，说："芳姐，你别拿我开玩笑。"

姜晏汐只把病人做媒这件事当成个小插曲，没把这事放心上，她拿了东西，说："现在去给27、29、36床换药。换药就我来吧，你看着就行。你拿着这些纱布……"

姜晏汐把六袋纱布递给沈南洲，沈南洲小心翼翼地捧着纱布，跟着姜晏汐来到了27床前。

27和29床是在一个病房内，伤口都在脑袋上，姜晏汐解开换药包的第一层，将其抽出，作为放污染纱布和棉球的地方。她动作很快，细致又轻柔，三下五除二把旧纱布解开扔在一旁，然后两只手各拿一只镊子，酒精棉球在两只镊子之间迅速交换，很快就按照次序消好毒，重新包上纱布。

不光沈南洲，副导演和摄像也屏住呼吸，不敢出声，怕打扰了姜晏汐的工作。倒是姜晏汐看见他们这么紧张，解释说："这没什么，都是最基础的。"

36床是脊柱肿瘤，伤口在背上，换药的方法和27、29床差不多。在此期间，沈南洲就尽忠职守地捧着纱布，递给姜晏汐。姜晏汐包扎完36床，说："先去处理一下这些废物，再去看19、26、45床，19和26床下午就出院了，45床也快了。"

处理这些医疗废物的有一个专门的小房间，姜晏汐说："器械单独放在这里，剩余的放在这个黄色的垃圾桶里。"

房间太小，挤不进摄像，于是只有姜晏汐和沈南洲站在里面。沈南洲低声问："之前说，院长给你介绍青年才俊，那你有看上的吗？"

姜晏汐正弯腰把器械放回去，她站直了身子，头顶刚好擦过他的下巴，沈南洲的身上有一股夏季热风的香味，有些许浓烈却克制。

姜晏汐后退了一步，主动拉开距离，面前的男人神色如常，似乎只是随便一问。实际上，沈南洲的手心已经被紧张的汗浸湿了。于是姜晏汐也没当一回事，说："主任惯爱给医院的年轻医生做媒，我刚来医院，自然不能幸免。不过你也知道，我刚回国，国内的医疗模式和国外很不同，我还需要时间学习和进步，哪有时间考虑个人情爱？"

沈南洲心里松了一口气，同时也升起淡淡的失落，他说："这些小问题肯定难不倒无所不能的姜大班长！"他快速地眨了一下眼睛，这种充满少年气的动作出现在沈南洲身上并不显得违和，倒让姜晏汐想起了他过去的样子。

第章

DI ER CI
XINDONG

轻轻拾起年少的"光"

进一步,怕你讨厌我,退一步,怕你忘记我。
就像十七岁少年的心事,辗转难眠。

1

得知那天闹了一个大乌龙后，沈老爹很是不好意思，人家小姑娘是年级第一，品学兼优的大学霸，摊上了辅导自家那个混不吝儿子的差事……哎哟，好不容易能有个人带带自家不成器的儿子，可别被自己给搅黄了！

彼时，沈老爹仍然对自己这个"不孝子"抱有期望。

沈家的客厅里，沈南洲听着沈老爹唉声叹气，烦躁地揉了两把头发："爸！你能别叹气了吗？姜晏汐她不会在意这种事的。"

沈老爹在客厅里来回踱步，说："你懂什么！像这种好学生，多少人想听她传授学习经验！上次开家长会的时候，人家小姑娘一站上台，下面的家长全都拿出本子来记人家的学习经验。"

沈老爹看着沈南洲不以为然的样子，气得高血压都犯了："你这是什么态度？"

沈南洲顶嘴："谁让咱家没那么好的基因呢！你要是那么满意她，让她做你女儿啊！"

沈老爹气不打一处来："我和你妈基因有什么不好？你难道比别人笨？老师都说了！你心思不放在学习上，上次数学，你给我考十几分！就是我去考都不止十几分！再说了，人家小姑娘爸妈也不是教授，就一个开小商铺的，做的生意还没你老爹我大……哎哟喂，怎么人家的孩子就这么省心？"

旁边的后妈拉架："好了，老沈，少说孩子几句，孩子也不小了，你总是这样指责他，有什么意思？"

沈南洲冷哼一声，并不想理这个比自己大不了几岁的小后妈。

沈老爹火冒三丈："你瞧瞧他，什么态度！"

沈后妈长的是温婉柔顺的小白花模样，说话也温温柔柔的，面对沈南洲的冷脸，也不恼，反而劝他："南洲啊，你爸是个暴脾气，他也是为你的成绩操心，上次被班主任找了之后，他是整夜整夜睡不着，想让学校的老师多关照关照你。那姓姜的小姑娘是拔尖的苗子，本来班主任还不愿意让她跟你坐一起，是你爸费尽了心思才说动老师。你看，正巧现在老师让她帮助你学习，你要体谅你爸的苦心啊！"

沈南洲琢磨出不对劲了，感情姜晏汐来辅导他，还有他爸的一份功劳？

想起在姜晏汐那里被物理题支配的恐惧，沈南洲更有一种被人安排的愤怒，他一把把书包甩到地上，被卷起来塞在书包侧边的物理试卷飞了出来，惨不忍睹的 40 分异常瞩目。

沈老爹捡起试卷的手都在抖："上次不是还能及格吗？这下连 60 分都考不到了？"要知道物理是初二才学的科目。

沈南洲说："我就不是学习的料，就像你跟我妈的婚姻一样，我勉强不了你们，你就不能别勉强我吗？"

沈老爹被气得心口疼，这小兔崽子拿上次他跟前妻离婚时候说的话来怼他？

沈老爹说："我是你爸！你现在吃我的、用我的，向来只有老子管儿子的道理，哪里有儿子管老子的事！"

沈南洲说："谁稀罕？"

沈老爹气得把卷子撕成两半，扔在地上，说："你给我滚！有本事别靠我养！"

"滚就滚！"沈南洲把手往兜里一揣，走得异常潇洒。

只是走了两步，不知为何又回头。沈老爹以为他主动低头，脸色刚缓和，却见他从地上捡起那撕成两半的物理卷子，扬长而去。

沈老爹直接血压飙升，捂住胸口，这下不是装的，是真的血压高了。

沈南洲走出家门的时候，身后传来沈老爹"哎哟哎哟"的叫唤和后妈柔声细语的安抚，只觉得无比讽刺。

他手上就拿了一份被撕成两半的物理试卷，在月光的照映下漫无目的地走了半个小时。

他也说不上来自己为什么会把这张物理试卷捡起来，他低下头，红色的公式字迹清秀隽永，落笔处可见笔锋，如同字迹的主人一样，温和又不失锋芒。

他不喜欢姜晏汐，因为姜晏汐是沈老爹口中的好学生，是和他截然相反的人。她是班长，是学生会会长，是年级第一，是老师和家长的宠儿，她人缘也好，几近于完美。

他知道自己的讨厌来得毫无缘由。事实上，姜晏汐才是无辜被拖进来的人，她本来不需要辅导自己这个差生的，是因为他老爸找了老师，才让她摊上这门吃力不讨好的差事。

站在路灯下，沈南洲迷茫了，现在去哪儿呢？

他掏出口袋里的手机，给他的好兄弟简言之发了消息：在？今晚去你家住一晚。

简言之没回消息，估计在忙着打游戏。

于是沈南洲把手机揣回口袋，继续往前走，他路过了一家面包店，门牌略有些老旧了，上面写着：亲亲宝贝面包店。

都什么年代了，名字还这么老土？沈南洲在心里嗤笑一声，然而面包的香味往他鼻子里钻，他口是心非地掉了头。

这家面包店面积很小，只有大约二十平方米，然而四周橱窗干净整洁，到处弥漫着诱人的面包香，这种味道馥郁温暖，让沈南洲想起了小时候妈妈给自己买的一块钱四个的豆沙小面包。

老板娘看见客人来，在围裙上抹了一把手："要点什么？"

她长得很和气，脸上带笑。不过沈南洲总觉得她有点眼熟。

沈南洲拿起旁边包装好的豆沙小面包，付了钱。

他口袋里的手机振动了一下，简言之发来消息：对不住了兄弟，我姨妈今天来我家，拖家带口的，不方便。

很显然，好兄弟的家里也是鸡飞狗跳。

沈南洲放下手机，开始头疼起来，难道要在街边夜宿一碗？他被这个可怕的想法吓了一跳。

老板娘问："和家里吵架了？离家出走？"

大约是这个老板娘笑意盈盈，很像沈老妈从前不和沈老爹吵架时候的样子，沈南洲难得心平气和地点了点头。

老板娘瞧了瞧他身上的校服："A中的学生？"老板娘想起也在A中读书的女儿，叹了口气，"你们这些孩子，真是……"

沈南洲继承了母亲的好样貌，眉目俊朗，就是沈老爹气急了对着这张脸都舍不得打。

老板娘自沈南洲走进来的时候就觉得这个孩子不对劲，垂头丧气的，手里还拿着被撕成两半的试卷，一看就是和家里闹了矛盾，一问，果然如此。

老板娘继续问："初几几班的？"

沈南洲说："初二（20）班。"

老板娘吃了一惊："我家孩子也是（20）班的。"她想了想，"你要是不想回去，就去我家住一晚吧！"她想，到底是孩子同学，见到了也不好不管。

沈南洲第一反应想拒绝，可那样他就真得睡大街了，到底还是没说出口。他心想，怪不得刚才看老板娘觉得眼熟，应该是之前见过，不过是谁的妈妈？

直到沈南洲跟着老板娘回了家，是旁边的老旧小区，连灯都是按钮式的。开门的时候，沈南洲见到了不久前才分别的人。

"姜晏汐？"

"沈南洲？"

沈南洲下意识地把手里试卷揉成一团，迅速地塞到了口袋里。

姜妈妈对姜爸爸说："这孩子跟家里闹矛盾了，来咱们家住一晚，正巧和汐汐是同学，明早你把他们一起送到学校。"

沈南洲站在门口，略有些局促。

姜晏汐想到他40分的物理试卷，又想到今天气势汹汹来抓"早恋"的沈老爹，不难猜测沈南洲离家出走的原因。

她往后退了一步，说："柜子里有拖鞋。"

沈南洲低着头，莫名觉得不好意思，他现在像蔫了的大白菜，丝毫没有刚才做物理题跟她拌嘴的精神劲儿。

被老爹赶出家门，流落街头，又恰好被死对头的妈妈捡回家，沈南洲心里哀叹，这是哪门子的流年不利？

是的，没错，"逼"他做物理题，又被沈老爹拿来作对照组的姜晏汐，已经成功被沈南洲认定此生的死对头了。

尤其被姜妈妈从街上捡回来之后，沈南洲见到姜晏汐的一瞬间，心里只有一个念头：他和姜晏汐一定是八字不合吧？

然而老话说得好，吃人嘴软，拿人手短，沈南洲觉得自己变成了寄人篱下的小可怜，默默地换好拖鞋，又往那一杵。

十四岁的沈南洲已经有一米八多，长胳膊长腿地塞在姜家的老房子里，他不说话的时候还是很具有迷惑性的，看得姜妈妈母性光辉大发。

姜妈妈是个很有意思的人，她长了张骗子最喜欢的脸，偏偏性格又容易相信别人，要不然也不能把只见过一面的沈南洲带回家，就因为他说是女儿的同学。好在姜妈妈这辈子运气极好，顺风顺水的，又有丈夫和女儿护着，竟也没吃什么大亏。

姜妈妈看沈南洲这副垂头丧气的样子，问："吃过晚饭没？叫叔叔给你烧点什么？别站着呀，坐。"

沈南洲这个人吃软不吃硬，姜妈妈如此热情，叫他更加不好意思，他连忙摆手："谢谢阿姨，不用了，我已经吃过了。"

他也不算说谎，毕竟和姜晏汐吃的那一大碗馄饨，着实是给他吃撑了。

姜妈妈说："再吃点吧？你们正是长身体的时候，又要学习，能量消耗得可快了。"姜妈妈转头问姜晏汐，"汐汐吃什么？"

姜晏汐想了想说："葱油拌面吧。"

沈南洲没克制住自己的震惊，朝她望过去，那碗大馄饨她吃得一个不剩，居然还有夜宵？

姜妈妈说："好，让你爸给你做去，我去给……"姜妈妈还不知道沈南洲的姓名。

沈南洲主动说："阿姨，我叫沈南洲，南北的南，三点水的洲。"

姜妈妈道："我去给小沈把客房收拾出来，你们去写作业吧，做好了我给你们端过去。"

沈南洲孤零零一个人，手上只拿了一袋红豆小面包，口袋里揣着揉成一团的物理试卷，很显然，他没带书包。

姜妈妈担忧道："小沈没带书包，明天的作业怎么办？"

A城中学的作业大部分都是学案，每天每科都有一张，教室里每天都有剩余的学案，所以沈南洲打算明天一大早去教室，找空白的学案，抄简言之的答案。

谁知道姜晏汐说："我这儿有空白的学案，你可以直接做。"

姜妈妈松了口气："那就好……小沈啊，明天你回去也和爸爸妈妈好好谈谈，父母和子女都没有隔夜仇的，大家都要互相体谅。"

沈南洲后面的话都没听进去，只听见姜晏汐说，她有空白的学案？他神思恍惚地跟着姜晏汐进了房间，看着她从书包里抽出崭新空白的学案，惊疑道："你为什么会有多余的学案？"难道学霸都是把作业做两遍的吗？

姜晏汐大大方方地说："我拿来打草稿。"

沈南洲想起姜家住的老式居民楼，突然沉默了，他开始于心不安起来，姜晏汐的家庭条件应该不是很好吧？要不然怎么会连草稿纸都舍不得用？

沈南洲房间里的草稿本一沓一沓的，都是沈老爹为了培养儿子的好习惯给买的，只可惜他从来不用，直接在学案上打草稿，那叫一个惨不忍睹。

不过最近沈南洲的学案倒是干净很多，毕竟他直接抄简言之的，或者干脆不写。

沈南洲难得感到愧疚起来，姜晏汐的生活这样艰苦，为了保持第一也一定付出了很多努力，却因为自己老爹找了老师，被安排来辅导自己。

姜晏汐可不知道沈南洲的这些乱七八糟的想法，把学案递给他："写吧。"

每天发完剩下的学案都剩很多份，它们的归宿都是垃圾桶，姜晏汐觉得扔了也可惜，索性拿了回来，还能当草稿纸二次利用。

至于买不起草稿纸？不至于，真的不至于。

沈南洲从来没觉得人生这么跌宕起伏和煎熬过，刚才和沈老爹吵完架后的失落悲伤心情一扫而空，只觉得如坐针毡。

好家伙，坐在年级第一眼皮子底下写作业，他真的感到被学霸支配的恐惧。最重要的是，他有一半都不会，剩下一半他怀疑他写的也是错的。

沈南洲写得很快，毕竟他基本都不会，他忐忑不安地交给了姜晏汐，小心观察她的神色，有点害怕姜晏汐会露出嘲讽的神色。

但是没有。她神色如常，甚至把书翻出来，给他一条条指明他做错的原因，她的声音如她的外表一样清冷，像林间泉水流过石缝："你这些公式都没背，要是实在记不住，下次就翻着书写吧。"

姜晏汐看出来了，沈南洲是根本不想学习，要不然不会连最基本的公式都不背。

所以他上课都在画小猫吗？姜晏汐看着一整个数学书的小猫，再想起他物理书上还有一书小猫，陷入了沉思。

"我订正完了。"沈南洲说，他抬头，看见姜晏汐盯着他书上画的小猫，脸上飞快闪过一丝羞赧。

完蛋！以后姜晏汐都该知道他在课上做什么了！

虽说两个人是同桌，但姜晏汐上课时专注度极高，几乎不往沈南洲那儿瞥，而沈南洲看似"埋头"苦记，实则在画猫猫。

姜晏汐朝他伸出手。

"什么？"

姜晏汐重复了一遍："物理试卷，订正好了吗？"

沈南洲从口袋里掏出被撕成两半又揉皱得不成样子的试卷，放在桌上展平。令他松了一口气的是，姜晏汐并没有过多地"关心"他的家庭情况，而是继续给他讲题目。

从沈南洲的角度，可以看到少女光洁圆滑的下颚角弧线，在灯光的映照下，少女的面容柔和，少了几分往日的清冷。

沈南洲心想，姜晏汐一定是故意的，她这样做，以后自己还怎么心安理得地针对她？岂不是真要认认真真听她辅导了？

"咚咚咚——"姜爸爸的敲门声敲走了少年的心猿意马。

两碗热腾腾的葱油拌面端上来，两根筷子从面条中间搅开来，最大程度地浸润了葱油汁，碳水的味道在口腔爆炸。

姜爸爸还给两个人准备了两杯温玉米水，用来中和葱油面的油腻。

吃了姜家的面，听了姜晏汐的题目，沈南洲这下是彻底嚣张不起来了，他的神色中有一丝懊恼，怎么就发展成现在的局面了？

于是后头的物理题、数学题，再怎么像是天书，沈南洲都努力地撑着自己的眼皮，用自己仅有的大脑内存去理解那些知识点。

等沈南洲订正完最后一道物理大题，时针已经过了十二点。

沈南洲回客房前，姜晏汐叫住了他，她没说什么，却又好似什么都说了。

沈南洲永远记得，她站在门前，对他说："沈南洲，其实读书的时间很短暂，不要因为任何人做出放弃读书的决定，我们都是为自己读的，不为别人。"

/ 2 /

拍完上午查房的片段，沈南洲跟着姜晏汐来到医生办公室，学习怎么书写病历，休息间隙，摄像退出了办公室，副导演也去外面接电话了，沈南洲看着姜晏汐的手指在电脑键盘上下飞动，按着鼠标开始给病人开医嘱，突然说道："我还记得你跟我说，读书是为自己读的，不为别人。"

姜晏汐写完最后一道医嘱："所以你做得很好。"她转头看他，"我很高兴，你最后想明白了。祝贺你。"

她抿唇一笑，如春花绚烂。她依稀记得初中那会儿，沈南洲的家庭好像出现了问题，这也是造成他叛逆的主要原因。

姜晏汐说："好了，沈医生，来写病历吧。"

休息时间结束，摄像调整好支架，重新对准姜晏汐和沈南洲，副导演摸着下巴站在旁边。

姜晏汐在电脑上打开了"住院医生站"图标，输入了自己的工号"12069"，电脑上跳出了她的名字。

姜晏汐说:"密码是六个8。"她很耐心地教他,"这里是床位管理,上面有每个病人的名字、年纪和入院诊断,点进去可以看到详细的病历编辑、医嘱管理、医技报告等。我教你怎么编辑住院志,首程记录,首次查房……"

摄像及时拉近镜头,对准电脑页面,上面是一个个写着患者信息的淡蓝色方块,当然了,后期都会给信息打码。

只是看着这些犹如天书一样的文字,摄像和副导演感受到了被医学大佬支配的恐惧。

副导演小声说:"姜主任,不好意思,打断一下,就是您讲的时候能不能尽量通俗易懂一点?我知道这些对于您而言比较简单,但观众可能听不懂。"

姜晏汐愣了一下,放慢了讲解的速度,她点开1床郑红妹的信息方块,说:"你在这里右键添加文件,选择神经外科住院志,你可以在选项里看到一些病的模板,可以根据初步检查选择一个进行填写。"

沈南洲看到姜晏汐选择了"脑膜瘤",问:"1床的失明是因为脑袋里长了肿瘤吗?"他虚心请教,"这个是怎样下的一个结论呢?"

姜晏汐说:"刚才查房的时候,我给她做了神经系统方面的查体,她的右侧视盘苍白,边缘模糊;左侧边界不清,生理性凹陷消失,隆起;右眼上睑下垂,眼球明显外突,上、下、内运动受限;右瞳孔散大,对光反射消失,提示有眶上裂综合征。她之前曾在当地医院以视神经萎缩治疗过,但是并没有好转,右眼视力仍进行性减退,且右眼球突出,最重要的是,她来海都市以后,曾在海都大学第二人民医院做过右侧颈总动脉造影,发现右侧蝶骨崤内有占位性病变……所以很大可能是脑膜瘤。不过要最终确诊,还是要等她的CT、脑血管造影等检查报告出来。"

在沈南洲眼里,姜晏汐整个人都是发光的,她的眼睛尤其明亮,是真的热爱医学这份事业。当年姜晏汐以省状元的身份考入B大,却又在不到一年的时间选择退学,远赴重洋求学。

所有人都觉得她疯了,知道些许内情的人认为姜晏汐是因为爷爷的病逝大受打击,做出了不清醒的决定,轮番上阵劝说。

但沈南洲知道她不是那样的人。姜晏汐是天上永远不会迷途的月亮,无论身处何种逆境,她都会坚定地向前走。

姜晏汐说:"这里写主诉,主诉是:右眼视力进行性减退。现病史、既往史、个人史你点进去都会出现选项，比如这里否认药物过敏史，手术外伤史，你直接选是或者否就好。"

　　沈南洲再次体验到了学生时代被姜晏汐教物理题的恐惧。但如今和以往不同了，十四岁的叛逆期少年抗拒学习，二十八岁的青年为了接近心上人做了充足的功课，沈南洲没在姜晏汐面前露太多怯。

　　上午剩余的时间，沈南洲都坐在电脑面前补病历，直到经纪人 Leo 提着两大袋咖啡杀进来。

　　Leo 收到了副导演的消息，缓缓在微信聊天框里带出一个"？"，他越想越闹心，等不及副导演的回复，就杀了过来。

　　当然他也没失去理智，反正拎了东西来就算是探班了。

　　他在医院走廊的办公室外刹住脚步，因为他看见医生办公室里，沈南洲乖得就像没脾气的大型长毛犬，心里"咯噔"一下。

　　他从沈南洲出道时就跟着他，已经将近十年。

　　都说娱乐圈是个大染缸，男女关系混乱，更何况沈南洲还长了张好皮囊，投怀送抱的人不少，想花钱春风一度的人也不少，偏偏沈南洲不近女色，异常冷淡。

　　Leo 曾亲眼看见某次沈南洲在外地拍戏，回酒店时，发现床上有貌美女郎，是同组拍戏的十八线女配，结果沈南洲直接拨打了报警电话，说有人私闯"民宅"，威胁人身安全。

　　Leo 当时瞧了瞧一米九大高个的沈南洲，又瞧了瞧床上哭得梨花带雨的美人，十分怀疑沈南洲是不是有什么毛病。

　　最主要的是，这十年来，沈南洲一直如此，他从来没有表现过对哪个异性的喜欢，甚至连偏向都没有。从某种程度上来说，也算是让 Leo 很放心了，毕竟沈南洲今年才二十八岁，在 Leo 看来，沈南洲起码还能再红十年，这个时候谈恋爱岂不是自断前程？

　　Leo 站在医院走廊，开始努力追寻蛛丝马迹，作为他的经纪人，Leo 这十年几乎跟他形影不离，若说沈南洲有什么恋爱迹象，他不可能不知道。

　　那就是在他做沈南洲经纪人之前？大学之前认识的人？

　　Leo 总觉得沈南洲的态度不对劲，他悄悄问出来透气的副导演："沈南洲旁边的女医生是谁？"

　　副导演笑了："那位是姜主任，是个厉害人物，刚从国外回来，是神经外科的专家教授。"

副导演给 Leo 科普了一下姜晏汐的荣誉奖项。

Leo 震惊："这么年轻？"

他知道今天沈南洲是跟着神经外科的副主任拍先导片，只是他没想到传说中的这位教授这么年轻。

Leo 心里的怀疑瞬间烟消云散。那没事了，在真正的大佬面前，谁不是乖得像小绵羊一样？

"姜晏汐"这三个字的含金量，仅从副导演刚才的那些话中，Leo 就可窥见一斑。像这样可以说是医学界的新贵，未来国宝级人物，是娱乐圈任何巨星也比不了的。再说了，就算沈南洲昏了头，难道姜大佬还能瞎了眼吗？Leo 坚信，学术圈大佬不是看脸的人。

/ 3 /

上午的节目拍摄结束了，Leo 进去把咖啡分给摄像等工作人员，还有姜晏汐。

Leo 笑着说："姜主任，今天麻烦您带我家艺人了。"

姜晏汐接过冰拿铁，微微颔首："不客气。"然后看着这个年纪不大，却充满老父亲气质的经纪人把沈南洲拉了出去。

Leo 当然是来找沈南洲算账的！他把沈南洲拉到角落，确定没有摄像头后，压低了声音，问："你怎么回事？我怎么不知道你还暗恋别人？是谁？你脑子坏掉了？前途不想要了？"

沈南洲右手拿着冰美式，双臂张开，往栏杆上一仰，懒洋洋地说："大不了退圈。"

"退圈？"Leo 震惊道，"你今天出门的时候掉河里了？脑子进水了？"

沈南洲幽幽叹了口气："我倒希望能退圈。"

要是姜晏汐真的答应自己……算了，他连想都不敢想，怕开口连朋友都做不成。

沈南洲说："你放心，人家看不上我。"

Leo 更震惊了，还有人能看不上沈南洲？他用手摸了摸沈南洲的脑袋，喃喃道："这也没发烧啊，怎么说胡话了？"

他还真不习惯沈南洲这一副苦情的样子，问："到底是谁？圈内的还是圈外的？我认识吗？就算是没可能，你今天也不该在那么多人面前说这种话,我就一天没跟着你,结果闹出这种事。"他唉声叹气道,"我等会儿去跟导演好好说说,到时候把这一段剪掉。早知道我就不该信你的鬼话,还答应让你连助理也不带就过来拍摄。"

沈南洲没有回答 Leo 的啰唆。

突然,他站直了身子,Leo 回头,看见姜晏汐走过来。

Leo 立刻住了嘴,换了一张脸,问:"姜主任,您有什么事吗?"

姜晏汐说:"科室订了饭,在示教室,你可以先去吃饭,然后休息一会儿。"她抬手看了一眼手表,"现在是十二点,下午一点我们去接病人。"

安排沈南洲来当一日实习医生,自然是跟着医院的时间表来。

《生命之门》节目组这次无论是人力还是物力都下了血本,导演和副导演更是国内数一数二的,铆足了劲儿要拍出一部贴近医疗职场的综艺,不为赚钱,但求口碑,更何况海都大学附属医院是全国排名第一的顶级公立大三甲医院,也不是能由节目组乱来的,因此沈南洲虽是大明星,要过来拍摄节目,也得听从医院的安排,不能扰乱正常的医院秩序。

沈南洲点点头:"好。"

医院的饭自然就是盒饭了,Leo 拉住沈南洲,犹豫道:"你……"

沈南洲及时堵住了他的话口:"你回去吧。"

Leo 看着沈南洲头也不回地走了,心里莫名生出一份悲凉,总感觉自己养大的崽跟人跑了……

太可怕了,这一定是错觉!

Leo 没说完的话飘散在半空中:"沈南洲,你悠着点,你那十天半个月就犯一次毛病的胃,别吃完了就直接进这个医院的急诊了。"

沈南洲的肠胃异常娇弱,他几乎不吃外面的食物,之前住家里的时候,请了有证的专业营养师做饭,后来进了娱乐圈,从沈老爹的别墅里搬出来后,Leo 也给他请了专业做饭的阿姨。

Leo 和沈南洲其实是大学同学,他是亲眼见过沈南洲把自己吃到医院急诊室的,从此对人类脆弱肠胃的认知更上一层楼。

这些年看了不少医生,好生将养,沈南洲的肠胃也好多了,只是习惯成自然,再加上沈南洲又讲究,盒饭,那是不可能吃的。

Leo 叹气,一向不吃盒饭的沈南洲今天这是怎么了?从前也没见他拍综艺这么敬业啊?

毕竟,沈南洲除了自己的演唱会,其余推不掉的通告都是"被迫营业",

绝不多做。

示教室里，除了姜晏汐和沈南洲之外，还围着一群实习生和规培生，他们大多年纪轻轻，好奇且激动地围在一边，又碍于姜主任的压力，只敢小声密语。

这时候，当代人使用率最高的智能手机就派上用场了，大家打开微信面对面群聊，建了个"吃瓜小组临时群"。

阿司匹林：是我的错觉吗？感觉姜主任和沈南洲很般配欸！难道只有我一个这么觉得吗？

豆状核：是的，只有你一个人。

阿嘡：抱走姜主任。

阿司匹林：可是，真的是颜控的盛宴了……

阿嘡：你病历补完了？

阿司匹林：瘫倒在地，还没，吃完就去。

L-谷氨酸脱氢酶：下午跑路吗？

阿司匹林：跑！必须跑！我可不想被主任抓下来值夜班了，我今年还要考研呢。

豆状核：（坏笑）不留下来嗑CP（情侣）了？

阿司匹林：（躺平）不了，小命要紧。对了，这次轮到谁留下来？

阿嘡：我。有什么事我在群里叫你们。

豆状核、阿司匹林、L-谷氨酸脱氢酶：谢爸爸！

沈南洲埋头吃盒饭，连头都不敢抬一下，他怕他偷瞄的眼神太明目张胆，只能懊恼又沮丧地默默吃饭。

他甚至想不出话题来跟姜晏汐说些什么。叙旧？似乎这里也不是个合适的场合；邀请她一起吃晚饭？会不会意图过于明显？

沈南洲在心里嗤笑自己，明知道是不可能的事情，但只要靠近她，他永远被她吸引，总还想不死心地尝试一把。

忐忑、难安。但为她，甘之若饴。

就像十四岁那年的猪肉虾仁大馄饨一样，一碗十一个，明明知道没办法吃完，却还是鬼使神差地勉强自己吃了。

沈南洲心绪复杂，心思根本没用在吃饭上，他的余光倒是一直跟着姜晏汐的动作。

姜晏汐接了个电话，突然站起来，椅子在地上发出刺耳的摩擦声。

沈南洲放下筷子，看她。姜晏汐匆匆说："下午恐怕不能拍摄了，急诊转来车祸脑出血的病人，需要紧急手术，神外急诊那边正在加急做检查，等转到我们这里就要立刻手术！"

姜晏汐抓起刚才脱下的白大褂，以迅雷不及掩耳之速穿好，戴上口罩。

他们现在在神经外科的住院楼，而姜晏汐现在需要去急诊楼，看一下车祸病人的情况，和家属交代手术风险。以最快的速度走完程序，然后开始手术，抢救病人。

副导演却眼睛一亮，问："我们可以跟着拍摄吗？不会影响医院正常秩序，我们也想拍医院这种突然发生的紧急情况。"

姜晏汐没有拒绝，算是默认了。

摄像大哥扛着摄像机追在了她后头，沈南洲也毫不犹豫地追了上去。

/ 4 /

急诊的一切都在争分夺秒，能感觉到这里的空气都是焦灼的，这里的每一个人神经都是紧绷的，脚步匆匆，连说话也是最简单的字词。

在这里工作的医生和护士是最好的战友，不用说话，只要一个眼神，就能完美契合。

副导演和摄像追着姜晏汐来到急诊，小心翼翼地往角落挪，大气不敢出一声。

"让一让！"

这里的护士脾气也很火爆，管你是政界大佬，还是亿万富翁，就连天王老子来了也不行，这里是和阎王爷抢人的地方。

救护车的声音不绝于耳，担架抬下来迅速就送到抢救室里，空气里弥漫着浓厚的血腥味和消毒水的气味。

神经外科的急诊送来的大多都是车祸、高处坠落、斗殴等造成的脑外伤脑出血。

比如现在姜晏汐要接手的这个，就是车祸入院的患者。

今天在神经外科急诊部坐诊的宋医生看见姜晏汐，像是看到了救星，道："姜主任，这个病人情况危急，颅内压很高，已经静滴了降压药，需要紧急开颅手术。"

姜晏汐问："CT结果怎么说？"

宋医生："双侧额部、左侧颞顶部硬膜下血肿，蛛网膜下腔出血……是创伤性脑疝。"

听着这一长串陌生的医学名词，就叫人胆战心惊，副导演和一旁正在拍摄的摄像大哥也揪起了心。

沈南洲看着姜晏汐从容不迫地安排手术事宜，在嘈杂的急诊室，她是焦点重心，旁边的匆匆人潮都成了幻影，独她熠熠发光。

姜晏汐从一旁的护士手术接过一沓文件，问："家属在哪儿？"

护士说："打过电话了，家属不肯来。"

姜晏汐瞧了一眼躺在那里血肉模糊的中年男人，四十多岁，正值壮年，按理说是家里的顶梁柱，出了事，家里人怎么会不愿意来？

姜晏汐问："送他过来的人呢？"

护士说："这人开电瓶车闯红灯，撞一辆保时捷车上了，车主把人送到医院，人就走了，说有什么事联系保险公司。"

姜晏汐："把家属电话给我。"

护士飞快地在一旁的办公座机摁下十一位电话号码。

"滴——滴——"

护士无奈，说："被挂掉了。"

姜晏汐眉头微皱："再打一遍，叫医务科联系公安过来，我向院长请示，先做手术，叫手术室那边先做好准备工作。"

姜晏汐对宋医生说："你先去准备。"

护士说："姜主任，电话通了！"

姜晏汐迅速接过电话："你好，这里是海都大学附属医院急诊部，请问是患者周勇的家属吗？现在周勇需要紧急手术，需要您来医院签字，医院地址是宛平路 800 号……"

对面是一个略有些年纪的中年女声，态度冷漠："我和他已经没关系了，有事不要来找我，找他的小三儿去！"

还没等姜晏汐继续说话，电话挂了。

姜晏汐放下电话："联系院长签字，准备手术吧。"

她神色平静，并没有因为家属的冷漠态度受到影响。

姜晏汐问："术前八项的结果出来了吗？"

护士摇头："还没，最快晚上才能出来。"

姜晏汐看了一眼监护仪："来不及了，先送手术室吧。"

"好。"

术前八项查的是患者有无传染性疾病，包括：乙肝表面抗原、乙肝表面抗体、乙肝E抗原、乙肝e抗体、乙肝核心抗体、丙肝抗体、梅毒血清特异性抗体、艾滋病病毒抗体检测。

查术前八项，一方面是为了更好地了解患者的身体免疫情况，另一方面也是为了保护医务工作者。但急诊手术往往来不及等患者的结果出来，这对于医生而言，就大大增加了感染的风险。

姜晏汐没有丝毫犹豫，安排好各项事宜，急诊室的人马再次紧急动起来，一路绿色通道，把车祸患者转移到手术室。

副导演和节目组工作人员一直跟到手术室门口，直到大门缓缓关闭。

沈南洲站在门外，看着她的身影消失在门内，她的眼神一如既往地坚毅无畏，似乎这世上没有什么东西能够阻碍她的理想。

手术室外多的是满脸愁容的家属，他们大多站着，还有跪在地上，嘴里念念有词，念着观音菩萨，玉皇大帝，把诸天神佛都求了个遍。

这里的气氛无疑是压抑的，就连节目组的工作人员也无一例外受到了影响，心里像是有一块石头压着，沉重、压抑，说不出话来。

人世间的所有言语在生死面前都显得单薄，看看这些在希望和失望中反复徘徊的家属，好像来到了地狱门前。

医院手术室的门前听过比寺庙更多更虔诚的祈愿。

副导演感叹道："医生这份职业真是不容易啊！"

人的期望是很沉重的，尤其是素不相识的陌生人，病人家属把医生当作唯一的希望，祈求他们能从死神手里把人抢回来。

然而世事并非人愿，失去亲人的巨大悲痛也会生出怨怼。

大约是受了影响，副导演心里也闷闷的，他承认，他受好友邀约做这档综艺，是为了名声。可不知为何，在见了医院里争分夺秒的抢救，这些绝望痛苦以至于只能祈求神明的病人，他的心里突然涌上一阵冲动：他想做一个真实的医疗职场综艺，让更多人看到这些优秀的医务工作者，以及青年医生是如何成长起来的。

副导演扭头，看到旁边同样失神不知在想什么的沈南洲，问："你是不是也被震住了？我现在才觉得健康真好啊！"

沈南洲垂眼，长长如鸦羽颤动的睫毛遮掩他眼中担忧，口罩挡住了他的神情："我在想，手术能不能成功。"

副导演说:"肯定的!姜主任那么厉害,她主刀,还有问题?"

沈南洲却想到那没有出结果的术前八项,还有被家属挂断的电话。

座机开的免提,急诊室的所有人都听到了女人的冷漠。家属不愿来,语气中颇有怨怼,话语之中可知患者周勇的男女关系并不干净。

不知为何,沈南洲的心里很闷。他不信鬼神,可现在看着那些双手合十,不断磕头祈祷的家属……沈南洲心想,如果世上真的有神明的话,请一定要让她一切顺利。

他闭了闭眼,沉默无声。

手术的时间永远是难以预计的,姜晏汐这一进去,一直到晚饭时间都没出来。副导演还想拍一些姜晏汐出来之后的花絮,所以并没有撤。

他看了一眼旁边的沈南洲,说:"小沈啊,要不你先回去吧?今天你的拍摄就到这里结束了,辛苦你了。"

出人意料地,沈南洲说:"我等姜主任出来。"他找了个理由,"今天我是姜主任的学生,先走不好。"

副导演心道,从前听圈内人说沈南洲私底下有些不好相处,如今一看,分明是谣言,人家敬业得很啊!

晚上七点的时候,护士匆匆赶过来,问:"姜主任手术结束没?"

外面值班的人回答:"还在里头呢,怎么了?"

副导演和沈南洲也走上前去。

手术室的控制面板可以接听电话,偏偏今日不知出了什么故障,护士手上拿着报告,一脸着急:"这位患者HIV抗体阳性!谁进去跟姜主任说一下!"

/ 5 /

手术已经做了五个多小时,其实这时候进去说也没什么用了,只能祈祷里面的医生做好了防护,手术顺利,没有突发意外。

护士也明白这个道理,她看着人进去报信,一屁股坐在走廊的椅子上。

她还很年轻,没工作几年,忍不住说:"真是害人害己!自己管不住下半身那玩意,把孩子上学的钱拿出去找小姐,怨不得老婆不愿意来!姜主任这么年轻、优秀,却要为了这种人担风险!"

患者周勇被送来医院的时候,已经陷入昏迷,打电话给家属,家属不愿来，在这种情况下，姜晏汐完全可以不管这个烂摊子的。

退一步讲，等到术前八项的结果出来，再安排手术事项，也没人能说她什么。但她还是第一时间联系医务科，请示上级签字，安排了这场手术。

沈南洲心急如焚，在走廊走了几步，从口袋掏出手机，开始搜索：给艾滋病患者做手术医生的感染风险大吗？感染艾滋病后应该立刻干什么？

有病百度，癌症起步的话不是谣传，跳出来的答案看得沈南洲心惊肉跳，而且这些答案还不统一。

沈南洲犹豫片刻，去问护士："这种情况，之前发生过吗？姜主任她会被感染吗？"

护士心情不大美妙，毕竟高强度工作加上碰到令人头疼的病人，很难让人心平气和。她抬头，看到一旁的摄像头，脸色微变，大概也知道了他们是节目组的人。

护士按捺火气，努力让自己平静做科普："在急诊，来不及做传染病检查就手术的病人并不少，之前我们就有医生被感染的先例，也是急诊手术，家属故意隐瞒，还好阻断药吃得及时……"

护士不知道是在跟导演说，还是跟沈南洲说，或者是跟将来节目播出后看到的观众说："但不是每个医生都能那么幸运的，因为医疗行为感染上艾滋病的医护，一辈子都被毁了，医院不会拒诊患有艾滋病的患者，但不会有一个患者愿意接受有艾滋病的医生给他们看诊。医院出于大局考虑，也会把医生调到其他岗位上去。"

护士说："那些被毁了人生的医护，大多不会得到道歉，甚至会被埋怨。"

沈南洲问："为什么？"

护士冷笑一声："这些人，大部分只会觉得医生、护士知道了他们的丑事，他们不会感激医生救了他们的命，反而觉得隐私受到了窥探。"

沈南洲哑然，人性如此，千百年亦然。

护士还在絮絮叨叨："医院的检查出来也只是时间问题，医院这么多病人，没有人会对你的亏心事感兴趣，何必要撒谎？"

沈南洲沉默地看向手术室的大门，姜晏汐不是遇到打击就自暴自弃的人，可她是那样热爱她的医学事业，如果让这种事影响到她的职业生涯，要一辈子远离临床……

不！沈南洲甚至自私地想，如果中午的时候，不是姜晏汐，而是其他人就好了，他应该找个理由把她带出去，就不会遇到这样的事。

他爱慕高悬在天边遥远温柔的月亮，却从没期盼过月亮下坠，占为己有。

手术室的门终于打开了。

沈南洲抬起站得太久而发麻的腿，第一个奔到门前，他的异样让副导演忍不住瞧了他一眼：可见圈里说小沈冷漠的传言都是假的，小沈这个人明明就很热心嘛！这不？第一个上前关心姜主任！

奔动的不止沈南洲，还有旁边的家属，他们拥挤着，却不敢占据大门的位置，挤在两边往门内探望，期待那个被成功抢救、被护士推出来的是自己的家人。当他们发现并不是自己期望的人，又有些麻木地走回原来的位置，继续祈祷。

姜晏汐出来的时候和进去的时候没两样，不过仔细看她额发已经被汗水打湿，显然这场长达七八个小时的手术有些棘手。

副导演在征得姜晏汐的同意后，把摄像叫了过来，两个摄像大哥本来在凳子上昏昏欲睡，一个激灵，扛着摄像机小跑过来。

摄像镜头重新对准姜晏汐。沈南洲只好暂时按捺自己的焦灼，只能不动声色地去观察姜晏汐的状态，她的白大褂干净整洁，每一个扣子都扣得整整齐齐，裸露在外、交叠在一起的双手上并没有伤口。

沈南洲悄悄松了口气，谢谢老天爷，他回去就烧香还愿。

姜晏汐说："病人情况有些复杂，虽然已经初步脱离生命危险，但还得转入ICU（重症监护室）再观察几天。"

姜晏汐想起还在拍摄的节目组，想了想，对着镜头解释道："有时候手术成功结束了，并不表示万事大吉了，术后的监测也很重要，术后并发症同样能轻易夺去一个人的性命。这个病人转入ICU后，ICU的医生会负责观测他的生命体征、禁饮食、物理降温、多功能监护，每小时观察神志瞳孔、监测尿量、气管插管接呼吸机辅助通气……止血、营养神经、抑制胃酸分泌、补液、输血、升压……"

姜晏汐打电话给医务科："警察那边怎么说？"

沈南洲注意到她的眉头有一瞬间的微皱，姜晏汐挂断电话，说："警察明天会来处理，肇事司机也会过来。"

那么，现在还有一件事：继续联系家属。

虽然手术是做完了，但这后面的事情并不少，手术费用、重症监护室的治疗费用……这些都是需要人来付的，就算有赔偿费，一时半会儿也拿不到。更何况，这个人自己闯红灯，顶多出于人道主义司机赔点，大部分费用还是要患者自己付的。

姜晏汐问护士："家属怎么说？"

护士看了一眼手机："家属还是不肯来，说是和患者已经断绝了关系，让我们不要来烦她，她更不可能过来签字、给患者交钱。"护士小声说，"这人是夜场常客，和老婆关系很差，他老婆也就看在孩子的分上没离婚，早就分居了，我估计是不肯管了。"

护士心想，是她的话她也不管，谁说不是报应呢！

姜晏汐问："这个人还有其他的直系亲属吗？"

护士说："父亲已经过世了，母亲在老家，是个精神有问题的人，做不了主。"

姜晏汐问："孩子呢？孩子成年了没？"

护士说："就一个女儿，今年高二。"

那就是没成年。

临床上的糊涂账多了去了，姜晏汐回国时间虽短，见的也不少，此时也是见怪不怪了，她继续问："那他单位领导呢？"

护士说："这人没正式工作，平时打临时工，赚的钱全拿去找小姐了，连医保都没交……"

姜晏汐说："那这事只能叫公安来处理了。"

护士哀叹："可别最后又成了糊涂账。"

海都大学附属医院是全国有名的大医院，做不出把病人赶出去的事情，但没人交钱，这笔钱只能医院自己垫了。

旁边的二助笑着说："咱们医院是大医院，做不出那种分摊到我们头上的事情。总归是医务科的事情，你就别头疼了。"

姜晏汐说："医务科那边也会和家属谈的，或者跟司机那一方谈，能交一部分钱先交一部分吧。"

护士点点头，她突然想起，问："对了，姜主任，宋医生、蓝医生，你们没事吧？"

姜晏汐知道她说的是关于周勇 HIV 抗体阳性的事情，摇了摇头："没事，我们做了防护。"

二助宋医生说："姜主任那双手，你没瞧见有多稳，一点儿事没有！"

宋医生已经彻底成了姜晏汐的迷弟，他是住院医，是第一次跟姜晏汐上手术，在此之前，他从来没见过有人的手能稳成那样。

宋医生甚至觉得姜晏汐是一台精准的机器，不会受到外界干扰，不会出错。沈南洲悬着的心终于放下来，他已经出了一手心的汗。

副导演这边拍完姜晏汐，收了机器，朝姜晏汐竖起大拇指："姜主任年轻有为，是医学界的新顶梁柱啊！"

面对副导演毫不吝啬的赞赏，姜晏汐只是微笑："今天情况突然，让原本的拍摄计划中断了，实在不好意思，要不然改天再补一场？"

配合节目拍摄也是医院领导层的意思，医院领导也想借这个机会继续扩大医院的名声。

副导演连忙摆手："不不不，今天就很好，这样才足够真实嘛！是我们打扰姜主任正常工作了，很抱歉。"

副导演今年四十多岁，在娱乐圈也是拿过好些个奖项的大导演，仍对姜晏汐十分尊敬。

到副导演这个位置上，他更知道姜晏汐这样年轻的天才医生是多么珍贵，医生是不能得罪的，尤其是专家医生。

姜晏汐点头致意："那我就先走了。"今天是她值夜班，她准备回值班室看一下病人的资料，还有一些没看完的论文。

姜晏汐师从约翰霍普金斯大学医学院的 Michael 教授，主要方向是脑血管病、脑肿瘤以及颅底病变。回国后，姜晏汐现在任职医院的神经外科细分为血管组、垂体组、颅底组、创伤组，等等。但是脑外伤是每个神经外科医生的基本功。

沈南洲突然叫住她："姜晏汐！"他犹豫了很久，看着她即将转身的脚步，还是冲动喊住他。

当她回头看他，他的心脏不受控制地怦怦跳起来。

沈南洲这才意识到，自己无意间叫了她的名字，他又有些欲盖弥彰地改口："我让经纪人买了晚饭，姜主任先吃了饭再工作吧。"

姜晏汐笑了，她的笑很淡很温和，说："好，谢谢你。"

她似乎完全没多想。沈南洲也不知道该庆幸还是该自嘲，他既想让姜晏汐明白自己的心意，又害怕她洞晓自己的心思。

进一步，怕你讨厌我。退一步，怕你忘记我。

就像十七岁少年的心事，辗转难眠。

/ 6 /

沈南洲十四岁的时候父母离婚,他进入叛逆期。十五岁的时候,他幡然醒悟,开始奋起直追。

但因年轻气盛而荒废的那些日子,终究不可挽回。

A城中考涉及"语数外",物理、化学、政治、历史七门科目,外加一个40分的体育加试分。

"语数外"各150分。物理100分,化学70分,合在一张卷子上考;政治50分,历史50分,也是合在一张卷子考。加上体育加试的分数,总计760分。

姜晏汐毫无疑问会上最好的A城中学,也就是他们现在所在的A城初级中学的高中部,而高中部本部的分数线高达700分。就是需要交择校费的北校区,也至少要650分。

中考从某种意义上来说,比高考残酷,因为它没有容错率,且只有不到百分之五十的人能够最后上高中。

沈南洲是努力了,可其他人比他更努力,这三年来的一千多个日子,有人一刻不曾荒废。

沈南洲还是该感谢有钱的沈老爹的,沈老爹得知儿子"洗心革面""幡然悔悟",竟然主动要学习了,毫不吝啬地给他请了A城最有名的老师,请到家里一对一给他补课。

沈南洲最差的是数学和物理,所以沈老爹给他各请了两个老师。"钞能力"的效果自然显著,当然了,价格也不便宜,一千块一小时。

那段时间,所有人都能感觉到:沈南洲不一样了。

姜晏汐也发现了,他现在课上"埋头苦记",不是在画小猫了,而是真的在记笔记!

班里总有人调侃他:"哎哟南哥,怎么突然奋发向上了?"他们挤眉弄眼,"是不是情窦初开了?"

十四五岁的少年,最爱拿这些八卦来调侃。

可能那几个同学也只是无意一说,沈南洲的反应却很大:"别瞎说!"

其实二十八岁的沈南洲回头看这段岁月,很难说得清当时的他是什么样的感情,但唯一能确认的是,不是爱情,而是一种更纯洁、纯真的感情。

她是他的月亮，是心底的美好，是他想一直看着的人。

他从来没有想过要去伸手摘月亮。

沈南洲的成绩上去了，从原来的班级挂车尾到了中下游的位置。班里关注他的人也多了，大家突然发现：欸？沈南洲原来长得这么好看？

倒不是原来没注意到，而是原来沈南洲的成绩真的差得惨不忍睹，在这种情况下，即使他的脸美得跟天神下凡一样，也顶多只有几个超级颜控会看两眼。

但沈南洲成绩的提升影响不到前面那批人，稳在前二十的人这时候都抓紧时间冲刺，稳住自己的名次，最起码能交择校费，进Ａ城中学北校区。

随着沈南洲成绩的一路飙升，中上游的人有点危机意识了，或好奇或八卦，来悄悄摸摸打听沈南洲突然奋起的原因。

沈南洲当时偷偷瞄了一眼旁边做题的姜晏汐，发现她还是纹丝不动，他心里涌上一阵失落，明面上说得可拽了："那是我之前不想学，我要是想学，有什么难得倒我？"

沈南洲人前嘴硬的样子很风光，回家奋笔疾书挑灯夜战，被大题难得抓耳挠腮的样子也很狼狈。

/ 7 /

沈南洲其实是想问姜晏汐，好几次他欲言又止，这句话堵在他心里，让他整个人都蔫了。

具体表现在他不跟沈老爹顶嘴了，甚至不阴阳怪气他那年轻后妈了。搞得沈老爹忧心忡忡了，看着无精打采的儿子，说："要不咱玩一段日子？歇歇？"

自从沈南洲"学好"之后，沈老爹的态度就一百八十度大转弯，甚至沈南洲再呛人的时候，沈老爹还能笑呵呵地问两句："肚子饿了没？"

网友有句话说得好：要是我能上清华北大，我爹能把族谱撕了，从我这页写。

沈老爹可没敢想儿子能上清华北大，之前觉得能上普高就阿弥陀佛了，如今还有希望冲一冲Ａ城中学的北校区，就是需要交几万块择校费，分数比本部低几十分的那种。

上次班主任又找了沈老爹，这次沈老爹是喜笑颜开出来的，喜得他又

049

去各大寺庙烧了香，还给远在南美洲的前妻发了信息：咱儿子长大了！终于懂事了！

由于时差问题，沈老妈大半夜被消息吵醒，无语地给沈老爹回复：有病。

大半夜的又抽什么风呢？沈老妈外表美丽，脾气更"美丽"。

沈老爹这阵子反正是"人逢喜事精神爽"，高兴之下，给手下员工都发了红包，于是大家都知道：沈总的儿子在Ａ城初级中学读书，成绩不错，听说稳上Ａ城中学高中部啊！

别人自然恭维沈老爹，说："贵公子前途无量啊！羡慕羡慕！"

说实话，沈老爹生意做到这份上了，和同圈层人比的不再是赚的钱了，而是孩子。沈老爹这辈子没觉得这么扬眉吐气过，一挥手，又给底下员工放了三天假，说是要送儿子参加本学期第一次月考。

可能唯一不高兴的是沈后妈，沈老爹今年四十二岁，沈后妈今年才二十六岁，她嫁给他当然不是图他年纪大。

沈后妈没想着沈南洲不好，但也不希望他太好，本来沈老爹就不想再要孩子了，原先想着沈南洲不成器，沈老爹或许能改变主意。可如今沈南洲奋发向上了，乐得沈老爹全心全意扑在儿子身上，沈后妈自然不开心。

当然了，沈后妈也没啥话语权，只能憋着。只能瞧着沈老爹对沈南洲嘘寒问暖，说："最近学习太辛苦，别累坏身子，叫阿姨给你做点好吃的。"

看沈南洲无精打采，沈老爹说："想要什么？爸给你买！"沈老爹想一出是一出，"要不给你买辆车？"

沈后妈听不下去了："现在买车会不会太早了？孩子还没成年呢！"

沈老爹大手一挥："高考完了就去考驾照！"

沈后妈无语，心说中考还没到呢！

沈南洲说："不用了，我没什么想买的。"

沈老爹问："那你最近是怎么了？学习太累了？"

从前沈南洲叛逆不学的时候，沈老爹拿着竹棍追着沈南洲向学，可沈南洲真废寝忘食学习了，沈老爹又担心他把脑子给读坏了。

沈老爹说："实在不行，咱也不一定要上Ａ城中学，你们班主任说了，上个高中没问题的，其他高中也挺好，我赚这么多钱，够给你兜底了！"

沈南洲打断他："我一定会考上的。"他阻止了沈老爹再胡乱猜测下去，"我心里有点烦，你能不能让我自己待会儿？"

沈后妈火眼金睛，试探着问："南洲跟同学闹矛盾了？"

少年人的心事最容易被人窥探。

沈后妈联想到沈南洲这些天的异样，觉察出少许不对劲来。

她怎么觉得沈南洲是早恋了呢？迫不及待地想要找出蛛丝马迹来。

沈老爹立刻担心地看向儿子："需要老爸出面吗？"现在沈南洲在沈老爹心里，是乖巧懂事的好大儿，沈老爹生怕儿子受了什么委屈。

听说Ａ城初级中学学区房的政策出来后，初中部可是有不少小混混，自己平时给儿子的零用钱也不少，可别是被勒索了！

想到这种可能，沈老爹火冒三丈。

沈南洲赶紧拦下要冲到学校找人的沈老爹，无奈之下，只好半真半假地说："最近遇到了一个难题。"

沈老爹说："你那同桌不是年级第一吗？问她呀！"

沈南洲抿了抿唇："太简单了，不好意思问。"

沈老爹纳闷："你刚才不还说是难题吗？这有什么的，你问！大不了老爸再请她吃几顿饭！"

沈老爹财大气粗，去年"抓早恋"闹了个大乌龙后，知道姜晏汐是在给儿子补习，为了表达愧疚和感谢之意，沈老爹晚上酒也不喝了，专门开车来接两个孩子，先带他们去吃晚饭，然后把姜晏汐送回家。

毕竟在沈老爹眼里，愿意辅导自家儿子学习的姜晏汐简直是活佛转世，沈老爹的礼物不要钱一样地往姜家送。名酒、茶叶、香烟、水果……这些对沈老爹来说不算什么，却让姜爸爸和姜妈妈很头疼。

沈老爹是生意人，礼数做得无可挑剔，一个劲地让姜爸爸收下，说："姜同学成绩优异，外面请她辅导都请不来，我家儿子走了狗屎运跟姜同学分到一个学习小组，耽误她学习时间了，实在不好意思，你们一定要收下！"后来还是姜晏汐去跟沈南洲说，让他爸不要再送东西了，沈老爹这才作罢。

只是沈老爹还是常常带两个孩子去高档餐厅吃饭，沈老爹惊喜地发现，沈南洲这段时间吃东西都不挑食了！

沈老爹心里感叹，还是"小姜老师"的模范作用做得好啊！

不过进入初三之后，学校给年级前二十名组了个冲刺班，每天放学之后留下来在办公室做冲刺题，同学之间又称"小黑屋"。

班主任也不敢在初三这个关键时候浪费姜晏汐的学习时间，姜晏汐和沈南洲的学习小组就这样结束了。

沈南洲说："姜晏汐忙着学习，你别再自作主张去影响人家，我心里有数,实在不行我去问老师。"

沈南洲只想尽快结束这个话题,沈后妈在这里,他不想继续谈下去。

沈老爹不疑有他:"好,好,你学习,爸不打扰你了。"

沈老爹拉着沈后妈离开了。

回到房间后,沈后妈若有所思,问沈老爹:"南洲的同桌是个女孩子?"

沈老爹说:"是啊,怎么了?"

沈后妈说:"南洲年轻气盛的,你说会不会是早恋了?"

沈老爹笑得一口气没上来,摆摆手:"绝不可能,人小姑娘可厉害了,年级第一!"

第三章

DI ER CI
XINDONG

月亮不知道

真喜欢一个人的时候,
就连光明正大地叫她的名字都不敢。

/ 1 /

姜晏汐从手术室出来的时候,已经是晚上八点钟了,剩下的关颅部分留给助手,而她还要去病房进行晚查房。

做医生就是这样,尤其是外科,手术日忙起来,没有固定的三餐时间。

姜晏汐今晚还要留在医院值夜班,本来是准备点个外卖,没想到沈南洲给她买了饭。

副导演惊讶地看了沈南洲一眼,似是没想到他这么周全。

副导演有些歉意:"姜主任,真是不好意思,忘了你还没吃饭,还好小沈细致。"

饭是 Leo 送过来的,是现下流行的小碗菜,顾名思义菜都是装在一个个小盒子里,胜在种类多,一份可以品尝多种菜色。

当然了,沈南洲叫 Leo 买的这家和外卖的那些可不一样,这家是海都市数一数二的高档餐厅,不做外卖,不外带,只限堂食。

不过沈南洲是金色 VIP,有特权。

Leo 收到沈南洲信息的时候,还很欣慰,心说沈南洲总算知道,在娱乐圈,有些面子工作还是要做的。

Leo 完全没多想,毕竟沈南洲叫他买了不止一份,包揽了手术室其他人的晚饭。

这些医生护士忙到现在,连口水都没喝过,收到沈南洲的精致晚饭,难免对这个皮相俊美的大明星看顺眼了几分。要知道不是所有人赞同节目组来拍摄的,只是领导层的意思,下面这些医护也没法提出反对意见。

总而言之,医护和普通人一样,是忙碌的社畜,有哪个社畜愿意站在聚光灯下,被拍工作日常的?

他们当然知道沈南洲是大明星,他们也会在网上欣赏一下沈南洲被女娲精心捏出来的脸,感慨一下人和人的差别。可要是影响到他们吃饭的工作,那就不一样了,医院和其他单位不同,是 24 小时运转的,这些医护无一不是读了数十年的书,考了数十年的试,然后开始在医院苦熬。

早上七点到医院,晚上大部分时候九十点下班,如果有夜班,那就是超长待机。大医院的脑外科夜班常有脑外伤,正台连急诊,三十六小时起步都是常有的事情。

试问这种情况下，谁还会希望综艺的拍摄干扰到自己的工作？要是再摊上个脾气大的明星，老天爷啊，那简直就是人间噩梦。

不过看上去，沈南洲长得好，有礼貌，没影响他们工作，还给买了饭。

这些医生和护士对沈南洲的好感度瞬间升级。

Leo 把晚饭分下去，递给导演，导演笑着说："我们刚才偷闲，去旁边吃过了，倒是小沈一直等在这里，还没吃饭。"

姜晏汐闻声抬起头来，说："那你吃了再走吧。"

她好像记得，沈南洲的肠胃不是很好，很挑，而且不能错过三餐时间。不知道这些年过去了，是否还是如此？

沈南洲的嘴角泄露出些许笑意，他抿了抿唇，才克制住心里的欢欣不流露出来。

姜晏汐把沈南洲带到了自己的办公室，由于姜晏汐在医院的特殊地位，她有独立的办公室，她把桌上的东西清了一清，说："坐吧。"

副导演和节目组拍摄人员已经打过招呼离开了，沈南洲又把 Leo 支走去买东西，此时的办公室只有姜晏汐和沈南洲两个人。

单独和姜晏汐面对面的时候，沈南洲却似突然哑声了一样，不知道该说些什么。

他默默地低头，打开手里的晚饭。

这份晚饭由三个长方形盒子组成，其中两个盒子分成六个空格，装有三荤三素，还有一个盒子是蒸米饭。

沈南洲的余光瞄向姜晏汐，他是按照她初中时的口味叫 Leo 买的菜，这么多年过去了，也不知道她曾经喜欢的菜，现在还喜欢吗？

是的，其他人的饭都是标准套餐，只有姜晏汐手里的那一份是沈南洲一个一个菜点的。

Leo 也没有疑心，因为他点的这份和沈南洲的口味差不多，Leo 理所当然地认为沈南洲是给自己点的。

Leo 不知道的是，在他遇到沈南洲之前，沈南洲对吃饭这种事情比较无所谓，也没什么个人口味，有什么吃什么，又或者说，没什么喜欢吃的。

直到他十四岁遇到的少女，在他的生命里留下波澜壮阔的一笔，从此他的生活里或多或少，都带有她的影子。

沈南洲有些紧张，但还是装作云淡风轻地问："有没有不合口味的？"

姜晏汐打开盖子的时候也愣了一下，几乎都是她年少时喜爱吃的菜：

葱油爆虾、萝卜烧肉、青椒炒蛋、鸡毛菜、毛豆冬瓜，还有一份南瓜汤。

姜晏汐不免看向沈南洲，他和她记忆的样子大不相同了，少年沈南洲热烈，像是夏日最炙热的太阳，横冲直撞，不计后果。而青年沈南洲多了些内敛，像炎热夏日的风，还是热烈，却温和很多了。

大约只是巧合吧，毕竟姜晏汐的口味也很大众化。而且沈南洲订了那么多份，应该都是套餐搭配。

姜晏汐说："挺好的，我在国外这十年，几乎很少再吃家乡菜，回国以后，觉得什么都好。"

沈南洲说："你觉得好就好。"

沈南洲绞尽脑汁想话题，可平时灵巧的舌头就像是打结了一样，好不容易才想出一个话题："我听简言之说，（20）班要办同学聚会，你去吗？"

姜晏汐微微疑惑："我不知道有这事。"

沈南洲说："我拉你进群吧，他们新建了个微信同学群。"

沈南洲在心里为自己的机智鼓掌，他不动声色地拿出手机："我扫你还是你扫我？"

/ 2 /

沈南洲成功地加上了姜晏汐的微信号。

姜晏汐的微信名叫做JIANG，头像是一张在美国读书时的照片。

沈南洲默默地点击了保存。

姜晏汐问："你不是说要拉我进群吗？"

沈南洲十万火急发微信给简言之：拉我进群，快！

简言之蒙了。

沈南洲：同学聚会群！！！

简言之迅速发来了一个邀请链接："我不是泡面别泡我"邀请你加入群聊"A中（20）班十三周年同学聚会"

简言之：你不是说你不去吗？

沈南洲没回他，而是转手又把链接发给了姜晏汐。

简言之一眼就从头像认出了姜晏汐。

姜晏汐无疑是一个令人印象深刻的人，有些人就是这样的，哪怕隔了十多年，你还是能记得她。因为她……曾是那么闪耀，在许多人的青春里熠熠生辉。

简言之开始信息轰炸：怎么回事？你这是什么情况？

作为沈南洲初中兼高中时期的死党，简言之总是比旁人知道得多一些。

初中的时候，有段时间曾传过姜晏汐和沈南洲的绯闻，那会儿沈南洲的成绩也起来了，落在他身上的目光多起来了……

十四五岁是什么年纪？那是少男少女多说几句话都能惹来八卦的年纪。

有心人琢磨着沈南洲的成绩怎么好端端起来了，他们不知道是沈老爹请了价格高昂的家教，而是觉得沈南洲的这个心机鬼用颜值哄骗姜晏汐帮他提高成绩了吧。

对！一定是这样！要不然沈南洲怎么能每次调座位都碰巧坐在姜晏汐旁边，之前老师还让姜晏汐和沈南洲组成了学习互助小组。

那可是姜晏汐啊！沈南洲怎么敢？

比班里的男孩子更愤怒的，是女孩子。

流言开始传起来，但没人敢"舞"到姜晏汐面前，那就自然去找沈南洲了。

众口铄金，三人成虎，更何况少年沈南洲真的问心无愧吗？就连简言之也忍不住去问沈南洲："沈南洲，你不会真对姜……"

沈南洲当时像被踩了尾巴的猫，他摸摸鼻子："别瞎说！她还没我好看，怎么可能？"

若是这话旁人说出来，多少有点可笑，但简言之瞧了瞧好兄弟那上天格外偏爱的脸，故作高深地点头称是，他心里松了口气，也觉得是无稽之谈。

姜晏汐是什么人？那是圣坛上的神女，A 中明年中考的希望，更何况 A 中欣赏姜晏汐的男生多了去了，也没见谁敢跟姜晏汐说什么，沈南洲何必去自讨苦吃？

简言之想，他好兄弟也不差，长得好，从前成绩吊车尾的时候，还有外校的小姑娘偷偷来学校看他呢！这学期奋发上进，成绩上来之后，更是有不少女孩偷偷打听他的 QQ 号。上次他还看到有人往沈南洲的桌洞里放早饭，结果沈南洲这个不解风情的直接站起来放到讲台上，问："谁的早饭放错了地方？"简言之在下面笑得前仰后合。

简言之朝好兄弟挤眉弄眼："我听说 C 中的女校霸放了话，不允许别的女生靠近你。"他拍了拍沈南洲的肩膀，意味深长，"行啊你小子，我可听说她爸是道上的人,这以后谁还敢惹你?"

简言之当然是故意逗他的,但是没想到沈南洲的反应出乎意料地大。

简言之皱了皱眉:"不是吧?开个玩笑也不行?"

简言之从沈南洲的表情察觉出些许不对劲,后知后觉地转过头,看到姜晏汐从他们身后走过来,不知听到了多少。

简言之松了口气,不是老师就好,他嬉皮笑脸地说:"姜大班长,看在老沈是你同桌的分上,你高抬贵手,别告诉班主任,行不行?"

沈南洲却紧张局促:"你不要听他瞎说,没有这回事。"

她有没有听到他说她没有自己好看?有没有听到 C 中女校霸的事情?

虽然知道姜晏汐大概率不会在意这些事情,但……沈南洲心里很懊恼,本来姜晏汐对他印象就肯定不太好,现在一定更差了。

姜晏汐问:"什么事?"

"没什么事!"简言之赶紧拉走沈南洲,"班长您坐,您坐,我们不打扰你学习了。"

姜晏汐坐回她的位置上,如同往常一般从书包里掏出两本竞赛书,她拔开笔盖,开始做题。

沈南洲被简言之拉走,心里的忐忑不安让他忍不住回头看了一眼。

少女的脖颈修长纤细,像一只挺立的天鹅。

那是一节体育课,体育加试的号角已经吹响,大部分人都在操场上练 800 米、50 米,练跳绳、跳远,还有铅球。

不过也有人选择回来做题,比如姜晏汐;也有人体育早就达标,借此机会去篮球场上多打几个球,比如简言之和沈南洲。

可那一天被简言之拉走之后,沈南洲一直心神不宁,站在篮球场上跟个木桩子一样。

那也是简言之第一次察觉,沈南洲对于姜晏汐的不同寻常。

即使他,百般否认。

简言之信息轰炸沈南洲无果之后,心思一转,故意在群里艾特全体成员:欢迎大明星参加本次 A 中(20)班同学聚会。

本来死寂一片的群立刻炸了。

哇哦,我没看错吧?沈南洲真来?

老简,厉害啊!

你们也不看看老简和沈南洲当年关系多铁了！老简这波够意思啊！

简言之也被小窗了：老简，沈南洲现在还单身吗？

大家太过热情，沈南洲也不好不出来打声招呼：大家好，我是沈南洲。

沈南洲听见对面的姜晏汐轻轻笑了一声，说："看来大明星的人气还是很高啊！"

沈南洲的耳朵悄悄红了。

沈南洲和姜晏汐是一前一后进群的，由于简言之故意艾特全体成员，导致大家的火力都集中到了沈南洲身上，显得后面进来的姜晏汐没什么人注意，但也有人好奇点开了这个叫"JIANG"的微信名，心神一震，又去小窗简言之：那个……是姜晏汐？她回来了？

还没等简言之回复，就看到姜晏汐也在群里发了消息：大家好，我是姜晏汐。

刚才还热闹一片的微信群聊，陷入了诡异的沉默。

然后大家都变得异常乖巧起来。

班长好。

姜大班长好。

班长好久不见。

这下轮到沈南洲轻轻勾起唇角："姜大班长的威严还是一如当年。"

说来也奇怪，姜晏汐待人接物都叫人如沐春风，可偏偏，就算是让老师最头疼的刺头，都在姜晏汐面前乖得要命。或许是她太美好了，没有人希望在姜晏汐心里留下一个坏印象。

过了一会儿，终于有人小心翼翼地问：所以姜班长也会来吗？

简言之：不欢迎吗？

欢迎欢迎！

A中（20）班的人现在脑袋都晕乎乎的，天哪，不仅沈南洲要来？姜晏汐也要来？

等等，沈南洲和姜晏汐？眼尖的人把消息翻到前面去，发现是沈南洲邀请姜晏汐进群的。

当年姜晏汐去美国求学，一去就是十年，和国内的同学也大多断了联系，难道和沈南洲还有联系？

好奇，但不敢问，只能私底下讨论。

你们知道姜晏汐什么时候回国的吗？
你们谁有她的联系方式？

唯一知道些许内情的田林林……哦，不对，现在改名叫林甜甜，她真想大喊一句：当年她嗑的CP成真了！

初中的林甜甜是个资深星座塔罗少女，随身携带一副小樱塔罗，给人看星盘算命。值得一提的是，她还给沈南洲算过。那段时间，沈南洲的脑子总是不受控制地浮现出姜晏汐的脸，少年不知情滋味，少年小沈根本搞不懂自己是怎么了。连带着沈南洲刚有起色的成绩都停滞不前了。

坐在后排的林甜甜突然戳他："是不是有心事？"

沈南洲吓了一跳，他从来没想过这种可能，但林甜甜当时在年级名声还不小，原因无他，算对了几次，大家便觉得她真有些本事。

对于这些神秘且难以解释的事情，少年人总是充满好奇与敬畏。

沈南洲抿嘴不说话，不想理睬她，但是林甜甜非要给沈南洲算一卦，让他从她的宝贝塔罗里抽三张牌，说："大事不妙啊！"她抬手拍了拍沈南洲的肩膀，沈南洲心事重重，竟也没躲闪，"你看这张月亮牌，明月空悬，注定是没有结果的！"

沈南洲有些恍神，他明明还没弄懂自己的异样从何而来，却鬼使神差地问了一句："一定没有吗？"

林甜甜对待自己的业务还是很认真的，说："是的，你看这张牌，两条平行线，注定不会有交集……而从你的星座来看，注定不会得到回应。"

林甜甜叹息地拍拍他的肩："放弃吧，少年。"

沈南洲这才回过神来，继续嘴硬："我才没有！"

林甜甜撇了撇嘴："那好吧，不过，也不是完全没可能……"

沈南洲果然中计，问："为什么？"

林甜甜说："这第三张牌是悬崖湍流，有一个人在悬崖上搭建索桥，搭建索桥是个很辛苦又很花费时间的工作，搭建的索桥也很容易断掉。"

林甜甜前面的话，沈南洲已经记不清了，但后来很多年，他始终记得她的最后一句："你如果愿意承受最后竹篮打水一场空的失望，明明知道结局还想试一试的话，或许十几年二十年后还有希望。"

　　林甜甜完全是按照牌面来解的，若说她真有什么奇怪的本事，那倒也未必，只不过少男少女的烦心事无非那些，难免有说中的，这才传出了个"神婆"的名声，但林甜甜回去后思索这件事，琢磨出些许不对劲，沈南洲的牌面怎么感觉说的是姜晏汐呢？

　　林甜甜心里存了怀疑，便悄悄观察起这两个人来，恰好她就坐在他们两个人后面。观察一段时间后的林甜甜得出了结论：她确定姜班长是没什么问题，可沈南洲就不一定了！

　　林甜甜的第一反应：大胆！他竟然敢觊觎姜班长？姜班长是大家的！

　　没办法，姜晏汐和沈南洲实在是太像两道平行线了。林甜甜想起沈南洲抽的那三张卡，默默叹了口气。

　　后来，姜晏汐上了A城中学高中本部，沈南洲以几分之差去了A城中学的北校区，当了择校生。再后来，姜晏汐从B大退学，去了美国，林甜甜还一度可惜。但是谁能想到姜晏汐回来了呢？

　　那天林甜甜要去采访沈南洲，准备资料的时候翻到了同事的采访安排，发现竟然在同一天，同事要去采访姜晏汐！

　　于是，林甜甜按捺住激动，在完成采访工作后，假装不在意地把这个消息透露给了沈南洲。

/ 3 /

　　沈南洲把姜晏汐拉进群，和大家打了招呼，表示参加这次同学聚会，然后拍拍屁股走了。

　　这可苦了此次聚会的组织人简言之，一时间明里暗里来打探消息的人络绎不绝。

　　简言之给沈南洲发消息吐槽：这都什么跟什么？隔壁班的也要来参加我们班的同学聚会，甚至和我们都不是同级的也要来。

　　沈南洲的回复很简洁：拒了。

　　简言之：你小子怎么回事？之前我说破了嘴皮子你也不来，这次改变主意（摸下巴），是不是因为姜晏汐？快说！

　　沈南洲又沉默了。

　　很好，他没反驳，就是默认了。

简言之想到高中时期，沈南洲做的那些疯狂事，叹了口气：你要不还是别吊在一颗歪脖子树上了？

沈南洲只回了一句：她不是歪脖子树。

得，简言之把手机扔到一边，话白说了，他这好兄弟看来是准备死磕到底了。

姜晏汐离开这十年，最开始沈南洲表现得跟没事人一样，后来简言之发现他一个人在家借酒浇愁，差点送到医院洗胃。

简言之也骂他："既然舍不得，当初又为何要劝她去美国追求自己的理想？"

再后来，简言之也懒得骂他了，时间能冲淡一切，姜晏汐离开的第五年，简言之觉得沈南洲是真的放下了。

那时候，沈南洲也大火了，简言之心想，娱乐圈那么多绝世美女，沈南洲总该换个目标了吧，可是，简言之都谈了三任了，沈南洲却一点儿动静也没有。

沈南洲的经纪人Leo那段时间防简言之防得可紧了，尤其是沈南洲把裸身美女从房间里赶出去还报警之后，Leo实在担心。

简言之哭笑不得，但也是从那个时候开始，他意识到，沈南洲或许并没有放下姜晏汐，而是把她放在心底的最深处，然后自我催眠，不再想起她。

直到现在，简言之确认了，这十几年来，沈南洲从未有过一刻放下姜晏汐。从十四岁到二十八岁，沈南洲一半的生命，是属于姜晏汐的。

太惨了！简言之打开百度百科，开始搜索姜晏汐的名字，好家伙，那一长串荣誉奖项让简言之翻了足足五分钟。

简言之唏嘘，这姜晏汐现在看上去也不像是会谈恋爱的样子啊，她比学生时代更猛了！

同学聚会在下月十六号，是个周末，姜晏汐问过了具体时间，算了一下，那天应该不是自己的排班，于是她在同学聚会的群接龙里确认了自己的名字。至于她的确认，又在（20）班私底下掀起了怎样的波澜，姜晏汐是一概不知的。

/ 4 /

姜晏汐最近有些忙，周四的时候，沈南洲来拍了先导片，那天恰巧是她值夜班，值完夜班后她周五休了一天。

周六周日的时候，节目组找来的六位实习生要来面试，下周一就正式上岗了。

《生命之门》号称国内首档医疗职场综艺，是在国内各大医学院校内进行海选，选出了这六位实习生，共三男三女，学历从本科到博士不等。

外行人可能觉得刺激，内行人觉得简直是瞎搞。

作为神经外科负责带实习生的导师，姜晏汐仔细阅读了节目组的规则，一起和她研读的还有第三年的住院医师顾月仙。

顾月仙忍不住吐槽："这在瞎搞什么？总共六个实习生，一共就轮转三个科室，每个科室轮转两周，还拍两周歇一周，真搁这当电视剧拍了？"

顾月仙喝了口保温杯里的热水，说："这算什么？实习生一月游？不是我说，这时间还没我当初实习的时候待在一个科室的时间长呢！我是想过可能会离谱，但没想到这么离谱啊？干脆都去拍乌托邦好了！"

顾月仙继续吐槽："这六个实习生有的是心内的，有的是妇科肿瘤的，还有的是本科，方向还没分出来呢，你再看看轮转的这三个科——神经外科、肝胆胰外科、麻醉科，成了大杂烩，月老牵红线都没这么匹配的！"

顾月仙说："我就搞不明白了，这临床学生实习的时候也不去麻醉科啊？为什么领导要把麻醉这个科室安排进拍摄？"

姜晏汐是从国外回来的，想了想说："在国内，麻醉大多还是被当作一个辅助科室；在国外，麻醉医生的地位却是不输于外科医生的。近几年的医学文献屡次提及麻醉对外科手术的重要性，国际趋势如此，我们医院是国内的大三甲，大约院长也是想带头做出改变吧。总之，定下这三个科室，这些都是医院和节目组的沟通……他们要来，我们就把他们当作普通实习生一样带就好了。"

顾月仙说："那哪能一样？镜头面前，我是医生又不是演员，怪不自在的。算了算了，早点拍完早点把这些大佛给送走好了！"

顾月仙问："对了，先来我们科室的是哪两个？"

姜晏汐摇头："还没定，这周日出，不过他们的资料都在这儿了，你要是感兴趣可以看看。"

顾月仙好奇地拿起那一沓资料，认真翻看起来，不时感慨："哎哟，这个小姑娘厉害哦，本科都发文章了！"

"这个不行，都研二了，怎么出来的东西这么少？"

"这个有点看头,不过都'博三'了,上节目来干吗?"

顾月仙放下资料,说:"不过,瞧这照片倒是挺端正的。"她一语成谶,"我瞧着不像职场综艺,像恋爱综艺。"

/ 5 /

《生命之门》的实习生共六位,三男三女。

面试安排在周六上午,由神经外科的姜主任、麻醉科的方主任和肝胆胰外科的高主任共同面试。

因为这六位实习生将在这三个科室展开为期六周的实习,所以面试官就是三个科室的主任或副主任。但除此之外,也有其他科室的主任跑过来看热闹,毕竟医院拍综艺节目,这还是头一回。

其实在此之前,这六位实习生的履历就被网友们扒了个遍了,从他们的本科学校到读研时期发表过的论文,很快就在网上为还没有播出的节目狠狠地增加了一把热度。

正如顾月仙所说,这六位实习生的模样极为标致,有的放到网上也是能小火一把的程度。

大约是最近跟顾月仙待久了,姜晏汐看这几位实习生一个个走进来,耳边竟像是听到了顾月仙吐槽的声音:"乖乖哟,怪不得是海选呢,这得从几千甚至几万位秃头医学生里挑选,才找出这么几个的吧?难怪其他方面参差不齐了!"

其他方面,当然指的是学术方面。节目组自然想找学历高、颜值高的,最好还是外科,多金、帅气,自带光环。可名校学子又不是供节目组挑选的大白菜,再说了,身为国内几个最高学府的读书人,寒窗苦读数十年,谁还没个傲气了?

上节目,被人指指点点?对以后的职业生涯有什么好处?别说学生了,节目组也不是没通过关系联系过一些有名的导师,可导师也不愿意让自己的得意弟子搅进娱乐圈这趟浑水。因此,节目组退而求其次,放宽学历和学校要求,才最终定下了这六位实习生。不过节目组编剧还挺满意的,说:"这样的学历差异才有话题度啊!"

第一个进来的是个穿了西装打了领结的男生,从头发丝到脚,梳理得一丝不苟,看上去是精心准备过。但面对这么多镜头和三位学术大佬,他明显还是有些紧张了:"老师好,我叫谢含章,今年研二,在 J 大附属仁慈医院,是消化内科的专硕研究生。"

麻醉科的方主任说:"小伙子,放轻松,别紧张,本科哪儿读的?也是 J 大吗?"

方主任出了名的不拘小节,面前那一沓资料也没看,直接开口提问,本是想叫谢含章轻松一些,谁知道谢含章更紧张了。

谢含章无意识地握紧双手,说:"方主任好,我是从 W 州医学院考过来的。"

方主任扭头对姜晏汐说:"这小伙子不错,挺优秀的,能从 W 州考过来,一定是下了苦功夫的。"

从本科院校来说,谢含章在这六位实习生排倒数,虽说英雄不问出处,可问起来到底叫人难堪,尤其谢含章并不是那种能一笑了之的人。

肉眼可见的,谢含章原本上扬的嘴角慢慢平了下来。

节目组的人都是娱乐圈的老油条,就连摄像和场务都在心里直摇头:"这小伙子,还是太年轻了些。"

不过这也从侧面说一个问题,大家都是素人,在无孔不入的摄像头下很容易暴露自己的真实情绪,人都不是完美的,把这些不完美掰开来任由大众点评,那可是需要承担风险的。

其实这个时候,谢含章说句"谢谢老师夸奖,我会继续努力的"之类的场面话,也就过去了。

偏偏他愣在了原地,紧紧抿着唇,一句话也不说。

谢含章无疑是对自己的本科出身感到自卑的,然而自从他考到 J 大,总不可避免地被人问上一句:"你本科哪儿的?"

谢含章是真的讨厌别人用勤奋两个字来"夸奖"他,好像他资质愚钝,只能勤能补拙,更触及他那颗为本科自卑的心。

一时间气氛都有些尴尬起来。

姜晏汐主动开口问:"我看你本科发过文章,是关于构建用于评估肝癌细胞胆固醇促进 NK 细胞铁死亡诱发免疫抑制情况的肝癌代谢相关预后模型,不如说一说吧。"

谢含章确实是有两把刷子的,这是一个国家级大学生创新创业训练计划项目,他作为第一主持人,最后取得了不错的名次,并成功发表了文章。

虽然本科生发的文章在这些大佬面前,实在是幼稚得像过家家一样。

不过谢含章像是打开了某种开关,神色又飞扬起来,胸有成竹地介绍了这个被自己认为是光辉履历的项目,看得出来,他付出了心血,也为之自豪,甚至有些自负。谢含章做好了充足的准备,来接受提问。

方主任看了一眼高主任,说:"这个方面你懂,你来问吧!"

节目组的人小声地提示:"高主任,您最好考考他,什么都行,和专业相关的。"

高主任先点评了一下,说的话还挺扎心的:"本科生能研究的东西有限,无非是缝缝补补,没什么意思。你本科时候研究的那个题目,放在研究生就不够看了,我也没什么好问的。"他想了想,又说,"今天就不问那些书本上的知识了。这样吧,虽说你是内科的,但是外科的东西要掌握,今天就来最基础的,考无菌吧。"

高主任叫旁边的护士把东西拿过来:"穿脱手术衣,会吧?"

外科涉及手术,极其注重无菌观念,在进入手术室后,先要洗手,这洗手可不同于普通人随随便便的洗手,而是有一套完整的"八步洗手法",甚至连擦手的手法都有讲究。

到这一步后,你的双手就是干净的,必须屈肘,平放在胸前,然后在护士的帮助下,穿上无菌手术衣。在此过程中,需要牢记哪些区域属于无菌区,哪些是脏的,是被污染的有菌区域。

按理说,作为一个刚考过执业医师资格证,又是专硕的医学研究生来说,这并不是难事。不过他还是犯了一个致命的小错误,在解开腰前的系带的时候,腰带掉在了地上。

谢含章心里一慌,伸手把它捡了起来。高主任紧皱眉头,刚才还晴空万里的脸立刻阴云密布:"不及格。"

高主任平时笑呵呵的,可冷下脸来格外吓人,他说:"现在带子垂到地上了,是污染的还是干净的?你用手去碰它,你现在也被污染了。"

谢含章右手提着带子,尴尬地站在原地,他心里很懊恼,刚才眼见带子落地,大脑还来不及反应,就伸手去拿了。

懊悔和被高主任批评的难堪交杂在一起,让他大脑一片混乱,忘记了应该怎么做。

旁边甲乳外科的黄主任出来打了个圆场:"这小伙子是内科的,外科意识薄弱些也很正常。"他善意提醒,"既然系带已经落地,就不要伸手去拿了,让旁边的护士给你系,你在手术室里,要时刻记住自己是在无菌区,是干净的。"

手术室最中心的长方形区域属于无菌区，主刀医生、一助、二助，以及器械护士都属于无菌区，而巡回护士和麻醉属于有菌区。

黄主任说："日后跟着高主任上手术的时候，不能再犯这样的错误了。"

余光瞥到四周的摄像头，谢含章按捺下内心的急躁，对黄主任说："谢谢老师指导，我会认真学习。"

大概也是回过神来了，谢含章没再傻愣愣地站在那儿了，表现出自己虚心好学，改正进步的态度来。

谢含章长得高高瘦瘦，一副黑框眼镜增加了学生气，衬得人斯斯文文的，这三个男实习生中，谢含章应当算是长得最好的，也最符合外界对于男医生形象的想象。

他意识到自己刚才行为的不妥，迅速调整了过来，从某种角度来说，谢含章也是圆滑的。他出身普通本科，学校资源有限，却利用这些有效的资源做了不错的项目，发了对于本科生而言还算可以的文章。这其中人情世故，不言而喻。当谢含章意识到他需要在聚光灯下表现出一个良好的形象，很快就戴上了面具，变成了一个看上去举止从容，挑不出差错的青年。

他先是诚恳地检讨自己的不足，然后问高主任："老师，可以再给我一次机会吗？"

高主任说："不必了，这也不是什么很难的操作，没有必要再来一次。"

高主任倒没有针对他的意思，说的也是大实话，他批评学生向来是就事论事，只是他的这句话险些让谢含章破功。

谢含章的最终面试成绩是 55 分，他走出会议室，接受了单人采访。

工作人员："对三位老师的第一印象是什么？"

谢含章微笑："高主任很严格，方主任比较随性。"他在提及姜晏汐的时候顿了一下，"姜主任很年轻……"

姜晏汐在谢含章陷入沉默的时候，主动抛了一个话题给他，谢含章承认，他心里是有点感激她的。尤其她还那样年轻美丽，就像读书时代，所有少年里梦中的月亮，温柔遥远。

谢含章并不知道她的年纪，不过既然是主任，就算看上去年轻，也得四十几岁了吧？

工作人员追问："那你猜猜姜主任今年多大？"

猜年龄是一个敏感的事情，谢含章不敢猜大，说："三十五？"

多少人三十五岁不过是博士毕业刚完成规培，还是在一切顺利的情况下，少数叠加九年制本硕博和读书早的人，才有可能三十五岁坐上主任的位置，那已经是很了不得了。

谢含章觉得姜晏汐大概率是保养得好，不过猜女性年龄，猜大了显得没情商，要是再被告诉姜晏汐，对他也不好。

工作人员说："不如你再猜一下？"

谢含章说："姜主任看着实在是太年轻了，我不敢相信她已经四十多岁了。"他不忘拍一下马屁，"姜主任一定常年保持健康的作息，才能够长相、心态都如此年轻，她是我们医学生的楷模，作为一名医生，只有保持充沛的精力，才能够更好地治病救人。"

工作人员憋笑："姜主任今年二十八岁。"

二十八岁？！震惊之下，谢含章极力地控制自己的五官不乱飞。

工作人员把姜晏汐的履历念了一遍，说："姜主任确实很优秀，她放弃了国外的高薪报酬和名誉，选择回来帮助祖国和人民。"

工作人员问："你现在对于姜主任是什么印象呢？"

谢含章说："姜主任是我们可望而不可即的人，是优秀的前辈，她的业务水平和道德修养都值得我们学习。"

有一种嫉妒的情绪却在他心里蔓延开来，大概是从知道她的真实年龄开始，她比自己大不了几岁，可是成就、名誉……什么都有了。

谢含章甚至还觉得她浪费了国外的大好机会，跑回国吃苦。

这些不能表现出来，可是嫉妒像毒蛇一样盘旋在他心头。但是嘴上还要说："像姜主任这样不世出的天才恐怕国内也没有几个了。姜主任的成就，怕是我五十六岁的时候都达不到。"

谢含章最后也没忘了给自己刚才的失态找补："这几位主任都是医学领域的标杆，我见到他们，都忍不住紧张。高主任问我话的时候，我脑子里简直一片空白……"

工作人员问："那你希望第一个实习科室去哪呢？"

每个实习生都需要在这三个科室各待两周。

谢含章说："姜主任吧。"

工作人员："为什么？"

谢含章表现得很腼腆："神经外科手术向来都是外科中最精细，难度最高的，姜主任这么年轻却取得惊人的成绩，我想跟在她后面多学习学习。"

工作人员又问："那你希望和谁一组呢？"

六位实习生，一轮为两周，每一轮都是两个实习生在一个科室。

谢含章说："钟景明，感觉他很阳光，是个善于言辞的人。"

工作人员："那你有不太希望分到一组的吗？"

谢含章的玩笑话中透露出真实想法："李拾月吧，她太厉害了，感觉跟她在一起会很有压力。"

谢含章反问："节目组是会考虑我们的个人意愿吗？"

工作人员呵呵笑了两声："这个不由我们决定，是三位主任共同商定，也许会和你们这次面试表现相关。"

上午六位实习生的面试结束后，下午节目组就把他们集中到一个新建的临时办公室里，宣布了他们的面试成绩。

令人惊讶的是，谢含章55分的面试成绩不但不是最低的，反而名列前茅。临床大五本科生曹月文哀叹道："这也太惨不忍睹了！"

博士生二年级在读李拾月盯着白板上的分数，一言不发，不知道在想什么。博士生一年级钟景明态度倒是很豁达："毕竟我也没怎么在临床上待过，确实临床经验少了一些。"

研一顾家玉关注点很清奇，抱头懊恼："我怎么在女神面前表现得那么差……"

曹月文好奇："女神？你是说姜主任吗？"

没人有会忽略姜晏汐，尤其她坐在一堆快秃头的主任中间，闪闪发光，熠熠生辉。顾家玉点点头："我也是学神经外科的，你们可能不知道，但是姜主任是真的牛。"

同样读神经外科的博士三年级实习生梁思博深以为然："确实如此。"

与此同时，被他们讨论的姜主任也被节目组拉去做了单人采访。只是看着面前采访自己的人，姜晏汐有些许惊讶："怎么是你？"

沈南洲故作轻松："我是被导演拉来干活的。"怕姜晏汐不信，他还多解释了几句："导演为了拍摄这个综艺，从场地到设备，都投入了大量的资金，为了争取能在你们医院拍摄，还给医院捐了设备。"

姜晏汐这下是真的吃惊了："捐设备？"

导演还挺有钱的，医院的设备动辄几百万，甚至几千万……

沈南洲配合地叹了口气："别看我好像在娱乐圈还可以，但公司不景气，老板欠了许多人人情，我这次上节目，是还人情，没什么通告费。"

这倒不假，出于某种隐晦的原因，沈南洲并没有跟节目组要天价通告费，而是主动把价钱砍半，换来了一个要求：希望能够参与节目组的策划。

沈南洲给导演的理由是："近几年唱片发行不景气了，他在考虑转行做幕后制片人，思来想去，这个综艺是个不错的机会。"

这个理由属实扯了，导演心想，你哪场巡回演唱会的门票不是一秒抢空？就冲着"沈南洲"这三个字，也有无数粉丝买单。但能减少一大笔资金的支出，导演自然十分高兴，有钱不赚是傻子，他才不管沈南洲发哪门子的疯，一口答应，允许他参与节目脚本的设计，对一些无伤大雅的小细节做出调整。于是沈南洲主动来采访姜晏汐了，当然了，在这场采访中，他的身份是"神秘的幕后工作人员"，到时候只有他的声音"出镜"。

这样一说，姜晏汐也觉得沈南洲有点惨了，不仅没什么通告费，还得给节目组打白工。她轻声说："那你问吧，早点问完你可以早点下班。"

这些问题都是节目组提前准备好的，在沈南洲来采访姜晏汐之前，导演把台本给了他。毕竟节目组也不可能真的由沈南洲乱来。

沈南洲是按着节目组给的问题来问的，只是难免夹带私货，他问："姜主任，请问这六位实习生，哪一位您印象最深刻呢？"

姜晏汐想了想说："大概是谢含章吧。"

"为什么？"沈南洲面色不变，心里却忍不住乱猜起来。

谢含章虽然在这几个实习生中学历显得有些不够看，但胜在脸长得儒雅，节目组打算把他的黑框眼镜换成金边眼镜，到时候白大褂一穿，颇有种斯文败类的意思。

这也没办法，节目组找不到高颜值、高学历、还愿意来的医学生，只好退而求其次，降低自己的要求。很显然，谢含章的颜值补了他的短板，当然了，从严格意义上讲，谢含章的学历不算低。只是娱乐圈拍综艺，惯喜欢用拍偶像剧那一套方法来拍，即使这一次导演已经努力注重实际了，那也离普通人的真实生活还有一段距离。刚开始导演找人的要求是啥来着？要求：985硕士起步，要求本科也是985的，还要长得好，最好是外科的。找了整整三个月，愣是凑不够人，就是好不容易找出了这么个"天之骄子"，人家也不愿把自己的职业生涯放到摄像头下，将来任大众点评。

姜晏汐对谢含章印象深刻，不是因为他的脸，而是因为他的性格。

医疗不是一种竞技行业，但姜晏汐从谢含章身上看到了一种沉不住气，努力想要证明自己的急躁。

但这种话就没有必要在摄像头面前说了,有些话,轻易说出口,很容易毁了别人一辈子的。更何况,谢含章年轻,就算有什么毛病,日后上了临床有的是磨炼的机会,何必在这个时候对别人随意点评?

于是姜晏汐顺势点了点头:"他确实亮眼。"

沈南洲心里的陈年老醋被打翻了,他低头去看手上的提词本,迅速地换了其他问题:"那姜主任对于这几个实习生有什么期望呢?您可以送几句话给他们。"

姜晏汐想了想说:"希望他们能在临床实习的时候,还能明确最初学医的初心。"她难得多说了几句,"国内的医疗环境可能不是那么好,做一个医生,也许会面临形形色色的病人,要有过硬的技术,最重要的是,和病人的沟通能力。"

没有人比姜晏汐更明白这一点,因为她曾亲身体验失去家人的痛苦。当然了,姜家人并没有怪那个主治医生的意思,只是有时候,医生和患者之间是有信息差的,有效的沟通不仅对患者好,对医生也是一种保护。

接下来就是一些个人问题了,姜晏汐无论是从学历还是从年龄、外貌,都十分扎眼。节目组有意在她的身上投入更多的话题热度,当然了,她的身份摆在这里,节目组也不敢做得太过。

可是沈南洲看着纸上的问题,问到最后几个,却有些沉默了。

姜晏汐问:"怎么了?"

沈南洲把纸背到身后:"一些不太合适的问题,要不然换一个吧?"

姜晏汐:"你问吧,没事。"

她能猜到节目组想要问的是什么,这个问题其实她没什么好避讳的。

她的眼睛明亮温柔,一如她这个人,有强大坚定的力量。

沈南洲便问道:"听说您曾以S省高考状元的身份考入B大光华管理学院,却在大学一年级的时候选择退学,去国外从头开始,这是为什么呢?"

姜晏汐提起这段往事的时候,已经释然了,说:"那时候一个对我来说很重要的亲人生病去世了。我那时候很难过……"她说得很简单,又很真诚,"所以我想,要是人世间少一些这样的痛苦就好了。"

沈南洲默然,他知道她的痛苦,知道她的难以释怀,即使那一次见面时,她笑着说出了自己的决定。也是从那时候开始,沈南洲终于明白,比起她的拒绝,她的难过和不开心更让他痛苦。

沈南洲认真地看着她,对她说:"你做到了,你现在是鼎鼎有名的姜医生了。"

正如同十年前，少年按捺下自己满腔的苦涩心事，认认真真地祝福即将远行的少女："姜晏汐，我相信你，你一定会做到的。"

那是少年为数不多喊出她的名字的时刻，即使这三个字曾在心头唇齿间盘旋很久，不敢提及。

/ 6 /

后来"姜晏汐"这三个字在很长一段时间内，又成了沈南洲心头的禁忌。

真喜欢一个人的时候，连光明正大地叫她的名字都不敢。

沈南洲为姜晏汐努力过三次，明知明月空悬，高不可攀，却还是想要尽最大努力再靠近她一点。

第一次，想和她去同一个高中。

第二次，作为北校区优秀学生代表去她所在的校区演讲。

第三次，和她考上了同一个城市的大学，他的学校离她只有30km。

最后一次，差一点点，就差那么一点点，他以为他终于可以有好几年的时光，与她重逢。

他走过她学校附近的路，琢磨过北城市适合的餐厅，他在心里打了无数腹稿，想着如何和她巧遇，再打一个招呼，向她发出邀约。唯一知道他心思的好兄弟简言之自然而然地就成了他的智囊团。

沈南洲话不多，看着有些高傲，相反，简言之一双狐狸眼，眉目含情，那些女孩子一看，转而就不再沈南洲身上浪费时间，又开始围着简言之转。

毕竟，沈南洲就是再好看，人也是有自尊的，谁愿意一直对冷脸的人保持热情呢？再说了，都是一些没成年的高中生，这些好感很真挚，但也是不牢固的。

沈南洲当时还没意识到简言之的"渣男"本性，看到简言之跟女孩相处愉快，略微提醒："快高二分班了。"

简言之当时眼皮一抬，轻悠悠地说："某人表现得这么清心寡欲，心里可不是这么想的吧？"

他凑近沈南洲，说："姜晏汐？嗯？"

心底最隐秘的心事被人挖出来，沈南洲直接大脑空白，还没等他反应过来，简言之拍了拍他的肩膀，说："莫慌，我又不会说出去……不过，反正你也只是想想罢了。"慨叹道，"可怜啊，你这一开局就玩这么大，这辈子准备孤独终老了？"

当年的这句话真是险些一语成谶。大学时候，简言之没再和沈南洲上一个学校，不过都在北城。恋爱老手看着沈南洲辗转反复的样子，十分恨铁不成钢，给他出了不少主意。

"给她发消息，直接约她出来吃饭啊！"

"除了QQ，没有其他联系方式？去她学校门口巧遇啊！"

当时沈南洲忍不住打开手机，点进了姜晏汐的QQ个人页面，她的头像灰暗着，常年不在线。

他给她发过两条消息，一条是"中考加油"，另一条是"高考加油"。

姜晏汐回复了第一条：谢谢，你也是。

因为这条回复，沈南洲没舍得换QQ，也没舍得换手机，反反复复把这条回复看了千百遍。而第二条，姜晏汐没有回复。沈南洲想，大约是她已经不用QQ了吧。

"算了算了，我帮你去问问，有没有人知道她的联系方式。"最后，交际达人简言之如是说道。

简言之最后成功地要来了姜晏汐的手机号码，特意跑到沈南洲学校，亲口把打探的消息告诉沈南洲。他得意扬扬地跟沈南洲炫耀："我出马，还有办不成的事情？"

简言之不忘刺激沈南洲："兄弟，我跟你说，你最好行动利落点，大学里这些男生和高中可不一样，大学又不禁止谈恋爱，正是荷尔蒙爆发的时候，人家B大里全是高智商人才，我瞧着姜晏汐也不像是个看脸的，说不定哪天就跟哪个造火箭的学霸在一起了。"

简言之一句话戳中沈南洲最害怕的事情。

为什么无论是初中时代，还是高中时代，欣赏姜晏汐的人那么多，却鲜少有人敢靠近她？因为她看上去实在是太高不可攀了。

或许每个人的朋友圈里都有这样一个人，当他/她谈恋爱的时候，所有人都不禁会想：到底是何方神圣能跟他/她在一起？

所有人都一致认为：如果姜晏汐将来有对象，那也一定是个磁场相同的非人类学霸。

简言之的话大大地刺激了沈南洲，他一言不发地记下了姜晏汐的电话号码，终于决定停止犹豫，采取实际行动。

简言之一副孺子可教的神情，说："这就对了嘛！你也要对你自己这张脸有点信心！虽然女娲造人的时候，没有给你多余的智慧，但是给你把颜值的点加满了，你要多发挥自己的优势所在！"

简言之围着沉默的沈南洲走了两圈："看看你这老天赏饭吃的身材和脸，啧啧。我跟你说，人都是视觉动物，姜晏汐也不能免俗，你主动一点，故事才有发生的可能啊！"

简言之说："走！我认识个朋友，周末的时候咱们混进 B 大去，给你制造偶遇机会！"

/7/

站在 B 大门口，简言之信誓旦旦："我早就找内部人员打听过了，姜晏汐周末的时候一定会出现在图书馆三楼！到时候你就过去偶遇。"

沈南洲穿着简单的白 T 搭黑色休闲裤，发型清爽自然，往那一站，像手长腿长的秀场模特。

他站在门口的时候，不少人来跟他搭话，还有人给他递名片："太阳娱乐，请问您有兴趣进娱乐圈吗？"把旁边的简言之笑得前仰后合。

沈南洲心里略有些尴尬，婉拒了星探后，低声问简言之："你说来接应你的人什么时候到？"

没错，学校门口的保安大叔虎视眈眈，时不时地就拦住一个学生，让他出示学生证。简言之掏出手机："我打个电话问问她。"

"嘟——嘟——嘟——"电话接通之后迅速被挂掉。

简言之不信邪地再打了一遍，被拉黑了。

沈南洲心里升起不好的预感："你说的这个熟人，到底是什么人？"

这下轮到简言之尴尬了："前女友。"

沈南洲说无语了："有没有一种可能，她是在耍你？"

找前女友了解另一个女人的信息，这种事情也只有简言之才能做得出来了。简言之信誓旦旦："不可能！"但他很纳闷，"明明是她提的分手，我也答应得很痛快，没必要吧？"

面对好友略带谴责的目光，简言之无奈："我是谈多了一点，可我每次都在认真谈，我是被分手的那个好吧？女人也真是奇怪，说我不爱她，所以要跟我分手……这叫我怎么解释？"

他发了一会儿牢骚，抬头看着沈南洲今日的精心做了造型，是的，别看造型简单，这可是找了金牌"托尼"老师设计的，用简言之的话来说，就是力求最大化沈南洲的美貌皮囊，好让姜晏汐色令智昏，忽略他"浅薄"的内在。简言之略有些心虚："算了，不知道她怎么想的，我们直接进去好了，大爷也不是每个人都查嘛！抬头挺胸，就装作B大的学生进去！"简言之催促他，"别犹豫了！你再犹豫下去，姜晏汐就要和那个造火箭的高才生谈恋爱了！"

于是沈南洲试探着朝B大校门迈出脚。他面无表情，实际心里慌得要命。门口的大爷搬个板凳往那一坐，手里拿着报纸，时不时抬头，警觉地扫视这些来来往往的行人，看看有没有可疑校外人士混进来。

忽然，大爷抬起了头，叫住了他："喂——"

沈南洲脚一顿，不知道该加速走进去，还是停下来。

大爷说："小伙子是艺术学院的？"大爷呵呵笑了两声，"看着脸挺陌生的，今年新生啊？"

沈南洲含糊其词地点了点头，竟也被放进去了，他松了口气，还好没叫他出示学生卡。

简言之想如法炮制，却被大爷叫住了。大爷站起来，十分警惕："学生证拿出来让我看一下。"

简言之笑着说："大爷，我学生证丢了。我真是里面的学生，我可以叫我同学过来作证。"

大爷慢慢悠悠地说："电子学生卡也行。"

沈南洲走到没人的地方，给身后的简言之发信息：你那边什么情况，进来了没？

简言之：大爷有点难搞，你先进去吧！

微信名叫"我不是泡面别泡我"的简言之向沈南洲投递了一张图片。

简言之：B大图书馆路线，直接奔就完事！你进都进去了，我也没必要当电灯泡……不跟你说了，快去快去！

沈南洲怀疑这张地图是简言之的那个"前女友"给他的，因为他在B大里走了三十分钟，还是没找到图书馆。

此刻，简言之还在和大爷极力辩解着自己不是校外变态这件事。

简言之说："我真是B大学生，不是来传销的，也不是来卖笔的。"

大爷冷笑一声："这里的学生一般都不说自己的B大的。"

不是,难不成还说自己是Q大的吗?简言之无形中真相了,每次丢人或者需要人背锅的场合,B大学生一般都说自己是Q大的。

简言之只好给前女友发信息:大姐,求你了,帮帮忙吧。

一个鲜艳的红色感叹号出现在屏幕上,提示对方已把他拉黑。

大爷说:"你同学人呢?"

简言之感觉自己从大爷的眼神里看到了嘲笑。

就在这个时候,简言之听到了一声憋笑,是一个女生。她从他背后走出来,说:"大爷,他是我同学,不是可疑校外人士。"

那位在简言之眼中宛如绝世大善人的女同学出示了学生卡,把简言之带了进去。她留着齐肩发,潮流的八字刘海,看上去像个精致的洋娃娃。

简言之感觉丘比特之箭射中了自己。他故作帅气地撩了一下自己的头发,打招呼方式极其老套:"美女,我们是不是见过?"

彼时已经改名的林甜甜憋笑:"真是贵人多忘事,我是田林林。"

田林林?简言之好像有点印象:"你是那个……神婆?"

林甜甜脸瞬间黑了:"不会说话可以不说。"

简言之说:"不好意思不好意思,你变化实在太大了,我没认出来。"

他瞧了瞧女孩,继续震惊:"你现在是这里的学生?"

印象里,初中的田林林成绩并不好,最后中考也只是勉强过了普高的线。B大?简言之有点恍恍惚惚的。林甜甜瞥了他一眼:"不行?"

"不不……"

林甜甜说:"我也不算这里的学生,我大学是C大美术学院的,来这里做一年交换生。"她问,"你来这里做什么?"

简言之这才想起自己的好兄弟,一拍脑袋:"也不知道沈南洲那里顺不顺利……"

"谁?沈南洲?"林甜甜的耳朵很敏锐,"他是不是来找姜晏汐的?"

简言之一惊:"你怎么知道?"

简言之看见林甜甜的表情变得很奇怪。

林甜甜说:"那沈南洲人呢?"

简言之说:"去图书馆了。"他把手机里的图片给林甜甜看,"我跟一个朋友要了去图书馆的地图,是这儿吧?"

林甜甜瞧了一眼:"给你地图的是你的前女友吧?这地图是Q大的。"

第④章
DI ER CI
XINDONG

爱怕唐突，只敢说喜欢

掩饰爱意，
大约是这世上最难的事。

/1/

沈南洲拿着 Q 大的地图，自然不能找到 B 大的图书馆。

不过他也没傻到在学校里到处打转，人长一张口，他礼貌地问一位路过的同学："请问，图书馆怎么走？"

这位男同学打扮得很洋气，耳骨钉，身上还喷了香水，有种说不出来的优雅。他眼睛一斜，也很有韵味，一字一顿地说："往前走，第五个路口右转，直走就到了。"

他的打量有种说不出道不明的意味，盯着沈南洲看了一会儿，恍然大悟道："又是一个去图书馆蹲姜会长的。"

姜会长？沈南洲忍不住问："请问那位姜会长全名是叫姜晏汐吗？"

"嗯。"男同学说，"除了光华的那位，还有谁？"

男同学冷哼一声："一看你就知道是从外面溜进来的。"他嘀咕了一声，"姜会长可不是看脸的人。"他头一摆，走了。

沈南洲心绪复杂地往图书馆的方向走，毫无疑问，姜晏汐即使在 B 大也是闪闪发光的人。

他走到了 B 大图书馆门口，却不敢进去了，他在拐角处徘徊，最后想着，今天还是远远见她一面。他不敢去三楼找她，只想等她从图书馆出来的时候，远远地见她一面。或许他还没有做好准备坦然地走到她面前，云淡风轻地跟她打一声招呼，又或者是害怕失败。

就像高二那年，他在心里排练预演了很多遍，最后台下观众万千，却唯独没有她。但殊不知，沈南洲站在那里就像一块显眼的人形立牌，他堪比娱乐圈明星的外貌，在素人时期也十分引人注目。

有女孩子想上前跟他搭话，又怕他名草有主，站在这里是为了等自己的女朋友。而沈南洲满心忐忑不安，一心想着自己想要看到的那个人，竟对周遭人的目光落在自己身上毫然不觉。

直到姜晏汐突然拍了一下他的右肩，喊他的名字："沈南洲？"

她的声音在他梦里出现过千百回，沈南洲的眼睛猛然颤了一下，他转过头，看见了真真切切的姜晏汐。

她拎着一个白色布包，里面似乎装着沉重的教学书，她穿了一条过膝蓝白色长裙，梳着高马尾，温和地朝着他笑："你怎么会在这里？"

简言之给他准备的那些台词一句也用不上,沈南洲张口,对姜晏汐说不出骗人的话。

他如实以告:"我听说你在这里,就想着……"他声音慢慢小下去,不知道该怎么说。

姜晏汐说:"你怎么变得这么吞吞吐吐?"她笑着打趣他,"从前我教你写题目的时候,你不是很能言善辩吗?"

说起来都是强词夺理,那些年沈南洲根本弄不懂那些云里雾里的物理题,一个劲地想要在姜晏汐手下蒙混过关。想起那些年说的混账话,沈南洲很后悔,但心里又有那么一些奇怪的喜悦,姜晏汐这样和他说话,似乎并没有把他当陌生人,好像还是记得他的。

沈南洲这时候想起来,简言之教他的话了,他说:"我还没来过B大,听说这里的食堂很有名,不知道能不能借你的光参观一下?"

姜晏汐说:"好。"她问,"你想吃什么?"

她看了一眼手表:"现在是下午三点,要不然先去旁边喝杯咖啡吧。"

"你是主人,我自然是跟着你吃了。"沈南洲说。

吃什么?那并不重要。沈南洲现在满心像被泡在蜜罐子里一样,回去之后把他和姜晏汐的对话反反复复说给了简言之。

沈南洲很迟疑不安:"她对我到底是什么印象呢?"

简言之嘲笑他:"瞧你平时不近女色的样子,遇见姜晏汐也会慌了神,她对你是什么态度?那肯定就是普通老同学的态度呗!"

简言之拍了拍他的肩膀:"像姜晏汐这种眼里只有学习的人,肯定也想不到你对她有其他的想法,要我说你直接表白就完事,总好过现在犹犹豫豫的,别等将来后悔。我说你高二的时候不是挺勇的吗?怎么年纪越大,反而胆子越小了?"

沈南洲虚心求教:"那我应该怎么做?"

简言之问他:"今天吃饭是谁付的钱?"

今天晚饭是在B大食堂吃的,自然是刷的姜晏汐的饭卡。

沈南洲如是回答道:"她付的钱。"

"不错,孺子可教。"简言之说,"这样,你下一回就可以用回请的借口把她约出来吃饭!"

沈南洲说:"明天怎么样?我今天跟她说想在图书馆找一本关于音乐剧的书,她说可以用她的卡借给我……"

简言之睁大了双眼,"可以啊,你现在算是出师了!"

沈南洲突然想起来,问:"对了,你被大爷拦住,后来进来了吗?"

"你好兄弟我的魅力,你还不清楚?放心放心,我不仅进来了,还白吃了一顿饭。"简言之想起今天意外遇到的林甜甜,摸了摸下巴,沉思道,"你说我要不要对窝边草下手呢?就是吧,我今天遇到一个女孩,直接长到我心上了,可偏偏从前认识,下手好像不太好……"

沈南洲问:"难道是你前女友的姐妹?"

简言之说:"这倒没有,就是从前的同学罢了。"

沈南洲警觉起来。

简言之跳起来,说:"你想什么呢?我怎么可能?"他小声嘀咕,"又不是所有人都想挑战地狱难度的。"

简言之摸了摸下巴:"不过我觉得可行,我今天见到她,就感觉是我梦里的人出现了,我第一眼瞧见她,满脑子都是一个声音,就是这个人了!"

沈南洲当然懂这种感觉,只是……沈南洲将信将疑:"你不会对你每一个女朋友都是这种感觉吧?"

沈南洲劝诫他:"你如果只是想游戏人间,还是算了吧!"

"这次不一样!"简言之自我感觉良好,和沈南洲打赌,"我一定会追到她的,你就瞧着吧,我估摸着你和姜晏汐还没开始谈恋爱,我们这边都差不多订婚了。"

后来证明,人不能说大话。

简言之今天在这里大放厥词,结果是,后来沈南洲和姜晏汐都结婚了,他还在"追妻火葬场"里呢。

/2/

第二天沈南洲去找姜晏汐借书,姜晏汐怕他进不来,特意跑到了门口去接他。

姜晏汐长了一副好学生的脸,气质出众,说话又温温柔柔的,门口大爷对她印象深刻,笑呵呵地跟她打招呼:"小姜啊,这是你男朋友吗?"

也不怪大爷误会,昨天沈南洲在B大图书馆门口等人,结果最后等到了姜晏汐。

这对俊男美女同框的照片,被有心之人偷偷拍下,传到了B大的学生论坛上。

帖子叫：惊！光华姜女神的神秘男友！

姜晏汐的爱慕者甚多，只可惜明面上的很少，大家都是蠢蠢欲动，又不敢付诸行动，谁敢妄想天上的明月，将高岭之花占为己有？说句不好听的，姜晏汐的正牌男友有朝一日确定下来，估摸着他的身世都要被论坛上的人讨论一遍。

然后有人感慨：姜会长怎么最后看上了这样一个人！

然后再有人继续开帖，叫：姜会长什么时候分手？

姜晏汐主动跟大爷解释说：“大爷，您误会了，他不是我男朋友，只是一个普通朋友。"

大爷笑着扇了扇扇子，目送他们远去。女娃子的目光清白，可这男娃子看上去可不是问心无愧的人。

走远后，姜晏汐不好意思地向沈南洲解释："大爷没有其他意思，可能只是看到我们走在一起就误会了。"

沈南洲很好的掩饰自己心底突然升起的失落，说："被人误会是你的男朋友，反而是我高攀了，正是求之不得的事情。"

有多少真心话是掩藏在玩笑之下说出来的，沈南洲后来想，自己演技拙劣，大约是在姜晏汐面前用完了演技，掩饰爱意，大约是这世上最难的事情。

谁料姜晏汐听到这话，反而认真地对他说："不是。"那一刻她的眼睛里盛满月光，她说，"不是的，不是高攀，你也很好。"

沈南洲很难形容自己那一刻的感受，好似眼前鲜花盛开，耳边仙乐鸣奏，所谓的心花怒放也不过如此了。即使他极力地控制自己，沈南洲的嘴角还是忍不住扬了起来。

借完书，沈南洲顺理成章提出要请姜晏汐吃饭。

餐厅当然是简言之帮忙定的，只是到了地方，沈南洲才发觉不妙，满桌的红玫瑰和昏黄欲坠的灯火，这一切都透露着诡异的暧昧。

好家伙，简言之竟然给他定了情侣餐厅！最要命的是餐厅的服务员迎上来，说："尊敬的金卡会员，欢迎您再度选择我们餐厅，祝您用餐愉快。"

气氛一度变得很尴尬。一来这是个情侣餐厅，二来这服务员大概是新来的，把他当简言之了。沈南洲用余光偷偷瞄对面正在翻看菜谱的姜晏汐，她看上去并没有在意服务员说的话。

沈南洲真不知道自己该开心还是该难过。

点完了菜,沈南洲犹豫再三,小声对姜晏汐解释道:"餐厅是我朋友帮我订的,我也是第一次来。"

言外之意,他没和其他人来过这里。

姜晏汐说:"我知道。你不像是会和女孩子来情侣餐厅的人,我听见服务员说是金卡会员,就想着多半不会是你。"

沈南洲忍不住问:"那你觉得我像是什么人呢?"话说出口,沈南洲又觉得不妥,找补道,"我就是有些好奇,我那些室友一见我,都觉得我是情场老手,不相信我从来没有谈过恋爱,所以今天听到你这样说很是惊讶。"

姜晏汐左手扶着下巴,瞧了他一会儿,说:"你的面相很清正,眉宇之间有一股正气。"她不知想到了什么,轻轻笑起来说,"大约是你太好看了,所以会给别人这样的误会,谁会相信你没有谈恋爱呢?"

沈南洲止不住嘴角的笑意,说:"因为不想随便的开始一段恋爱关系,宁可一直等着,等不到也没有关系。"

"那祝你早日找到如意对象。"姜晏汐举起旁边插着吸管的奶茶,朝他致意。

她的口味和初中的时候没什么变化,沈南洲一边吃饭,一边记下了她的口味。

吃完饭,他把她送回学校,两个人的影子在路边拉得很长,以至于纠缠在一起。

姜晏汐在校门口回过头来,说:"就送到这里吧,时候也不早了,你还要回去。"

沈南洲一边在心里提醒自己,不要操之过急,一边微笑说:"好,今天谢谢你了。"

他摇了摇手中借来的书,说:"我看完就还给你。"

他想,真好,到时候又有一个机会见她了!

那段时间,沈南洲和姜晏汐迅速地再次熟悉了起来,好像虽然中间分别了三年,但又回到了当年做同桌的时光。

沈南洲在军师简言之的指导下,约姜晏汐一起去看展览,请她吃饭,还借口说家中有想考 B 大的表妹,想跟她咨询一下竞赛途径自主招生的事情。以至于沈南洲后来骑虎难下,真的建了一个表妹的号,在微信上咨询姜晏汐。

这样的日子过了有两三个月，沈南洲变得更贪心了，他最开始只是想要接近她，想要离她更近一点。做不成恋人，做她可以说得上话的朋友也是好的。

可时至今日，沈南洲才明白，人是没有办法和喜欢的人做朋友的。因为越靠近就越贪心，就越不满足仅仅只是朋友。再加上简言之的撺掇，沈南洲决定向姜晏汐表白。

简言之的原话是这么说的："你苦兮兮暗恋姜晏汐这么多年，人家根本就不知道，你要是再这么下去，就看着她到时候和别人谈恋爱吧，要是她结婚了，给你发请柬，你这个好朋友去不去？"

这话实在是扎心了。

简言之还鼓励他："我瞧着你也不是一点儿可能都没，你看基本上你找姜晏汐出来吃饭，她都出来了。我可打听到姜晏汐是学习狂魔，从来没有人能把她从图书馆里拽出来。"

沈南洲问："你怎么知道的？"

简言之差点说漏了嘴："当然是听……"他赶紧住了嘴。

"听谁？"沈南洲问，"你前女友？"

简言之疯狂点头："对对对！"他扯开话题，"好了，现在不如我们来谈一谈，怎么开展你的表白计划？"

/ 3 /

简言之劝他："你不试一试怎么知道，或许没有那么难呢？她未必会用学术标准来找男朋友呀！要我说你努努力说不定真能成，你和她有从前的情分在，现在她也不讨厌你，你说了，她未必会拒绝。"

不过简言之也给他打了"预防针"："不过像姜晏汐这种未来国家科研人才，大概率是不会投入太多精力在个人感情生活上的，你可要做好心理准备，免得到时候被冷落了，找我来借酒浇愁。"

于是沈南洲和简言之商讨了无数方案，以至于到最后难以抉择，沈南洲还去庙里算了个卦，准备选个良辰吉日。

最后也巧了，算出来的日子刚好是沈南洲生日那一天。

万事俱备，只欠东风。沈南洲准备再铺垫一下，等到那一天告白的时候不至于太突兀。

　　沈南洲在微信对话框里删删减减，想问她下周末有没有空，他打了一长串话，最后又删掉，小心翼翼地试探：在忙吗？想问你下周六有空吗？

　　按照常理来说，姜晏汐当时没有回他，晚上之前一定会有消息的。但那天，沈南洲等了很晚，为了怕错过消息，特意把静音调成了铃声。

　　一直到第二天傍晚，姜晏汐发来了消息：抱歉，我现在不在北城。

　　沈南洲回道：好，那等你回来再说。

　　姜晏汐没有再回复。

　　沈南洲越想越不对劲，可他并不认识姜晏汐的同学，也并不知道她发生了什么。他在橙色软件上买了一个B大学生账号，登录了B大的校园论坛。

　　他一连换了好几个搜索词条："姜晏汐""姜会长""光华姜晏汐"……终于看到了一条关于"光华的姜晏汐最近是不是没来上课？"的相关议论。

　　一楼：好像是家里有事请假回家了。

　　二楼：最近狂蜂浪蝶都少了不少。

　　三楼：上次上马哲课的时候，老师还问怎么人这么少，那当然是因为姜晏汐不来了，所以别的年级、学院来蹭课的也少了。

　　四楼：有人知道他什么时候回来吗？

　　沈南洲看到这里眼睛一亮，然后再往下拖却找不到了。

　　沈南洲怀着满腔心事，默念着姜晏汐的手机号码，手指停留在拨号键上，三番两次地犹豫。

　　简言之过来问他的进度如何，却看到了神色蔫蔫的沈南洲。问清缘由后，简言之摸着下巴说："你等等，我帮你去问问。"

　　沈南洲拉住他："又是你那个前女友？上学期她给了你假地图，你确定你得到的信息可靠？"

　　简言之闪烁其词："你放心，肯定是真的。"

　　简言之当然不是去找前女友，前女友老早就把他拉黑了，他找的是林甜甜。两个人正陷入热恋期，聊得热火朝天。

　　虽然简言之有时候会觉得有一丝异样，那就是林甜甜对于沈南洲和姜晏汐的关注度，比他这个正牌男友还高。

　　说起来，林甜甜好像也有好几天没来找他了。简言之一拍脑袋，他最近忙着给沈南洲出谋划策，也忘了找林甜甜。

　　简言之怀着愧疚的心情去哄女朋友。女朋友的心情这个时候并不好，

084

不过不是因为简言之,而是因为她嗑的 CP 大事不妙的样子。

据可靠线人汇报,已经好几天没见到沈南洲和姜晏汐出现在未名湖畔了。所以当简言之甜言蜜语哄了她半天,最后道歉:"是我不好,最近太忙了。"

林甜甜简直一头雾水:"啊?"

林甜甜这个人有时候过于坦白,直接就说:"我心情不好和你没什么关系。"她问,"对了,沈南洲最近怎么不来 B 大了?"

巧了,简言之也想问林甜甜呢!

他问:"最近姜晏汐是不是请假了?她什么时候回来?"

林甜甜一脸震惊,说:"你等我去问问!"她迅速在手机上点进去一个叫"八卦聊天小组"的群,小窗同为光华管理学院的姐妹。

姐妹,姜晏汐最近是不在吗?
好像请假了,没说什么时候回来。

于是林甜甜又去戳学生会的人,打听到姜晏汐请了一个月的假。

林甜甜放下手机,和简言之面面相觑,这对小情侣感觉到大事不妙。

完了,这怎么回事?

不都快成功了吗?别以为她不知道,简言之暗戳戳跟她讨论的那些浪漫表白计划,一定是沈南洲为姜晏汐准备的!

难道沈南洲这家伙沉不住气,提前把姜晏汐给吓跑了?不对呀,姜晏汐也不像是会被吓到的人啊!

两个人各怀心思,不约而同地抬起头来。

简言之说:"我突然想起来学校还有事……"

他想,得赶紧回去通知一下沈南洲。

林甜甜说:"我也有点事……"

她得去问问姜晏汐请假的原因是什么?

两个人极有默契地打了招呼,各回各学校,各做各事。

打探消息小能手林甜甜很快就打探清楚了来龙去脉。

林甜甜忧心忡忡地把这个消息透露给了简言之。

简言之再告诉了沈南洲："姜晏汐的爷爷患了重病，没有几天了。"

姜晏汐和她的爷爷感情很深厚，高中的时候，为了上学方便，姜家在学校旁边租了个房子，但姜爸爸姜妈妈忙于开店，所以是乡下的爷爷主动来城里照顾姜晏汐。

想起姜晏汐一直杳无音讯，沈南洲坐立难安，当晚跟学院递了请假条，买了飞机票回A城了。

沈南洲回了A城后，直接打了出租车去姜家，可站在她家小区门口，瞧着门口"幸福小区"四个字，又一言不发地转身走了。

或许在这个时候不应该打扰她，他又是用什么样的身份关心她呢？

沈南洲回来得突然，也不想回沈家，毕竟自从他坚持要学艺术后，和沈老爹的关系就一直没缓和过。

沈老爹觉得当初以沈南洲的学习成绩，完全没必要走艺术生这条路，男孩子学个理工，或者学个医不好吗？

最重要的是，由于是老妈的关系，沈老爹对于艺术是有些PTSD（应激障碍）的。

于是他走到了姜爸爸和姜妈妈开的面包店门口。

面包店似乎重新粉刷过，是近几年才流行起来的私家烘焙的深海蓝色系风格。

曾经的老式手动拉条门也换上了玻璃门，这扇门紧紧关着，里面的橱窗里放着一些蛋糕甜品的模型。

门上张贴有一张告示：家中有事，暂停营业。

上面的字是手写的，内敛又不失锋芒，是他熟悉的字迹，是姜晏汐的手写字。

沈南洲站在那里，静静看了一会儿。直到姜晏汐走过来。

沈南洲有一瞬间的闪躲，实在躲不过去了，才硬着头皮看向她的眼睛。

她的面容还跟平常一样平静，若是像沈南洲这样把一个人放在心里，就能够察觉姜晏汐的平静不过是表面，她在难过。

这种情绪让沈南洲的心也颤动了一下，他不知用什么语言去安慰她，只能笨拙地说："一切都会好起来的，一定会的。"

姜晏汐抬眼看他，那或许是沈南洲唯一一次看到她的脆弱，她的眼睛里有波光流动。

心上人的眼泪是最锋利的刀，可以毫不留情地捅进人的心里。

/ 4 /

姜晏汐的眼泪并没有落下来,她眨了一下眼睛,遏制住自己的泪意。她没有问他为什么在这里,反而是沈南洲先开口问她:"你还好吗?"

姜晏汐轻轻地点了点头:"我来店里拿一些东西,等会儿还得去医院,怕不能和你多说什么了。"

她低头用钥匙开锁,背后沈南洲的脚却像被粘在地上了一般,他嘴唇微张,最后才鼓起勇气说:"我陪你一起去吧。"

姜晏汐拒绝了他:"不用了。"

她朝他笑了笑,没再说什么,一个人坐上了公交车。

沈南洲目送她远去,直到十二路公交车已经开远了,他才如梦初醒一般拦下一辆出租车。

"师傅,去第一人民医院。"

A市最好的三甲医院只有一家。然而沈南洲到了医院门口,到了住院部楼下,他除了知道姜晏汐的爷爷应该姓姜,至于叫什么名字,得了什么病一概不知。

护士台的人问他来找谁,他却失魂落魄地一言不发。护士见状,摇了摇头。

医院里这样的家属多了去了。

沈南洲在A市待了七天,其实学院最多批了三天的假,还是他的舍友帮忙瞒着,最后一直催促他:南哥快点回来!我们快顶不住了!

在这七天里,沈南洲再也没有见过姜晏汐。直到离开的最后一天,他还不死心的去面包店门口等她。太阳落下的时候,她还是没有出现。

看着天边的夕阳一点点西沉,沈南洲突然觉得心里空落落的,不知道为什么,他觉得离姜晏汐还是那么遥远。

明明之前靠近了她,可是他觉得他好像又要失去她了。

就像三年前那样。

沈南洲回到北城,整个人像蔫了的大白菜。直到一个月后,简言之给他带来了姜晏汐的消息。

他拍了拍没精打采的好兄弟:"振作点!"

沈南洲头也不抬:"没空,不去。"

他对简言之口里的联谊交流会一点儿兴趣也没有。

沈南洲说:"要去你自己去。"

简言之肚子里的鬼主意他不用猜都知道,美其名曰劝自己不要吊死在一棵树上,实际上借着自己的名头,招来更多的女同学。

也奇了怪了,简言之这回讪讪地挠头:"既然你不去,那我也不去了。"

他最近在和林甜甜谈恋爱,不过不知道为什么,林甜甜一直不愿意公开他们的关系,说是怕以后分手了不好看。

简言之也觉得稀奇,从前都是他的女朋友一个劲地要求公开,这回反倒倒过来了。

他不知道的是,林甜甜已经在计划着怎么跟他说分手了。

简言之想了想,又放出了一个劲爆的消息:"姜晏汐回来了。"

"什么?"咖啡店里,沈南洲猛地坐起来。

简言之拉住他:"你干吗去?我说你别找她了,她这次回来,很快又要走了。"

"去哪里?"

"去美国。她从 B 大退学了……你干吗这样看着我?我也觉得不可思议,你没有看最近的同学群?"

沉寂了许久的初三(20)班同学群重新沸腾起来,因为姜晏汐要从 B 大退学这件事。

沈南洲打开同学群,果然显示"99+"的消息。

天哪,姜晏汐是疯了吧,她为什么要从 B 大退学?

听说她爷爷去世了,是得癌症死的,姜晏汐好像受了刺激,要去美国学医。

她也太冲动了吧, B 大那么难考,就算是去国外,也未必能有这么好的学校了。

我听说美国医学院不轻易招收中国学生的,姜晏汐就算再优秀,这次也是冲动了。

你们要不谁去劝劝她吧?她好像还没从 B 大退学,现在去劝还来得及。

是啊,她一定是太伤心了,才这么冲动。

你们现在有谁也在北城的? @全体成员

在北城的就去劝劝姜晏汐吧!

旁边的简言之看着沈南洲神色莫辩，试探的开口："要不你去劝劝她？要不然她这一走，说不定很难回来了，你的表白计划还没实施呢！"

沈南洲垂下眼帘，既没有答应，也没有拒绝。

深夜十二点的时候，他拿着手机辗转反侧，微信对话框输了又删，删了又输。

突然沈南洲看见上面显示：对方正在输入中……

姜晏汐：有什么事吗？

沈南洲手一抖，差点把手机扔出去。

沈南洲心想，伸头是一刀，缩头也是一刀，他在手机上输入：明天有空吗？可以请你吃个饭吗？听说你要去美国了。

姜晏汐：明天恐怕没空。

过了一会儿。

姜晏汐：这周末吧，可以吗？

沈南洲：好，那我们在花园餐厅见吧。

姜晏汐：OK。

沈南洲怎么也没想到，在自己准备告白的地点、时间，微笑着目送自己最喜欢的女孩子离开。是的，或许是上天冥冥之中自有注定。

那天是沈南洲的生日，也是沈南洲本来准备向姜晏汐告白的日子。

他早就定好了这个餐厅，一直没有取消。

简言之恨铁不成钢的对他说："你既然都约她见面了，就趁此机会向她白，把她留下来呀！你怎么知道姜晏汐对你一点儿感觉都没有？如果没有这件事情，说不定你就告白了，然后成功了！可现在呢，现在你打算怎么办？"

沈南洲说："我是想要她留下来的。"

"那就去呀！"简言之说，"你也是为她好，她本来在B大上得好好的，现在要退学，谁知道日后怎么发展？"

沈南洲被简言之说动了，他现在心里有两个恶魔在撕扯，一方面跟自己说，他应该把姜晏汐留下来，另一方面又跟自己说，他相信姜晏汐无论何时都不会迷失心智，她既然已经作出决定，他没有理由以爱强求她留下来。

更何况从始至终是自己单相思。

/5/

周末的花园餐厅,姜晏汐如时赴约。

这场约会很奇怪,本该难过的姜晏汐一脸平静,反倒是沈南洲笑不出来,他的心里还在纠结,像打仗一样。

饭菜没有动几口,沈南洲忍不住开口了:"我听说你要去美国了?"

姜晏汐笑了一笑:"还没有那么快,只是先办理退学,等申请的 offer 下来,我才会动身。"

"去哪里?"

"大约是华盛顿吧。"

华盛顿距离北城有一万一千七百九十二公里,若是自此一别,经年再难相见。沈南洲默默地低下头,用叉子叉牛排,他切得心不在焉。好几次他想放下叉子,想跟姜晏汐说你能不能留下来。

他想说,我喜欢你,说爱怕唐突,只敢说喜欢。

他想说,你是我年少遥不可及的月亮,是我喜欢了三年的心上人。

他还想自私一点说,你去美国可能未必会比留在国内好,你留在国内的 B 大,前途大好,可去了美国,前程未知。可他只敢用余光悄悄地瞄姜晏汐,他自以为做得天衣无缝,却被姜晏汐逮了个正着。

姜晏汐说:"你要是想说什么就说吧。"

沈南洲话到嘴边,说出的却是:"我可以问问你为什么要这么做吗?"

他想知道她为何会做出这个决定。

姜晏汐很坦白,说:"我想你已经知道我爷爷去世了,他得了脑部肿瘤,从前的时候做过手术,但是又复发了。"

"抱歉。"沈南洲从她的只言片语中感受到她的难过,即使她看上去已经很释然了。

"没事。"姜晏汐说,"其实在给我爷爷找医生的时候,我发现国外的有一位医生可以做我爷爷的手术,但是国内还没有这个水平,我们是想请那位医生过来的,可是……"

中间种种原因,姜晏汐没有具体解释。

请国外能做手术的医生过来,听上去好像只是一句话,其中种种艰辛难以描述。

姜晏汐说:"我希望我爷爷身上发生的事情,以后可以少一点。"

沈南洲说:"那你还会回来吗?"

姜晏汐点了点头,她的神色一如既往地温柔而坚定。

沈南洲闭了闭眼,拿出这辈子最好的演技,微笑着祝福他的少女:"姜晏汐,以后再见你就是姜医生了,你一定会成为最好的医生。"话说出口,他心里的石头仿佛落下了。

只是走在回去的路上,他的心好像被挖空了一块。差一点,还是就差那么一点。

都说事不过三,是否他和姜晏汐注定是没有可能的?他们是两条平行线,永远也不可能相交,自始至终,是他强求。

可若是真真正正没有缘分,又为什么在去 B 大找她的时候,恰巧在图书馆门口遇见她?又为什么在他连夜赶回 A 市的时候,在亲亲宝贝面包店门口徘徊的时候,遇见了姜晏汐?

每次上天都在他觉得毫无可能的时候,给他一丝希望,然后将它打破。

人难过到极致的时候,真的是一句话也不想说,沈南洲一觉睡到第二天早上,打开手机就看到了简言之的连环信息轰炸。

简言之:昨天什么情况?有没有成功?改变了主意没?

沈南洲:我没劝她。

简言之:???

沈南洲:她要去美国了,我祝福了她,她一定会成为最好的姜医生。

简言之:大清早说什么胡话呢?脑子进水了?你给我等等,我这就来,门口咖啡店见。

沈南洲没想去的,可他要是不去,简言之能冲到他宿舍里把他给揪出来。

思及此,沈南洲从床上爬起来,换了身衣裳。

咖啡店里,沈南洲扫码点了两杯咖啡。咖啡做好的时候,简言之刚好推门进来。

简言之一把拿过沈南洲手上的咖啡,说:"渴死我了,先让我喝一口。"简言之啧啧了两口,"呸!这什么味道?怎么这么苦?"

简言之低头看向杯子上的标签:"葡萄冰萃?不加糖?"他把咖啡放到桌子上,"这是什么反人类的咖啡?"再一瞧沈南洲,默默地喝着手里的咖啡,好像并不觉得苦。

简言之心里叹了口气,看他这副失魂落魄的样子,既然自己这么难过,干吗又要劝姜晏汐离开呢?他也真这么问了:"既然舍不得她,为什么不告诉她?她要是知道你喜欢她,知道你从三年前就喜欢她了,你考上北城戏剧学院也是为了她,她说不定会为了你留下来,她是因为爷爷的去世太伤心了,这难道不是你乘虚而入的好时机吗?"

沈南洲摇了摇头:"她不是因为伤心会失去理智的人,当她跟我说出那句话的时候,我就知道她这一次做的也一定是明智的决定。姜晏汐,从来不会打没有把握的仗。"

沈南洲笑着说:"既然她已经做出了决定,我又何必再说出这些事呢?告白应该是胜利的凯歌,而不是冲锋的号角。"

简言之真是越看自己兄弟越觉得他倒霉悲催,他就没看见一个人感情之路能忐忑成这样的。

按理说沈南洲长成这样,应该在起跑线上就赢了,好家伙,他一个人硬生生把 easy(简单)模式玩成了 hard(艰难)模式。

"那你现在打算怎么办?"简言之问。

沈南洲故作轻松说:"原来怎么办现在就怎么办呗!我难道没有自己的生活要过吗?"

简言之松了口气:"你想明白就好。"

"你知道姜晏汐什么时候去美国吗?"他难得拜托简言之,"你能不能帮我问问你那位朋友姜晏汐离开的日子。"

沈南洲知道,简言之认识一位神秘的朋友,之前出谋划策的时候,这位朋友提供了不少关于姜晏汐的喜好,还有 B 大校园内部动态。

简言之很警觉:"你想干什么?"

沈南洲说:"只是想去送一送她。"

他不敢光明正大地再去见她,因为他演技拙劣,难以掩饰爱意。

/ 6 /

姜晏汐十八岁的时候从 B 大退学,众人眼里的天之骄女,做出了一个常人难以理解的可谓疯狂的决定。

她要去的国家在大洋彼岸,一去就杳无音讯。再往后,谈起她的人总是语带叹息,说她因为亲人的离世大受打击,突然魔怔,自毁前程。

人们乐于谈论天才的陨落，瞧着她从云端之间坠落，高台崩塌，然后猜测，她日后的生活一定很悲惨，好口口相传，自以为是地训诫后人。

唯一对此持反对意见的，除了姜晏汐的亲人，只有教过姜晏汐的班主任，还有沈南洲。

老班说："姜晏汐是我教出来的学生，她的本事我清楚！"

而是沈南洲呢？他不知道，他只是毫无理由地信任她，她是他年少时最浓墨重彩的一笔。

年少时不能遇见太惊艳的人，可是遇见她，即使煎熬，他也甘之若饴。

二十八岁的姜晏汐似乎与十年前没有任何区别，只是眼神更坚定了。

十八岁的少女尚对未来有一丝迷茫和不确定，二十八岁的姜晏汐已经完全找到了她的路，坚定，且一往无前。她更加光彩夺目了。

沈南洲的余光瞥到那边的摄像大哥已经关掉了摄像机，他心念一动，又追问了几个问题。

"不知道姜主任这么优秀，还是单身吗？"

姜晏汐抬头看了他一眼，沈南洲的心怦怦跳，差点以为心思被她洞察。

"还是单身。"姜晏汐说。

"那请问姜主任的择偶标准是什么呢？"

沈南洲紧张地看着她，背在身后的一只手无意识地蜷缩起手指，手心被汗水浸润。

姜晏汐似乎认真地思考了一下这个问题，她说："大概是一个和我能彼此欣赏的人吧。"

沈南洲用轻松的口气问起："这样说来，姜主任倾向于找同行了？"

他心里有一种难以言说的失望，更有一种隐秘的期待和紧张，等待她的答案，似乎像是等待一种宣判。

姜晏汐摇了摇头："我希望他能有自己热爱的事业，我们彼此欣赏，共同进步，并不一定是要同行，如果我能通过他了解一个新的职业，那也是一件很棒的事情。"

沈南洲说："看来姜主任不是看外表的人，更注重内在。"

不知什么时候，副导演走了过来，说："我看节目播出以后，姜主任的对象是不用操心了。"

导演火眼金睛，他在娱乐圈浸淫多年，对于看人早就练就了一套炉火纯青的本事。他有预感，这节目播出后，只怕姜晏汐也会狠狠地火一把，虽然姜主任可能并不在意。

姜主任年轻、多金，人长得又美，副导演心念一动，问："姜主任准备在北城成家吗？我有个侄子是北城本地人，比姜主任小三岁，人长得帅，但没谈过恋爱，感情很干净。"

沈南洲的脸肉眼可见的黑了，他紧紧抿着唇。

副导演双手搓了两下胳膊："怪哉！这空调怎么吹得人怪冷的？"

"大型制冷机"沈南洲不动声色地隔开导演，说话的语气都有些生硬了："姜主任不是看脸的人，像姜主任这样的国家人才，怎么说也要和姜主任有共同话题的人才对。"

沈南洲的心里其实很苦涩，姜晏汐这样优秀，别说医院里的院长、主任，就连见了她几次的副导演，都想给她介绍对象。

唉！姜晏汐为什么不是看脸的人呢？沈南洲突然对自己很没自信。

副导演本也是试探一提，听沈南洲这么一说，觉得也对，自己那个侄子连个一本都没考上，只怕跟姜主任说不上话。他道："是我失言了。今天麻烦姜主任配合我们采访了，后续的节目拍摄给医院带来的不便，还请你们多多谅解，万分感谢。"

副导演拍拍胸脯表示："姜主任刚从国外回来，对国内还有海都市这边可能不太了解，有什么需要的尽管开口，看上哪家青年才俊也包在我老汤身上！"

沈南洲身上的气压更低了。

也不知是不是巧合，姜晏汐打断了副导演，仔细听她话中似乎有一丝笑意，说："好，谢谢您。"

副导演说："行嘞，那我先走了，那边还有进度要赶，我让小沈留在这里。"他半开玩笑地说，"他现在是我们节目组的编外人员，有什么事情你就跟他说，你别看他高冷，实际上是个热心肠的小伙子。"

副导演招呼一打就走了。

沈南洲偷偷瞄姜晏汐，视线不自在地落在别处："副导演这个人爱开玩笑，你别把他的话当真。"言外之意，别去见他给你介绍的那些青年才俊。

姜晏汐笑了笑说："没事。"

修身的白大褂勾勒出她笔直的腰背，她双手插在腰上的兜里，姿态放松，她这时候眉眼带笑，和平常清冷的时候略有不同。

无论什么时候，姜晏汐在沈南洲眼里都是闪闪发光的。

沈南洲觉得自己的舌头打了结,他不知道自己刚才的反应是否过于异样。

办公室里站着的男人身材高大,穿着一身休闲服,看上去像是二十岁出头,气定神闲地把手揣在裤兜里,既有种青春的少年感,仔细看又有一种独属于成年男人的魅力。得亏于他得天独厚的脸,可谁能猜到此刻沈南洲的心里其实已经兵荒马乱。

反而是姜晏汐打破了沉默,说:"走吧,去吃饭。"

沈南洲下意识地问:"去哪儿?"

"职工食堂。"姜晏汐回头看了一眼他那张过于耀眼的脸,即使戴着口罩也无法遮掩他的魅力。

姜晏汐突然伸手,把他后面的帽子给扣上,说:"还是带回来吃吧。"她拖长了声音,神情有种不同于以往的生动俏皮,"大明星。"

/ 7 /

这个时候正是职工食堂的饭点。

海都大学附属医院作为全国有名的医院,食堂自然不用说,他们有一栋专门的食堂楼,分上下三层,足有五家餐厅。

里面的菜也都有员工补贴,在寸土寸金的海都市,只要不到十块钱就能打三个菜。

不过现在食堂里大多以实习生为主,他们每个人手上都提着两大袋饭菜,科室的老师腾不出手来,往往会叫一到两个人把所有人的饭菜带回去。

中午时间紧张,只是来打饭不堂吃的人顾不得脱白大褂,直接就把东西拎着走了,要是被院感抓到,又是要被扣钱的。

当姜晏汐和沈南洲出现在职工食堂的时候,实习生的目光都忍不住往他们身上瞟。

虽然沈南洲戴着帽子、口罩,也遮掩不住他得天独厚的气质,再一看那腰、那腿,就知道肯定是个大美人没跑。再一看那位穿着白大褂的女老师,当看清她胸牌上的科室和职称,更不由得肃然起敬。

是大佬没错了!实习生脑补出了一场女大佬和她的小娇夫的大戏。

何止是实习生,打菜阿姨也误会了,打菜阿姨稳稳地给姜晏汐打了两份饭,还送了两份水果。

阿姨笑呵呵地问:"老师,这是您家属?"还没等姜晏汐回答,阿姨就感慨道,"模样俊嚯。"

姜晏汐笑着说:"是老朋友。"

阿姨笑呵呵:"好,好……"

阿姨一副"过来人"的眼神,让沈南洲怀疑自己是否表现得过于明显。

还好姜晏汐没在意,拿了饭就和沈南洲回办公室了。

沈南洲主动接过:"我来拿吧。"

在路上,沈南洲没话找话,说:"今天跟姜主任在食堂晃这一圈,只怕耽误了姜主任的事情。"

姜晏汐问:"为什么?"

沈南洲抿了抿唇说:"院长不是在给你介绍青年才俊吗?要是误以为你有了对象就……"

姜晏汐说:"那正好你还算帮了我一个忙。"她语气里有一些小俏皮,"院长有时候盛情难却,我又拒绝不了他老人家,这样反倒让我得了清闲。"

沈南洲心里松了口气,随即又提上来,装作不在意地问:"为什么?院长介绍的人应该都很好吧,应该也是跟你一样是很优秀的人,你们在一起肯定会有很多共同话题。"

他的语气里藏着一股隐秘的酸意。

姜晏汐笑了:"谈恋爱又不是写学术论文,找对象又不是找第二作者,难不成我在你眼里就是个学术狂魔,还得找另一个学术研究者当对象?"

"不不不,我不是这个意思。"沈南洲觉得自己好像说错了话。

姜晏汐"扑哧"一声笑出来,说:"别紧张,我又不是给你讲题目,你现在也是很优秀的人了,不需要我再给你讲题目了。"

沈南洲的眼睛一亮盛满星光:"你真这么觉得?"

十三岁末的时候,沈南洲的父母离婚了,他觉得自己被全世界抛弃了,于是他放弃自我,沉醉堕落,虽然他的堕落也仅限于不听讲,不做作业。

直到十四岁的时候遇见姜晏汐,才知道人原来可以活得那样光芒万丈,原来真的有人只要站在那里,就是发光的。

十四岁的姜晏汐告诉他,学习的时间很短暂,人永远是为自己而活的。于是在很长一段时间里,包括后来姜晏汐离开的那十年,就是这样一句话支撑着沈南洲,无论在什么境地,他都没有放弃。

他成为大明星,第一是热爱,第二也是在想,如果他站上世界的舞台,是否在大洋彼岸的姜晏汐也能看到他闪闪发光的样子。

他从前不知道答案，直到姜晏汐亲口跟他说，你也是很优秀的人。

姜晏汐点了点头："当然了，大明星还要怀疑自己吗？"

沈南洲因为姜晏汐的夸奖觉得晕乎乎，手脚都不知往哪放，虽然从表面上来看，他还是那个帅气的大明星。

沈南洲只能庆幸自己在娱乐圈待了十年，虽然演技很差，但起码不至于在姜晏汐面前露出异样。虽然他默默勾起的唇角和泛红的耳朵暴露了。

快走到办公室的时候，姜晏汐突然转过身，说："其实你刚才有一句话说得不对？"

"什么？"沈南洲停留在门口忘了进来。

姜晏汐站在门内朝他一笑："我不是高尚的人，其实我也是看脸的。"

吃饭的时候，沈南洲好几次欲言又止，想问她刚才说的话到底是什么意思，最后也只是埋头吃饭。

好像自己这样想，也太自作多情了。

吃饭的时候，他默默把这段对话发给了简言之，问：你说她是什么意思？

简言之迅速发来了消息：我就说你上次有问题！还不承认？（坏笑）这次终于准备勇敢追爱了？

沈南洲回了他六个句号，简言之爱看热闹的坏毛病还是没有改。

主要是他也找不到其他可以问的人了，总不能去问 Leo，Leo 一定会冲过来把他拽走，痛心疾首地质问他偶像的自我修养是什么。

简言之觉得打字太慢，直接给他发语音："我敢打包票，姜晏汐就算不喜欢你，起码也不反感你，她肯定是对你这张脸有好感的……这话要是从别人口中说出来，那绝对是在撩你，不过放在姜晏汐身上嘛，情况又有些不好说，也有可能她只是随口那么一说。你最近不是跟她一起拍节目嘛，你试着多跟她接触接触，问问她今天还有没有工作，约她出来吃饭。要我说，以你的咖位直接跟导演打个招呼，多用拍节目的名义来医院里晃晃……"

简言之真是个乌鸦嘴，说不出好话来："要我说你就该每次拍节目的时候都跟着，我可听说那六位实习生里有几个博士，比姜晏汐小不了几岁，节目组又是挑长得盘靓条顺的人……你小心到时候没地方哭去！"

沈南洲心里立刻警铃大作，他默不作声地打开副导演的朋友圈，发现第一条就是在哭穷，说是节目组资金不够用了，有没有老板愿意投资的。

他迅速给副导演发了一条信息：汤导，还缺投资吗？

副导演几乎是立刻回了信息：小沈，你有认识的人要投？谁这么有眼光，快！快快推给我！

　　沈南洲：（微笑）是我。

　　副导演：沈老板打算投多少？

　　沈南洲很快和副导演把这件事情敲定下来，一跃从节目嘉宾变成了主要投资人。

　　虽然简言之平时不着调，不过在谈恋爱方面还是略有心得的，虽然自从七八年前他在上一个前女友身上摔了个大跟头后，就跟断情绝爱了一样，再也没谈过。

　　沈南洲放下手机，尽量用最自然的语气跟姜晏汐说："从后天开始，我可能要跟着你们拍摄了。"

　　姜晏汐记得之前节目组好像没有说过这件事，不是说明星嘉宾不跟医院人员接触吗？拍实习医生一日体验那一天除外。

　　姜晏汐问："是有什么新变化吗？"

　　沈南洲假装叹了口气："导演的资金链出了问题，可节目开拍了，档期都约好了，也不好停下，现在副导演忙着去筹集资金，所以就由我来顶替他的工作了。"

　　姜晏汐恍然大悟地点点头："原来是这样。"

　　她看沈南洲的眼神都有些同情了，沈南洲都跑过来当工作人员了，副导演现在应该确实挺缺钱的。不过话说回来，沈南洲专业对口吗？

　　姜晏汐问："那你现在一个人负责拍摄吗？"

　　沈南洲说："其实我大学的专业是导演系，机缘巧合才做了歌手。"

　　"那你怎么做了歌手？"姜晏汐出国第五年的时候，在美国星光大厦的门口看到了沈南洲粉丝为他花钱买的生日投屏，知道他出道做歌手了。

　　说实话，当时很出乎姜晏汐的意料。

　　在她的印象里，沈南洲不是一个喜欢站在聚光灯下的人，而且他心思坦诚，不懂得掩饰自己，如何能适应娱乐圈那样的环境？

　　沈南洲有片刻的沉默，真正的缘由难以说出口，他避开了核心，只是说："大一的时候学校举办十佳歌手比赛，我上台唱了首歌，被人拍下传到网上去了，后来有公司找上门，没想那么多就签了。"

　　其实还因为当时他的室友 Leo 说，这可是个大公司，你被他们看上，以后说不定能成为名扬世界的大明星。

沈南洲不想得到全世界的注意,却希望通过这种方式让大洋彼岸的姜晏汐能够看到自己。

我知道你很优秀,你如皓月之辉,我如萤烛之光,所以我想做到最好,才配得上喜欢你这件事。

姜晏汐说:"那行,你如果拍摄上遇到什么困难,也可以跟我沟通。"

吃完饭,姜晏汐收拾餐盒,把湿垃圾单独装到一个小袋子里,再把干垃圾打包好,丢到了办公室走廊里的垃圾桶。

她一转头,发现沈南洲还没走,问:"还有什么事吗?"

沈南洲紧张的时候喜欢摸一下耳朵,他说:"你最近有空吗?"他又摸了一下耳朵,"海都市有几家餐厅味道还不错,是甜口的,你应该喜欢。"

姜晏汐年少时作为学霸的生活,其实很枯燥,当然和 A 市是一个小城市也有关。

在这种情况下,姜晏汐为数不多的爱好就是吃。

这也是沈南洲偶然发现的,当姜晏汐吃到她认为好吃的东西的时候,她的眼尾会微微上扬,嘴角放松,并且她对于她喜欢的口味有一种固执。

姜晏汐说:"好啊,只是这周可能没空,这阵子科里要安排实习生,恐怕得过段时间了。"

沈南洲说:"等你忙完了。"他想,今天回去就可以做餐厅攻略了,说起来,他其实也没怎么在海都市吃过什么美食。

姜晏汐很忙,忙到周六周日也在加班,这段时间还要负责节目组安排来神经外科实习生的事情。她刚到一个新医院,虽然聘了高职称,却是"新人",没有国内的师门可以依靠,而且手上还有一些科研项目需要交接。

总而言之,沈南洲看她忙碌的样子,悄悄地离开了医院。

已经是傍晚了,夕阳西落,霞光晕染,沈南洲独自一人走在路上,海都大学附属医院位于市中心,旁边就是热闹的街市,他穿过繁华的商业区,突然在一家名叫"Flipped"的餐厅门口停下来,拿出手机,把门牌头拍了下来,发给简言之:没想到海都市也开了。

谁知道回复他的居然是姜晏汐,沈南洲才发现自己发错了。

他心里一惊,赶紧检查自己有没有说错话,还好只说了一句。只是超过了两分钟也撤回不了了。并且姜晏汐回复他了:下次可以去试试,不知道过了十年,味道怎么样。

十年前是南洲和姜晏汐在北城市的这家餐厅吃过饭——他们告别的

那天。

那天是沈南洲的生日，也是沈南洲原定计划准备告白的那一天。那大约也是沈南洲人生中最痛苦的一天，少年隐藏他所有的爱意，送别了他这一生挚爱，并抱着此生不会再见的痛苦。

这家名叫"Flipped"的餐厅，还有另一个中文名字，叫"怦然心动"。

十年已过，再见这家餐厅，好似当年，就好像上天冥冥之中的指引，让他填补当年的缺憾。

沈南洲一字一句地回复：好。

不过当简言之听完了沈南洲的计划后，满脸震惊：搞什么？吃饭？你们当小孩子过家家呢？大哥你二十八了，她也二十八了，你们就不能做一点成年人该做的事情吗？

沈南洲反问：那应该干什么？

简言之得意扬扬地贡献自己的经验：游乐园的摩天轮，经典但永远不过时的午夜鬼片，还有没有女孩子会拒绝的迪士尼乐园。

沈南洲：成年人应该干的事情，你确定你八年前的恋爱经验还适用？

简言之的上一段恋爱已经是八年前了，也不知道他受了什么刺激，这八年来过得清心寡欲。

他明显不服气，他在微信框里打打删删，想不出辩驳的话，把手机往沙发上一扔。

随他去吧！又不是他简言之谈恋爱！

第五章

DI ER CI
XINDONG

那一天的云，很轻很轻

在喜爱的人面前，永远没有办法三心二意，所有的话和举动都是第一反应。

／1／

这段时间，Leo 觉得沈南洲很反常，就比如他前天突然通知自己，他已经成为综艺《生命之门》的大股东，要去现场参与拍摄。

这对于 Leo 而言是件好事，毕竟是沈南洲的整个团队都在考虑转型，他们首先考虑的就是综艺节目的幕后制作，毕竟是沈南洲大学就学的导演。

至于为什么不考虑电影制作或者电视制作，那当然是因为沈南洲演技有限，他导演个综艺还能自己上场去做嘉宾，增加热度，但要是去客串电影或者电视剧，恐怕会挨骂。

当时沈南洲告诉他这一消息的时候，Leo 简直热泪盈眶，还有点不可置信："你怎么突然想明白了？我跟你说这节目组的两位导演，在圈内那都是要地位有地位，要口碑有口碑，跟着他们学习不会错！"

不过周一的时候，Leo 看着被沈南洲叫到家里的八个造型师，目瞪口呆："这是不是太隆重了一些？"

沈南洲不是去场外督工吗？怎么搞得像是去当恋爱综艺的嘉宾一样？

Leo 升起了一点点警觉，但是想想医院里都是秃头的医生，应该也没什么事吧？

临走时，他嘱咐沈南洲："我对你没什么别的期盼，只要你把自己的脸挡好就行，免得给医院带来不必要的动荡，别影响医院的正常就医秩序，那可是要付违约金的，更重要的是对你的形象也不好……"

Leo 把旁边的小王喊过来，对沈南洲说："这是工作室新招的助理，让他今天跟着你去拍摄节目吧，我得去跟公司谈解约的事情……"Leo 露出难色，"这事不好谈，星扬娱乐毕竟是你的母公司，在大众眼里，你是星扬娱乐捧出来的艺人，如果谈不妥，对你以后的路人缘会有很大影响。"

沈南洲道："就算是这样，这些年我给公司带来的收入也足够多了吧。"

星扬娱乐换了大老板，大老板的很多理念和沈南洲并不相同，甚至想干涉沈南洲的个人发展。想到这里，Leo 也叹了口气："我会尽力去谈的，从目前的情况来看，星扬娱乐确实是日薄西山……哦，对了，我听说小南总也跳槽了，他想挖你过去，你怎么想？"

沈南洲说："我不打算再签约其他公司了。"

Leo 跟了沈南洲许多年，立刻明白了他的意思："这样也好，反正你在娱乐圈也不算新人了，签不签其他公司没那么大影响，既然你有这个打算，那咱们就按这个方向来。"

沈南洲的意思就是自己开工作室，招一批艺人和工作人员，自己当幕后老板，这也是娱乐圈的常见做法了。毕竟当艺人哪有当老板舒服。

沈南洲不是第一天有这个想法了，只是娱乐圈关系网复杂，很多时候，脱身并不是那么容易，沈南洲觉得过一天算一天，反正他咖位摆在那里，他真不愿意干的事情，公司也没有办法勉强他。

直到再次遇见姜晏汐，沈南洲这棵枯死的树木仿佛重新被注入生机，他萌发了想要主动离开的想法，转型到幕后，如果有朝一日美梦成真，可以正大光明地宣布自己的所爱之人。

Leo 不疑有他，公司这几年确实越来越不行了，沈南洲就是报答当初的知遇之恩，为公司赚回来的钱也早就报答完了。

Leo 说："行，小王，沈南洲就交给你了，要是有什么事的话就打我电话。"

小王是个二十出头的年轻人，站在那里笔直如松树，一看就是当过兵的人。沈南洲鸭舌帽一戴，又戴好墨镜，往海都大学附属医院走去。

他以方便拍摄节目的理由，在医院附近租了一套公寓。

今天汤导负责麻醉科那边的拍摄，负责神经外科实习拍摄的是另一个年纪较轻的副导演，姓宋。

年纪轻的小宋导演很认真，跟在摄像旁边，手把手地教导画面拍摄，看上去要求很严格。

沈南洲墨镜一戴，裹紧黑色风衣，他的伪装很成功，周围人似乎没有人认出他来。

他往前几步，走到小宋导演后面，由于高个子的优势，很轻松就看到了摄像机里的画面。

虽说来参与节目拍摄，沈南洲有自己的私心在里面，但他也是抱着学习的态度来的，正如 Leo 所说，这个综艺的几个导演都是业内有名的，他可以从他们身上学到很多东西。

他们现在在拍摄第一组实习生，进入神经外科实习的场景。

周日的时候，实习安排已经出来了。

第一个两周，由谢含章和李拾月去神经外科，钟景明和曹月文去麻醉科，梁思博和顾家玉去肝胆胰外科。不过小宋导演的镜头似乎有些奇怪，该切近景的时候切外景，该切外景的时候切近景，摄像大哥都有些不高兴了。

要知道摄像大哥也是老资历了。

这时候沈南洲听见新来的助理小王在他身后悄悄地提示："南哥，这位宋导不擅长拍人，也不擅长拍物，擅长搞人物纠纷和矛盾。"

沈南洲回头看了看小王。

这位新来的助理小王是退伍军人出身，说话的时候像一板一眼的汇报。

这种娱乐圈的操作自然不可能是小王打探到的，那就是 Leo 提前准备的资料。

沈南洲知道圈内有些导演编剧有这样的恶趣味，有时候也是为了制造噱头，没矛盾也制造矛盾，没冲突也制造冲突，以求拍出来一个能爆的话题。

他们现在在住院部八楼的电梯门口，左手边是神经外科的病区，右手边是血管外科的病区。

谢含章和李拾月两位实习生已经到了病区门口，等待他们的带教老师把他们领进去。

拍摄已经开始了，两边的摄像机对准正在病房门口等待的实习生。

他们已经换好了带有海都大学附属医院红标的白大褂，带上了实习工牌，两个人礼貌又有些拘谨地站在两边，中间隔着五米远，刚好可以给后期老师留下 P 字的空间：当代社恐职场人。

过了一会儿，谢含章突然开口说："姜老师是不是事情太忙，忘了我们今天要来？"

就是这样一句话，让本来在旁边装成工作人员调试机器的沈南洲抬头，不动声色地看了他一眼。他头微皱，下意识地对这个男实习生有些不喜。

姜晏汐是医院里的医生，又不是节目组请来的演员，医院这种忙碌的地方，总不能让医院不干活，专门等他们拍摄吧？何况节目组早跟医院有协议在先，是在不影响医院正常医疗秩序的情况下进行拍摄。

谢含章这样说，好像故意暗示观众，姜晏汐是个不守时的人。

观众大部分是盲目的，这样一来就会有一个先入为主的印象。亏姜晏汐还在采访里说对他印象最深刻！

沈南洲一时也不知道自己在气什么。

他承认或许是因为姜晏汐上次提了谢含章，他对谢含章有一些微微的敌意在里面。不过事实证明，这小白脸果然不是什么好人！

沈南洲怎么能容许有人在这里暗戳戳踩姜晏汐一脚，当下就说："姜主任是神经外科的专家，需要她帮助的病人不计其数，她必然是在病房里忙得转不开身。"

谢含章脸色一僵，回头一看，发现只是一个"普通"的工作人员，心想，什么阿猫阿狗都能这样对他说话。面上却不好发作，说："老师事情多，我们等老师是应该的，只是怕姜老师把我们忙忘掉了。"

谢含章笑起来很是温文儒雅，又有一点内敛。他生了一张具有迷惑性的皮囊，看上去十分诚恳，好像真没别的意思。

这时候，李拾月却奇怪地看了谢含章一眼："现在是七点四十五，姜老师估计在查房，是我们来迟了。"

其实每个科室的查房时间都不同，在神经外科，查房的时间一般是八点，但每个老师的习惯不同，又会有时间差异。像姜晏汐，早上到了之后第一件事就是查房。一般姜晏汐会在八点之前查完房，也就是说实习生最好在七点多一点到，要不然只能等到老师查完房。

说起来李拾月今天早就到了，主要是为了等谢含章。在李拾月看来，他们没能赶上老师查房，等老师查完房把他们带进去就是了，没什么可说的。怎么谢含章的话听起来怪怪的？想想也知道，姜主任那种大佬，每天要处理很多复杂的事情，大脑堪比CPU，怎么可能把他们忘在这里。必然是一时脱不开身，临床医学就是如此，忙起来没个定数。

一个临床医生要同时负责好几个病人，并且对他们的病情了如指掌，可以说时间的统筹安排是每一位医生的必修课。在这种情况下，姜晏汐也不可能忘记两位实习生的事情。

李拾月真要怀疑谢含章到底是不是一位医学生了。她有话直说："而且节目组通知拍摄的时间是八点，这样算，姜老师根本不算迟到。"

她想，谢含章在这内涵啥呢？

谢含章说："李同学你恐怕误会了，我没有这个意思，我只是觉得姜老师太忙了，怕她忘了今天咱们两个来报到。"

工作人员友情提示他们："其实，你们可以给姜老师打电话。"

谢含章说："可是我不知道姜老师的电话……"

工作人员说："稍等我来联系一下。"

其实这件事情有点麻烦，因为工作人员并没有姜晏汐的联系方式，之前和节目组沟通的是神经外科的大主任。工作人员得先去联系方主任，工作人员给方主任打电话,没人接。

李拾月突然说:"我有姜老师的电话。"

谢含章的嘴角稍稍往下了一点,李拾月这句话由不得他不多想,难道她提前联系了姜主任?他笑着说:"前天面试第一次见老师,想不到李同学已经和老师加上了联系方式,原来那时候就有预感会先来姜老师这里了。"

李拾月奇怪地看了他一眼,打开微信公众号,举到了谢含章面前,面无表情地说:"关注海都大学附属医院公众号,在互联网医院上进行门诊挂号,可以看到姜老师的联系方式。"

李拾月这个人其实比较简单,她根本没听出来谢含章的言下之意,只是单纯地就他的问题进行了解答。

谢含章被呛住,成功闭了嘴。

/2/

李拾月给姜晏汐打电话:"姜老师你好,我是今天来神经外科实习的李拾月,我们现在到了病区门口,请问我们现在去哪里?"

李拾月是个身材高大的东北人,身高有一米七八,身材匀称,看上去就是个直脾气。她说话的时候也铿锵有力,带着一些鲜明的东北口音。

挂掉电话,李拾月对谢含章说:"姜老师让我们直接进去找她。"

李拾月和谢含章在护士台遇见了刚查房结束的姜晏汐,跟着姜晏汐还有几个医生和实习生一起进了一个大的医生办公室。

姜晏汐环顾一周,对顾月仙说:"这个男孩子就跟着你吧。"她向谢含章介绍道,"这位是顾老师,是神经外科的老总。"

谢含章本来以为是姜晏汐亲自带他们,见现在带自己的不过是个住院总,难免有些失望。

姜晏汐又看了一圈,沉思片刻说:"那这样吧,拾月就跟着我。"

没有什么合适的人选,其他的主治和住院医手下都有不少实习生要带,因为要拍综艺也不好交给规培生。

李拾月喜出望外,能跟在姜晏汐后面学习,就像天上掉下来的馅饼砸中了她,疯狂点头:"好的,姜老师。"

姜晏汐说:"第一天来就先熟悉熟悉情况吧,先写写病历,需要换药的病人换一下药,下午老师去门诊的话就一起去。"

姜晏汐说:"明天有三台手术,一台脑膜病损切除,一台颅骨修补,还有一台骶管囊肿切除,你们如果感兴趣可以看一看。"

姜晏汐问:"你们明天谁去?"

李拾月眼睛亮晶晶的,说:"老师,我想去。"

谢含章说:"我也想跟姜主任学习,不过李同学想去的话,还是让她先去吧,我等下一次机会也行。"

姜晏汐说:"你们两个都去不妨事的,我们医院手术多得很,不缺学习的机会,不需要这么谦让。"

姜晏汐转头对顾月仙说:"那等会儿写明天手术单子的时候,把他们两个人的名字加上。"

姜晏汐只是随口一说,谢含章却觉得她是偏袒了李拾月,他不说话了,心里却有些钻牛角尖的想法。姜晏汐亲自带李拾月却不带他,说话也是偏袒她,难道是因为李拾月本科是全国有名的医学院,他不过是普本出身?虽然这样的想法可能有点狭隘,但是这个现象是存在的。

谢含章大学实习的时候也在海都市,当时和他一起实习的有不少就是海都大学的医学生。

在谢含章看来,这些来自著名海都大学的医学生格外受老师们眷顾,也有可能是因为医院是学校的附属医院,对于医院老师而言,就是自家学生,所以他们备受优待。

谢含章那个时候就很不平,这些医院本校的医学生每次只来半天,下午就跑没影了,老师也不说什么。反而有一次他就坐在医生办公室的隔间,却无意中听到老师说:"像海都大学的学生就是比较优秀,哪怕是海都大学普通本科的医学生,也比外地的医学生好很多。你看那些外地的医学生,只想着考研,什么活也不想干,现在又不知道跑到哪里偷懒了。"

谢含章当时一口气堵在嗓子里,他想站起来走出去,想知道老师发现他就在隔间会不会觉得尴尬。可他当时就像是双脚被粘住了一样,站不起来,走不出去,等老师们都离开后,才从隔间出来。

谢含章是自卑的,即使后来考上 985 学校的研究生,也没能摆脱这种自卑的想法,今天姜晏汐的做法无疑又惊动了他那颗敏感的心。

直到上午写病历的时候,谢含章才觉得自己稍稍扳回来一局。

谢含章是专硕研究生,学得是消化内科,大部分时间在临床上,所以对临床的文书工作很熟练。相比较而言，李拾月是直博，主要是在实验室，对于临床工作没有那么熟悉。

像临床写病历这种事情，一般就是住院医、规培生、实习生来写，有的时候主治可能也写，但副主任和主任一般是不怎么写的。加上今天姜晏汐也比较忙，所以这个事情就交给顾月仙来教了。

谢含章上手很快，基本上顾月仙教一下神经外科的几个重要模板，和一个基本的流程，他就能够开始工作了。但教李拾月的时候，基本上就比较卡顿，需要说一下停一下，并且李拾月也不太会弄医院的这个系统。

旁边的摄像头持续不断地工作着，节目组的工作人员都成了合格的背景板，并不敢出声打扰他们的工作。

在医院这种神圣的地方，他们有一种被大佬支配的恐惧。

沈南洲现在也被分到了一台摄像机，如何分配综艺的镜头，也是他需要学习的一部分，毕竟他给 Leo 的理由是为了以后转行综艺制作。

不知什么时候，小宋导演走到了沈南洲旁边，沈南洲把浑身裹得严实，或许有的工作人员认不出他，但是小宋导演是知道的。毕竟汤导也交代过了，现在沈南洲是主要投资人，在不影响大的拍摄总计划的时候，随便他干什么，想学什么。

汤导觉得沈南洲可能就是一时兴起，毕竟他那张脸摆在那里，少说还能再红十年，转行做制片人？开什么玩笑！

这年头，难道像沈南洲这样老天爷赏饭吃的人，还要来跟他们抢饭碗吗？所以汤导演的意思是，别管他，他想干啥干啥，估计跟几天节目就没兴趣了。毕竟节目拍摄和制作还有最后呈现出来的效果是完全不一样的，拍摄可能是无数个小片段，会有很多重复且无意义的内容，就像人们每天流水线一样的生活。

但小宋导演很有责任心，他小声地叫沈南洲的镜头跟着谢含章和李拾月拍，说："这两个人就是一个爆点，接下来会有冲突，得多注意一点。"

沈南洲下意识地皱了皱眉："这样不好吧？"

这些实习生到底是素人，和娱乐圈的人是不同的，如果为了节目的热度而故意拍一些有争议的场面，节目的热度是有了，可这些人下了节目怎么办？他们要怎么回归正常生活？

人是经不起放到高清镜头下去观察的，只要是人就会有七情六欲，就会有私心，就会犯错误，电视机前成千上万的观众将会对他们指指点点，本来就是一场严峻的考验。如果节目组还要为了热度，故意将他们推上风口浪尖，那他们面临的将会是素人难以招架的局面。

小宋导演愣了一下，他没想到沈南洲身为大明星，想法居然这么幼稚，业界传闻，诚不欺我！在这缸浑浊不堪的娱乐圈大染缸里，沈南洲简直是异形物种一个。

不过现在沈南洲是重要的投资人，小宋导演还是要出于礼节尊重一下，于是他耐心解释道："南洲啊，这些实习生虽然是素人，但是上节目之前都是签过协议，告知过风险的，节目要怎么拍摄，他们都是要配合的。"他用一种见怪不怪的语气说，"再说了，这些人上节目的时候是素人，下了节目可就不一定了，谁知道他们上这个节目是为了什么，说不定就是为了出名，你以为人家不想进娱乐圈，那就大错特错了！"

《生命之门》这档节目一共有三个导演，一个大导演和两个副导演，两个副导就是年纪稍微大一点的汤导和年轻的小宋导演。

大导演和汤副导演年纪都比较大，争名逐利的心淡了，一心想把节目做好，但小宋导演就有一副雄心壮志了，他想抓住这个机会给自己打响名声，更上一层楼。节目要爆，当然靠的是话题度。

小宋导演早就瞄准了谢含章和李拾月这一组，谢含章亏在本科学历上，后来又考的专硕，相比较而言，临床经验会稍微丰富一些，但是学术能力欠缺；而李拾月出身名校，从学历上完美碾压谢含章，但她基本上没上过临床，对于临床的一些基础操作很是生疏。

当然了，每个人情况不同，有差异是正常的。

这两个人最妙的是他们的性格。

小宋导演一眼就看出来谢含章这个人有些自傲，又有些自卑，冒着一股劲儿，想得到认可；而李拾月是比较佛系的，不是不努力的那种佛系，而是有点像斗战胜佛的那种佛系，她更多的是专注于自身，不会把谢含章有意无意地挑衅放在心上，基本上有啥说啥，但每次都能巧妙地把谢含章给噎住。

谢含章心里憋了这一口气，日后就一定会爆发出来。

观众们爱看争吵，所以小宋导演很兴奋，他来拍节目不是拍友善互助的，而是想拍能够帮节目组增加热度的画面。

只是沈南洲不同意，他说："实习生刚来到医院实习，本身就有一个适应的过程，他们需要克服的困难就很多了……如果我没记错的话，节目主打的就是纪实,而不是人为地创造矛盾。"

小宋导演说:"话是这么讲没错,可我们也不算人为制造矛盾,只不过是把他们可能会出现的问题提前激发出来,你不懂,节目要这样拍效果出来才好。"

小宋导演也后悔跟沈南洲说这件事了,他本来想着是沈南洲有心要学习综艺制作的事情,想好好教一教他,卖一个人情,以后说不定自己的节目还能请他来当嘉宾,谁知道他这么不上道。

说实话,沈南洲近几年的脾气已经好很多了,他刚出道那几年,在圈里是以怼天怼地出名的。按照沈南洲的真实想法,他是想吐槽一句,说好的医疗职场综艺,真按照小宋导演的拍法,直接变成职场斗法了。

想了想,沈南洲还是憋回去了,他余光默默瞄了一眼不远处的姜晏汐,心里默念:冷静,要是他的身份被太多人看出来,他就没办法再装成工作人员待在这里了。

谁知道小宋导演跟沈南洲谈不拢,径直去找了姜晏汐。

小宋导演不愿意放弃这个"爆点",想直接找姜晏汐谈,让她尽量多安排两个实习生在一起做事,最好能安排一些困难的事情。当然了,面对姜晏汐,小宋导演肯定不能把跟沈南洲说的那番话再拿出来说一遍。

小宋导演是这么跟姜晏汐说的,他说:"姜主任,您看这两个实习生是一组,最好能给他们布置一些小组任务让他们共同完成,这任务也不要太过简单,最好是他们一个人完不成,需要两个人配合起来才能完成的。我们希望实习生能在合作过程中锻炼团队协作的能力,向观众展现这一点。"

小组任务,是矛盾最好的引火线。在小宋导演看来,只要说服姜晏汐,她把任务给两个实习生安排下去了,这一切就好办了。

小宋导演没觉得糊弄姜晏汐是什么难事,这些国家医疗人才聪明是聪明,但基本上心思澄澈干净,没什么弯弯绕绕,小宋导演认为姜晏汐会爽快地答应下来。

当时姜晏汐正在抽屉里拿术前通知单,听了小宋导演的话,站着的身子转过身来,她一双眼睛清冷如寒月,似乎洞察世事,也看穿了小宋导演的真实想法。但姜晏汐也没点破,只是说:"在医院的规培生也好,实习生也好,都有相应的实习规章制度,虽说由于节目拍摄的特殊性,使得这个实习和原本不太一样,但基本也是按照实习的内容来教学的,不能够随意更改。"换句话说就是，姜晏汐拒绝按照小宋导演的想法来安排实习生。

沈南洲离姜晏汐尚有些距离，小宋导演又特意压低了声音，所以沈南洲并没有听到他们在说什么。他的视线难免紧张地落在姜晏汐身上，怕她不懂其中的弯弯绕绕，着了小宋导演的"道"。

要知道身为实习生的带教老师，也不是那么好当的，如果因为姜晏汐的不当安排让谢含章和李拾月发生了矛盾，到时候节目播出，观众的火力也会对准姜晏汐。

虽然节目组碍于姜晏汐的身份不敢做得太过分，姜晏汐本人也不是在意外界舆论的性格。但是沈南洲在意，他在意她受到任何一点无妄之灾的伤害，那些伤人的言语放在她身上，远比落在自己身上要让他难过。更何况姜晏汐这样光明磊落，心思纯洁，一腔热爱的人，不应该被节目组利用来炒话题热度。

沈南洲不知道姜晏汐有没有拒绝，但看小宋导演的脸色，像是他的计划泡汤了。

呼……那就好。

沈南洲偷偷收回了向姜晏汐方向迈出去的脚。

不过不知道是不是因为沈南洲偷瞄姜晏汐的次数有些频繁，沈南洲的视线突然被姜晏汐逮了个正着，他的脸和眼睛被挡在口罩和墨镜之下，按理说看上去就是个平平无奇的工作人员。

沈南州感觉姜晏汐的视线在自己的身上略有停顿，很快又过去了。

大约是没认出自己吧。沈南洲心里松了口气，又有些说不清道不明的失望。大约就是，有一点点想被她认出来，又不想被她知道自己在这里。

一上午，谢含章和李拾月基本上都在办公室补病历，除了刚开始跟着顾月仙去换了几次药。

换药是外科医生最基础的技能之一。

顾月仙给他们两个示范换药的基本操作，一边打开换药包，一边开玩笑说："如果以后你们当外科医生的话，换药是一定要会的，因为这是要由你们亲自来的，除非以后你们当了主任了，那倒是可以不用亲自换药了。"

顾月仙举例子说："就是我们科的姜主任，也是要亲力亲为的。"她快速地演示了一遍，然后说，"像这些步骤，你们以前书上肯定也都学过，我刚才又给你们示范了一遍，都能记得住吧？你们哪个先来？"

谢含章主动说："我研究生主要是在临床上，做过这样的事情，我先来吧。"他不动声色地看了一眼旁边的李拾月，说，"李同学是学术型研究生，可能对于临床的很多事情都不熟练。"

面对谢含章的话里有话，李拾月毫无反应，她甚至还点了点头说："我一直在学校里念书，确实缺乏临床经验，不如谢同学很早就进入了临床。"

谢含章怀疑李拾月在内涵他，但是她的表情坦坦荡荡，好像真是这么想的。他想，鬼才信她的场面话。众所周知，海都市医学专硕生的地位都不如学硕，专硕都是打工人，只有学硕才是学校的亲儿子、亲女儿。

临床上的那些事，待上个把月就熟练了，但能做科研能发文章，这才是医院和学校最看重的事情。

李拾月有名校背景，又有高分文章，无论是进医院还是进学校，都比旁人要顺利。她说这句话到底是在夸他还是在讽刺他？

而李拾月才没有谢含章想得那么多，她说的是心里话，她一直在实验室做科研，对临床工作知之甚少。她是想借此机会多了解一点临床上的工作和病人接触。不过她一直在学校里，没接触过社会，有些时候还是太年轻了，像这种受到资本干扰的节目，怎么可能真的老老实实拍实习生的日常工作？

顾月仙也没啥反应，这两个实习生之间有什么竞争，那都是他们自己的事情，反正她按照规章制度该教的教就行了。

她把他们带到下一个病人床前，这是一个二十岁出头的小姑娘，还是个学生，得了脊柱肿瘤，上周刚动过刀，现在需要给她伤口换药。

小姑娘趴在床上，看着这一群挤进来的人，心里生出些许怯意，她说："能不能让姜主任过来？"

她是姜晏汐坐诊时收进来的病人，手术也是姜晏汐给做的，她对那位温柔的女医生有一种超乎寻常的信任感。

顾月仙有些为难，每个病人都想见主任，但是主任不可能过来安抚每一个病人。可顾月仙看这小姑娘年纪小得可怜，又看了看节目组的摄像头，无声地叹了口气："姜主任也许在忙，我去和她说一声。"

这个二十岁的小姑娘叫许茹君，是一个人过来住院的，手术单也是自己签的。她家里的情况有一些复杂，父母都各自再婚了，两边互相推皮球，许茹君好不容易勤工俭学上了大学，却在大二的时候诊断出了恶性肿瘤。

节目组来拍摄是提前跟她沟通过的，当然，也会付给她一笔报酬，能解小姑娘高额手术费的燃眉之急。

姜晏汐穿着白大褂，从门外走进来，看着一屋子的人，皱了皱眉，对小宋导演说："除了摄像，让其他人都出去吧。"

姜晏汐把床四周的帘子拉起来，让摄像站在帘子外拍摄，里面的人遮得严严实实，只能拍到淡绿色的帘子和说话的声音。

姜晏汐说："你不要太紧张，其他人都在病房外面，摄像也不会拍到里面的场景，顶多就是我们说话的声音。"

姜晏汐把位置让给谢含章，说："你可以开始了。"

要给许茹君换药，就必须敞开她的衣服，虽说伤口在后腰上，但坦露肌肤还是让许茹君感到了一阵羞耻，她咬了咬唇，想着姜主任在这里，那颗惶恐不安的心才能稍微平静一点。

许茹君的腰上有一道长八厘米的伤口，上面的线还没有拆，把脏的纱布从她伤口上取下来，牵动皮肉，也牵连了一旁的引流管，许茹君忍不住发出一声痛呼，就连用来粘纱布的胶布从皮肉上掀开的一瞬间，都让人感到难以忍受的疼痛。

谢含章并没有他表现出来的那么镇定，因为许茹君一直在抖，她好像很紧张，尤其是谢含章的手碰到她肌肤的那一瞬间，她突然哭了出来："为什么是我啊？"

姜晏汐赶紧让谢含章停了下来。

许茹君的哭很小声很压抑，说："我不想被当小白鼠。"

她不信任谢含章，这个男医生让她觉得自己是一件物品，或许是她太敏感了。可是许茹君很委屈，上周刚做完手术，以一种极为狼狈的方式被这么多人看着，虽然他们都在帘子之外。

可谢含章缺少关怀的手法引爆了她内心的焦虑。

小宋导演和摄像站在帘子外面，小宋导演听到了里面的哭声，想让摄像进去拍，却被站在外面的顾月仙阻止了，顾月仙没好气地说："就算你们之前和许茹君沟通过，可她现在是个病人，你们一大堆男人围在这里像什么样子？医院要保障病人的权利以及身心健康，现在她表现出明显的抗拒，你们都去门外等。"

突然被打断的谢含章愣在原地，他觉得很尴尬，换药到一半被打断，连带着对许茹君生出了怨气，不过是换一个药而已，至于反应这么大吗？之前不是都沟通好了吗？

旁边的李拾月拉了他一把，把他从帘子里拉了出去。

谢含章觉得莫名其妙，压抑着心里的火气问："怎么了？"

李拾月说："她太紧张了，我们站在里面会影响老师给她换药。"

她对于临床很生疏，所以一直在默默观察学习，手里拿着纸和笔在记注意事项。刚才谢含章去给许茹君撕纱布的时候，李拾月就注意到许茹君很紧张，胶布从皮肤上扯开，再拿走和伤口略有粘连的纱布，动作之间又牵扯到了旁边的引流管。

引流管是放在身体内部的，由一根细长的管子和一个负压球组成，管子的一头就放在身体里，从皮肤表面伸出来，可以看到有血从里面流出来，积蓄在外面的负压球里。

这是因为刚开过刀，虽然外面缝合起来了，但里面的伤口仍然会有一些血性液体或脓渗出，不能让这些液体残留在体内，就需要放置引流管，把它们引出来。可想而知，如果换药的时候碰到引流管是很痛的。

许茹君本来就紧张，又因为谢含章碰到了她的引流管，疼痛加剧了她的紧张，让她忍不住发抖。

谢含章把她当成了一项考核任务，忽略了许茹君作为人的感受。只可惜，他并没有认识到这一点，甚至无法理解许茹君的紧张和害怕是为什么。

谢含章被李拾月拉出去，和摄像还有副导演一起站在帘子外，谢含章满脸尴尬，自己没能成功换药，还要老师来收场，这第一期的表现算是完了。而李拾月似乎一点儿也没有觉察到谢含章隐约的不满，不过就算是知道了，她也不会放心上，只会觉得这个人还蛮奇怪的。

顾月仙进去给姜晏汐拿手消，进去前她叫住李拾月："小姑娘，帮我们看下帘子。"

姜晏汐的动作很快，没一会儿就好了，她给许茹君收拾好衣服，又给她把被子轻轻盖上，然后才拉开床帘。

"好了。"姜晏汐把废弃的医疗废物扔进小推车的下层，说，"你们继续跟着顾老师换药吧，中午吃个饭休息一下，下午先跟着我，术前谈话，你们明天要上手术，这是必要的。"

接下来的换药没出什么岔子，是两个老年人，也不太在意有没有人看，于是谢含章和李拾月一人一个，完成了他们上午的换药任务。

中午休息的时间，有单人采访环节。小宋导演没放弃他的想法，亲自操刀单采环节的问题，处处带坑。只可惜李拾月并不按照常理出牌。

工作人员问："听说你之前一直在学术方面深造，对临床知之甚少，现在刚进入临床会觉得困难吗？"

李拾月："有一点，不过还行。"

工作人员问："据我们所知，和你一组的谢含章已经在临床上工作一段时间了，今天写病历、换药，基本上也不需要老师再教了，你会觉得有压力吗？"

李拾月："没有。"她认真地说，"我一直在学校里学习，没有进过临床，所以对临床的操作不熟练。不会就学，我觉得这没有什么有压力，并且两位老师都很和善。"

工作人员问："那你不担心会输给谢含章吗？"

这三个科室出科的时候都要进行出科考核的，像神经外科一般就是考换药，到时候由姜晏汐给他们打分。

李拾月说："输了就输了呗，我们总共两个人，又不可能两个人的分数一模一样，总有一个人高就有一个人低，不过这也并不表示低的那个人就做得不好呀！"

工作人员："但这几个实习生中你的学历最高，不担心节目播出后受到议论吗？"

李拾月说："说就说呗，他们要是说得对，那也没什么不能说的，要是说得不对，那说得就不是我，我也没什么好在意的。"李拾月的关注点很清晰，纠正了工作人员话语中的错误，"不过你刚才有句话说错了，钟景明和梁思博也都是博士，而且梁思博已经进站了，不比我差。我个人是不在意外界评论的，要不你去问问他们？"她友善地给出了建议。

工作人员感到了些许棘手，关键是其他两组实习生不归小宋导演管呀，也只有小宋导演热衷于搞人物矛盾，其他两个导演又不喜欢搞这些。

李拾月这边的采访基本上没什么爆点，让小宋导演有些失望，不过谢含章那里倒是有点意思。

工作人员问谢含章："在这几个实习生中，你的学历稍有逊色，如今又和李拾月分到了一组，你会觉得压力吗？"

谢含章心里好气，但是面上还是要保持微笑，基本上已经有点皮笑肉不笑了："李拾月同学很优秀，虽然感到有一点压力，但也是我的动力。"

工作人员问："今天第一个病人拒绝了你给她换药，你个人觉得是什么原因呢？"

谢含章勉强维持脸上的微笑："可能因为我是实习生，她并不信任我

115

的技术,这其实可以理解的,我也尊重病人的选择。希望下一次我能够用自己的努力让她信任我。"

工作人员:"你有信心在第一个科室结束的时候赢过李拾月吗?"

谢含章:"我一直在临床上学习,相信自己能完成老师交代的任务,不过我也不知道老师会给我打多少分,这也不好说。"

谢含章一如既往地话中带话。

工作人员结束了对谢含章的采访,临走时没忘了把小宋导演说的话转给他:"像咱们现在拍摄是三个导演,三组工作人员,跟着你们三组实习生,在真正节目播出的时候不会把所有拍的片段都用上,并且我们拍摄也有重点所在……神经外科,导演的意思是会多拍拍姜主任,那这样的话你跟着顾医生后面,出镜的画面就少了,你还是要自己主动一点,就像下午跟着姜主任去谈话,还有之后做手术,尽量和李拾月两个人多在一起学习讨论,你们是竞争关系,但也是一起进步学习的同学嘛。"

副导演既搞不定沈南洲,也搞不定姜晏汐,连李拾月都没搞定,不过他在谢含章这里找到了可乘之机。副导演让工作人员狠狠地暗示了谢含章一番,谢含章也不傻,当即就明白过来节目组这是要给自己剧本。

从目前来看,谢含章的表现算不得好,他好几次想要表现,反而弄巧成拙。这些画面如果播出去,想想也知道,他在网上的风评不会好。但如果节目组暗中给他剧本,他就能在某种程度上扳回一局。

谢含章心思千回百转,他没有斩钉截铁地表示出拒绝,工作人员就明白他的意思了。工作人员说:"这个事情,小宋导演和编剧之后都会和你再聊聊的,你不用紧张,我们也只是为了节目效果,除此之外,会保护各位选手的个人隐私的。"

想要让谢含章和李拾月发生冲突,就得从谢含章这里下手,因为李拾月明显不在意谢含章。确切来说,李拾月真的就把这个节目当成了一个实习,一个可以接触临床的机会。

/ 3 /

李拾月和谢含章单采的时候,姜晏汐正在办公室吃饭,突然门被敲响了。

一个戴着鸭舌帽的风衣男人走进来,口罩遮住了他大半部分脸,好像是节目组的工作人员。

姜晏汐抬起头:"有什么事吗?"

沈南洲摘下了墨镜,那双生得慵懒又多情的眼睛,让姜晏汐认出了他。

她身上那种淡淡的疏离消失了,抿唇淡笑:"坐吧。"

沈南洲拉开凳子,坐在她对面,看着她对着电脑敲敲打打,时不时在旁边的白纸上写下什么。她的字迹比年少时多了几分飘逸。

姜晏汐问:"怎么来了不说话?"

她处理了一会儿事情,才发现对面的沈南洲像木头桩子一样。

沈南洲只是不知道怎么跟她说,或许在姜晏汐眼里,她是在按照流程带实习生。他知道无论有没有这些摄像头,姜晏汐都是这么带实习生的,她向来专注于自己的事情,无论什么事情都能做得很好。可拍综艺节目没有那么简单,就像现在有人想把水搅浑,让节目更有看点。

沈南洲不想让小宋导演如意,他害怕姜晏汐听了小宋导演的话。

姜晏汐没接触过娱乐圈的这些人,不知道他们的心眼有八百个,要是按照他们说的去做,节目播出后,姜晏汐也会被卷进风波里。

这对一个医生来说不是好事,起码对于一个想认真当医生的人来说。

沈南洲试图让自己放轻松,但是好像过于喜欢一个人就容易变得紧张。

沈南洲说:"你不问问我为什么会跟着节目拍摄吗?"

他发现姜晏汐好像一点儿也不惊讶,不知道是之前猜出了他的身份,还是并不在意他出现在这里。

姜晏汐放下笔,问:"那你怎么来了?"她猜测道,"节目的资金又紧张了?"

沈南洲点点头,又摇摇头,说:"不紧张了,因为有了新的投资人。"

他说这话的时候,下巴微抬,有一点点骄傲的意思,说:"是我投了节目组。这个节目的导演在业内都是有名气的,为了拍这次节目,各个方面都尽量做到最好,所以才一时超了资金预算,正好被我赶了巧。"

姜晏汐说:"那你现在是来督工的了?"

沈南洲说:"是来跟着学习的。"他也不知道为什么会对姜晏汐说出自己以后的打算,大约是想让她知道什么,又或者只是单纯的分享。

他笑着说:"我大学的时候进入娱乐圈,如今也快十年了,后浪拍前浪,我也想休息休息了,所以这次也是个好机会,跟着节目还有导演学习。"

姜晏汐问:"那你以后不唱歌了吗?"

当初知道沈南洲进娱乐圈，姜晏汐其实有一点惊讶。以她对沈南洲的了解，沈南洲不是一个喜欢把自己放在聚光灯下的人。他随性自由，心思澄澈。但后来在异乡，她无意间听到他的歌，似乎又有那么一些明白了，沈南洲是热爱唱歌的。

沈南洲说："大约也是会继续唱的，只是我打算和公司解约了，在接完这个节目之后，以后也能相对自由一点。"

沈南洲进娱乐圈是偶然，因为想要让她看到自己，所以十九岁的沈南洲接过了星扬娱乐递来的橄榄枝。他的结束也是因为她，虽然他走的不是偶像派明星的路，而是一个有优秀产出作品的歌手，但他想要争取她，若是有朝一日，美梦成真，也能在镜头面前坦然地说："我有深爱的人，想和她共度余生。"

爱她这件事情，他不想掩饰。

姜晏汐点头："或许这样也好。"

她隐约知道娱乐圈的明星大多花期短暂，在巅峰期也不得不承受很多恶评的压力，为了自我保护，不得不戴上面具。像沈南洲这样的性子，在娱乐圈待了快十年，也是出人意料了。

不过……姜晏汐问："你对综艺制作有兴趣？"

沈南洲说："我大学的时候学的导演，现在也算是专业对口了。所以节目拍摄的时候我会一直在现场，以工作人员的身份，如果你有什么需要的话可以找我。"他想了想，提醒她，"如果今天宋导想让你做什么的话，你不要答应，他……"沈南洲措辞了一下言语，觉得自己有点像告黑状的，"他这个人一向看热闹不嫌事大。这个节目不止一个导演，每个人的想法都不同，汤导想顾口碑，宋导更重商业价值，大导演希望两者兼顾，所以……他们的拍摄重点都有所不同。小宋导演希望看到更激烈的争吵，所以想激发他们的矛盾，他刚才是不是对你说了什么？比如让你给李拾月和谢含章安排任务？"

姜晏汐在电脑上敲下最后一行字，转过头来对上沈南洲的眼睛，写满了对她的担忧和紧张。

沈南洲说："你别听他的，后期一双手能把白的剪成黑的，就算你没什么问题，可你做出了这个举动，把他们安排在一起，到时候两个人吵起来，网友肯定也要骂你。"

姜晏汐说："我没答应他，临床实习有相应的一套程序在，就算医院和节目组签了协议,同意他们拍摄,也不代表他们能够随便更改实习内容。"

姜晏汐可能不知道娱乐圈的这些圈圈绕绕,但这并不意味着小宋导演来找她的时候,她察觉不到小宋导演的小心思。

沈南洲说:"反正他下次再有不合理的要求,你也不要理他,他不敢对你做什么,只是仗着你不懂娱乐圈的事情,利用信息差来欺骗你。"

姜晏汐可以算是国内医学生的巅峰了,她的人生经历也堪称传奇,先是S省高考状元的身份考入B大,却在大一时候选择退学,赴美学医,以几乎逆天的速度完成了学业,进入了美国的顶级医院,成为医院里唯一一位中国籍神经外科主任医师。就是这样一位不世出的天才,拒绝了华盛顿大学医学院提出的终身教授荣誉,选择回国,为国内医学发展做贡献。

最妙的是她从容貌上也无可挑剔,这么多的光环叠加在一起,小宋导演预料到,节目播出后,肯定会有很多人把注意力放在姜晏汐身上。光是姜晏汐一个人,就能为节目组提供许多热搜话题。

但是沈南洲不希望姜晏汐成为小宋导演赚钱赚名声的工具。

沈南洲说:"我会一直跟着你们拍摄,如果他再找你,要你做什么事情,我会和他沟通的。"他快速地补充了一句,"我知道你也许不把这些事情放在心里,但我不想你被那些根本不认识你的人议论。"

最是真心动人,沈南洲和姜晏汐的说话,可以说是毫无技巧,全是感情。

都说网上有一大堆追人的方法和技巧,情场老手简言之也教了沈南洲不少,可是沈南洲永远也学不会。

在喜爱的人面前,永远没有办法三心二意,所有的话和举动都是第一反应。

姜晏汐的心里有微微的触动,小的时候她是别人家不需要父母操心的好孩子,长大了她是外界眼中的天才医生,她沉着冷静,除了父母,所有人都觉得她无坚不摧。

从某种程度上来讲,确实如此。她习惯了自己的人生是井然有序的,她不畏惧困难,因为在她的概念里,没有可以难倒她的事情。

从前的姜晏汐是这么觉得,她习惯了当第一名,也习惯了做好孩子、好学生,别误会,她没有对此感到厌烦,而是潜意识里觉得本该就这么做。毕竟学习对她而言,就像呼吸那样自然和简单。

她顺理成章地考入B大,念了最好的专业……直到大一的时候干了一件所有人都觉得离经叛道的事情——从B大退学。

那时候多少人轮番上阵劝说她，从一个小城市考进 B 大是多么不容易，毕业就能有一份光鲜亮丽的工作。如果她退学，面对的就是未知，一下子从天之骄子变成了只有高中学历的人。

就连她的父母也稍微劝了几句，不过最后还是选择相信女儿。

那一阵子姜晏汐得到了比她高考分数出来时候还要多的问候。有真心实意劝她的，也有单纯看热闹的，总而言之，没有人觉得她的做法是合适的。

姜晏汐听得最多的话就是让她节哀顺变，不要因为一时伤心丧失理智。

她没有因为外界的言论改变想法，但是爷爷的去世和这些突如其来的言语，让她感觉到了疲惫。

直到那天，沈南洲约她出来吃饭，她本来以为又是一个劝她放弃疯狂念头的人。可是那天沈南洲对她说："姜晏汐，我相信你，你一定会成为最好的姜医生。"

现在的沈南洲看着自己，他的面容依稀和十年前重合，在那家名叫 Flipped 的餐厅里。

姜晏汐突然叫他："沈南洲……"

"嗯？"

姜晏汐的语气里，第一次带上迟疑："你是不是……"

喜欢一个人是什么感觉？被一个人喜欢又是什么感觉？一段恋爱是如何开始的？难道是两个人一见面就恰好喜欢？然后顺理成章在一起？

在姜晏汐二十八年的人生里，有关于此的经验实在是乏善可陈。

姜晏汐总觉得沈南洲好像有什么话跟她说，就像十年前告别的那一天。沈南洲欲言又止地叫住她。

少女不知少年的心事，也在那一刻，因为他眼底的情绪，心里微微颤了一颤。

当时他明明在笑，她却觉得他很难过。

大约是在国内最后见的一个人是他，所以后来姜晏汐刚到美国的时候会梦到他。

梦里很奇怪，每次都是在机场，他朝着她飞奔而来，脚步匆匆，然后在她面前停住，他跟她说："一路顺风。"

他的眼神让她难过，她总觉得他想说的话不是这一句。所以现在，他在她面前，姜晏汐问他："沈南洲，你是不是……"

话还没说完，就被敲门声打断了。

"请进。"

顾月仙推门进来，说："姜主任，之前那个周勇的家属过来了，医务处正在和她谈话，你看我们要不要一起过去？"

周勇就是那天是沈南洲跟着姜晏汐拍一日实习的时候，急诊送过来的车祸病人，还是一个艾滋病携带者。

姜晏汐立刻站起来："行，我现在就过去。"

姜晏汐对沈南洲说："那你先在这坐一会儿吧，那边有瓶装矿泉水，你可以自己拿。"

她站起来走路带风，很快跟着顾月仙出去了。

此刻是中午十二点，因为明天要做手术，所以下午姜晏汐还要去进行术前谈话。相当于她中午的休息时间就没有了，不过这也是临床上的常态，像在手术室里开刀，要去吃饭都是一个人换一个人这样去吃，没有中场休息时间。

沈南洲下意识地跟着姜晏汐的动作站起来，看着她走出去，又有些懊恼，在办公室一旁的沙发上坐下来。

她刚才到底想问自己什么呢？沈南洲的心刚才都提到嗓子眼了，他的脑子里现在全是胡思乱想，比如说她是不是知道自己喜欢他？

不不不，不太可能。沈南洲自我感觉良好，觉得自己伪装得挺好的，他想争取姜晏汐，不准备过早暴露自己的心事，万一有什么不对劲儿，他还能退回到朋友的位置上，起码还能以朋友的身份跟她相处。

这是沈南洲最后的希翼。

他开始进行自我安慰，姜晏汐醉心学术，和他这种庸俗的人不同，眼里没有情情爱爱的，学生时代的姜晏汐就有不少追求者，虽然大部分都暗戳戳的，但也有那么几个狗胆包天的，冒着被全校女生追杀的风险，追求姜晏汐。追求的手段包括但不限于送早饭、送鲜花、送牛奶，还有个人给姜晏汐送了两本奥赛书。

但是，还真引起了姜晏汐的些许注意。

当时的姜晏汐怎么说来着？她说："谢谢你，但是这两本我已经做过了，你留着自己做吧。"

总而言之，除非你冲到姜晏汐面前跟他说你喜欢她，要不然姜晏汐不会知道你想干吗的。

那时候的大家还猜测，说不定在姜晏汐的世界里，会觉得这些人的行为有毛病。然后大家纷纷慨叹，学神的世界和我们是不一样的。

想起这些往事，沈南洲稍微定心，姜晏汐是很直接的人，除非你跟她直说，要不然她不会猜到。

只是十年过去了，不知道姜晏汐有没有遇到新的人？这个人又是否改变了她呢？

沈南洲瘫倒在沙发上，直到微信传来提示音，他赶紧坐起来，打开手机，是他的新助理小王发来的信息。沈南洲的脸色肉眼可见地暗淡下去。

小王：老板，您人在哪儿？我找不到您。

小王去上了个厕所，回头就发现沈南洲不见了。

小王心里惴惴不安，难道是因为自己上厕所太久，老板决定解雇他？刚退伍进入社会的小王表示很迷茫。

沈南洲：我这没什么事了，你下班吧。

Leo把小王派过来当沈南洲的助理，其实也是看着他，避免他做出什么不理智的事。

至于什么不理智的事情？那就很难说了。反正Leo不放心让沈南洲一个人待在节目现场。

小王：老板，这不好吧……

想到Leo给自己开的高价时薪，小王表示对这份工作充满热爱。

沈南洲从来不为难打工人，见小王坚持要留下来，发消息说：那行吧，你找个地方休息一下，下午拍节目的时候再说。

见沈南洲不赶他走，小王高兴地发了一个卖萌的表情包，由于业务不熟练，看上去很笨拙。

那是一个大蒜表情包。确认过眼神，小王可能不怎么经常上网冲浪。

沈南洲也被逗笑了，他注意到小王的微信头像好像还有另一半的样子。

小王是个刚退伍的糙汉，然而他的头像是粉粉嫩嫩的漫画猫咪。沈南洲心念一动，翻到自己微信列表的置顶，点开姜晏汐的头像和个性签名，研究了一会儿，然后把自己的微信名改成"SHEN"，头像换成了自己开第一场演唱会时候的照片。感觉又有一点明显了，他摁住手机上的删除键，最后把名字改成了"ZHOU"。

姜晏汐的微信名是她名字的第一个字，他还是改成最后一个字吧。

姜晏汐的头像是她刚去美国读书时候的照片，穿着白大褂站在希波克拉底像面前。沈南洲想了想又把自己开演唱会的照片换成了一张和姜晏汐背景相似的纯景色图片。

嗯，这样看上去自然多了，刚才有点过于明显了。

沈南洲又默默地看了一会儿小王的头像，心想，他以后也要换猫咪头像。

众所周知，沈南洲有一门独特手艺，是在初中上物理课的时候练出来的，那就是画小猫。

/ 4 /

沈南洲继续瘫倒在沙发上，观察着姜晏汐这个办公室的布置。

是一贯的极简风。在墙的一侧有一个书架，放着一些专业书籍，还有一些是英文的。他走到书架面前瞄了一眼名字，怎么说呢，由于从小的熏陶，沈南洲的英语是很好的，无障碍沟通是绝对没问题的，但他仍然对着书名陷入了沉思。

沈南洲发现，他唯一能看懂的是书架上一本红色的小册子，是关于社会主义核心价值观的。

不过他还是把这些书名拍了张图片，虽然看不懂，但是可以回去研究一下。她付出热爱的事业，他也想知道那是怎样的一个世界。

微信再次传来了消息提示音。

沈南洲赶紧坐回去，不过打开手机发现是 Leo 发来的信息。

Leo 在对话框缓缓打出一个问号：你没事换微信头像干什么？我差点儿找不到你。

沈南洲：你不觉得新换的这个头像很有内涵吗？

Leo 来找沈南洲，只是来关心一下他上午的拍摄怎么样，以及友好地劝他回家。思来想去觉得不对，总觉得让沈南洲留在节目现场拍摄是一个定时炸弹。不过 Leo 刚一提出让沈南洲回去，沈南洲就义正词严地拒绝了，说自己不怕辛苦，要跟着导演学习。沈南洲还给 Leo 画了一个大饼，让他安心跟星扬娱乐那边的人谈解约，说这次投资节目的钱肯定会回本，自己一解约就准备成立个人工作室，认真搞事业。

Leo 对此持怀疑态度。

众所周知，沈南洲的家境是不错的，外面传言他有一个当山西煤老板的亲爹，据 Leo 了解，煤老板亲爹没有，但确实有个财大气粗的大老板沈老爹。

沈老爹对于儿子进娱乐圈这件事情一直持反对态度，知道沈南洲出道后，特地从外地赶过来，把他给骂了一顿。

沈老爹气得要跟沈南洲断绝父子关系，沈南洲直接好走不送，有了经济来源就是比较硬气，沈老爹的威胁对他造不成半点儿影响。气得沈老爹又给前妻发消息，半控诉，半委屈，让沈老妈从南美洲回来管管她儿子。

这个时候沈老爹已经跟后妈离婚了。

远在南美洲的沈老妈又在半夜被吵醒，再次发了两个字：有病。

不过第二天醒来的时候，沈老妈还是去关心了一下儿子。

沈老爹在信息里说得沈南洲跟误入歧途一样。说实话，这把年纪了，沈老妈对沈老爹已经完全没有感情了，只有儿子还能让她稍微上点心。

在了解事情原委后，沈老妈给沈老爹发了一长串省略号。

因为时差问题，沈老爹收到的时候也在半夜。

沈老爹的反应跟沈老妈不一样，他喜滋滋地从床上蹦起来，给沈老妈回消息：你说这小子是不是翅膀长硬了？要我说就要让他长长教训！

沈老爹的语气里带着试探：我看他是又到叛逆期了，你要不回来教育教育他？

沈老妈直接开骂：我看儿子没什么问题，你倒是需要去看看脑子。

这就很尴尬了。沈老爹要跟沈南洲断绝关系，沈南洲和沈老妈都不在意，于是就形成了以下尴尬场面：沈老爹时不时给沈南洲打电话，放一段狠话，期待他能低头认错。

不过到后来电话都是 Leo 接的。所以 Leo 对于沈老爹的财大气粗十分了解，他直接怀疑是沈南洲决定回家继承家业了，毕竟沈南洲让 Leo 去谈的时候直接表示不用在意价格问题，尽快解约。

Leo 想了想，在手机上搜索：如果一个人同时换了微信头像和微信名是为什么？一个人突然换了和他风格不符合的微信头像，可能有哪些原因？

Leo 点进热门答案，只见上面写着：孩子进入青春期，建议多关心孩子的个人感情状态哦，另外不建议给还在上学的青少年用手机。

Leo 感到了一阵危机，沈南洲不会搞这么大吧？

因为 Leo 的过于念叨，还坐在姜晏汐办公室的沈南洲忍不住打了两个喷嚏。

一直到下午一点半，午休时间结束了，姜晏汐还没有回来。

沈南洲收到了小王发来的信息：老板，节目开拍了。

但是小宋导演那边的对话框毫无动静，大约是觉得沈南洲只是来玩玩，并没有发消息通知他过去。

沈南洲把手机往兜里一塞，戴好口罩、墨镜，把鸭舌帽往头上一扣，大长腿一跨，从办公室走了出去。

节目组临时借用了神经外科的示教室作为拍摄场地，而李拾月和谢含章此刻在用示教室的电脑补病历。

李拾月不太熟练医院的这个系统，再加上医院的电脑也是老卡顿，像是十年没请过程序员的样子，所以她的速度要慢很多。

中午的时候，李拾月也没有去吃饭，把时间用来适应这台老旧的电脑。

谢含章主动提出给她带饭，他在摄像头下面表现得很温文尔雅，加上还算看得过去的皮囊，让人忍不住对他心生好感。

导演和编剧都已经提点过他了，在镜头面前要多展示自己的长处，不要表现的过于激进。

小宋导演还直言，观众对于长得好看的人要宽容很多，只要他不做太过分的事情，一些无伤大雅的小错误，观众都会给他找理由。

李拾月没想那么多，她点点头："那麻烦你了。"

谢含章问她："你喜欢吃什么？有没有不吃的？"

李拾月头也不抬，说："我都行。"

在实验室的时候，大家互相带饭是常事。试问谁没有过一个人带全实验室的饭？

李拾月心里没有太大波动，至于谢含章，长得还行？对不起，她现在只想补病历。

吃中饭的时候，谢含章有试图跟李拾月搭话，他说："之前面试结束后单采的时候，工作人员问我，觉得我会和谁分在一组，我当时还想，要是碰上你就惨了。"

李拾月很奇怪："为什么？"她想，她又不会吃人。

谢含章说："毕竟你是女博士嘛……"他故作轻松地说，"当然会感到有压力。"

李拾月提醒他："梁思博和钟景文也是博士。"

她认真想了一下，难道谢含章这是在跟她搭话？

李拾月想到自己上节目前,同组师弟师妹给她的建议,比如说话委婉一点,多认识几个朋友,以及玩得开心。

是的没错,在李拾月的师弟师妹们看来,这个节目多半没什么有意义的东西,只不过是在蹭医疗这个热点。很可惜,他们耿直的大师姐却觉得真能丰富临床经验。

不过想想大师姐的性格,他们也没有很担心,真遇上什么人,反正被气到的那个肯定不会是大师姐。于是师弟师妹们又建议大师姐说话委婉一些,免得误伤。

李拾月仔细想想,难道谢含章是在找话题跟她交流?她说:"没事,这有什么有压力的?又不是比拼发文章。更何况你比我多了几年临床工作经验,怎么会觉得和我一组有压力?"

李拾月是真的不理解,可能这就是"谦虚"?

谢含章感觉自己又被人扎了一刀,他是专硕,根本没进过实验室,比起科研能力,那肯定比李拾月差多了。但是做医生,需要文章,谢含章比任何人更清楚,只要李拾月进了临床,她的那些高分文章会弥补她其他任何地方的不足。

谢含章觉得自己已经拿出这辈子最好的定力了,但他还是忍不住幽幽地说道:"李同学这么优秀,医院的老师们肯定都很喜欢你。"

"可是老师们也不会讨厌我们啊。"李拾月是真的觉得他这句话说得莫名其妙,她认真地说,"我觉得老师人都挺好的,你是不是对老师有什么误会?"

她很奇怪,要不然他为什么会说出这样的话来?

谢含章发现自己跟李拾月交流不了,她好像只能从字面上理解自己的意思。节目组让自己想办法和李拾月产生冲突,但是李拾月这样的人,根本就理解不了别人对她的针对吧?

谢含章恍恍惚惚地坐了回去。

直到顾月仙进来,笑眯眯地说:"两个小朋友都吃完午饭啦?病历写得怎么样?"

谢含章站起来,主动把位置让给顾月仙,说:"写好了。"

他本意是想让顾月仙检查。但是顾月仙并没有点进去看,而是笑着点头说:"写好了就行,我相信以你们的能力,肯定不在话下,不会有什么问题。"

写病历这种事情嘛，没什么难度的，而且都有电脑模板，把不是医学专业的人拉过来培训一下也能做。像有的科室就是找医学院的学生代写病历，一份五十块，没办法，他们实在是太忙了。

李拾月说："顾老师，我也写得差不多了，只是很多地方我还不确定，要不然您来看一下？"

哦，天哪，这老实孩子。顾月仙下意识地就想说，大差不差就行了，只要不太离谱，没人会看这个东西。

不过她瞄了一眼旁边的摄像头，还是把话憋了回去，说："那我来看看。"她走到李拾月旁边，随便看了两眼，说，"挺好的。对了，我今天下午去门诊，本来小谢应该跟我一起去的，但你们明天要跟着姜主任上手术，今天下午就跟着她一起去病房谈话吧。她现在有点事，你们在这里等一会儿。暂时也没什么事给你们做了，你们就自己玩玩手机吧。"

顾月仙把两个实习生一扔，走了。

李拾月继续转回电脑敲敲打打，谢含章则有些茫然，在镜头面前真拿出手机来玩，似乎也有点不合适。

他看着李拾月在电脑面前不停地点击鼠标，以为她遇到了什么困难，问："你是遇到什么困难了吗？或许我可以帮你。没关系，你之前没怎么接触过这些东西，有些不熟练也是正常的。"

李拾月说："不用了，谢谢，刚才吃午饭的时候我已经补完了，我是在看那三个明天要做手术病人的病历。"她说这话的时候，散发着一股学霸的光辉，"我想看看他们的基础情况，明天跟姜主任上手术的时候，也能多学习一点。"

谢含章默默地住了嘴，过一会儿才尴尬地开口："他们的床号是什么？"

"1床、19床、26床。"

"谢谢。"

"不客气。"

然后示教室继续陷入了诡异的沉默。

直到姜晏汐一推门进来，她刚经历一场令人头疼的谈话，周勇的家属想要赔偿金，但是不想付钱。

医院这边也很头疼，他们作为公立大三甲，不可能把还在ICU的周勇给赶出去，只能劝说周勇的家属把欠的钱先交一部分。

姜晏汐作为主刀医生，主要是跟家属交代病情。很显然，周勇的家属和其他 ICU 的家属不一样，她们不是很关心周勇的死活，甚至两拨人为了周勇的赔偿金吵起来了。

旁边的护士跟姜晏汐小声地发牢骚："这钱估计又是一笔烂账了。"

医院每年都需要垫付一大笔钱，有的人你就是逼死他，他也拿不出钱，还有人，有钱也不愿意给。

护士知道姜晏汐是从国外回来的，羡慕地问她："国外的医疗环境一定很好吧？"

护士不理解姜晏汐为什么会选择回来，不止护士好奇这个问题，谢含章也很好奇。

所以，在跟着姜晏汐去病房的路上，谢含章问："为什么您会回来呢？"

姜晏汐说："总要有人回来的。"

因为爱与理想。

因为医者仁心。

/ 5 /

姜晏汐从没想过要长久留在国外。

国外好吗？或许吧！高昂的薪资，完整的假期。

但国外的医疗基本上是为有钱人准备的，没钱的人连救护车的价格也付不起。

姜晏汐永远记得她的亲人离世的时候，她的伤心难过，并在她的职业生涯中记住这种深刻的感受，这是她的初心。她不会忘记，也不会背弃。

当然了，这种想法在谢含章看来无疑是愚蠢的。

姜晏汐带两个实习生去谈话的时候，刚好撞上麻醉科的人。

手术前一天，麻醉医生也是需要去跟病人谈话并告知麻醉风险。现在麻醉科也有两个实习生，是博一的钟景明和大五的曹月文。

他们两个跟在麻醉科的方主任后面，方主任看见姜晏汐，笑眯眯地打招呼："姜主任也来了？你们谈，你们先谈。"

第一个病人情况比较特殊，她脑部有肿瘤，且发生了感染，将会是一场时间比较长的手术，所以是方主任亲自来谈。

这一场手术的主刀是姜晏汐，麻醉是方主任。

一般的病人谈十来分钟也就好了，这个病人方主任谈了半个小时。方主任谈完的时候,姜晏汐已经把三个病人都谈好了。

两个大佬会面,四个实习生跟在后面默不作声。只听见方主任说:"还是跟你们一起开刀舒服!上次那个泌尿外的,就一个碎石搞了五个小时,说好一个小时的,愣是叫我们小常维持了五个小时,你说说这搞什么,麻醉这么久,后遗症的风险也会大大增加的!"

姜晏汐不知道方主任说的是哪个,但她也不好附和,说:"或许是新医生吧,是不是还有些不熟练?"

方主任摆摆手:"什么新医生?年纪也不小了,就是技术不好!"方主任笑着跟后面的两个实习生说,"咱们做麻醉的,不能惯着他们这些外科的,要不然除了叫我们加肌松,还能干什么?"

钟景明和曹月文同时对视一眼,露出了尴尬且不失礼貌的微笑。

好在方主任也只是单纯地抒发自己的不满:"我跟泌尿科的老李也说过了,让他管管下面的人,下次不能再这么搞了,开口一个小时,结果五个小时,病人受得住这么瞎搞吗?"

方主任看向姜晏汐,也意识到自己吐槽多了,话锋一转:"不过我相信跟姜主任一起做手术还是很愉快的。"

听到方主任的话,曹月文的眼睛一亮,她的视线自从姜晏汐出来就一直停留在她的身上,一听说明天方主任做姜晏汐手术的主麻,立刻跃跃欲试。

她小声跟旁边的钟景明说:"师兄,明天让我跟02手术室吧,好吗?"

钟景明是八年制的博士二年级,曹月文现在是大五,他们两个其实都是海都大学医学院的,所以曹月文叫钟景明师兄。

曹月文的情况也比较特殊,她现在是大五,本来就处于实习这个阶段,节目结束后,她会继续在海都大学附属医院完成为期一年的实习。

钟景明没意见,他们在麻醉科其实也干不了其他的事情,顶多帮老师老抄抄单子送送病人,就算麻醉是一个比较好上手的科室,第一周也不可能让他们独立看台的。

他们现在每天就是跟在不同的副麻老师后面学习一些基础的操作。当然,干的最多的是帮麻醉复苏室送病人。

麻醉科这边每天都会有排班,每个手术室会有一个副麻,主麻是同时管理好几个手术室,主麻不需要在一个房间一直坐着,而是在各个房间里巡视,除此之外,手术刚开始时的推药也只有主麻老师有权限给。所以严格意义上来讲，曹月文和钟景明跟的也不是方主任，而是下面的副麻老师。

他们俩的名字也不是出现在副麻那一栏，而是跟在副麻老师后面的一行黑色小字。所以说明天也巧了，汤导要和小宋导演撞上了，因为神经外科和麻醉科的实习生会到同一手术室。

这下子02手术室就不够大了，毕竟神经外科一个主刀的姜晏汐，还有两个助手，再加上两个实习生谢含章和李拾月；麻醉那边是一个副麻，还有曹月文，再加上一个器械护士一个巡回护士，然后还有摄像，加起来得有十来个人了。

手术室是特殊区域，也不可能让节目组的人都进去，商量之后，只让大导演一个人进去，并且只能站在外缘区域，摄像不能进去，所以就由大导演来拍摄，当然这些拍摄都是提前和病人家属沟通好的。

说起来大导演成名许多年，一夕之间梦回自己刚从电影学院毕业，初出茅庐当小弟的那些年。

但是一想到手术室里站的那些人，读过的教科书加起来比他的人还高，大导演又不由得肃然起敬。

试问娱乐圈谁能像他一样，站在学历浓度这么高的地方感受学霸学神之气，给大佬扛摄像头那不是应该的吗？

不过当务之急是要对手术室做出调整，换到一个大一点的手术室。

楼上的09手术室是最宽敞的，历来是骨科专用，骨科的人不愿意了，说他们非得在那个手术室做手术。

两拨人打电话的时候差点吵起来，直到方主任一锤定音，说：“情况特殊，要是你们骨科的人不愿意，那我们麻醉也不上了，你们自己开吧！"

瞬间，室内连针掉地的动静都能够听得见。

曹月文默默地往钟景明的身后缩了一缩，这个时候一米九的钟景明成了人形挡牌，格外地有安全感。

几个实习生都默不作声地低着头，尽量减少自己的存在感。

大佬们吵起来，难免殃及池鱼，实习生们都不想做这条倒霉的鱼。

不过神奇的是麻醉科方主任放了狠话后，电话那头的骨科医生很快就软了下来："方主任，你这是说的什么话？行行行，换就换，记得欠我们一次，下次不能了！"

方主任心满意足地挂断电话："OK！搞定。"

/6/

谈完明天要做手术的病人,距离下班还有一段时间。

姜晏汐接了个电话,是顾月仙打过来的,有个病人要入院,已经拎着东西到住院部楼下了。

由于最近医院的管理规定,家属不能进来陪床,而且需要医生到楼下把病人接上来。

姜晏汐想了想,说:"那你们就去一楼把病人接上来,等他住下了你们就问个诊,把病历写一下,然后就可以下班了。"

方主任则笑眯眯地对钟景明和曹月文说:"小朋友们,今天没事了,你们可以下班了。"

曹月文却瞄着姜晏汐的方向,努力克制心里的激动,说:"我们可不可以也一起去接病人?"

曹月文应该是这几个实习生中年纪最小的,她现在是本科大五,因为上学比别人早一年,所以今年只有二十一岁。

她个子小,留了齐刘海短发,整个人洋溢着青春的气息,虽然她极力掩饰自己对姜晏汐的关注,可是明眼人都看得出来,她恨不得扒在姜晏汐身上。

面对小姑娘这样炙热的眼神,姜晏汐也难得有些不好意思了,她轻声说:"好。"

方主任笑道:"看来还是姜主任受欢迎,我的麻醉科还是留不下人啊。那行,这两个小朋友就交给你们了,明天见!"

曹月文"吭哧吭哧"地跟上谢含章和李拾月,跟着他们去楼下接病人。

匆忙之间,曹月文差点跟人撞上,身后的钟景明拽着她的后领子轻轻一提,把她拉到旁边来:"小心点。"

曹月文双手合十,对钟景明表示了感谢。然后跟在了李拾月后面,向她询问关于姜晏汐的信息:"师姐,姜老师是不是特别厉害?我听说她做手术的时候手特别稳。"

李拾月说:"其实我也没跟过姜老师上手术,明天是第一次。"

曹月文问:"那姜老师平时都在干什么?是在看论文吗?"

曹月文长得人畜无害,长相毫无攻击性,看上去就像个邻家小妹妹。

在习惯了李拾月的噎死人不偿命后，猛然出现个这么没有威胁的实习生，谢含章看曹月文真是越看越亲切。

谢含章主动回答："姜主任平时很忙，我们今天也没怎么看到她，是神经外科的另一位老师带着我们。"

钟景明不动声色地隔开了谢含章和曹月文，说："明天你跟着姜老师上手术不就知道了？"

钟景明是骨外科的，众所周知，做骨外科要身体健壮，要不然手术台上的大骨头都锯不动。他个子有一米九，站在谢含章旁边比他高出了足足一个头，十分具有压迫感。

雄性的基因本能使然，谢含章默默往旁边挪了两步。

接下来一路上，谢含章都没有说话，四个人跟着电梯来到了一楼。

在此之前，他们先去护士台拿了通知书。

通知书是拿给病人签字的，病人在住进来之前都需要签这样一份文件，表示自己遵守医院病房的规章管理制度。

通知书背面有写病人的名字和年龄，所以他们到了一楼门口直接喊人："孙大牛在吗？"

他们连喊了三声，才有一个老头答应了，操着一口含糊不清的方言说："这里！"

老头是儿子陪他来的，儿子就在旁边帮他拎着行李，老头儿子大概四十多岁，是个光头，光着胳膊，看着凶神恶煞的。

曹月文小声嘀咕了一句："刚才叫那么多声，故意听不见？"

这个叫孙大牛的老人和他的光头儿子就站在离他们不远处，可是他们叫了好几声都没有人答应。

老人或许听力不好，但这个光头儿子或许就是故意的了，而且到最后，光头儿子都没有睬他们，还是老人出声的。

钟景明及时捂住曹月文的嘴："少说点话。"

孙大牛的这个光头儿子一看就不是善类，病人家属还是少惹为妙，反正现在医院也不准家属陪床，早点把孙大牛接进去就是了。

钟景明主动接过老人的行李，谢含章则把通知单递给老人："请问您是孙大牛吗？现在需要您在这里签个字，我们才能带你进去办住院手续。"

孙大牛有些耳背，于是谢含章又说了一遍。

孙大牛一直摆手："我听不懂，听不懂，不识字。"他指了指旁边的光头儿子,"你叫我儿子签。"

谢含章解释道:"大爷,需要你儿子签的已经签过了,这个是需要你本人签的,这上面就是医院的一些规章制度,叫你在住院的时候听医生的话配合治疗,不要乱跑,你要是觉得没问题的话,就在这里把自己的名字签了。"

谢含章从白大褂的左上口袋中抽出一支黑笔,递给孙大牛:"对,大爷就在这里把您的名字、家庭住址、联系方式给填了。"

谢含章在耐心指导孙大牛签字,他毕竟在临床上工作过几年,应对一些比较麻烦的病人还有很有经验的。

当然了,眼下这种情况,麻烦的不是大爷,是大爷的儿子。

本来孙大牛这边都快签好了,他的光头儿子突然发作了,朝着曹月文发火:"看什么看?有什么好看的?不知道尊重个人隐私啊?"

其实曹月文什么也没干,她就站在旁边等孙大牛签完字,然后跟其他人一起把孙大牛给送到病房。

光头还在骂:"你们什么素质?病人的隐私都不懂得尊重!我要去投诉你们!"

他用手指指着曹月文,口水沫子飞溅,看上去下一秒就要冲上来打人。

钟景明立刻把曹月文挡在身后,曹月文有点被吓蒙了,她不知道光头为什么会突然发作。

李拾月看不下去,说:"这位先生,入院都是要签字的,我们对您的个人信息不感兴趣,您也不用担心隐私泄露。"

光头瞪她:"你什么意思?"

钟景明和谢含章联手把两个女生挡在后面。

两个男生的个子还是很有压迫感的,那光头也是个欺软怕硬的,说:"你们领导呢,我要见你们领导!我要投诉你们!"

他嘴里反反复复就是这两句话。

光头闹出来的动静太大,以至于过往的人都退避三舍,在中间留出了个空白地带。

光头瞥见了旁边的摄像机,不知道是什么情况,更生气了:"你们偷拍我!我要去告你们!"

他伸手就想去砸摄像机,摄像大哥手一抖,差点就把大几万的设备摔在地上。

眼看要闹成一团，两个男生倒是很默契地护住两个女生。

名叫孙大牛的老头茫然地看着眼前的景象，整个人有些痴痴傻傻的，好像不知道发生了什么。

整个住院部一楼就听得光头男人的怒吼："你们医院欺负人！侵犯病人隐私！我要投诉你们！"

曹月文问："现在怎么办？病人没接到，还打起来了……"

她第一次遇到这种无理取闹的病人家属，觉得既难以理解又愤怒。

谢含章倒是一副司空见惯的样子："这些人来医院心里都带着怨气，怨气没地方发泄，就只能对着医生凶了。"

"凭什么呀？"曹月文不敢置信，还是大五学生的她思想比较简单。

钟景明说："你往后面躲躲，别过去。"

钟景明生得人高马大，看上去像个常年健身的体育生，白大褂穿在外面，也能隐约看到里面肌肉的形状和起伏。他整个人是阳光热情的，平时张开嘴一笑，露出里面的小虎牙，让人觉得很好相处。如果说谢含章是大妈们最理想的女婿人选，那么钟景明就是大妈们最理想的儿子人选。

不过现在，他脸上的笑消失了，骤然沉下脸色的他让人突然意识到，哦，原来钟景明是个一米九的猛汉啊！

钟景明把曹月文和李拾月挡在后面，避免光头男人推搡到她们，他年轻力壮，光头男人的眼睛里也显出几分怯意。但看到钟景明只是站在那里，并没有动手，胆子又上来了，他笃定这是个没经验的学生不敢对他怎么样。

光头说："你们是实习生吧？我要跟你们领导投诉你们！"说着，他往电梯那里走，似乎想上去找人。

由于医院现在特殊的管理制度，光头是不能进入的。

钟景明侧身一挡："这位先生，你不能进去，如果你还想给你的父亲办入院手续的话，请把他交给我们，然后离开这里。"

光头嚷嚷道："怎么？你还敢跟我动手吗？"

事情似乎陷入了僵局，钟景明拦着光头不让他进去，光头就在门口破口大骂，骂完两个女生，继续骂两个男生。就算是谢含章之前在临床上见过不少无理取闹的病人和家属，这个时候也有些绷不住了。

但是没有办法，他们不能动手，不能跟家属争执，只能期望他骂累了，消停了。这种人，你越理他越兴奋，于是四个实习生麻木地站成一排，任由光头唾沫横飞。

摄像头忠实地记录下这一幕，光头也看到摄像了，之前还想去抢，摄像大哥幽幽地说了一句："这个镜头八万块，弄坏了要赔。"

光头立刻收回了手，悻悻地说了一句："拽什么拽！"

看光头那边骂得太过分，摄像大哥也有些看不下去了，问导演："我们要不要上去帮忙？"

小宋导演一边看镜头里的画面，一边摆摆手："不用，就是有冲突才精彩嘛！"

小宋导演恨不得能打起来。

两个男生也在要爆发的边缘了。

曹月文说："现在怎么办？要不然给老师打个电话？"

此刻，他们已经下来十分钟了。

谢含章下意识地说："不行，这种事情还是不要麻烦姜主任了吧？"

一有问题就打电话求助，怎么看都像能力不行的样子。然而谢含章话还没说完，李拾月已经掏出手机打电话了，等他反应过来的时候，电话已经打完了。

姜晏汐来得很速度，留在楼上跟拍她的工作人员也下来了，包括某位伪装成工作人员的小沈同志。

她年纪虽轻，气势却很足，叫人不敢冒犯。光头也大概看出来了，她是这里的医生不是学生，气焰小了一些，嘴里却还在叫嚣："你就是他们的领导吧？你们医院怎么教人的？一点儿素质都没有！"

姜晏汐第一时间没有理会光头，而是扭头问两个女生："还好吧？"

在得到肯定的回答后又问两个男生："通知书什么的都签了吗？"

两个男生点点头。

刚才在面对光头的辱骂的时候，这几个实习生脸上还没什么反应，可是姜晏汐一出现，他们瞬间不好意思起来。接病人这种小事，却要连累老师来走一趟。

姜晏汐微颔首，这才把视线看向光头。

光头一方面被她看得发怵，另一方面意识到她是这里的正式医生，心里也生出些许怯意。

光头咳了两声，手指指向四个实习生："你让他们四个给我道个歉，这件事情就算过去了。"

那边拍摄的小宋导演已经激动得扶不稳镜头了。

这才是他想要的节目效果嘛。

面对无理取闹的病人家属,四个实习生会选择怎么做?谁会是第一个道歉的人?姜晏汐又会怎么做?

如果她袒护学生,就会激怒病人家属,播出去对她的名声也不好听,毕竟病人是弱势群体嘛,难免会有人觉得姜晏汐的态度太过强势。

但如果委屈学生道歉,明明是病人家属无理取闹,观众也会觉得她不分青红皂白。

谢含章也想到了这一点,他毕竟比其他人多了几年临床工作经验,心眼是这几个实习生中最多的。于是主动开口向病人家属道歉:"对不起……"

然而姜晏汐打断了他。

姜晏汐对蛮横的光头说:"既然你选择我们医院,就是相信我们医院的医疗技术。如果你不信任我们,也可以选择其他医院。现在医院床位紧张,如果你们不需要,可以把床位让给更需要的人。"

孙大牛是挂了顾月仙的号来办理住院手续的,这个时候能安排入院,说明检查结果不太好,需要入院观察。所以也能解释作为病人家属的光头心情不好,但这并不是他向医务人员发脾气的理由。

光头愣住了。

他只是想发发火,凶一凶这些神气的医务人员,没想到姜晏汐并没有被他吓住,更没有由着他的意思来。

姜晏汐一看光头的神情也明白了,她对赶过来的保安师傅说,"师傅,麻烦你们把这位先生送出去。"

保安师傅是姜晏汐打电话叫来的,都是退伍的练家子,一人一边把光头架走了。

光头蹬着腿,凶神恶煞地朝她放狠话:"你这个小娘们,我记住你了!你给我等着——"他的表情过于狰狞,似乎想要朝姜晏汐扑过来。

在后面的沈南洲心里一惊,本能地冲上去,把她挡在身后。不过那几个练家子的保安师傅不是吃素的,很快就把光头给拖走了。

沈南洲戴着墨镜、口罩,还有鸭舌帽,身上还裹着一件黑色风衣。对于这样一个形迹可疑的人突然冲过来,几个实习生都吓了一跳。

最年轻的曹月文越看沈南洲越觉得眼熟,她试探着开口问:"请问你是不是……"

四周都是人,沈南洲又是大明星,若是他被发现身份,恐怕会引起骚动,更何况是在医院这么敏感的地方。

姜晏汐及时打断了曹月文，主动问她："有没有被吓到？"

曹月文立刻转移了注意力，她沉浸在被女神关心的喜悦中，整个人变得憨憨的，挠了挠头："没事，他吓不到我！谢谢女神……啊，不对，谢谢姜老师关心！"

姜晏汐笑了笑，说："下次再遇到这种事情，及时给我打电话。遇到这种事情，你们也吓得不轻，今天就先回去吧。"

"没有没有。"四个人异口同声地说。

曹月文十分不好意思："我们给您添麻烦了。"

姜晏汐并没有放在心上，说："临床上会遇到各式各样的病人和家属，你们也不要太过在意，现在你们是我的学生，带你们是我的职责，无论是学习还是其他方面，遇到困难都可以找我，这没什么的。"

姜晏汐还提到了谢含章："现在你们是我的学生，我不会委屈你们去满足病人的无理要求，这里是医院，是治病看病的地方，只要给他们把病看好，我们就问心无愧。"

谢含章低下了头，说实话，看到姜晏汐来的时候，他有一点儿惊讶，因为正常老师是不会管的。

他实习的时候，同校的学长告诉他，遇到难缠的家属或者病人，一定不要起冲突，他们骂人是他们不对，但如果对骂回去，性质就变了，也不要指望老师替他们出头。

倒也不是说老师不好的意思，而是但凡有一点经验的老师也都由着家属谩骂的，只当一个耳朵进一个耳朵出，不理睬他们，也不跟他们正面起冲突，是在医院的明哲保身之道。

尤其后来谢含章在医院工作两年，更加深刻地明白了这个道理。

所以光头让他们道歉的时候，谢含章想也不想就道歉了。而且这是在镜头面前，道歉不仅能博得观众的怜爱，说不定也能赢得姜晏汐的好感，留下一个识大体的印象。但是谢含章没想到姜晏汐居然叫保安把人给抬出去了，他一时心里百味陈杂。

被人袒护的感觉好吗？当然好了！大家都是从小医生做过来的，可是不是所有人都能遇到像姜晏汐这样袒护下级的上级。

谢含章陷入了自我怀疑，他一直觉得做医生就是熬资历，熬出头，当主任，熬不出头，做万年主治。但不管怎么说，资历上来了，很多活就可可以扔给年轻医生来做了，一直以来都是如此。

所以谢含章在遇到不公平、不合理的事情时，一边心怀怨气，一边默默忍受，他没有想过事情还有另一种解决方式。

也或许，不是所有人都像姜晏汐这样，她有强大的能力可以去承担风险，可以去打破惯例。

但换句话来说，有能力的人不少，但他们只想着享受不合理的制度，不会再与下层的人共情。

谢含章陷入了突如其来的沉默。

旁边的节目组已经在收拾摄像工具，小宋导演在今天最后一段时间内收集到了满意的素材，也无所谓实习生们提早下班了。

这四个实习生回到楼上把病人安置下来，换好衣服就可以结束今天的工作了。

沈南洲自从刚才差点露馅后，就一直低着头，默默地混在几个工作人员里，跟在姜晏汐身后。

密闭的电梯间，曹月文忍不住看了他几眼，虽然衣服裹得紧实，看不清楚容貌，但是气质实在突出，放在古代，像是簪缨世家的公子。

最主要的是，曹月文觉得他像一个明星，像她从前室友追的那个明星。

她扯了扯钟景明的袖子，小声说："师兄，你看那个工作人员，觉不觉得他很眼熟？"

电梯门开了。

钟景明和曹月文是最后出去的，曹月文个子娇小，被挤到电梯的角落里，而钟景明恰好在她身前，给她留出一片区域。

眼看着其他人都走出电梯间了，钟景明松开横在曹月文头顶的手，开玩笑说："你多看看师兄我，也会觉得眼熟的。"

钟景明恰好挡住了曹月文的视线，等曹月文再一看的时候，刚才的那个让她觉得熟悉的工作人员已经不见了。

可能只是她的错觉？大明星怎么会出现在这里呢？

大约只是因为娱乐圈的人长得都不丑，所以一个综艺节目的工作人员也如此出众吧。

再说了，口罩和墨镜遮住了他的脸，说不定拿下来也只是一个平平无奇的路人甲。

曹月文很快转移了注意力。

四个实习生下班了,节目组也收拾收拾离开了。

/ 7 /

姜晏汐没有注意沈南洲是什么时候离开的,等她忙完,把电脑关机的时候才发现他已经走了。然而当她把白大褂换下,挂到外面墙上的钩子上,在月光的映照下,缓步走出医院大门。

一辆银白色的汽车停在了她面前,汽车摇下车窗,露出沈南洲犹如女娲杰作一般完美的半张脸,他眉目含笑,眼带星光。

他说:"不知道能不能请姜主任吃一顿晚饭?"

别看沈南洲表面这么云淡风轻,实际上握着方向盘的手心已经紧张得出了汗。

他害怕姜晏汐拒绝,甚至找了个拙劣的借口,说:"就当是感谢姜主任今天帮我遮掩身份,以至于我没被大导演赶出去。"

姜晏汐"扑哧"一声笑出来:"谁敢赶你这个大投资人?"

沈南洲主动开了副驾的车门锁,直到姜晏汐拉开车门坐了上去,沈南洲那颗提着的心才终于放了下来。

他一边用余光悄悄瞄姜晏汐,一边假装镇定地问:"你想吃什么?"

街头转角处有一闪而过的闪光灯。

姜晏汐说:"我都可以,你呢?"她想了想问,"火锅、烤肉、江浙菜、川菜、越南菜……"

是姜晏汐一贯高效率风格没错了。

然而这个时候沈南洲的大脑却在高速运转,他在回忆简言之跟他说过的话。

"请女孩子吃饭,那是有学问的,第一个排除火锅和烤肉。"

"为什么?"

"火锅吃得人一身热汗,人家女孩子脸上的妆都要花掉了,下次你还能把人叫出来,那才是见鬼了!"

"那烤肉呢?"

"烤肉烟熏缭绕,吃完之后一身味道,吃完之后人家女孩子只想回去洗头发。"

"这么说,还可以吃什么?"

"当然首选日料,环境优雅,分量小,也不会让人女孩子身上沾染奇怪的味道或者弄花妆,如果你是奔着约会去的,肯定首选日料!如果你只是想吃饱肚子,当我没说!"

沈南洲心里很纠结,他今天跟着节目组拍摄,其实有一大半的时间都在偷瞄姜晏汐,据他少得可怜的有关彩妆的经验来看,姜晏汐应该是没有化妆吧?

他记得她上中学的时候皮肤就这么白,每周一升旗的时候,姜晏汐绝对是人群中最亮眼的那一个,还真可能跟相貌无关,而是跟肤色有关。一群人中,只有她白得发光。

不过姜晏汐给了他一堆选项,是不是让他做选择题?

沈南洲这些思绪只在一瞬间,他说:"那吃日料怎么样?万达的那家日光餐厅?"

姜晏汐没意见:"好。"

吃日料应该没错吧?沈南洲一边打开导航一边想,之前听简言之说过,吃日料是跟女孩子约会绝对不会出错的选项。因为大部分女孩子的胃口很小,选择日料,也能照顾到女孩子的仪表,不至于吃完饭后,修身的裙子被撑得变形。就是他记得,姜晏汐好像还挺能吃的……

沈南洲觉得自己现在像考场上的考生,生怕自己选错了选项。

他在等红绿灯的时候,给简言之发了个消息:等会儿去你那儿吃饭,帮我在二楼留两个位置。

是的,没错,这家网上有名的日料餐厅是简言之开的,已经有快十年了。

虽然沈南洲严重怀疑当初他开日料餐厅目的不纯,是为了方便请女孩子吃饭约会。

但谁能想到简言之的这家日料餐厅开起来之后,简言之当时的恋爱黄了,后来将近十年也没谈过,反而这家餐厅的生意蒸蒸日上,成了海都市的网红餐厅。

简言之很快就猜到了沈南洲的目的,回道:和姜晏汐?包在我身上,给你们搞一个贵宾待遇,加油大兄弟!

沈南洲赶紧发消息:别给我乱来!

十年前让简言之帮忙订餐厅,结果他给故意订到情侣餐厅的尴尬场面,沈南洲还历历在目。

简言之:放心,你只管去就好了,到了报我的名字。

日光餐厅位于海都市最繁华的闹市区,只是沈南洲和姜晏汐开车来的,时间不巧,刚好撞上晚高峰,在路口堵了半个小时,到达餐厅的时候已经是晚上八点了。

服务员把他们领到单独的包厢里,露八颗齿微笑道:"您好,请问除了之前预定的菜色,还需要再加点什么吗?"

服务员是受过专业训练的,即使看到了沈南洲摘下墨镜口罩后的脸,也没有露出半分惊讶,在完成标准化迎宾流程后,就微笑着离开了包厢。

大明星?对不起,她并不关心。

她承认沈南洲有一张惊天地泣鬼神的脸,但是她但凡动一下心,都对不起自己每个月两万块钱的工资。

日光餐厅走高奢路线,每项单品都贵得令人咋舌,并且它的分量比一般的日料餐厅还少。沈南洲感觉自己吃了个寂寞,虽然他的关注重点也不在吃饭上。

每上一道菜,沈南洲都在偷偷观察姜晏汐的神情,但是她好像不挑食,最起码沈南洲观察不出她的喜好。

趁着姜晏汐去上厕所的空当,沈南洲悄悄发信息吐槽简言之:你开的这个餐厅是给人吃的吗?

简言之发来一个问号,然后二话不说发来一张图片,是今年海都市的餐厅排行榜,日光餐厅名列第一。

简言之:你是质疑大众的审美吗?

沈南洲:你确定你这家餐厅是给大众吃的?

沈南洲怀疑姜晏汐并没有吃饱,毕竟那些年在姜妈妈那里蹭饭的时候,他有幸见过姜晏汐的食量。

请人吃饭却没让人吃饱,这也太尴尬了。

沈南洲继续吐槽:我第一次在一家餐厅感受到了没吃饱是一种什么样的体验。

是的,没错,沈南洲之前没吃过简言之开的这家网红餐厅。日光餐厅成了网红打卡之地,沈南洲不是很想凑这个热闹。再说了,要是他吃过的话,打死都不会带姜晏汐来这里的。

不知道为什么,简言之这次居然没回消息来反驳他,似乎被什么事情绊住了。

沈南洲放下手机反扣在桌子上,这时候姜晏汐也从洗手间回来了。

姜晏汐神色自如的打开手机微信，道："结账走吗？"

沈南洲赶紧说："说好了我请你，怎么能让你付钱？"

姜晏汐笑了笑："没事，AA吧。"

她看了一下，直觉这家餐厅还挺贵的吧，沈南洲刚拿出一大笔钱投资节目，估计资金也挺紧张的，要不然怎么来节目组打工了？

沈南洲说："不不。"他迅速找了个理由，"其实这家餐厅是我一个朋友开的，开业的时候送了我一张卡，到现在还没用完，你就当是帮我把上面的钱给花一花！"沈南洲的脑筋迅速转起来，"反正之后节目还要拍两个月，我要在你们医院待两个月，姜医生到时候不嫌我蹭饭就好。"

沈南洲简直为自己的机智鼓掌，这不就找机会和姜晏汐一起吃饭了？

姜晏汐也没再和沈南洲因为饭前的事情坚持下去，说："那好，我就不跟你客气了。"

如果喜欢一个人，会因为她的某句话突然心花怒放。

当姜晏汐笑着看向自己的时候，沈南洲觉得自己的脚都是飘的，还好这里灯火昏暗，姜晏汐看不到他的手和脚，都差点同手同脚了。

沈南洲一如当年笨拙的少年，想要接近她，对她好，让她开心，仅此而已。只是比起当年，沈南洲又多了一丝奢望，他想要靠近月亮，而不只是在地上，被月光照耀。

其实姜晏汐有一瞬间的疑惑，她之前在网上搜到日光餐厅是于十年前建立的。多少钱的会员卡能在十年后还有余额？

照理说，会员卡系统升级几次后，之前的数据就遗失得差不多了。这种疑惑在她心头一闪而过，或许这种大餐厅，用不完的余额可以保留呢。

沈南洲欲盖弥彰地解释："其实这个餐厅的老板你也认识的，是简言之，你还记得吗？也是（20）班的。"

姜晏汐的脑海里出现一个模糊的人影，她轻轻摇了摇头："初中的很多人都不太记得了。"

说起来姜晏汐并不太会记那些路过她生命的人，像初中高中同学，很多人后面没有来往，慢慢淡忘了。

姜晏汐不是一个会停留在过去的人。说起沈南洲，也算是例外了。

少年沈南洲，像田野自由的风不受拘束，姜晏汐承认他确实生得好看，以至于在很多年后，她都对他印象深刻。

成年后的沈南洲比少年时懂得了收敛脾气，在粉丝眼里是个温柔有礼的人，然而他的骨子里还是高傲的，像是冰原上的雪狼，拒绝别人的靠近，唯有天上月、心上人，才能让他一秒从孤狼变成摇着尾巴的大型憨犬。

听见姜晏汐说对简言之没印象，他反倒松了口气。

简言之那小子惯会说花言巧语讨女孩子喜欢，他就怕简言之见了姜晏汐后想追她怎么办？毕竟在沈南洲心里，有谁会不喜欢姜晏汐呢？

简言之如果知道是南洲现在心里的想法，一定又要吐槽：拜托大哥，不是所有人都想挑战地狱难度的好吗？姜晏汐就不适合跟凡人谈恋爱。

沈南洲嘴上说着："那下次有机会的时候一起吃饭。"

实际上心里却想着，到时候直接找个理由说简言之不来了，然后他就能成功跟姜晏汐单独吃饭了。

姜晏汐和沈南洲从包厢走出来的时候，已经是晚上九点半，沈南洲说："你现在住在哪儿？我送你回去吧。"

姜晏汐刚要回答，却听得前方一阵激烈争吵。是一个男人和一个女人的声音，确切地说，是一个男人在质问一个女人。

男人："所以说你之前根本就没有喜欢过我？你之前跟我谈恋爱，只是因为你那该死的塔罗牌说你命中有一桃花劫？必须在那一年谈恋爱？"

女人的声音倒是很平静："都快过去十年了，你现在问这个有什么意思吗？"

男人："有什么意思？你十年前玩弄了我的感情，把我给踹了，害得我一直单身到现在，你难道不应该给我一个解释吗？"

女人："我又不是你第一个女朋友，难道你每次跟你前女友分手的时候，都会给她们一个解释吗？"

男人的声音快崩溃了："我那是被分手的！"

女人："哦。"

男人："哦？所以说你根本不喜欢我？"

女人："那倒也不是。"

男人刚燃起一丝希望。

女人："不过十年过去了，我确定现在是不喜欢了。"

沈南洲越听这声音越觉得熟悉，男人和女人就处在沈南洲和姜晏汐出去的必经之路上。

姜晏汐有些迟疑："要不然我们等等再出去？"

总感觉现在不是一个出去的好时机。沈南洲拉起她的手："没事，我

143

们直接走就好,反正大家也不认识,你明天不是还要上班吗?"

他可想耽误姜晏汐休息。

沈南洲并没有意识到自己无意中拉起了姜晏汐的手。

姜晏汐的手被人猛然握住,也有些愣住了,那双手骨节分明,轻柔又带有一丝不容拒绝的味道,轻轻扣在她的手腕上,把她从转角处拉出来,大步往门口走去。

走到一半的时候,沈南洲停住了。走廊上吵架的男人和女人也停住了。

两拨人面面相觑。

"简言之?林甜甜?"这是沈南洲的声音。

"沈南洲?姜晏汐?"这是简言之和林甜甜的声音。

唯一有些茫然的是姜晏汐,她第一反应是看向沈南洲。

说起来,姜晏汐的脸上极少出现这样茫然的神情,竟显得有种别样的生动和鲜活。

沈南洲尴尬地咳嗽了两声,他现在说自己不认识简言之还来得及吗?

林甜甜倒是因为这两人的出现,忘记了跟简言之的争吵。她的视线一直粘在姜晏汐身上,眼睛里是隐藏不住的炙热,瞬间忘了旁边怨夫状的简言之,热情地上前挽起姜晏汐的手:"班长班长,你还记得我吗?我是(20)班的田林林,之前大一的时候也去 B 大做过交换生,那时候我们见过,你还记得吗?"

姜晏汐对林甜甜是有一些印象的,她笑着点了点头。

沈南洲有些恍恍惚惚,对简言之说:"你之前那个大学谈的女朋友就是林甜甜?"

简言之大一的时候谈了个女朋友,但是他神神秘秘的,从没带出来过。

沈南洲本来以为简言之这次的态度还是很随意,谁知道分手之后就跟出了家的和尚一样,再也没谈过。整个人虽然嘴上不说伤心难过,但那段日子只要一见面,他就知道简言之遭受得打击不轻,可以说是形容憔悴。

竟然是林甜甜!很多东西电光火石一般在沈南洲脑子里闪过,一下子就串起来了。

那时候简言之给沈南洲出谋划策,想办法打探姜晏汐的课程表,以及制定追求计划。

沈南洲一直以为简言之是找的他那个 B 大前女友,没想到那段时间,他是在跟林甜甜谈恋爱。并且看样子,林甜甜当时并不喜欢简言之?

8

自从姜晏汐出现后,林甜甜就迅速转移了注意力,忘记了一旁的简言之。简言之很幽怨:"你十年前到底把我当作什么了?"

林甜甜想了想:"前男友?"她有些疑惑,"难道我们不是好聚好散吗?我说了分手,你也同意了。"

简言之有一瞬间的语塞:"我那时候的分手不是真心的!"

当时谈得好好的,林甜甜突然说要分手,简言之那时候也是年轻气盛,撒不下面子,说了气话,同意了。

简言之:"谁知道你一分手就消失了十年!你为什么要躲着我?"

林甜甜莫名其妙:"我什么时候躲着你了?我都跟你分手了,去哪儿还得通知你一声吗?"

简言之不可置信地看着她:"你把我利用完了就扔掉,难道没有一点儿不忍心?"

林甜甜:"我怎么利用你了?我一没骗你钱,二没骗你人,你不要搞得一副吃了大亏的样子,难道当初不是你情我愿的?"

林甜甜甩开他的手:"你难道没有听说过一句话?一个合格的前任就应该跟死了一样,我觉得我在这一点上做得挺好。"林甜甜真心实意地说,"我应该算是你最省心的一个前任了,你别得了便宜还卖乖。"

在林甜甜的认知里,简言之换女朋友比换衣服还勤快,这也是她当初选择跟他谈恋爱的重要原因。这样分手的时候没有心理负担。

再说了,和简言之谈恋爱的时候,林甜甜也自认为做了女朋友该做的,该送的礼物都送了,该过的情人节、七夕什么的也一个不落地都过了,她甚至从来不干涉他交友,还贴心地对外隐藏他们的恋爱关系,为了不耽误简言之跟她分手后迅速地找到下一个。这世上哪里去找她这样善解人意的女朋友?

林甜甜估摸着他们分手以后,简言之的恋爱也没少谈,如今见了自己,干吗用一副苦大仇深的样子看着她?

她迅速在脑袋里过了一遍当年的恋爱日常,确定当年她没什么对不起简言之的,然后转头笑眯眯地跟姜晏汐还有沈南洲打招呼:"班长好呀,你们今天晚上是在这里吃饭吗?我在群里看到了,班长这次也会去同学聚

145

会嘛!"林甜甜自来熟地上前挽住姜晏汐的手,"班长一定要去哦,说不定会发生好事!"她神神秘秘地朝姜晏汐眨了眨眼睛。

简言之的脸色却越来越黑,十年前林甜甜突然说了分手,并拉黑了他所有联系方式,一直到前不久,她主动找上门来。

当时他看到林甜甜的微信好友申请验证消息,还疑心是自己没睡醒。结果人是真的,但找上他是为了参加同学聚会。

当时简言之心里还有一丝幻想,林甜甜参加同学聚会是不是为了他?还想着如果林甜甜主动为当年的不辞而别道歉,他要不要直接原谅她?

可谁知道林甜甜加了群后,再也没跟他说过话,一如当年,把他利用完就扔,就连真相,他都是从别人嘴里得知的。

这些天简言之心里正憋着气呢,只等着同学聚会时抓林甜甜问个明白。谁知道还没等到同学聚会,就在自己开的日料餐厅里撞见了林甜甜。

说起来还是因为沈南洲之前发消息,让简言之留两个位置。简言之想着,沈南洲这么多年死磕在姜晏汐身上,姜晏汐远走国外,沈南洲就把自己封闭成无欲无求的石像。

如今也算老天开眼,姜晏汐回来了,又碰巧沈南洲要拍摄的节目就在姜晏汐的医院……

简言之决心不能为兄弟拖后腿,亲自开车到店里把事情安排妥当。

也真是巧了,他在餐厅的来宾登记中看到了林甜甜的名字。

在林甜甜以前,简言之也不是没被其他前任分过手,他个人的人生信条是觉得好聚好散,大家都体面。

然而被林甜甜单方面拉黑后,他却控制不住自己的火气,甚至还有一丝委屈。

当他察觉到自己这个念头后,自己都吓了一跳,觉得自己魔怔了,他简言之是那种为了感情犹豫不决的人吗?

可是渐渐地,简言之开始心不在焉,脑子里全是和林甜甜的回忆。他怀疑林甜甜给自己下了咒,甚至卑微地想,如果她现在回来找,他就原谅她。

但是林甜甜一走就是十年,刚开始的一年,简言之还能坚持着自己的自尊,不去打探她的消息,然而第二年,他就忍不住了,开始各渠道旁敲侧击打听林甜甜的消息,然而她就像人间蒸发了一样。

那段时间,著名情场浪子简言之变得一蹶不振。从前他嘲笑沈南洲死磕在一个人身上的时候,是万万没想到他也有马失前蹄的一天。

不过简言之坚决不承认自己是沈南洲那类大情种，他一直坚信自己是"百花丛中过，片叶不沾身"的情场高手，林甜甜只是他人生路上一个小小挫折。但他也很难解释，自从和林甜甜分手后，十多年连只母蚊子都没勾搭过这件事。

就是说"物以类聚，人以群分"，简言之从前嘲笑沈南洲的报应终于来了，他今天一看到林甜甜的名字，心脏就开始不受控制地跳跃起来。

即使他不愿意承认，比起愤怒更多的是欣喜和期待，还有一丝害怕愿望落空的惴惴不安。

直觉告诉简言之，那就是林甜甜。

简言之用最后一丝理智，没忘了给好兄弟沈南洲定位置，然后就奔向了林甜甜所在的包厢。

他在林甜甜的包厢门外徘徊许久，直到撞上出来上厕所的林甜甜。

林甜甜看到他的时候愣了一下，然后旁若无人地准备绕过他。简言之当时想也不想就抓住了林甜甜的手，心里涌现出一股莫名的委屈。

十年了！林甜甜再次遇见他，竟然还想装作不认识他！

如果林甜甜知道简言之内心戏有这么丰富，她当年是绝对绝对不会招惹简言之的。谁知道简言之这个情场浪子，竟然也会纠缠不休！失算了！

林甜甜一直觉得她跟简言之是和平分手，她发誓从来没有故意躲着他，只不过是因为她从前的职业习惯，出门前必抽卡，确保自己出行顺利。

林甜甜心里哀叹，果然今天出门太匆忙，忘了抽卡。

谁知道简言之这么记仇！她还以为他早就忘了她！

之前她找上简言之，让他把自己拉到同学聚会群，她看他那公事公办的样子，料想他这些年大约交了不少女朋友，已经不记得自己了，心里还松了口气。

林甜甜并不知道，简言之以为她要参加同学聚会是为了他，以为她有话跟他说。

不过，现在简言之明白了，她压根儿就是为了姜晏汐！

简言之忍不住胡思乱想起来，十年前林甜甜和他谈恋爱，除了因为要度她的桃花劫，另一方面就是为了姜晏汐吧？

和林甜甜谈恋爱的那段日子，简言之隐隐感觉到林甜甜对于姜晏汐和沈南洲的动态异常关心，以至于简言之担忧过林甜甜是不是喜欢沈南洲？她接近他只是为了曲线救国？从前也不是没有人这么干过。

后来渐渐地，简言之察觉林甜甜并不是只关注沈南洲，她更关注姜晏汐，或者说林甜甜最关心的是沈南洲能不能追到姜晏汐这件事。

她就像一个老母亲一样操心着他们两个的事情。

虽然"老母亲"这个词用来形容林甜甜这个妙龄少女十分诡异，毕竟当时还不是非常流行"嗑CP"这个词。

走廊里，简言之望着林甜甜的眼神几乎要吃人，而林甜甜却恍若未觉地挽着姜晏汐的手，热情地邀请她到时候和自己一同出发去参加同学聚会。

林甜甜笑眯眯地重复说："班长，你到时候一定要来！对你很重要！"

姜晏汐难免疑惑："为什么？"

同学聚会能发生什么重要的事情？

不料林甜甜下一秒从裙子的口袋里掏出一沓卡片："来，抽一张吧。班长，我有预感你最近红鸾星动哦！"

林甜甜的视线意味深长，快速从沈南洲身上掠过，看得沈南洲心里一紧张。当年大学时候是沈南洲请姜晏汐吃饭，约她出来看音乐剧，基本上都是简言之全程参与策划，其中很大一部分锦囊妙计还是简言之当时的那个神秘女友提供的。但沈南洲当时并不知道简言之在跟林甜甜谈恋爱啊！

沈南洲不知道林甜甜想要干什么，他害怕林甜甜会说出自己对姜晏汐的心思，适时地打断了她。虽然心里已经开始慌了，但沈南洲脸上的表情并未露出破绽，他说："下个月的同学聚会，大家有大把的时间可以相聚，今天已经很晚了，姜晏汐和我明天都还要上班。你们慢吃，我们就先走了。"

谁料林甜甜一个侧身挡在他们面前，另一只手又抽出一沓塔罗牌，笑眯眯地对沈南洲说："大明星，你也抽一张吧，看看我算得准不准？"

林甜甜提到了从前给沈南洲抽卡的事情，她说："以前你在我这里抽过卡，难道就不想知道现在的结果如何吗？"

沈南洲之前在林甜甜这里抽过三张卡，没有一张是好结果，而他和姜晏汐也确实如此：少年时，两人是两条平行线，即使沈南洲再怎么努力，都会差那么一点点，就那么一点点，就是咫尺天涯。

沈南洲的心微微颤了一颤，他记得林甜甜给他解的卡。确切说，他记得有关于姜晏汐的一切。

命运说，他和姜晏汐不会有好结果，即使强求。此刻，沈南洲不知道要不要去抽。然而姜晏汐却伸出手，迅速抽了三张出来，把三张卡片递给林甜甜，笑着说："还是三张，对吧？"

沈南洲于是定了定心，掩饰好眼睛里的异样，装作云淡风轻地抽了三张。所有的卡牌都是背面朝上，厚实有分量的卡纸看不到正面的内容，然而沈南洲却盯着看了很久，最后捏着卡牌的一角，一点点抽出来。

简言之被忽略在一旁，十分不爽，也火气冲冲地抽了三张出来，冷哼一声："那你替我看看我最近的桃花缘怎么样？"

林甜甜先是看的姜晏汐的看，啧啧感慨道："班长最近的桃花很多啊，有旧人，也有新人。"她眨了眨眼睛，"班长在忙于事业的同时，也可以抽出时间谈谈恋爱，放松一下自己哦。"

有旧人，也有新人？沈南洲的心里酸得咕噜咕噜地冒泡。

林甜甜继续说："其实其他方面班长抽出来的牌和十几年前差不多。"

林甜甜也是第一次见到这种，毕竟人的想法易变，今年和去年想的事情都很有可能不一样，更何况是十五岁和二十八岁，中间隔了整整十三年。

姜晏汐的心坚定得可怕，她是天生适合搞事业的人，无论她在哪一个行业，都会成为佼佼者。

但也不是毫无变化，最起码在桃花这一块，从前的卡牌上没有姜晏汐的正缘，也就是说姜晏汐会一生投身于自己热爱的事业，很大概率不会分太多时间在个人情爱上。但是现在来看，姜晏汐最近身上的桃花多得可怕，不知道是谁的努力起了效。

南美洲热带雨林的蝴蝶扇动几下翅膀，可以引起得克萨斯州的龙卷风。

林甜甜想起十年前沈南洲抽出来的那张断桥卡，一个人孤独奔走在悬崖两边，搭建随时可能被风吹断的索桥，这项漫长的工作毫无尽头，看上去是不可能完成的任务。

林甜甜突然有些好奇，这一次沈南洲抽出来的卡牌又会是怎样的呢？

沈南洲抽出了三张月亮，三张高悬明月，这三张牌又略有不同，主要是月亮的位置，看得出来，月亮的位置一张比一张低，虽然仍高悬在天空中，却明显能看出来，月亮在向地上的人靠近。

林甜甜几乎要感动落泪。不过联想到姜晏汐牌上一朵接一朵的桃花，林甜甜隔空虚拍了拍沈南洲的肩膀："路漫漫其修远兮，继续加油！"

沈南洲从林甜甜的这句话中琢磨出不一样的信息来，十多年前林甜甜斩钉截铁地跟他说死了这条心，虽然当时的沈南洲并没有开窍，也很清楚自己当时的异样是为了什么。然而这一次，好像不一样了。

十多年前，林甜甜跟沈南洲说，天上的月亮高悬而不可得，他就如同在悬崖边上建索桥的人，即使付出多年的努力，也不一定会得到回应。

沈南洲旁的话都没记住，只记住了那一句："如果你放不下，不想放，或许十多年后，久别重逢，还有机会。"

沈南洲高兴之余也没忘了林甜甜说的姜晏汐最近桃花旺盛这件事。

他感到了一种深切的危机，并再次庆幸及时投了汤导的节目，起码最近两个月都和姜晏汐有朝夕相处的机会。

沈南洲微微垂下眼帘，从他的方向能看到姜晏汐的侧脸和扬起的修长脖颈，从姜晏汐再次出现在他眼前的时候，他就知道，这辈子除了她，再也不可能是其他人了。

她重新出现的那一刻，好像他的灵魂在那一刻完整，他在那一刻感到人间的真实。

那些年因为姜晏汐离开而带来的难过和麻木、悲伤和痛苦，全都一扫而空，那些来自友人对他的劝诫和忠告全部被他抛之脑后。

如果你也遇到这样一个人，你就会知道，爱她出于本能，永远无法自我欺骗。

而姜晏汐听林甜甜说自己最近桃花很多，有短暂的出神。

她先前一直在国外求学，并未考虑过个人情感问题，仔细一想，她好像没有考虑过让另一个人进入自己的生活。

她习惯了一个人，并不能理解恋爱的甜蜜。姜晏汐想，她这个人的爱好也少，大约看上去也是无趣的吧。

林甜甜叽叽喳喳地说："你放心，我看过了，你这几朵大桃花都是极标致的美人，没有一个不好看的，人品也都不错！"

沈南洲嘴角还没来得及起来的笑意又下去了，简言之也赶紧打断了林甜甜，她难道不是沈南洲和姜晏汐的最大粉头吗？怎么看她也不是单单撮合姜晏汐和沈南洲？

其实林甜甜只是单纯地觉得，像姜晏汐这样又聪明又漂亮的女孩子，就应该多几个追求者挑一挑嘛！她当然是支持沈南洲的，可要是沈南洲连那几个追求者都打不过，那还是算了吧。

简言之一方面扯开林甜甜的话题，另一方面也有点不满自己被林甜甜忽视，晃了晃手中的卡牌，问："那我的呢？"

不料林甜甜掏出手机："一次一千，支付宝还是微信？"

简言之更受伤了，他几乎咬牙切齿地扫了支付宝，然后说："那就麻烦你帮我算一下感情问题吧。"

"OK。"林甜甜用食指和中指捏住简言之手里的三张卡牌，以迅雷不及掩耳之速把卡牌收了回去。

她又从她那套蓬松得像女巫一样的裙子里掏出第三副卡牌，说："你刚才抽的无效，抽这一套吧。"

简言之看得目瞪口呆："你的裙子里到底有多少套卡牌？"

林甜甜没好气地说："快抽！我今天还有其他客户呢。"

于是简言之闭上嘴，委委屈屈地抽了三张卡。

看到牌面的那一瞬间，林甜甜愣了一下，然后若无其事地把三张卡牌收了回去。

简言之紧盯着她的眼睛："怎么说？"

林甜甜诚恳地说："这里建议你放弃不切实际的幻想，脚踏实地，一步一个脚印哦。"

简言之问："那我想的那个人到底怎么想？"

他的眼神固执地看着林甜甜，林甜甜却避开了他的视线，说："你对你的历任前女友们怎么想，她就对你怎么想。"

林甜甜转念一想，她干吗要害怕简言之？他们在十年前就没关系了。

于是勇敢地迎上他的视线，拍了拍他的肩膀："天涯何处无芳草，这边建议你不要吊死在一棵树上。"

简言之脸上的笑彻底消失了。他生了一张多情的脸，眼睛是勾人的狐狸眼，平常不笑，而嘴角自然上扬，又带有一种风流公子的味道。然而他这时候沉下脸，竟别有一种压迫的味道。

林甜甜赶紧跑到姜晏汐的身后躲起来，觉得自己今天就不该来这里，她最近流年不利，不宜出门，要不是今天那人实在给得实在是太多了，她是不会出门接活的。

简言之朝姜晏汐微笑："我和林甜甜有些个人私事要谈，我把她带走，就不打扰你们了。"

林甜甜从姜晏汐身后伸出半个脑袋："我不跟你走，我和你没什么好谈的。"她想了想又说，"这样吧，你要是实在气不过，十年前我甩了你，要不然我让你甩一次？"

林甜甜还没有意识到简言之生气的点在哪里，不过从简言之的脸色还有刚才的三张牌上看，她总有一种如果跟着简言之离开，小命休矣的直觉。

林甜甜求救地看向姜晏汐："班长救我！"

简言之要气笑了："我难道会吃了你？"

林甜甜说："你非要和我谈，又要说什么呢？我们又不可能在一起了，而且我想你这个时候也不是为了和我在一起吧？大家就还当相安无事的老同学不好吗？"

林甜甜的话句句带刀，插进了简言之的心窝里。她把"不可能在一起"这六个字说得斩钉截铁，让简言之意识到，他在内心深处竟是想挽留她的。

简言之不是第一次谈恋爱的毛头小子，他为自己的这种想法感到震惊，脑海里出现三个大字：他栽了。

简言之恶狠狠地说："不行！"

旁边的沈南洲头疼得揉了揉太阳穴，他万万没想到和姜晏汐出来吃一次饭，直接误入好兄弟和前女友的纠纷现场。他侧头的一瞬间刚好对上姜晏汐的视线，两人同时在对方眼里看到了"此题超纲"的茫然，然后两人的眼睛里同时漾起了浅浅的笑意。

姜晏汐先说："要不然我把林甜甜送回去，你劝劝简言之吧。"

谁知道躲在姜晏汐身后的林甜甜第一个提出了反对意见："不不不，我不需要人送的，这么晚了，班长你一个人回去也不安全，还是让沈南洲送你吧！我今晚是跟一个客户过来吃饭的，等会儿他会顺路送我回去。"

简言之警觉地眯起双眼："什么客户？"

他回忆起包厢里登记的信息，想起服务员跟他说的话，心里顿时警铃大作。

"我干吗要向你汇报？"林甜甜没好气地翻了个白眼，只是白眼翻到一半，突然换了一副热情洋溢的笑容。

简言之心里发毛，不明白林甜甜为什么态度转换得这么快，直到他转过身，看到一个金发碧眼的男人走过来。

这个男人是典型的西欧长相，五官立体，皮肤白皙，一双深邃如湖水的蓝眼睛好似会说话，穿着一身剪裁得体的灰色西装，俨然一副成功人士的打扮。

林甜甜朝他不好意思地说："不好意思，我遇到了一些朋友，耽误了。"

谁知道男人在跟林甜甜点头致意以后，却向姜晏汐走了过来。

他说："JIANG，好久不见。"

第六章

DI ER CI
XINDONG

藏不了的暗恋

有的时候,走在一个人后面,
是想顺理成章地看她。

1

喜欢一个人的感觉,是占有,是嫉妒。

从前,简言之每段恋爱都谈得很潇洒,他觉得自己也是个很称职的男朋友,温柔体贴,一心一意,就连她们提出分手,自己也很爽快地答应了。

反倒是提出分手的人不高兴了,把他破口大骂一顿,哭诉他没有良心。

简言之觉得这些人实在是不洒脱,包括沈南洲,白瞎了那么优越的条件,死心塌地守着姜晏汐,简直是爱情里的傻子,宁可自己伤心,也不舍得说出挽留的话,让姜晏汐为难。

那时候他怎么说来着?他说:"在这个世上除了父母,我只爱我自己,我才不会做出这样只感动了自己的事,更不会为了一个女人伤心难过,天底下谁还离不开谁了?"

简言之觉得自己是个大度潇洒的人,哪怕他的女朋友跟他说她移情别恋,他都会毫不犹豫地放手,纠缠不舍不是大老爷们的气度。

直到他看见这个金发碧眼的外国男人,从林甜甜预订的包厢里走出来,他看见林甜甜立刻换了一副面孔,朝外国男人点头微笑。

"咔嚓——"简言之折断了手中的铅笔,语气冷森森的,"看来是我打扰你的约会了。"

林甜甜莫名其妙地看着简言之:"你瞎说什么?"

她这么有职业操守的一个人,怎么会和客户谈恋爱?

这个外国男人是她本年度最大的客户,虽然长得确实帅,但是她发誓,只要她动心一秒,都是对金钱的不尊重。

林甜甜急忙用英语跟走过来的外国男人解释:"后先生,你别误会,这个人在胡言乱语。"

不料外国男人操着一口准的中文,说:"JIANG,我们又见面了。"

林甜甜疑惑地看了看姜晏汐,又看了看金发碧眼的外国男人:"你们认识?"

林甜甜说:"后先生,原来你会说中国话?"

姜晏汐主动开口介绍:"这位是我在国外医院工作时的同事,他祖上有华人血统,中文说得很好。"

外国男人说:"你们可以叫我后世桃,这是我的中文名字。"

后世桃的视线从沈南洲身上掠过，来自雄性的本能告诉他，这位或许是 JIANG 拒绝他的理由。

后世桃说："除此之外，我和 JIANG 是大学同学，我们认识很多年了。"他直言不讳地说，"我这次来到中国，一是为了完成长辈辈的心愿，二是为了 JIANG。"

林甜甜前脚刚给姜晏汐算完桃花，后脚桃花就从国外追到国内来了。

后世桃朝他们伸出双手："很高兴认识你们，JIANG 的朋友就是我的朋友。"

沈南洲皮笑肉不笑地握住他的手："你好，后先生。"

无形的硝烟似乎在这两人中间燃起来了。

简言之本来还怒火中烧，把后世桃当成了林甜甜的约会对象，没想到后世桃不是自己的情敌，而是沈南洲的情敌。

简言之同情地看向沈南洲，也是，姜晏汐在国外十年，怎么可能没有追求者？又不是他沈南洲一个人长了眼睛。不过为了表示和好兄弟的同仇敌忾，简言之并没有伸出手，而是故意忽略了后世桃。

后世桃态度自然地收回手，对林甜甜说："林小姐，想不到你和我要找的人认识。"他朝林甜甜竖起大拇指，"林小姐果然厉害，说我很快就能如愿以偿，果然没多久，我就见到了自己想见的人。"

林甜甜感到了一阵心虚。

后世桃是她师兄给她介绍的客人，他们三个师兄妹各有所长，师兄擅长算财运，而她擅长算桃花姻缘。

这位叫后世桃的外国男人自述喜欢他大学时的一位中国籍同学，奈何这位同学一直专心搞事业，拒绝了他的告白。他本想徐徐图之，却没想到他的心上人并没有长久在国外定居的打算，突然就回了国。

后世桃不理解她为什么回来，无论从医疗环境还是就业薪资来看，她回去并不是一个明智的决定，更何况医院开了那么优渥的条件想要留下她。

实际上，姜晏汐是难得一见的医学天才，医院在放走她后就后悔了。所以后世桃主动请缨，准备把姜晏汐劝回去。

后世桃和姜晏汐毕业于同一个医学院，后世桃早姜晏汐三年入学，然而他们两个是同一年毕业的。

姜晏汐来约翰霍普金斯大学医学院的第二年，就成了学校里赫赫有名的天才少女，成为比后世桃还出名的风云人物。

后世桃在第一眼看到姜晏汐的时候，就学会了一个中文成语，叫"怦然心动"。

国外的人要比国内的人开放热情得多，刚开始追求姜晏汐的男生能从学校的北门一直排到南门，更离谱的是，还有女生堵到姜晏汐的寝室，问她要不要考虑一下女孩子。

姜晏汐一一婉拒了，说自己把所有的心思放在学业上，暂时不考虑个人情感问题。

姜晏汐是个极有分寸的人，但凡跟她表白过的人，她都默不作声地保持了距离，当然了，也包括了那个问她能不能性别不要卡得太死的女孩子。

后世桃只能庆幸自己没有太心急，还能跟姜晏汐以师兄和朋友的身份相处。只是他没想到，一直到姜晏汐回国以前，他都只是姜晏汐的师兄和朋友罢了。

和姜晏汐接触时间越久，后世桃就越觉得，"喜欢"这两个字是多么小心翼翼，害怕被拒绝，也害怕冒犯。

直到后世桃看到沈南洲，他愈发觉得自己这次来，是多么明智的一个决定。

他感到一阵危机感，这个容貌远胜于他的东方男人将会是他的劲敌。

但后世桃不觉得自己会输，他和JIANG是天生一对。

JIANG是外科医生，而他是麻醉医生，他们从前在一个队伍里配合得极好。只要JIANG回去，他们就还是从前那个完美搭档。

后世桃笑眯眯地回握住了沈南洲的手："我和JIANG是无话不谈的好朋友，也是工作上的默契伙伴。你是JIANG的朋友，也就是我的朋友。"

林甜甜在一旁兴奋地捂着嘴，大气不敢喘一声，她今天只是出门赚个外快，哪里想到能遇到这么刺激的事情。

沈南洲脸上的笑已经要挂不住了，他勉强勾了一下唇角，以示最后的礼貌，说："后先生不是和林甜甜还有公事要谈吗？我和晏汐已经吃好了，我们就先走了。"

自重逢以后，沈南洲要么叫她姜医生，要么喊她的全名，很少这样亲昵地叫她的名字。

他的声音如同一把低沉的大提琴，又似情人之间的呢喃，或许姜晏汐听不出来，但后世桃听出了挑衅的味道。

后世桃立刻说："我们已经谈完了，正准备结账走。"他目不转睛地盯着姜晏汐，说，"自从师妹回国，师父他老人家时常记挂你，有些话想和你说。"

姜晏汐的老师是世界闻名的神经外科医生Michael教授，他当初力排众议栽培她，对她算得上是倾囊相授，说是伯乐也不为过了。

姜晏汐当初能够成功回国，Michael教授也帮了她一把。

她从未对Michael教授隐瞒过自己会回国的想法，然而就算是这样，教授仍然收她当学生。他们虽然立场不同，但是医学是无国界的。

后世桃提起Michael教授，姜晏汐果然停住要离开的脚步，朝沈南洲歉意一笑，说："我恐怕还要和我师兄说一会儿话，要不然你先走吧。"

不知为何，姜晏汐好像在沈南洲的眼睛里看到了若有若无的委屈，他现在好像一只被主人抛弃的大型犬，失望地摇着尾巴。

姜晏汐心里微微一动，竟觉得有些难以直视他的眼睛。

面对情敌，应该表现出大度的一面，然而"好吧"这两个字在沈南洲唇齿之间打转，却怎么也说不出来。

有什么话不能在这里说的？有什么话不能让他听到的？这个金头发蓝眼睛的老外必定不怀好心！

沈南洲的脚在地上生了根，怎么也不愿意走。

还是简言之突然给力，说："哎呀，我突然想起来我车子坏了，老沈，不如你把你车子借给我吧！"

简言之疯狂暗示："天色这么晚了，我送林甜甜回去，你不如就跟着姜医生和这位后先生，让他们捎你一程吧！"

林甜甜有一瞬间的愣怔。她当然抗拒和简言之一起，但是为了自己嗑了十年的CP不BE（悲剧结局），她几近于咬牙切齿地说："是啊，我一个人不敢回去，听说最近海都市晚上不安全，出过两回事，还是结伴而行比较好。"

后世桃当然不愿意让沈南洲来打扰他们，主动提出："要不然，我给这位先生打个车？"

林甜甜说："出租车最近也不安全，沈南洲长得比女人还漂亮，黑灯瞎火的，万一歹人起了贼心怎么办？"

林甜甜开始胡扯，说出来的话一贯不着调。

姜晏汐本来没觉得什么，可恰好抬眼，沈南洲那张帅脸映入眼帘，大约也是简言之这餐厅的灯光选得好，她有一瞬间的晃眼，竟然真信了林甜甜的鬼话，说："沈南洲身份特殊，确实不好打车回去，若是被人认出来，也有许多麻烦。"

后世桃只好退而求其次："那这位沈先生就和我们一起走吧，我先把他送回去，再把师妹送回家。"

沈南洲心里冷笑一声，让你和姜晏汐独处？绝不可能！

简言之拽走了并不情愿的林甜甜，把沈南洲、姜晏汐，还有后世桃三个人留在原地。

空气中的气氛突然就剑拔弩张了起来，就连姜晏汐也觉察出一丝异样。

姜晏汐看着沈南洲和后世桃说着客套话，两个人都面带微笑，你一句我一句有来有往，可这"和谐"的场面却怎么看怎么奇怪。

姜晏汐打断了他们的客套，说："时间不早了，不如先走吧。"

她看他们两个再这样下去，都能拜把子结兄弟了。沈南洲和后世桃这么投缘的吗？姜晏汐总觉得哪里不对劲儿。

两人同时愣神了，迅速收拾好自己的异样，异口同声道："好。"

后世桃颇为不甘心地瞥了沈南洲一眼，拿着车钥匙去开车了。他几乎是火急火燎地把车开过来的，绝不给沈南洲和姜晏汐太长单独相处的时间。

后世桃的车是国外新出的款，车身很漂亮，系统也是最新的，他潇洒帅气的一个瞬移，停在了姜晏汐面前，按下了副驾驶的车门锁，然而沈南洲却一把拉开车门，坐上了副驾驶。

后世桃的脸色瞬间黑了，他握在方向盘的左手背上爆出几根青筋。

沈南洲却像没事人一样坐在副驾上，并不觉得自己的行为有什么不妥。大家都是千年的狐狸，跟他搁这儿装呢。

不过当着姜晏汐的面，沈南洲和后世桃都言笑晏晏，交谈甚欢。但细听，又有一丝硝烟在里面。

是沈南洲先沉不住气，开始打探敌情："我听晏汐叫你师兄，想来是比我们要大许多了？"

后世桃心里暗骂一句，面上却笑着说："我比师妹大三岁，但按照中国的算法，我生在冬天，师妹生在春天，其实也就差两岁。"

沈南洲说："哦，不过既然晏汐叫你师兄，那我也跟着她叫了。"

谁想听你叫我师兄！后世桃内心已经很不爽了，说："我看你长得很年轻，想来岁数也不大，应当是比师妹小吧？"

沈南洲立刻说："我和晏汐是同年所生，比她大几个月。"

姜晏汐坐在后排听得莫名其妙，怎么好端端的两个人就开始探讨起年纪了？这下一步真要拜把子当兄弟了？

突然这把火就烧到了后排的姜晏汐身上，后世桃突然扭过头来问她："师妹是喜欢成熟一些的还是年轻一点的？"

沈南洲的视线也迅速落到了姜晏汐身上。

姜晏汐在感情上一向迟钝，但这时候也觉得车里的气氛不太对，总感觉这两个人要为自己的回答打起来。

姜晏汐张了张口，却说："师兄，前面有摄像头拍照。"

后世桃果然把头转了回去，于是车里又陷入一阵诡异的沉默。

还是姜晏汐想起后世桃刚才说的，问："老师让你带什么话给我？"

Michael 教授是一位慈祥的老教授，并没有因为姜晏汐外国人的身份而对她藏私，反而欣赏她的天赋，对她倾囊相授。

对于她坚持要回国这件事，姜晏汐心里是有一些担心的，担心老师会不会对她失望，会不会后悔培养她？

后世桃好似也知道姜晏汐心里所想，说："老师是什么样的人你还不清楚吗？他最常说，医学是无国界的，无论你在哪里当医生，你都帮助了这个世界上的人。他很挂念你，让我转告你，你永远是他最骄傲的学生，你不必为此感到愧疚。"

姜晏汐沉默半晌，问："那你这次过来，是作为老师这边的人，还是医院这边的？"

姜晏汐从前在国外任职的医院，从利益上来讲，并不希望姜晏汐离开，甚至设下了重重门槛，若不是有几位老师帮忙，她并不能顺利回国。而如今即使她回国了，那边的医院仍然不死心，想劝她回去。

后世桃对于这个问题没有犹豫，他说得有一丝暧昧，说："我是站在你这边的。你是知道的，师妹，无论什么时候，我都支持你。"

沈南洲冷冷出声："后先生话说得这么动听，是对每一个女孩子都如此吗？不知道后先生今天和林小姐在日光餐厅是因为什么事情相聚呢？"

后世桃有一瞬间的慌乱，他主要是为了和姜晏汐解释，咳嗽两声，掩饰自己的尴尬："我听说林小姐算姻缘很准，在一位友人的介绍下找到她。"

姜晏汐问："那她怎么说？"

姜晏汐是有一瞬间的震惊的，她的这位后师兄，祖先是民国时期的贵族，因为战乱，整个家族搬去了美国，在美国当地有一定势力。

林甜甜能接到后世桃这笔生意，说明名声不小，本事确实可以。

但这种玄学之事，姜晏汐也了解甚少，她只是突然想起了林甜甜从前给她解过的牌，有一瞬间的恍神。

后世桃并未明说，而是轻轻笑一声："林小姐的本事确实可以，她说我最近爱情运势大好，只是竞争激烈……"他话锋一转，自信道，"不过，我不觉得我会输。"

沈南洲说："人不要说太过于把握的话，会打脸。"

后世桃被噎住了，他只想尽快把这个横在自己和姜晏汐之间的大灯泡给送走，问："不知道沈先生住在哪里？我先送你回去。"

沈南洲怎么能不知道后世桃心里打的算盘，他说："我就住海都大学附属医院旁边。"

位置离姜晏汐住的职工公寓只有不到一公里距离。

果然，下一秒姜晏汐说："我住在医院的职工公寓里，你可以把我们两个在医院门口放下来，就不用你送两趟了。"

后世桃面上神色不变，假装不经意地问道："怎么这么巧？沈先生是原本就住那里吗？还是临时起意才买的房子？"

沈南洲说："在医院附近买房子不是很正常吗？医院和学校附近都是大热的楼盘，后先生不是中国人，虽说祖上有华人血统，毕竟离开中国很多年了，不了解国内的房产市场也是很正常的。"

姜晏汐能够放弃国外的优渥待遇回国，可见是个理想的爱国主义者。

沈南洲发誓，他不是对后世桃有偏见，他是真心实意地觉得后世桃的思想高度跟不上姜晏汐。

不知道为什么，沈南洲突然放心了一点，就后世桃这点思想觉悟，理解不了姜晏汐的大义，她是不会喜欢后世桃的。

沈南洲故意多问了一句："后先生这次到中国来，是短暂的拜访还是准备长久定居？"

这时候车子已经开到了医院门口，后世桃慢慢把汽车停在路边，忍不住转头去看姜晏汐，发现她神色如常，似乎并不关心这个问题的答案。

后世桃的心里升起淡淡的怅惘，他没有考虑要回国，也正如沈南洲说的那样，他们家离开中国已经太久，随着和当地人的通婚，华人的血统越来越淡。就像后世桃，从外貌上看，已经是一个典型的西欧人长相了。

后家第一代搬到美国的先祖对于故土还是有很深厚的感情的，要不然也不会留下祖训，要求后代都学中文。

可是在美国土地上生下来的后家人，已经对故土和家园失去了概念。

但后世桃不是没有想过，如果姜晏汐让他留下来呢？他动摇了。

可是后世桃也很清楚，姜晏汐不会开口留他，更何况他们之间毫无关系。他和姜晏汐认识了十年，他们是同学，也是手术台上的战友，但是后世桃觉得自己从来没有接近过真实的姜晏汐。

后世桃沉默了，他有些艰难地开口："只是短暂地来国内参加一场学术交流。"

他看向姜晏汐，发现她对于自己的话不起任何反应，忍不住说："师妹，医院那边还想争取你，我希望你能认真考虑一下。"

姜晏汐想也不想地拒绝了，她也很认真地说："师兄，我从一开始就没有想过要留下。"

她打开车门，侧身出去，向后世桃表达了谢意："谢谢你送我，但是我的决定从来就没有改变过。"

后世桃大约是大受打击，没再说什么，发动车子走了，剩下姜晏汐和沈南洲两个人站在医院对面的马路上。

姜晏汐准备和沈南洲告别，各回各家。这个时候沈南洲的手机却突然响了起来，沈南洲拿出来一看，是 Leo。

沈南洲本来不想在这个时候接电话的，但 Leo 大有他不接就不罢休的气势。

沈南洲只好接通了电话，一不小心误触了免提。

Leo 火急火燎的声音从手机里传出来："沈南洲，你现在在哪里？先不要回去了，有娱记在你家门口蹲守你，你先找个其他的地方待一晚上。"

/ 2 /

Leo 不知是在什么地方，四周闹哄哄的，沈南洲皱着眉头，把手机拿开一段距离。Leo 的大嗓门传过来："你现在人在哪儿？"

沈南洲不动声色地看了一眼姜晏汐，回道："我和……一个朋友在一起。"

Leo 松了口气："那行，你不在家就好，要不然接下来几天恐怕你都

161

出不了门,你这几天不是还要去拍摄吗?"

Leo 以为沈南洲说的朋友是简言之,毕竟沈南洲这个人朋友也不多,就没往异性身上想,只抱怨道:"早叫你不要买那套房子,一点儿也不靠谱,你这才买多久,信息就泄露了。行了,你就在你朋友家待一晚上吧,最好这几天都别回去了。对了,你那个朋友是不是住在滨江花园?那个小区安保不错,你安心住着吧。"想了想,又说,"要不,你还是别跟着节目组了,我最近忙着帮你谈解约的事情,也没空跟着你,这种关键时刻,你可不能被人拍到什么不好的照片。"

沈南洲想也不想就拒绝了,他找了个冠冕堂皇的理由:"我刚投了一笔钱在这个节目上,这个时候退出恐怕不太好。"

Leo 说:"那你自己看着办吧,反正小心点那帮娱记,他们的鼻子比狗还灵,你买的这套房子是不能要了,等过段时间再买一套吧。"Leo 吐槽道,"别买这种市中心老破小了,又贵而且安保又不好,反正你又不需要通勤,买新楼盘不好吗?"

Leo 难以想象沈南洲买这种老旧小区的房子,难道是为了每次回去的时候都把自己裹得严严实实,像做贼一样吗?

姜晏汐看着沈南洲和他的经纪人打完电话,问:"你现在不好回去?"

听上去,沈南洲现在住的地方好像被娱记围住了。

沈南洲抿了抿唇,故作轻松道:"看来我搬入新家没几天,又得流落街头了。"

沈南洲在海都市一直是租房子住,至于为什么不买,主要是嫌麻烦,而且他之前一直全国各地到处乱跑,房子买了也没人打理,说不定还要想办法找人卖掉。

不过在去《生命之门》这档综艺当一天实习医生的第二天,沈南洲就火速在海都大学附属医院旁边买了房。

沈南洲给 Leo 的理由是:方便上班。

这套房子也没有 Leo 说的那么差,虽然老旧一点,但是该有的设施都有,大门口也有刷脸的门禁,又处于海都市的商业圈,也是属于供不应求的房源。

当然了,沈南洲第一眼就相中这房子的重要原因是,这个小区很像姜家住的那个小区。

十四岁的少年,因为继母和父亲大吵一架,离家出走,被同学的母亲捡回了家。

那就是沈南洲第一次见那么旧，那么小的房子，毕竟之前的沈南洲觉得，房子最起码应该有两层，有游泳池和花园……最起码十四岁的沈南洲是这么觉得的，但二十八岁的沈南洲却突然怀念小房子的温馨，姜家没有那么有钱，但是姜爸爸和姜妈妈很恩爱。

如果……沈南洲低垂着视线，不知道在想些什么。

从姜晏汐的角度来看，沈南洲看上去有些落寞，两个人站在街边的路灯下，他背后的影子格外的长，像一只无家可归的大型动物。

姜晏汐问他："那你现在要去哪儿？"

沈南洲的视线落在远处的月光上，常理来说，他一般会去找简言之，暂时躲开跟踪的娱记，但是想到今天晚上发生的一切，沈南洲犹豫了。

他知道自己应该假装轻松地跟姜晏汐说，他有别的住处可去，不用担心。但他鬼使神差地想起了刚才路上简言之给他发的短信：*记得多装装乖、卖卖惨，别浪费了你的脸，姜晏汐一定会心软的，不要输给那个"绿茶"外国男！你自己加油，兄弟我只能帮你到这儿了！*

沈南洲低声说："娱记既然在我家门口堵我，说明早就打探了我的行踪，我现在跟着节目组拍摄，每天要来医院报到，也不宜离医院太远，今天突然发生这样的事情，要不我今晚就住医院吧。我白天在医院看到有十块钱一晚的自助折叠床，或许能凑合一晚上……"

姜晏汐下意识地说："那怎么行？就算有折叠床，你搬到哪里睡？医生办公室要刷胸卡才能进去，你难道要睡在病房的走廊吗？"

看沈南洲的意思是打算去医院办公室睡一晚上，等节目组第二天过来拍摄。

沈南洲有些局促不安，他的皮囊生得完美，浓密如鸦翅般的睫毛轻轻颤抖，好像对他大声说话都是一种罪过。

沈南洲张了张口："那我要不还是去找简言之吧？"

姜晏汐拉住了他的手："这么晚了，你要去哪里找他？又怎么去？"她脱口而出，"既然如此，你先跟我回去吧，反正明早我们要去的地方也是同一个，我家也有空余的房间。"

姜晏汐说出口的时候有点诧异，自己竟然会邀请一个陌生男人住进来，她习惯一个人，并且不擅长和异性相处。但仔细一想，她和沈南洲已经认识很多年了，好像在她的心里，沈南洲是有那么一丝不同的。再说了，这也没什么，事发突然，沈南洲又没有其他地方可去，总不能让他流落街头。

姜晏汐抬头，她话音落下的一瞬间，沈南洲的眼睛亮得惊人，好似盛满了美丽的星光。她的心微微一颤，那些没问出来的话，又盘旋在唇齿间。

她是不是忽略了什么？

姜晏汐知道自己在感情一事上过于迟钝，不是没有人对她说过，她容易让人伤心。

那时候她在国外读书，国外人大多比较直接，于是姜晏汐入学后的第二个学期，求爱信像雪花一样朝她飞过来。

好在大部分人也比较豁达，见得不到回应也就放弃了，也有那么几个纠缠不休的，风雨无阻地向姜晏汐献殷勤，并争取一切能和姜晏汐相处的机会，比如说小组作业。

但姜晏汐公事公办的态度伤害到了这些脆弱的少男心，有一个敏感的法国少年直接当众哭了出来，说姜晏汐伤害了他的心。

法国少年哭诉了整整一个小时，哭诉自己是如何被姜晏汐吸引，又一步步对她情根深重。

姜晏汐简直被他哭得自我怀疑，尤其当法国少年质问她，为什么要给他那些令他动心的错觉。姜晏汐直接茫然地问了出来："那小组作业的时候，我应该直接拒绝你成为我的组员？"

法国少年直接哭着跑走了。

虽然后面不是没有人安慰姜晏汐，说是那位法国少年太过奇葩，让她不要放在心上，不过姜晏汐还是吸取了教训，谨慎地对待和每一位异性的关系。

姜晏汐想，她大约对于感情是迟钝的，她也觉得自己并不适合谈恋爱。

好友曾经和她谈笑，说她年纪轻轻已经步入了老年人生活。

说实话，姜晏汐也不想耽误别人的大好青春。所以她看着面前的沈南洲陷入了迟疑，他的眼睛亮得像天上的星辰，姜晏汐从他的眼睛里看到了自己的倒影。

那个念头再次在姜晏汐心里浮现出来。是她想多了吗？还是确实如此。

姜晏汐第一次觉得说话是这么困难的事情。她的心里竟隐隐生出了退缩，如果这是真的，她要如何面对？答应他还是连朋友都没得做？

姜晏汐会很多事情，可唯独不会谈恋爱，也不知道怎样去处理有关于人类过于丰盛的感情。

好在沈南洲及时察觉自己的失态，他开玩笑说："那就感谢姜医生救我于水火之中，我无以为报，只能以身相许了。"

他的玩笑话说得那样自然，好像刚才发生的一切只是姜晏汐的错觉。

姜晏汐按捺下心里那些奇怪的感觉，轻声说："没事。"

她是不是忘了和沈南洲保持距离？姜晏汐有点小纠结，同时心里生出些许后悔，带他回家是不是过于欠缺考虑了？

姜晏汐终于明白那些异样是为什么了：她总是习惯和别人保持距离，尤其因为在国外闹出了法国少年的事情。可是她好像忘了和沈南洲保持距离，他变成了一个例外，而她也无从解释这其中的原因。

算了，只是一个晚上，沈南洲的家门口有娱记蹲守，又能让他去哪里呢？

姜晏汐不动声色地和沈南洲拉开两步距离，说："走吧，明早七点半之前要到医院。"

沈南洲试图和她搭话，他敏锐地察觉到她突如其来的冷淡，虽然她看上去还是那么温和，但多了几分疏离。

沈南洲说："明早怎么去？"

姜晏汐说："门口有共享单车。"她想了想，多说了一句，"月卡九块九，如果你接下来两个月需要在医院附近通勤，可以买一个。"她友情提示，"医院附近总是很堵，不好停车。"

更何况沈南洲的车有些过于拉风了。

沈南洲身高腿长，按理说是比姜晏汐走得快，但他故意放慢了速度，始终以慢半步的距离跟在她身后。

他们一前一后，往姜晏汐住的公寓走去。

/ 3 /

路灯在他们身后，照向他们头顶，沈南洲的影子交叠在姜晏汐的脚下，他在她身后，竟有一种难以忽视的压迫感。

有的时候，走在一个人后面，是想顺理成章地看她。

这不是沈南洲第一次跟着姜晏汐。从前，他也这样注视过她很多次。

初中的时候，沈南洲和姜晏汐的家挨得很近，只不过一个是富人区，一个只是普通的居民区。无论是沈南洲还是姜晏汐，要回家都必须穿过一条长长的小巷。

那时候是初三,学校把一些种子学生集中到一起,放学后安排专门的老师对他们进行强化训练,由于讲课训练的场所在教师楼的一间大会议室里,所以又被戏称之为小黑屋。

姜晏汐当时是当之无愧的重点对象,所以每天都要在小黑屋里留到晚上八点钟。

那段时间沈南洲突然就爱上了打篮球,每天打到晚上八点钟才回去,气得沈老爹扔了他好几个篮球。

八点钟,即使是夏天,天色也已经完全黑了。

长长窄窄的小巷里,灯光昏黄,姜晏汐在前面走,沈南洲就悄悄跟在她后面,他并不敢直接看她,而是视线乱转,再假装不经意看向她。

姜晏汐最常穿一双白板鞋,她好像不怎么带书回去,在旁人都背着一个厚重的书包回家的时候,只有她背着一个铃兰刺绣的单肩包。

不过沈南洲也不是每次都能遇到她的,虽然他总是刻意掐着她下课的点,从篮球场慢悠悠走到校门口,"恰巧"可以碰到她,和她一起走回去的概率是一半一半。

时隔很多年,沈南洲还能记得那条小巷,一共要走一千五百六十八步。他还能记得有一天姜晏汐突然转过头来,问:"你怎么也这样迟?"

沈南洲当时心跳极快,他当时尚不能明白自己的心思,但他身体的第一反应已经证实了他并非问心无愧。

沈南洲磕磕巴巴地回答说:"我、我放学了会在操场上打会儿篮球。"学校的篮球场上常年有一批热爱打篮球和踢足球的男生。

因为姜晏汐的突然问话,沈南洲也大着胆子问她,以此来掩饰自己的慌乱:"为什么你只带一个单肩包?"

姜晏汐说:"作业写完了,我就把书本都留在学校里了。"

……

现在,沈南洲始终以半步的距离落后于姜晏汐。

比起十多年前的茫然无措与小心翼翼,沈南洲自己都没有发觉,他现在的眼神带有一种侵略性。即使他小心掩饰,仍有一种压倒性的荷尔蒙。

突然,沈南洲的脚步顿住了,他看见不远处的公寓门口有几个鬼鬼祟祟的人,下意识地把姜晏汐拉到自己的身后,然后迅速一个转身,用手搂着她的肩膀,快步离开此处。

姜晏汐差点儿被带了一个趔趄。

她突然就和沈南洲以一种极近的距离靠在一起，甚至能闻到他衣服上淡淡的草木香味。

沈南洲的手指并没有实质性摸到姜晏汐的身体部位，而是虚扣在她身上，可他的手又抓得很牢，给人一种强势又礼貌的感觉。

他们走到垃圾分类的拐角处，在确定那几个偷拍的娱记没有看到他之后，沈南洲跟姜晏汐解释："那些人居然追到这里来了，估计是看我没回家。"他的语气中有歉意，"抱歉，把你也拖累进来了。"

沈南洲的手还抓在姜晏汐的手腕上，他从墙角探头去看外面的情况，忘了松手，他说："要不然你先回去吧，我想个办法躲开他们，另寻去处……"

沈南洲发誓，他说这句话的时候绝对不是卖惨。

可大约是他的皮囊太具有迷惑性，在姜晏汐眼里，沈南洲就像一只失落的大型雪地犬，愧疚又忐忑地看着自己。

之前有一瞬间，姜晏汐觉得应该让他去住酒店。她总觉得刚才的自己会不会引狼入室了？可看到沈南的神情，她心里的怀疑又烟消云散了。

大晚上的，他被娱记蹲守，有家也不敢回，最基本的人身安全和隐私权都没，也确实够惨的。她不由得心生怜爱，说："没事，我们从另一个门走吧。"

另一个门就是小区的侧门，但是出于某些原因，姜晏汐和沈南洲过来的时候，发现侧门被一个大铁链子锁住了。

沈南洲怀疑老天爷是在故意跟他作对。

天色已经不早了，总不能叫姜晏汐无止境地在这里陪他。

沈南洲放弃了，他不想让姜晏汐陪他冒着被娱记偷拍的风险，一旦被曝光，就要面对网上的议论。

他并不想姜晏汐去遭受这些非议，因为他比任何人更清楚那是怎样一种感觉。

他微笑着跟姜晏汐挥手，说："看来是老天爷也预示我今晚一个人待着比较好。"

他转身离开的背影有些落寞，姜晏汐忍不住叫住了他，说："等等。"

她几步追上他，伸手把他拉回去。因为用力太猛，也因为沈南洲对她没有防备，她竟一下把沈南洲按到了墙上，嘴唇几乎碰到沈南洲的脖颈。

她能听到他大动脉跳动的声音,"扑通——扑通——"跳得仿佛比刚才要快。

沈南洲此刻就像是受惊了的良家妇男,茫然无措地看着她。

姜晏汐认真地思考了一下眼下局面,提出了切实可行的办法:"既然公寓回不去了,要不然就去医院吧。我和你一起去,你没有胸卡,进不了办公室。"

也没有比这更好的办法了。

沈南洲刚被姜晏汐"壁咚",以一种极其意外的方式和她近距离接触了,以至于后面三十分钟内,他的神思都有一些恍惚,稀里糊涂地跟着姜晏汐进了医院。

这样的动作由姜晏汐做出来,即使是无意,也太过暧昧了一些。

倒不是沈南洲自恋,他隐隐觉得姜晏汐好像对他是不同的。但是人最怕自作多情。所以他也不敢问。

直到快走到医院的时候,沈南洲才回过了神。

他们是在医院门口被保安大爷拦住的。

保安大爷一脸严肃:"这里不能走,要挂号去前面急诊。"

姜晏汐说:"我是这里的职工。"

她走上前在闸机面前刷了脸,闸机"嘀"一声:"验证通过,请通行。"

沈南洲迅速地跟在她后面过去了。

大爷也没多说,只是问了一句:"是家属?"

沈南洲倒是想,可惜他不是,但令沈南洲有些许雀跃的是,姜晏汐好像默认了大爷的说法,微微点头,笑了一下。

大爷挥挥手:"进吧进吧。"

进去之后,姜晏汐才说:"刚才的情况,不好意思了。"

她是指,为了把他带进来而假称他是家属的事情。

实际上沈南洲高兴还来不及,得了便宜还要藏着,不至于使脸上的笑意过于明显。他轻咳一声:"能成为姜医生的'家属',是我的荣幸。"

沈南洲决定了,他的下一个奋斗目标,就是在姜晏汐的同事面前刷一刷存在感,为日后的正式上岗做准备。

沈南洲觉得这几天听到最美妙的话就是食堂打饭阿姨和刚才保卫大爷的那一句:"是家属?"

姜晏汐带着沈南洲上了住院部八楼,上电梯后右转有一扇大门,姜晏汐拿出手机在门口的感应器上刷了一下,进入了医生办公区。

这里有值班室，今天在神经外科值班的是顾月仙，此刻她正躺在床上刷手机，突然听得门口敲门。

"请进。"

顾月仙见到姜晏汐，下意识地坐直了身体："姜主任，你怎么来了？"

后面怎么还跟着沈南洲？顾月仙想问又不敢问。

姜晏汐略微解释了一下："沈南洲的家门口有娱记蹲守，没地方去，明天还要来医院，所以暂时住一晚上。"

顾月仙是知道沈南洲伪装成工作人员在节目现场进行拍摄的，毕竟她现在也负责神经外科实习生的带教。

只是……为什么姜主任会知道沈南洲被娱记蹲守？又为什么会把他带到医院来？难道他们住在一起？顾月仙的思维开始发散。

姜晏汐说："今晚就我来值班吧，你回去休息。"

喜提休息的顾月仙立刻把这些疑问抛之脑后，她爱领导！她发誓她现在一点八卦之心都没有！她是一个合格的打工人。

顾月仙欢天喜地地把东西一收拾，走了，贴心把空间留给姜晏汐和沈南洲。

姜晏汐对沈南洲说："你今晚就在这里休息吧，我就在隔壁办公室，有需要的话就叫我。"

姜晏汐今天主动代替顾月仙值班。

值班的时候可能会出现一些突然发生需要紧急处理的情况，不过一般来说没什么事情的时候，医生可以稍微睡一会儿，有事的话，护士会来叫。

姜晏汐给沈南洲找个地方睡觉，然后回到电脑面前，看了一会儿病人资料和之前打印下来的英文文献。

她趴在桌子上睡了一会儿，醒来的时候发现自己的身上盖着一张薄薄的毯子。

/ 4 /

姜晏汐坐直的一瞬间，身上的毯子滑落下来。

她弯腰捡起，可以闻得到毯子上淡淡的塑料味，好像是刚从哪个塑料包装袋里被拆开来。

姜晏汐猜到了这条毯子的主人，她抱着毯子愣了一会儿神，心想：沈南洲在哪儿买的毯子？

她走出了办公室，来到值班室门口。门轻掩，露出一条不大不小的缝，从门缝里能看到床上的一团黑影子，是沈南洲。

值班室的床对他来说有些小了，他不得不蜷缩手脚，并且斜放身子，才能把自己勉强挤到床的对角线上。

很奇怪，他躺在那里，姜晏汐虽然看不清楚他的脸，但她能想象得到他脸上的神情。他或许是皱着眉头的，或许睡着之前还悄悄吐槽了一句，为什么医院不买大一点的床？

姜晏汐发现短短几天，她已经对沈南洲产生了一种很熟悉的感觉，熟悉到即使隔着人群，她也能感觉到，是他。

姜晏汐上前，轻轻关了门。然而她转动门把手的一瞬间，感觉里面的人醒了。黑暗中，有一双眼睛突然睁开，看向了她。

明明屋内没有开灯，姜晏汐只能看到沈南洲模糊的影子，可就是那么神奇，两个人的眼睛对上了。

沈南洲是在姜晏汐准备关门的那一瞬间醒的，他其实睡得不是很安稳，一来是因为这床实在太小，二来是因为姜晏汐就在隔壁。

姜晏汐把他带到这里，让他暂住休息。

他当时很想问一句："那你呢？你在哪里休息？"

姜晏汐本来今晚不必来医院的，却因为自己，和顾月仙换了值班。

他心里突然升起淡淡的后悔，不应该为自己的那点小心思打扰她休息。

事已至此，沈南洲只能发消息给简言之：下次再也不听你的馊主意了。

简言之：关我什么事？不是，等等，你又咋了？那老外又膈应你了？那老外先送的你还是先送了姜晏汐？你们俩谁先下车的？

简言之一口气抛了一长串问题。

沈南洲：我们俩一起下车的。

简言之：什么情况？

沈南洲轻描淡写：我最近新买了套房子，在海都大学附属医院旁边。

简言之：牛。

沈南洲：但是娱记在我家门口蹲守我，Leo给我打电话，让我暂时不要回去住，我当时说我和一个朋友在一起，他以为是你，让我这段日子住你家。

简言之：我这段时间可能有点不方便。

沈南洲：我没打算住你那儿，不过Leo问你的话，你就说我和你住一起。

简言之：什么情况？那你现在在哪儿？

简言之琢磨出些许不对劲儿，和沈南洲待在一起的人是姜晏汐？他很兴奋：你终于开窍了？是卖惨？还是色诱？

沈南洲：都不是，我现在在医院。

沈南洲补充：医院的医生值班室。

简言之：……

沈南洲：？？？

简言之：没救了，拖下去吧，下一个。

简言之：下次这种平淡的剧情不要来找我了，等你哪天终于想明白，跟姜晏汐挑明的时候，再来通知我一声，你那烂俗的暗恋戏码，我已经看了十年多了。

沈南洲毫不客气地反击：也不知道是谁为情神伤，黯然数年。

很好，强有力地互相伤害，两个人都沉默了。

过了一会儿，简言之：你大半夜把我吵醒，不会就是为了和我互相伤害吧？

简言之：害我白兴奋一场，我还以为是有什么重大进展。

沈南洲：现在确实有一个问题。

沈南洲简单地把他的处境概括了一下，然后问：我现在应该做什么？

简言之很无语：你想做什么？你想关心她就去关心她呗！人都在这儿了，机会就在眼前，难道这次还要白白错过？沈南洲，我突然发现你很有舍己为人的精神。十年前，姜晏汐要出国求学，你不但不挽留，还把人家鼓励出国了。现在也是，明明想关心她，却担心给她带来困扰。要我说，你再这样下去就等着姜晏汐被那个外国佬拐跑，去美国做她的名誉教授吧，我看你到时候是不是还是这么无私，去人家婚礼上送祝福好了！

简言之挖苦了沈南洲一番，他今天晚上好像有一肚子火气，说出来的话都夹枪带棒子。

于是在简言之的友好建议下，沈南洲从床上爬起来，蹑手蹑脚地走到了姜晏汐办公室门前。

办公室的门是敞开的，沈南洲做了三遍心理建设，然后想伸手去敲门，但他刚伸出手，就看见了趴在电脑面前睡着的姜晏汐。

她面前的电脑屏幕还亮着，似乎只是趴下打个小盹儿。于是沈南洲收回手，默默地走到了走廊，然后拿出手机，点了个外卖。

外卖小哥的动作很迅速，很快就按照他的要求把他在超市买的毯子放进了医院门口的取餐柜里。

沈南洲拿着毯子再次走进办公室，小心翼翼地把毯子盖在她身上，做完这一切后，又坐在旁边的凳子上仔细看了她一会儿。

沈南洲的心里涌现出无限满足来，然后回到自己那张小床上，给简言之发消息：她不会再去美国的。

对话框上方显示：对方正在输入中……

沈南洲：所以我觉得也不用太操之过急，还是徐徐图之，等她能接受我为止。

沈南洲刚才突然想明白了，姜晏汐不可能回美国的，也就是说后世桃和姜晏汐完全没可能。

他刚才坐在她旁边，看着她趴在桌子上的侧脸，她的眼下有淡淡的黑眼圈，大约是回国之后经常熬夜。

在国内的医院工作，是一件很忙的事情，姜晏汐选择回来是为了她的理想。沈南洲知道，她并不是耽于情爱的人，他喜欢她，是喜欢姜晏汐身上所有的一切，包括她的理想。

想通了之后，沈南洲甚至给简言之发消息劝他：我觉得在感情里，还是真诚一点比较好，套路太多，容易翻车。

对话框上方仍然显示：对方正在输入中……

最后简言之只回了一个"微笑"的表情。

/5/

现在，姜晏汐站在走廊的光里，沈南洲躺在房间的黑暗里。一明一暗，两个人仿佛身处两个世界。

仗着姜晏汐大约看不清楚自己，沈南洲的视线要比之前大胆很多，他用视线描摹她的眼睛、她的鼻子、她的嘴唇……然后越看越欢喜。

怎么有人能这样完美长在他的审美点上！从年少到现在，他永远为她心动。

然而下一秒，沈南洲听见姜晏汐说："沈南洲？"

沈南洲赶紧闭上眼睛，企图装睡，她好像发现自己在偷看她的事情了。

他闭上眼睛，纠结了一会儿，假装举止自然地从床上坐起来，然后和姜晏汐打招呼："你醒了？"

他刚一张嘴就暴露了自己去过姜晏汐办公室的事情，立刻闭紧了嘴巴，脸上出现些许懊恼的神色。

姜晏汐走过来，手上拿着那张淡黄色小毯子，朝他笑了一下："谢谢你的毯子。"

沈南洲问："你不再睡一会儿了吗？"

姜晏汐摇头："趴了一会儿，已经不太困了。再说了，有时候夜里会有事情，我怕来不及反应。"

想起她的工作，确实很辛苦。

沈南洲不懂这些，也不好贸然劝她去休息，医生好像都是这样的，需要二十四小时超长待机。于是沈南洲说："那你要不要吃点什么？"他打开外卖APP，热情地向姜晏汐介绍，"这是国内最大的两大外卖巨头之一，基本上什么类型的菜都有。"

姜晏汐刚从国外回来，她在国外待了十年，还没接触过外卖APP。

沈南洲在外卖平台上翻了一会儿，说："这个点好像只有烧烤了，要不然吃点烧烤？"

姜晏汐没意见。

沈南洲把手机递给她："不知道你有什么不吃的，要不然你自己看看？"

姜晏汐伸出手，在手机屏幕上点了几下，加了几样购物车。

在这个时候，沈南洲的手机上突然跳出一条屏幕消息——

支付返利已到账，请确认收款。您已下单成功，获得一笔支付返利，点此查看详……

除此之外还有一条商家消息一起跳了出来——

亲爱的顾客您好，店里没有您选择的那条粉色的毯子了，给您的女朋友换黄色的可以吗？

姜晏汐忍不住看了一眼沈南洲。

沈南洲也看到了跳出来的屏幕消息，他轻咳了一下，掩饰自己的尴尬。

他正在脑袋里措辞想解释一下，不料姜晏汐把手机还给了他，好像并不关心此事。

"我点好了。"姜晏汐神色如常。

沈南洲觉得自己还是有必要解释一下："我担心超市买的毯子不够干净，打电话跟他们确认了一下卫生标准，可能老板是误会了……"

沈南洲低声说："我记得你之前因为宾馆的被子，夜里起了荨麻疹被送到医院……"

姜晏汐的瞳孔微缩，显然是有些震惊。

沈南洲说的是她高中时发生的事情。她高二的时候去N大参加物理竞赛培训，当时住宿点在外面的一家宾馆，结果第一天晚上她就因为过敏起了荨麻疹，被送到了医院。因为这件事情，把当时的带队老师吓得不轻。又因为姜晏汐是学校里的名人，这件事情很快就在学校里传开了。

其实这件事情本身没什么，只是因为发生在姜晏汐身上，所以哪怕一件微不足道的小事都能在年级里传开来。

也正如此，沈南洲在买毯子之前，特意打电话给商家确认了一下毯子的卫生安全标准。

说实话，商家做了这么多年生意，也是第一次见到电话来问他毯子的卫生标准。

商家得知他是给一位异性买毯子，结合这个时间点，自然理所当然地认为这位沈先生是给女朋友买毯子。

姜晏汐的脑子一时有些混乱，她和沈南洲高中的时候并不在一个校区，当初的事情传得这么广吗？

沈南洲并不知道自己的言语已经无意中暴露了他从前一直关注姜晏汐的事情。但是这里的气氛骗不了人，沈南洲的心怦怦跳起来，感到了一阵突如其来的紧张。他是不是又说错话了？

直到外卖小哥的电话拯救了他："沈先生您好，您的外卖已送到西门口快递架上，请及时取走。"

沈南洲点了三百多块钱的烧烤，他拎着两大袋子东西走过来。

姜晏汐吃了一惊："怎么这么多？"

她记得自己不是才点了八样东西吗？姜晏汐不知道的是，沈南洲拿回手机后又默默加了两倍的数量。

两人把烧烤拿回办公室，把外包装袋拆了扔掉后，姜晏汐看着对面拿起一串羊肉串的沈南洲，陷入了迟疑，问："你现在能吃这些东西？"

沈南洲肠胃不太好，初中的时候因为吃一碗大馄饨吃得太多，把自己吃进了医院。那天晚上正好是他离家出走，住在姜家。

姜爸爸和姜妈妈连夜把他送进了急诊,洗胃。

后来姜晏汐才得知沈南洲肠胃太脆弱了,堪称人形食品安全检测机,只要食物有一点点的不卫生,沈南洲就会产生剧烈的反应。

所以沈南洲很少吃外面的东西。

姜晏汐抓住沈南洲的手,说:"要不然你还是别吃了,烧烤太油腻了,对肠胃的刺激性比较大,你要不还是喝粥吧。"

沈南洲想说,他的肠胃其实没有那么脆弱,还是能稍微吃一点的。

不过看着姜晏汐的关心神色,沈南洲很是心满意足,说:"好。"

吃不吃夜宵不重要,但这可是姜晏汐在关心他哎!原来她也是记得从前和自己相关的事情的吗?虽然对于沈南洲来说,十年前在姜家借宿那一晚,因为吃得太多、太撑,大半夜被送去了急诊,并不是什么好的记忆。

姜晏汐又给沈南洲点了一份外卖小米粥。于是两个人面对面,一个人吃烧烤,一个人喝粥。

沈南洲心满意足地喝着粥,还悄悄拿出手机拍了张照片。

他发给简言之:姜晏汐给我点的。

简言之没回他,估计是睡觉了。

于是沈南洲又上了微博,把照片裁剪好,时间地点全部抹去,觉得毫无差错后才传了上去。

配文字:加班。

不得不说,沈南洲的微博粉丝大部分都是活粉,沈南洲发出图片后没多久,就有了上千的点赞和转发,评论区涌现出了大批评论。

哥!你终于发微博了!

加班?是要出新歌了吗?

注意身体,最近录节目不要太辛苦!

也有那么几条操心他的终身大事。

哥,你啥时候找个对象?

沈南洲的大部分粉丝都清楚他不是走偶像路线的,而是专注于高质量的作品产出,他漂亮的脸蛋只是加分项,并不靠脸吃饭。所以大部分粉丝还是理智的，沈南洲快三十岁了，也该考虑一下终身大事了。这些陪着沈南洲从二十岁到二十八岁的粉丝大部分都是老母亲心态，不反对他找对象，只希望他能找个正常点的对象，不要像隔壁对家找的那位，有事没事就作，把粉丝弄得十分心累。

还有人问他：哥，你择偶标准到底是啥？我们帮你征征婚。

沈南洲想了一下，回复了：长头发、皮肤白、读书多、个子高。

沈南洲几乎是看着姜晏汐，然后在手机上打下这句回复。

姜晏汐察觉到他过于明显的视线，问："怎么了？"

他迅速低下头，装作若无其事的样子，舀了一勺粥放入口中。

吃完这顿夜宵后，姜晏汐继续坐在电脑面前处理工作，她让沈南洲自便，于是沈南洲也没回去睡觉，而是拿了一本书架上的书，坐在沙发上翻阅。

是一本英文专业书籍。

沈南洲偷偷拿手机扫了一下，是一本关于颅底肿瘤的医学书籍，他硬着头皮读起来，想了解更多关于姜晏汐专业的事情。只是身体抵抗不住，天书一般的文字带来的困意，沈南洲坐在沙发上，手撑着下巴，打起了瞌睡。

等姜晏汐处理完手头的事情，一转头，就发现沈南洲在沙发上睡着了。

姜晏汐想了想，轻轻展开一旁的黄色小毯子，双手各捏住一角，盖在了沈南洲身上。

大约也是刚吃过夜宵，血流集中往胃肠去，导致大脑血流供应不足，人很容易犯困，沈南洲睡熟了，并不知道姜晏汐的离开。

姜晏汐去护士台转了一圈，问了一下值班护士病房的情况

一般来说，外科值夜班如果没有急诊手术可以在值班室睡觉，不像内科值夜班，总是会有很多意外事件。尤其像海都大学附属医院这种大三甲，ICU比较给力，真有什么事情，ICU就给处理了，不需要外科医生操太多的心。

今晚的夜班护士是孙媛媛。

孙媛媛看到她，挺惊讶的："姜主任，怎么是你？今天晚上不是顾医生值班吗？"

姜晏汐笑了笑，没有解释具体原因。

孙媛媛说："那姜主任你快回去休息吧，明天不是还要上一天手术吗？有什么事情我叫你，你放心去睡吧！"

孙媛媛对姜晏汐很有好感，因为姜晏汐不像其他的男医生那样总是

不客气地使唤她们，遇到难缠的病人的时候，也不会把责任全都推到她们头上。可以说，整个神经外科的护士都很喜欢姜晏汐。

孙媛媛主动问她："明天早上的早饭姜主任吃什么？"

医院一般由护士台统计科室订饭，会有一个固定的时间，错过这个时间就不好再补订。

今天晚上按理说是顾月仙值班，所以护士台没有统计姜晏汐的早饭。

孙媛媛知道姜晏汐接了顾月仙的班，担心她没订饭。

姜晏汐说："没事，我明天自己点外卖就好了。"

孙媛媛摆摆手："没关系的，加一份饭的事情，不麻烦的，姜主任明天那么忙，不吃饱了怎么行？"

换别的医生，孙媛媛才不自找麻烦，但要是为了姜主任，加一份饭算什么？

姜晏汐想到办公室里的沈南洲，说："不知道能不能帮我订两份？"

孙媛媛也没问为什么，爽快地答应了。

早上七点钟，沈南洲醒了，发现自己睡在沙发上，身体平躺，似乎被移动过。

印象中，沈南洲感觉自己好像是坐在沙发上不是躺着的，他发现身上还盖着一张黄色毯子，是他买给姜晏汐的那张。

他心情复杂地坐起来，把毯子折好，就在沙发的一边发现了那本让自己睡着的"罪魁祸首"。

沈南洲昨天本来是想研究这本医学专业书籍的，然而书还没看到十页，自己人就先睡着了。他扶额，不知道姜晏汐有没有看到这本书，有没有猜到自己打瞌睡的原因……

沈南洲无比懊恼，这下子，自己在姜晏汐心目中学渣的印象是改不了了。

不过姜晏汐去哪儿了？沈南洲打开手机，想在微信上问一下她，然而刚打开手机就收到了 Leo 的"亲切"问候：你昨天晚上又干了什么事情？

还有两条简言之的：你上热搜了，热搜爆了。

简言之：（偷笑）你的理想型是不是按照姜晏汐来描述的？某人的心思很明显哦！

沈南洲给 Leo 回消息：只是回复一下粉丝的问题。

Leo：真的只是这样？可是现在网友都在说，你描述得太具体了，是不是真的有这样一个人？

Leo问：你不会真的在谈恋爱吧？

沈南洲打开微博热搜，发现第一条是"沈南洲谈理想型"的话题。

第二条是"沈南洲秘密恋情"的话题。

沈南洲回Leo：目前单身。

Leo暂时放下心来，沈南洲这一点上没必要骗他，而且沈南洲这个人吧，不屑于说谎话，除了偶尔有时候让人头疼，总体来说还是很省心的。毕竟他带了沈南洲十年，沈南洲这个名字一直干干净净，从没沾惹上什么花边新闻。不像他公司同事带的那个艺人，今年都不知道第几个私生子的消息传出来了。

/6/

姜晏汐去护士台拿早饭的时候，看到孙媛媛捧着手机，满脸激动。

姜晏汐一连问了两次："媛媛，我的早饭在哪儿？"

孙媛媛才像如梦初醒一样抬起头："哦哦，我这就拿给你。"

她的视线仍然没从手机移开，右手飞快地在手机上打字，左手拿了两份早饭给姜晏汐。

姜晏汐提醒她："媛媛你拿错了。"

每份早饭上都贴有带名字的标签，孙媛媛把护士长的早饭拿给她了。

孙媛媛这才放下手机，她慌里慌张地看了一眼上面的名字，说："我差点把护士长的早饭拿给你了！"她拍拍胸脯，长吸一口气，"幸好幸好！"

孙媛媛核对了一下名字，把早饭拿给了姜晏汐。

孙媛媛顺口问了一句："姜主任今天吃两份饭呀？还是给别人带的？"

姜晏汐说："是节目组的一个工作人员。"

孙媛媛有些惊讶："这么早就到了？这个节目组还蛮诚心的嘛！"孙媛媛嘟囔道，"看来不是那种要咱们都放下手头工作去配合他拍摄的垃圾节目组！"

说起节目组，孙媛媛就想到了她今天看到的微博热搜，说："姜主任，你看热搜了没？"

姜晏汐摇了摇头。

孙媛媛突然靠近她，神秘兮兮地说："就是那个也参加节目的大明星沈南洲，他昨天在微博下回复粉丝，好像有了秘密女友！"她八卦道，"也不知道是不是真的，我记得上回他不是跟着你拍摄节目吗？你知不知道他有没有女朋友？"

姜晏汐有些迟疑道："他公开过女朋友吗？"

姜晏汐的直觉倾向于他没有，沈南洲这样的人，如果有女朋友就会直接承认，偷偷摸摸的地下恋情不是他的风格。

孙媛媛用一种看外星生物的眼神看着姜晏汐，说："沈南洲这样的顶流巨星，就算是有女朋友也不可能公开的，那得脱多少粉呀？除非他和他的经纪公司全都疯掉了！"她经验老到地说，"沈南洲出道早，红得也早，虽说已经红了八年，但如今也不过二十八岁，男明星的花期一向比女明星要长，对于沈南洲来讲，这还只是个开头呢！他这个时候宣布恋情不是自掘坟墓吗？

"不过他今年二十八岁了，没谈过恋爱也不太可能吧，更何况他长得那么帅。反正我是不相信娱乐圈里的纯情人设，沈南洲八成也谈过好几段了，只是我们不知道。"

姜晏汐其实很少了解娱乐圈，她听着孙媛媛的科普，露出了些许迷茫的神色。

孙媛媛看她这模样笑道："瞧我跟你说这些干什么，你一不看电视剧，二不追星，对这些事情肯定不感兴趣，而且你一看就和娱乐圈的那些人是两个世界的人。算了算了，姜主任，我不拿这些龌龊事来污染你的耳朵了，我怕我说出来的八卦震惊你的三观！"

孙媛媛及时打住，像姜晏汐这样道德高尚、心无旁骛的天才医生，怎么可能和她们这些爱吃瓜爱听八卦的俗人一样？想来一定都不记得沈南洲是谁了。

她道："大主任安排你来拍节目，果然是明智的选择，要是换成其他人，肯定管不住自己的眼睛耳朵嘴巴，到时候一不小心就搅进娱乐圈的浑水里，对咱们医院名声也不好听。"说到这里，她心有戚戚焉，"要我说，这些综艺节目都不安好心，表面上说得那么好听，实际上还是要炒作，制造噱头。你看前两年的恋爱综艺，那些嘉宾下了节目全都分手了，然后齐齐转行做了网红，可怜了我们这些嗑的真情实感的观众了。娱乐圈浮华迷人眼，我看这些上节目的实习生将来不一定做医生，说不定就是攒一波名气以后做网红。想想咱们寒窗苦读数十年，最后一个月还没

179

人家一个晚上赚得多,你说谁心里能平衡?"

孙媛媛吐槽了一波,然后提醒姜晏汐:"我看节目组未必是想真的拍真实的医疗行业,说不定还是老套路,通过挑起选手们之间的矛盾来制造话题度。姜主任,你要多小心,不要被节目组利用了,现在网友骂人可厉害,一不小心祖宗三代都被翻出来了!娱乐圈的人都是人精,姜主任,你千万不要因为他们还算看得过去的外表就对他们放低警惕心!"

孙媛媛把娱乐圈说得极为可怕,好像圈里就没有一个清白的人。

每个人看法不同,姜晏汐对此只是笑了笑,不予置评。她拿着早饭往回走,在走廊尽头和医生办公室入口的连接处,看见了站在那里的沈南洲,他戴着口罩和蓝色鸭舌帽子,不知道站了多久。

看见姜晏汐,他有些局促不安。姜晏汐上前刷了胸卡,说:"没事,吃早饭吧。"

把自己锁在办公室外面,因为没有胸卡而进不去这种事情,医院的实习生都干过很多次了。

姜晏汐习以为常,说:"这里的门禁确实很不方便,不过也是为了安全起见。"

姜晏汐把他带回办公室,分了一份早饭给他:"医院梅花食堂的粥,这家的师傅做粥很好吃,你可以试一试。"

吃早饭的时候,沈南洲很纠结,他听到了孙媛媛跟姜晏汐说的话,想解释些什么,比如他之前真没谈过恋爱,比如他和那些人不同。

姜晏汐注意到了沈南洲的异样,因为他一口粥吃了五分钟。

她问:"怎么了?是不合胃口吗?"

姜晏汐好像琢磨出些许不对劲儿来,试探地问道:"你是有什么话想跟我说?"

沈南洲视线游移:"我没谈恋爱。"他说,"之前也没谈过,也没有异性朋友,你……"他咬咬牙说,"你别误会。"

沈南洲不在意被其他人误会,除了姜晏汐。

别人怎么看他都好,可他不希望姜晏汐对自己有任何误解。

见自己说了这话后,姜晏汐并没有回答,他便先慌了,欲盖弥彰的解释:"粉丝说要帮我在微博征婚,问我理想型是什么样子,我没想到上了热搜,还被凭空捏造了一个女朋友……"

姜晏汐好像从沈南洲的话语里听到了一些委屈。

沈南洲还想再说,却听得姜晏汐说:"我知道,我知道你是怎样的一个人。"

/ 7 /

沈南洲本来还期待姜晏汐会说点其他什么,但没想到除了这句,也没其他的了,他一时也不知是高兴还是难过。高兴她相信自己,难过她并不好奇他的择偶标准。

不过很快,沈南洲就没时间想这些乱七八糟的了。节目组的人到了,今天的节目要开始拍摄了。

今天早上第一台是由神经外科姜晏汐和麻醉科方主任一起合作的一台脑膜病损切除手术,相当于今天神经外科的实习生是和麻醉科的实习生一起进行拍摄的。

由于手术室至关重要的地位,不能让太多无关紧要的人进入,所以节目组和医院商量之后,医院只允许汤导带一个工作人员进去拍摄。

好在这间从骨外科手里临时"抢来"的手术室很大,足以容纳这十来个人。在姜晏汐和助手进去之前,第一个进手术室的是麻醉医生以及巡回护士和器械护士。

汤导带着沈南洲进去的时候,刚想找个地方架摄像机,就被巡回护士狠狠训斥了:"不要靠近那里!那里是无菌区!"

巡回护士手一指,毫不客气地说:"绿色无菌单铺着的地方都是无菌区,你们不要靠近!"

于是汤导和沈南洲默默站在一边,小心翼翼地注意着自己四肢的活动范围,弱小可怜又无助。

今天这场手术的主麻是方主任,副麻是小常医生。

小常医生正在给麻醉机进行自检,他动作熟练地换了钠石灰,拆开两个新的螺纹管接在麻醉机上。

钟景明和曹月文两个麻醉实习生就站在他旁边,显得有些手足无措。

方主任这个时候一改在外面的和蔼可亲,变得有些严肃,说:"老师做事的时候你们就跟着学呀,不要傻站着!昨天跟过一天,大致的流程应该了解了吧?"随后跟小常医生说,"可以让他们先抽抽药,写写单子。"

小常医生打开麻醉药箱,挑挑拣拣了几瓶药,放到一个方形的塑料盒子里，又拿了一排十毫升的针筒。他想了想，说："你们帮我去那边的玻璃柜子里拿两瓶生理盐水来。"

曹月文赶紧小跑着去拿了，她没忘了避开无菌区，毕竟昨天被护士姐姐痛批的场景还历历在目。

小常老师偷偷瞄了一眼角落的摄像头，觉得格外不自在，但还是尽职尽守地进行着他的教学任务。

他撕开两个针头，插进两瓶生理盐水，一边继续着手上的动作，一边跟两个实习生讲解："这瓶就是生理盐水，等会儿用来稀释其他麻醉药用的；另一瓶我们加一些去氧肾上腺素进去，要在瓶子上写去氧肾上腺素做区分。"然后小常医生开始抽药，"一般麻醉我们用的就是那么几类药，镇静药、镇痛药和肌松药，除此之外，我们还要提前抽好麻黄碱、阿托品、尼卡地平、兰地洛尔等血管活性药物，以防手术中需要……"

小常医生说了一长串，然而曹月文和钟景明除了一脸蒙地点头，基本上没听懂，他们本科都是临床专业的，很少涉及麻醉，所以对于一些专业概念不能很快地反应过来。

小常医生是个很耐心的年轻医生，说："没关系，抽药是最简单的事情，多看几天就会了，没有什么技术含量。"

抽完药之后，麻醉机的自检也完成了，小常医生拍拍手，说："好了，我们现在去接病人。"小常医生说，"一般来说，护士会在准备室打好静脉，但是第一个病人的话就是我们自己来，所以我们现在要去准备室，在进行麻醉之前还要让她签个字。"

这个时候外科医生还没有来，外科一般都是等到麻醉工作做好了才会进来。于是汤导和沈南洲又跟着小常医生到了准备室。

准备室里躺着一排等待手术的病人，有的已经挂上了生理盐水，还有的等待他们的麻醉医生来给他们穿刺。

小常医生拿着一张白色单子，喊："郑红妹——郑红妹在吗？"

一个年纪不大的女人应道："医生，我在这里。"

小常医生说："等会儿第一台就是你的手术，现在我们要给你吊个盐水，打一针就好了。"

郑红妹惴惴不安地问："是麻醉药吗？"

小常医生很耐心："是盐水，就打一针，之后打麻醉药也是从这个针里进。"

小常医生扶着郑红妹坐起来，说："在这里签一下'本人同意麻醉'几个字，然后睡一觉就好了。"

小常医生业务很熟练，轻轻一戳就把针给戳进去了，然后喊人："工务员，九号床送病人。"

一个穿着蓝色衣服、白色鞋子的中年男人过来把病人推进了手术间。

等汤导和沈南洲再次进入九号手术间的时候，姜晏汐和助手以及两个外科实习生已经到了。

他们正在手术室外面的池子洗手，几个正式医生的动作都很熟练，两个实习生一边瞄老师的动作一边照着做。

洗完手之后就是进手术室，穿手术衣，巡回护士是个干练且有些年纪的女人，显得有些凶。

谢含章本来想去拿手术衣，被她一训："不要乱动，等你们老师穿好你再拿！"

那边的两个麻醉实习生也同时受到了上级方主任的拷问。

这时候麻醉药已经推进去了，小常医生熟练地给郑红妹插了管，给她接上呼吸机。

小常医生正在调参数，钟景明和曹月文什么也不会，略显多余地站在一旁，就听见方主任严肃地说："这个人潮气量应该调多少？"

这个知识外科和内科都讲过，但是曹月文太紧张了，磕磕巴巴地说："好像是 5 到 10 每千克？"

方主任说："5 到 10 的范围就太大了，到底是 5-8 还是 8-10？"

钟景明是个讲义气的，主动站出来说："5-8？"

然后成功被方主任训了一顿，说："回去再看看书，就算你们不是麻醉专业的学生，呼吸系统的知识没有认真学吗？一般来说，第二天的手术安排下午就出来了，你们知道自己明天要跟什么手术，当天晚上就应该回去复习一下。"

手术室里回荡着大佬教育学生的声音，汤导默默地往沈南洲那里站了站，说："这种体验也太可怕了，还好我不是医学生。"

不过麻醉开始之后，方主任就走了。他是主麻，不只负责一个房间，还要去其他几个房间巡视。

姜晏汐的助手给病人消毒铺巾，只把需要做手术的区域暴露出来。很快，床上的郑红妹就被捂得严严实实，分不出哪边是头，哪边是脚。

器械护士早就把一排冰冷的手术刀、剪刀、血管钳等依次在绿色无菌单上排开，有时候不用台上的外科医生开口说，就默契地递了过去。

郑红妹的肿瘤位置比较特殊，在右侧蝶骨嵴内三分之一，肿瘤可能侵及海绵窦颈内动脉及右侧视神经，难以完全清除，并且存在视神经暴露困难，也很容易牵拉颈内动脉引起大出血。

所以这也是一台不小的手术，在手术开始前就叫血库备了血，以防术中大出血。

在手术开始的时候也做了下腔静脉插管。

刚开始的时候是由助手来切开头皮、翻皮瓣、切开骨膜、颅骨钻孔，等到助手把前期工作都做得差不多了，再由姜晏汐来上手。

外科、麻醉、护士都在有条不紊地进行着他们的工作，几个实习生就显得有些多余。

别说实习生了，就连汤导都大气不敢喘一声。

汤导悄悄对沈南洲说："姜主任真是太厉害了，这些血啊肉的我看着都害怕，她连手都不抖一下，还能面不改色地进行操作。"

沈南洲深以为然，如果汤导这时候转头看他脸上的神情，就会发现沈南洲脸上甚至浮现出了骄傲之色。

他自年少喜欢的人，没有人比他更清楚，她是多么优秀。

汤导的镜头忠实地记录着手术时发生的一切，忙碌的外科医生，运转的机器，负责维持病人生命稳态的麻醉医生……

这里像在进行一场神秘的仪式，即使看不懂，也让人不由得心生敬畏。

这场手术是从早上八点半开始做的，到中午十二点半还没有结束。

郑红妹的颅内肿瘤位置难以暴露，并且侵犯到了脑内其他组织，需要不停地往内进行清扫，所以这场手术的时间比预计的无限延长了。

万幸的是，郑红妹的生命体征还算平稳，所以麻醉在有交接的情况下，还能换人去吃中饭。

不过手术台上的外科医生就得等到手术结束。

汤导对沈南洲说："你也去吃饭吧，这里有我，我看这场手术很麻烦，一时半会儿结束不了，你不是胃不好，快点去吃饭吧！"

算起来汤导已经在手术室站了四个小时，只觉得双腿发麻，然而看看手术台上辛苦的医生，汤导默默把埋怨的话又给咽了回去。

而沈南洲的视线就没有从姜晏汐身上移开过，他今天的视线有点过于炙热和明目张胆了。

好在手术室的人都很忙,没人注意到,但凡这要是在公众场合,沈南洲分分钟就要上热搜。

望着姜晏汐,沈南洲心里有些酸涩,这是他的天上月、心里人,她在她专业领域里熠熠生辉,和他梦里出现过的无数次一样。

虽然手术已经进行了四个小时,姜晏汐的脸上不见疲态,她的声音依旧清冷镇定,她从护士手里接过电刀,每当她叫护士踩踏板的时候,手里的电刀就通了电,滋滋地划过脑内的组织,发出一股烧焦的味。

到该停止的地方,她就喊停,护士就即刻停了脚,电也断掉了。

这时候小常医生吃完饭回来了,跟留在房间里的方主任打了招呼后,方主任就去其他手术室接替下一个麻醉医生去吃饭。

姜晏汐上的动作没停,对李拾月和谢含章说:"你们也先去吃饭吧。"

谢含章和李拾月当了一上午的柱子,茫然地往那一杵,又因为身上穿着无菌的手术衣,也不能靠近不该靠的地方,愣是在那里呆滞了四个小时。

谢含章听到姜晏汐的话,不动声色地瞄了一眼角落里的摄像头,主动说:"姜主任,不知道我们能做些什么,我们也可以学习的。"

比起已经在做的一些基础的活,比如抽药填单子的麻醉实习生,谢含章和李拾月显得过于轻松了。但这也没办法,神经外科不是能让人随便练手的地方,就连一个正式入职的神经外科医生想要上台还得旁观学习当助手好些年呢。

不过观众不一定会知道,说不定到时候看了还觉得是姜晏汐故意忽视他们,不肯带着两个实习生呢。

姜晏汐也没多想,只是说:"你们先去吃饭吧,等你们回来换一个老师下去吃饭。"他对站在自己对面的助手说,"位置也暴露得差不多了,等会儿学生回来,你就先去吃饭吧,让他们拉钩就好了。"

拉钩,顾名思义,就是用来牵拉头皮,暴露手术视野,以便让外科医生更好地进行操作。实习生或者刚工作的医生,在外科手术中基本上也是在干拉钩一类的活。

没有什么技术含量,也不容易犯错。

不过神经外科其实很少用到拉钩,脑部极其脆弱,不像胃肠能承受那么大的压力,一般有固定头部的仪器,然后翻起头皮,用线或血管钳固定在无菌单上。

而今天用到的也是体型较小的甲状腺拉钩，起到一个辅助的作用。并且这个时候手术已经进行到了后半程，基本上不会再出什么差池，很快就能收尾了。

既然谢含章提出想要体验一下，姜晏汐也不是不乐意给他这个机会，只是没想到拉钩这么简单的事情，谢含章居然也出错了。

谢含章吃完饭回来的时候，想要从助手手上接过拉钩，但他之前很少接触外科手术，没有预估好拉钩上所具有的拉力。导致拉钩一下子脱出来了，鲜血溅了谢含章一手，拉钩直接弹到了地上。

手术室死一般的寂静。

第七章

DI ER CI
XINDONG

姜医生的名字，海啸山鸣

我对你所有想说的话，百转千回，
都在我每一次叫你的名字当中。

/ 1 /

在手术台上把拉钩崩掉会造成什么结果？

这个问题的答案没人知道，因为从来没有人犯过这样低级的错误。

二助的脸瞬间就黑了，谢含章的脸也变得惨白，他蠕动了一下嘴唇，想为自己辩解，比如他是害怕力气太大，把血管神经给拉坏了，没有想到拉钩会脱手。但是没人想听他的解释，二助把他拨到一边，说："算了算了，还是我自己来吧。"

所幸神经外科有专门的固定仪器，拉钩的崩掉并没有造成太大影响，姜晏汐及时收了手，她的眼睛从显微镜前挪开，往谢含章的方向看了一眼。

姜晏汐停了手上的操作，也并没有碰到脑部重要结构，她没等护士拆一个新的小拉钩出来，而是用手术线固定，重新暴露好了手术视野，手术又很快得以顺利进行了。

二助很不悦："本科实习的时候，也没进过手术室帮老师拉过钩吗？"

说起来，还真没有。谢含章大四的时候，虽然说成绩已经够保研，但手上还有一个课题没有结束，为了搞这个课题，谢含章实习的时候特意选了一个很小的医院。

这也是临床实习生的老操作了，因为医学生实习要长达一年，同时考研也在这一年进行了，所以大部分医学生会选择一家比较清闲的医院，方便划水摸鱼，把时间拿来考研复习。

当然了，所有人都想去清闲的医院，不是所有人最后都能去到自己想去的实习医院，所谓志愿也不过是填个参考罢了。

总而言之，大约是因为谢含章成绩好，会来事，他如愿以偿地被分到了一家连病人都没有几个的医院。

这样说可能有一些夸张，毕竟是能够作为实习点的医院，但是比起谢含章那些同学们的去处，那简直是天堂了。

所以说谢含章的临床实习经历大约为零，虽然说他后来上了专硕，主要是在临床上，但内科基地基本上不轮外科。

所以二助这么说的时候，谢含章难堪地不知道如何回答。他对手术室一点儿也不熟悉的样子，无疑表明了他大五实习的时候一直在浑水摸鱼。

但二助也就是当时有点生气，说了那么一句后，也就把这事情抛之脑后了,毕竟外科手术需要集中的注意力,谁能盯着谢含章一个人看,关心一下他脆弱的心灵?

谢含章手不是手脚不是脚地站在一边,他偷偷抬头想去看觉得还算温柔可亲的姜晏汐,然而姜晏汐忙着手上的操作,不曾分心。

姜晏汐旁边站着李拾月,李拾月眼观鼻、鼻观心,似乎对刚才发生的一切一无所知,专心致志地站在旁边学习着。而谢含章站在两个助手旁边,他的心思已经不在手术上了,满脑子想着今天搞砸了,他余光瞥见脚底下蹦出去的拉钩,身体先脑子一步反应,弯腰去捡。

这下不只是二助了,护士也发飙了:"谁让你去捡的?"

二助赶紧往旁边走了一步,对谢含章说:"你去旁边,别碰到我。"

谢含章很尴尬地拿着沾血的神经拉钩,走到手术室没人站的地方,他小声问护士:"那这个应该放哪里?"

护士没好气地说:"放地上去,没人叫你拿的东西你不要拿!"

二助是个年轻的住院总,脾气着急了一点。一助是个有点年纪的主治,没发脾气,只是说了一句:"小伙子无菌观念不行啊,哪个学校的?几年级了?"谢含章低声说:"是J大医学院的,研究生二年级。"

一助看了他一眼:"J大?那不应该呀,J大医学院和海都大学医学院都是海都市鼎鼎有名的医学院,你老师哪个?"

谢含章说:"仁慈医院消化内科周凤云主任。"

一助说:"原来是内科的,不过无菌观念差成这个样子也不应该了。"

一助没有问谢含章本科是哪儿的,但谢含章觉得一助的言下之意就是如果本科是J大医学院和海都大学医学院的学生,不会搞得这么糟糕。

谢含章低着头站在一边,看上去很是格格不入。

还是姜晏汐分了点神过来,说:"那你先去吃饭吧,手术时间还长,吃过饭休息一会儿,等第二场手术再过来。"

姜晏汐轻声说:"东西放地上,等会儿会有人收拾,你先出去吧。"

姜晏汐也隐约看出来了,谢含章情绪没调整过来。

其实第一次进手术室,难免会挨骂,老师的教导要往心里去,又不能太记在心里。不过第一次嘛,被骂蒙了也正常。姜晏汐不觉得这有什么,一助和二助也没觉得有什么。二助觉得自己在摄像头面前已经很克制了,这么莽的实习生,放在他读书的时候,能直接被带到老师骂到怀疑人生的。

无菌观念之重要性,关系病人安危,如果没有强大的心理素质,最好还是不要进来了。

"好的。"谢含章低低地应了一声,抬起的脚犹如千斤重,沉默又难堪地离开了手术室。

手术室门开的一瞬间,谢含章听见身后的二助对李拾月说:"来,小李,你过来看。"

自从二助和护士接连发飙,在角落的汤导小心翼翼地扶着他的宝贝摄像机,大气也不敢喘一声。直到谢含章出去了,手术室的气温有了回暖,汤导才跟沈南洲小声吐槽:"刚才男实习生把拉钩崩掉的时候,我还以为要出大事了,吓死我了!"

汤导真以为要出医疗事故,这要真出了事,他们节目组一个也跑不了,毕竟传出去,外界的观众要开始批斗他们,最后多少还得为此负点责任。

不过汤导显然是大惊小怪了。他的这种心态就和刚上临床的实习生是一样的,担心万一在手术室搞砸了什么事情,职业生涯就毁了。事实上,手术室的医生和护士是不会让人乱来的,就算让实习生上手,也只是做一些基础的不会出错的工作,出了事情,经验丰富的老师也能迅速解决。

汤导对沈南洲说:"你真不去吃饭啊?到时候你家经纪人问起来的时候,你自己应付啊,可不是我不让你去吃的……喂?你在看什么呢?"汤导连说了好几句,沈南洲都没有反应,他顺着沈南洲的视线看过去,看到了手术台上的姜晏汐。

汤导说:"姜主任确实厉害,人也好,主要是我侄子学历低了些,要不然还真想介绍给姜主任。不过我那侄子除了学历低了些,其他什么都好,人长得不错,性格也好,家里条件也不错,要我说呀,姜主任这样厉害的女人,最好找个能在家里照顾她的,能当她的贤内助,能让她在外面心无旁骛地为医学事业做贡献的!"

汤导没注意沈南洲的脸色已经慢慢变黑了,他还在琢磨着这想法的可行性:"你说要不然我去和姜主任说说?要是姜主任也有这个意思,就让他俩见见,年轻人多看几次才知道合不合适嘛!我侄子烧饭也好吃,平日里就爱捣鼓些什么烘焙甜点、火锅川菜,手艺好得能出去开店。要是和姜主任真能成了,像什么早饭啊,晚饭啊,都有人送了!听说姜主任平时还要值夜班,那可辛苦了,我侄子长得高高壮壮的,可以去探班,还能接她下班,都没问题!"

沈南洲及时打住了汤导不切实际的幻想,说:"像姜主任这样的医学人才,可能找对象也需要一个有共同话题的吧,总不能天天在一起就谈论吃什么吧?"从汤导的描述来看,他的侄子像是个精通厨艺,胸无大志,适合居家的男人。沈南洲心想,庸俗!姜晏汐才不会看上这样的男人!

可是姜晏汐真的是只喜欢和她有共同话题的人吗?沈南洲心里有些忐忑,汤导的侄子和姜晏汐没有共同话题,可是他也不了解姜晏汐研究的那些东西啊。比起既是姜晏汐同学又是姜晏汐同事的后世桃,沈南洲觉得自己的竞争力很微弱。谁知道汤导说:"怎么不行?民以食为天,要抓住一个人的心,就要先抓住她的胃。姜主任是找对象,又不是找学生,难道要用学术标准来找对象吗?那也不一定……试试嘛,不成就不成,再说了,万一姜主任就喜欢我侄子这一款的呢!"

汤导家的基因其实不错的,他年轻的时候也是个大帅哥,汤导的侄子也是时下流行的那种干干净净的阳光男孩的样子,除了不爱读书,其他哪儿都好。沈南洲心里拉响了警报,脑袋飞速运转,终于想了个理由拦住汤导。

他说:"现在我们在医院拍节目,不宜和医院的职工有太多牵扯,您的侄子和姜主任成了或是不成,万一被人知道了,对节目都有影响……"

沈南洲说得冠冕堂皇,然而这里最想和姜晏汐有牵扯的人就是他了。

在汤导心里最重要的当然还是这个投了他许多心血的节目。他一听,立刻说:"那还是算了,我那侄子年轻,还有些孩子气,要是成了又分了,我又不知道如何面对姜主任了。不过姜主任应该也不缺对象,我之前听麻醉科的方主任说,院长介绍了好几个优秀青年,还准备搞个院内联谊会,让这些医院里的单身医生们互相认识认识。"

沈南洲一脸震惊,心里怪不是滋味的,说:"院长关心的也太多了吧。"

海都大学附属医院的院长这么闲吗?沈南洲的右手小指蜷缩,无意识地摁了一下自己的小指骨,发出轻微的声音。

沈南洲站在汤导旁边,他个子很高,官方身高写的是一米八八,实际上还要更高一点,所以他一低头就能看到汤导镜头里的画面。

他从镜头里看姜晏汐,她把头发收进蓝色的手术帽,脸上戴着口罩,只露一双眼睛在外面。她手上戴着乳白色的一次性无菌橡胶手套,旁边的护士默契地把她需要用的器械递给她。

她下手时并不拖泥带水,干脆利落地找到她需要的组织结构,用血管钳夹住重要的血管,双极电凝不通电的时候可以用来把神经、血管和肌肉组织分开,充电的时候又可以用来止血。

旁边的助手和她配合得相得益彰，拿着吸引管，及时把滋出来的血流吸走。姜晏汐说"洗"的时候，就用吸取生理盐水的针筒及时放出干净的水，然后再把冲洗的血水吸走。不过到了后面，二助有意让李拾月练练。

二助指挥李拾月使用吸引管："对，就是这里，你手往旁边去，去挡住主刀视线了……"二助带学生的时候是真的很暴躁，有时候李拾月反应不过来就直接上手教。

二助说："你再慢一点，血都全流出来了。就放这么一点盐水，干什么呢？多放一点，盐水又不要钱，就这么一点，你当给你家小猫小狗擦伤口呢？要把里面的东西给冲出来。没事儿，你动手啊，看我干什么？看病人啊。那只手不要放下来，实在累了可以揣前兜里……"

中途麻醉实习生曹月文想出去上个厕所，也被二助训了："离我们远点，不要靠近！"

不过二助也不是没有能噎住他的人，就比如说缝合的时候，他叫麻醉再多上点肌松，小常老师说："不行，你们都准备缝合了，现在不能上了，而且你们这又不是腹部的肌肉。"二助硬生生憋了回去，怀疑他在阴阳怪气，但是没有证据。

这场长达将近六个小时的手术终于要结束了，姜晏汐做完主要的工作，剩下的缝合主要是交给助手。

这场手术快要收尾了，小常医生带着两个麻醉实习生开始忙起来，由于这个病人的基础情况不是很好，加上神经外科手术病人常规在术后转入NICU，所以手术结束后拍完CT（观察有无出血部位）后，一名麻醉医生和一名外科医生陪同将病人送进了NICU。

巡回护士坐在电脑面前填单子，顺便叫实习生把切下来的脑部组织，装到一个红盖子的盒子里送去做冰冻。

手术室的每一个人都像一颗螺丝钉，待在自己该待的岗位，严丝合缝地配合着。

整个手术室又开始动起来了，比刚才多了一丝手术即将结束的轻快。

/ 2 /

现在是下午三点钟。一助和二助还有李拾月都去吃饭了，麻醉小常医生带着两个实习生去ICU送病人，汤导也抓着这个空当去楼上餐厅吃了个盒饭,手术室只剩下姜晏汐,沈南洲还有进来收拾医疗废物的大爷。

姜晏汐问他:"不去吃饭吗?"

沈南洲主要是因为看见姜晏汐还在,所以才留下来的。不过他不好说这个理由,只是说:"我帮导演看着他的宝贝摄像机,这些机器可是汤导的命根子。"他停顿了一下,问,"你也不去吃饭吗?"

沈南洲的眼神里含着隐隐担忧,姜晏汐做手术做了那么久,又不像他们能站在旁边发一会儿呆,或者放松一下玩玩手机,她不去休息和吃饭的话,受得了吗?

姜晏汐已经习以为常了,说:"今天第三场手术检查结果没出来,病人不做了,第二场是小手术,没多久,等结束了我再去吃。"

沈南洲有些不明所以。姜晏汐解释说:"吃完中饭,血液集中供应胃部,大脑供血不足就容易犯困,影响后面做手术。"

沈南洲不是很懂这些,他说:"那你想吃些什么?等手术结束,我点了叫人送过来?"

他不会说劝姜晏汐改变她的习惯,只能用这样的方式笨拙地关心她。

沈南洲忽然思维发散,想到了汤导那个会做饭的侄子,心里突然升起一股猛烈的危机感,然后给简言之发消息:*海都市有没有厨艺培训班?*

简言之:……

沈南洲觉得汤导有一句话说得没错,要想抓住一个人的心,先得抓住一个人的胃。更何况像姜晏汐这样忙碌,别说做饭了,有时候连吃饭都不及时。沈南洲还没上岗,已经思考起如何做好身为家属应该做的后勤工作。

姜晏汐笑着拒绝了他:"不用了,谢谢你,我今天晚上有饭。"刚说完这句话,小常医生和两个麻醉实习生就回来了,沈南洲只好退到角落,继续当他的木头人,毕竟他现在的身份不是大明星沈南洲,而是平平无奇的节目组工作人员。

沈南洲站在角落,躲在摄像机后面,暗戳戳地偷瞄姜晏汐,表面看着还行,内心里已经翻起了滔天巨浪。

今晚有饭?是谁?沈南洲下意识地觉得是姜晏汐的那个外国师兄。他突然觉得很心酸,姜晏汐十八岁到二十八岁的这十年,他并不知道她是怎样过来的。而这十年在她身边的,是后世桃。

汤导吃完饭回来后,看到的就是一副失魂落魄样的沈南洲,吓了一跳:"你这是怎么了?跟没了魂一样?"

193

汤导嗅了嗅鼻子,好像还在空气里闻到了一股酸味。

沈南洲瞬间无精打采,摇了摇头:"没事,大概是空调太冷了。"

汤导抬头,看了一眼墙屏幕上的空调温度,疑惑地说:"可是空调是二十四度啊?"

一般来说夏天手术室的温度在二十一度,一般外科医生内心比较火热,喜欢调到十六度十七度的都有。现在这个温度确实不算太冷。

现在手术室人少又安静,姜晏汐听到了汤导和沈南洲的对话,她想了想,转身出了手术室。没过多久,她手上拿着一件绿色外套回来,递给沈南洲:"下次觉得冷的话,可以在门口阿姨那里拿长袖外套。"

姜晏汐轻声说:"这里是有点冷,第一次来这里的人会有点不习惯,小心别着凉了。"

曹月文坐在另一头的麻醉药箱上,钟景明站在她旁边,小常医生去接下一个病人了。

小常医生很温柔,说方主任现在不在,让他们不用寸步不离地跟着他,可以坐在手术室里玩玩手机,休息一下。

曹月文看到了姜晏汐给沈南州拿衣服的情景,捧着脸感慨道:"姜老师真的好温柔啊,一个工作人员她都能注意到。"

曹月文说:"我有种预感,节目播出以后,姜老师一定会大火的!"

毕竟和他们这些菜鸟实习生比起来,姜老师真的好厉害,她严重怀疑,节目最大看点可能是姜老师。她说:"刚才谢含章做错了事情,姜老师也没怪他,还让他下去休息,照顾他的情绪……呜呜呜,怎么办?我突然好想考姜老师的研究生,不知道姜老师收不收学生?"

像这六个综艺实习生,其他五个的方向基本上已经定了,只有曹月文今年大五,还没有定未来的工作方向。

曹月文是个喜欢说话的人,一直叽叽喳喳地说,钟景明也很耐心,并未露出过不耐烦的神色,只偶尔说上几句,接曹月文的话。

正说着,李拾月也回来了。曹月文问李拾月:"你见到谢含章没有?"

李拾月摇了摇头:"他可能是回病房了吧。"

曹月文说:"估计他受到打击还蛮大的,我看他出去的时候,脸色还挺可怕的。"谢含章的异样已经明显到连曹月文都看出来了。

事实上这个时候谢含章在接受小宋导演的采访。

今天是汤导带了一个工作人员进去拍摄,小宋导演和其他的工作人员就在病房等，主要是看看手术结束后需不需要再补拍一些东西。但是没想到还没到下午就先等到了谢含章。

小宋导演眼睛一亮，说："小谢，来来来，我们先做一个采访，你们第一次上手术的感觉怎么样？其他人呢？怎么只有你出来了？"

谢含章想到还被留在里面的李拾月，以及二助让李拾月上手的事情，心情愈发不好起来。但他抬头看了一眼镜头，又把火气压下了。

谢含章说："手术还没结束，不过大约是人太多了，可能老师觉得我没有李拾月优秀，就让我先出来了。"

谢含章这话，连小宋导演都愣了一下。这话也太阴阳怪气了，小宋导演好奇手术室里发生了什么？他有些激动，本节目的第一个爆点终于要来了吗？毕竟小宋导演一直想方设法让谢含章和李拾月起冲突，但是李拾月就跟块木头一样，根本无法从字面意义上理解谢含章的阴阳怪气，谢含章的有些话，纯属于无效攻击了。

小宋导演来了兴趣："展开说说呢？"

谢含章不自然地推了一下他的眼镜，视线飘向下方，说："李同学那么优秀，听说本科就是海都大学医学院，老师们更看重她也是自然的。"

小宋导演说："你的意思是这些老师针对你了？"他的话很犀利，直接挑明了谢含章的意思。谢含章有一瞬间的尴尬："我不是这个意思。"他慢慢组织着语言，说，"我本科确实不如李同学，不如她有那么好的学习环境，也没有在大医院实习过的经验，所以让老师们失望了……"他面对镜头勉强笑了一下，"不过我会继续努力，向老师证明自己的。"

小宋导演却鼓励他："你有什么真实的想法都可以说出来，不要紧的，如果你确实受了委屈，也不要憋着。"

谢含章心下微动，低声说："其实我也不明白，一个人的本科出身有那么重要吗？"

谢含章人长得很斯文，皮肤白净，五官端正，戴了一副黑框眼镜，有一种读书人的气质。倘若忽略他这些奇葩行为，外表还是能欺骗一箩筐不知世事的小姑娘，要不然海选的时候，导演也不会从人群中一眼挑中这个学历和其他选手比起来都差一截的男医学生。

也正是如此，小宋导演才选中了谢含章，希望让他和李拾月起冲突，再通过后期剪辑制造出节目的爆点。

人们对相貌好的人总是宽容，再加上观众并不知道镜头外的谢含章是什么样子，小宋导演本来是打算给谢含章制作一个因本科出身普通而受到排挤，但仍自强不息，最后逆风翻盘的人设，通过对不同选手学历之间的对比，从而引发观众对不同学历差距的话题思考。

穷小子逆袭，诸如此类的烂俗戏码，民众永远百看不厌，因为这给了一些人一种错觉，其实我刚开始不如你，我仍然可以后来居上，碾压你。

而人们又总喜欢同情弱者，或者说出身没有那么好的人。有时候剪辑只会让人们看到一部分画面，那么不明所以的观众就会觉得是李拾月太过了，是医院的老师太过了，是他们对谢含章不公平。人们还容易联想到自己在学习工作中遭受的不公，然后情绪一下子被引爆了。

经常制造人物矛盾的小宋导演深谙这一点，他是一个合格的商人，擅长踩在选手的血肉和眼泪上赚得盆满钵溢。

小宋导演听了谢含章这一句几近于质问的话，微笑着说："这样的大医院，招人都是博士起步，在这里工作的医生都是精英，当然会对你们严格要求了。"学历重要吗？小宋导演心里嗤笑一声，果然是象牙塔里的学生才会问出来的蠢话。这种问题但凡工作过几年的人都不会问。

学历当然重要，学历是找工作的敲门砖，没有学历你连门都入不了，但入了这道门后，远远有比学历更重要的东西。

如果一个人总是把自己的失败和不得志归咎于学历上，那往往他的问题不只是学历。不过这是一个很好的社会问题，小宋导演不打算开导谢含章，他觉得谢含章现在的状态很好，可以为节目带来更多的争议和收入。

至于他之前和谢含章的协议？他可从来没承诺过什么，节目播出后会给谢含章带来怎样的影响，是好是坏，那也不是他的事了。

小宋导演心满意足地收集到自己的素材，准备叫后期好好往这一方向上剪一剪。这一期节目的名字他都想好了，就叫《职场上的学历歧视》。

学术狂人顺风顺水，深受老师喜爱的女博士李拾月和学历一般又屡遭歧视却不放弃奋斗的谢含章，多么奇妙的组合呀。

小宋导演唯一觉得可惜的是，李拾月并不上他们的当，但凡他俩要能吵起来一次，再往节目里一剪，大家肯定会觉得是李拾月气焰逼人，瞧不起谢含章，毕竟李拾月是个高大的女孩，不是平易近人那一挂的。

奈何李拾月实在是太憨了，她根本听不懂别人言下之意的个人特征，反倒给她增添了一种独特的喜感。

小宋导演努力了很久，也没能拍到李拾月对谢含章出言不善的画面。

虽然李拾月说话常常很噎人,但她的表情太真诚了,看到的人只会觉得可能李拾月和常人的脑回路不太一样,并不会觉得她有坏心眼。

小宋导演眼带怜悯地拍了拍谢含章,他已经有所预感,谢含章不会收获太多观众缘,虽然他已经尽力提点了谢含章。但谢含章实在太沉不住气了,表情管理常常失败,只能祈祷看在他那张脸上,观众会对他宽容点。

小宋导演说:"好了,采访结束了,你可以回去了。"

今天主要的拍摄在汤导那里,拍摄实习生在手术室的内容,然而谢含章早早出来,这一段他的戏份就大大减少。

谢含章在听到小宋导演叫他回去的时候,心里也明白了这一点,他嘴角的弧度一点点刮下来,最后勉强撑着一个笑:"好的导演。"

谢含章回去的时候是下午四点钟,他迷茫地坐在家里的沙发上,手上握着手机,屏幕停留在和小宋导演的对话框上。

小宋导演委婉地告诉他:"可能会有新的实习生取代他的位置,也就是说,他要提前退出了。"谢含章当然不能接受,他打了个电话给小宋导演,问自己明明都按照小宋导演说的去做了,为什么要把他从节目中踢掉。

小宋导演是个滴水不漏的人,乐呵呵地跟他说,此事还没有定数,是有这个可能,所以跟他提前打个招呼,说他今天听说了手术室发生的事情,他的表现太过一般,还差点犯下大错……小宋导演还说,不是他想把他踢出去,是他很有可能无法通过神经外科的考核,按照节目组一开始的规定,无法通过考核的实习生是无法顺利进入下一轮实习的。

谢含章忘记自己是怎样挂断电话的了,他浑浑噩噩地坐在沙发上,既懊恼今天自己做了那样愚蠢的事,又怨恨,怨恨李拾月,怨恨二助,也怨恨姜晏汐。他觉得是他们不给他机会。

在这种情绪之下,谢含章打开了微博,看到了微博热搜:沈南洲恋情曝光。呵!一个戏子!竟然也值得这么多的热度!谢含章知道沈南洲这个名字,也知道沈南洲是节目组的艺人嘉宾,将会在他们每一轮实习结束的时候,在嘉宾演播室点评他们的实习视频。他觉得更不公了,为什么总有人能够轻轻松松地得到一切?怀着这种心情,谢含章点进了热搜。

/ 3 /

或许节目组应该感谢沈南洲,因为沈南洲确实给《生命之门》这个综艺带来了不小的热度,以至于沈南洲恋情曝光的下面就是"《生命之门》综艺正在录制"的节目话题讨论。

谢含章打开了实时话题,发现网友在里面讨论得热火朝天,当然,谢含章也看到了那个被顶到最高的讨论几位实习生学历的帖子。

从本科院校到研究生院校,神通广大的网友甚至把他们的中学都挖出来了,还有他们发过的论文,做过的课题,甚至还有他们的小学同学现身说法。

网友的点评向来是犀利而毫不留情,把几位实习生从头到脚从里到外点评了一遍,然后扔下了一句:这个实习生连进这个医院都不够格!

他们甚至还把实习生的学历排了个名,毫无疑问,李拾月排在前头,谢含章排在挂车尾。

学历是谢含章心头的一根刺,就像有些男人的身高一样不能提。

谢含章的愤怒一下子爆发出来了,噼里啪啦在手机屏幕上打字:学历就能代表一切吗?难道学历高就能做好医生吗?

网友并不知道网线对面谢含章的真实身份,把他当作莫名其妙的键盘侠,毫不留情地回怼:我只知道没有学历,你连医院的门都进不去!

久不冲浪的谢含章还以为网友是李拾月那个听不出人好歹话的憨葫芦,很快网友就用优美的话教他怎么做人了。

当事人之一的网友A在赢得这一场胜利后和好友吐槽:天哪,我今天遇到个疯狗,见人就咬,我不是在微博上发了一条关于《生命之门》综艺的讨论嘛,结果被一条疯狗追上来,说什么我歧视学历低的人,这年头真是什么人都能上网了,然后我再一看他给好几条微博下面都留了言……

网友A一言以蔽之:大约是脑子还没治好。

对面的好友也很配合,把微信名改成"海都市第一精神病院李院长"。

海都市第一精神病院李院长:(摸下巴,沉思)是我没把病人看好,罪过罪过。

谢含章在网上被网友教育了一顿,心里的火气更无处发了。他恨恨地关掉微博,心说这都是一群有脑子的长舌妇,然后打开了著名的某乎。

大数据时代某乎给他迅速地推荐了相关话题。

如何评价生命之门的六位实习生?

如何评价生命之门的艺人嘉宾?

如何评价生命之门的导师？

某乎上的言论让谢含章觉得顺眼不少，毕竟有不少人觉得谢含章虽然出身普通院校，但通过自己的努力翻盘逆袭，又有成绩又搞科研，比那些只会读书的名校高才生要好多了。

谢含章心念一动，打开了一个话题。然后开始敲击键盘：谢邀。某节目组幕后工作人员，怕丢工作不能多说。只能说这个节目的水深得很，里面的导师只喜欢学历高的学生，歧视普通院校，尤其有一位女老师，从国外回来的，不到三十岁就当了副主任……

没多久，谢含章就收到了评论：大兄弟，仔细说说。

谢含章回复：利益相关，不好多说，懂的都懂，我只能说这位女老师看着和气，实际上……

在网上说完这些匿名的话后，谢含章心情好了很多，按照网友的神通广大，节目播出后很快就有人能猜到他说的是姜晏汐。

谢含章没有意识到，无论是对姜晏汐还是李拾月，他都有一种超乎寻常的嫉妒。以至于明知道这些流言可能对她们毫无伤害，他还是不忌惮于用最恶毒的语言在网络上评论她们。好像只要网络上的人相信这些话，跟着他一起批判她们，他就能得到心理满足。

不过冷静下来，谢含章还是有一丝后怕，要是节目组知道他在网上诋毁节目，会不会找他的麻烦？

就在他冷静下来，准备把回答删了的时候，他突然收到了一条私信：你好，我是一名娱乐记者，我对你说的节目内幕很感兴趣，还想向你额外咨询一些事情。报酬优厚，加个微信？

谢含章微动手指，删了回答，却复制了私信里的微信账号，然后他又鬼使神差地在微信添加朋友框里输入了这串数字。

他点击了添加至通讯录，但没想到的是，不需要验证问题他就加上了。

谢含章有一瞬间的后悔，但很快就被娱乐记者的热情招呼给淹没了：你好你好，这里是橙子皮娱乐，请问是X先生吧？您别有顾虑，我们是正规的娱乐报纸，这次找上您呢，主要是想了解一下您在某乎说有关于某节目黑幕的事情，请问您说的都属实吗？

谢含章忍不住回复：当然，我说的都是亲眼所见。

记者：您别生气，我们只是想确认一下，如果您真的有看到节目组存在不公的行为，这边也可以告诉我们，我们保证不会泄露个人隐私，除了我和你以外，没有第三个人知道这件事情。

谢含章果然上钩了：真的？

记者：当然，暴露您的身份，对我们有什么好处呢，我们十分能理解您，也知道您不想为此丢了工作……

对方好像真的不知道他的真实身份，以为他是节目组的工作人员。

谢含章稍稍松了口气，问：那你们想做什么？

我们想向您买一些消息。

谢含章：如果你是问有关节目的消息的话，我在某乎上面的回答就已经包括了，我没有什么其他好说的了。

记者：您别着急拒绝，先听听我们的价格如何，如果您能提供一条有价值的消息，我们愿意为此付费一万块。

谢含章也不傻：我能说的早就在匿名回答里了。

他忍不住想，能有什么消息这么值钱？

记者：你们这几天有没有见过沈南洲？

谢含章：你是说那个大明星？

谢含章觉得很荒谬：大明星怎么会来拍摄现场？

他们难道不是只需要到时候坐着坐在开着空调的房间里，悠哉悠哉地点评他们的视频吗？

记者：您仔细回忆一下呢？真的没有在现场看到过他吗？或许您可以搜索一下他的照片，如果他出现在现场，您应该有印象的。

橙子皮娱乐的人就是之前跟踪沈南洲的人，他们没有蹲到沈南洲，但是发现沈南洲消失在了医院里。他们怀疑最近是沈南洲可能在节目组，虽然他们想不通沈南洲为什么会待在节目组。

橙子皮娱乐的人发挥想象力，想到了一个令人无比兴奋的猜测。他们曾经拍到过和沈南洲在一起的一个女人的影子，不过只是一半，样貌身高年龄全都不知。结合沈南洲最近在微博上的回复，橙子皮娱乐的人猜测是沈南洲可能是谈恋爱了。

橙子皮娱乐觉得沈南洲的恋爱对象很有可能是圈外人，并且很有可能就在这个医院。

谢含章果真去搜索了一下沈南洲的图片，一看，不过一个空有皮囊的绣花枕头罢了。

对面的人又发来消息：您有印象吗？

电光火石一瞬，谢含章还真想起了什么，好像跟着小宋导演后面有这样一个年轻人，长胳膊长腿，不过谢含章从来没看清楚过他的脸。

今天这个年轻人好像跟在汤导后面进了手术室，所以谢含章对他有些印象。毕竟这么多人，汤导连小宋导演也没带，只带了他，很难不让人怀疑是不是汤导的某个亲戚。

不会真是沈南洲吧？但他放着好好的明星不做，跑到节目现场干什么？

其实谢含章也不能确定，但他心想，橙子皮娱乐的人竟然愿意花一万块钱来买这样一个消息，送上门来的钱，他也没必要放过。

于是谢含章说：我好像在节目组的拍摄人员里见过这样一个人，但他戴着墨镜和口罩，我没看清过他的脸……

记者：没关系，您可以跟我们描述一下，他在现场干什么吗？

谢含章心说，他又不是节目组的打杂人员，哪有空关心一个工作人员在干什么？但看在钱的分上，他还是回忆了一下：好像就跟在导演后面拍拍东西吧。

记者：追问：那你知道他有和谁接触过吗？

谢含章随口一说：他一直跟在神经外科组的实习生后面拍摄，没见过他和谁接触过。

记者：那这两位实习生叫什么名字呢？

谢含章：一个叫谢含章，一个叫李拾月。

谢含章也有些不耐了：差不多可以了吧？

记者：可以了，可以了，谢谢您，再多问您一句，那位叫李拾月的女实习生，是不是长头发，长得比较白，个子也比较高？

谢含章：对。

李拾月确实是长头发，个子也比较高，肤色不算黑，但也不算白，不过三条中了两个，就当对面说的是她了。

谢含章刚回完这一句话，对面直接转了一万元过来：请您收下，谢谢您的回答。

零钱入账，谢含章刚才还有些不耐，瞬间消失得无影无踪了。

不过突然收到这么一大笔钱，谢含章心里还有些忐忑不安，他发消息问：你们确定不会暴露我的身份吧？

谢含章也算明白了，这橙子皮娱乐的人其实是想打听沈南洲的消息。但谢含章确实没见过沈南洲，橙子皮娱乐问自己有没有见过像沈南洲的人，就算自己回答错了，应该也没事吧？

谢含章又点进钱包里看了一遍零钱，还是没想明白橙子皮娱乐的人问了这么一通是为了什么？不过有了这一笔钱，谢含章可能会被退实习的心情稍微好了一些，不管怎么样，上了趟节目，拿了些钱，还是不错的。

谢含章丝毫没有把节目组的保密协议放在心上，至于他今晚说出的话会造成什么样的后果，跟他又有什么关系呢？

谢含章今天也有些筋疲力尽了，躺在床上打了个盹。然后醒来的时候发现自己手机上有好几个小宋导演的未接来电。

谢含章忐忑不安地打了回去："宋导，请问有什么事吗？"

他猜想难道是通知他退出节目的？现在的谢含章也不是那么不能接受这件事了，他在节目待得也挺糟心的，如今因为爆了一些料，得了一笔钱，谢含章也有些心虚。

小宋导演的声音没有平常的笑意，听上去有些生硬："你自己打开热搜看一下。"然后就挂了电话。

怎么回事？他再打回去，小宋导演却挂掉了他的电话。

谢含章莫名其妙地看了一眼电话，不是小宋导演先打给他的吗？为什么自己打回去反而被挂掉了？

谢含章想起小宋导演的话，这才打开微博，发现微博刚才被自己卸掉了。

现在是晚上九点钟。

谢含章把微博重新装了回去，然后发现一条微博：惊！生命之门女导师学历歧视，PUA 实习生！

他点进去，最上面一条就是谢含章在某乎上的匿名回答。

谢含章的脸瞬间变得惨白。

/ 4 /

刚和后世桃吃完晚饭，准备回去的姜晏汐突然接到了沈南洲的电话。

沈南洲的声音里带着一种不同于以往的焦急："你在哪里？你在原地找个地方待好，我现在就来找你！"

姜晏汐报了自己的地址，有些疑问："怎么了？"

沈南洲说："没什么事，你不要担心，你现在除了我的电话，谁的电话也不要接。"

沈南洲听见后世桃的声音从姜晏汐身边传出来："JIANG，怎么了？"

电话那头的沈南洲问了她的地址后就匆匆挂了，他语气焦灼，似乎发生了什么严重的事情。

他不会无缘无故给自己打这一通电话，听他的语气，这件事情还和自己有什么关联？

电话？谁会给她打电话吗？

姜晏汐一时想不出来自己会发生什么事情，但电话里沈南洲焦急的样子，怕是已经在来找自己的路上了。

姜晏汐抬头看到路边的便利店，转头对后世桃说："师兄，你先走吧，等会儿有人来找我，我看看是什么事情。"

后世桃问："是那天的沈先生？"

所谓知己知彼，百战百胜，后世桃那天看到沈南洲后，心里的危机感飙升，他很快搜到了沈南洲的相关资料，也知道了他是中国正当红的大明星。

后世桃注视着姜晏汐，脚步没有挪动半分，一时没有要走的意思。

他说："师妹，我知道你最近在拍摄一档综艺节目，那位沈先生是娱乐圈的人吧？你和他相知甚浅，最好不要轻易相信他。你醉心学术，是赤诚之人，不知这些人的险恶，我怕你被人利用了。"

其实在查到沈南洲的资料后，后世桃反而松了口气，没有人比他更清楚姜晏汐是怎样一个人，她是世上罕见的医学天才，然而在后世桃看来，比起姜晏汐的天赋，她的纯粹更令人赞叹。

她对于学术的追求是那样纯粹，让后世桃也自愧不如，后世桃并不觉得姜晏汐和沈南洲会是同一个世界的人。可沈南洲还是让后世桃心里生出了危机感，不仅仅是因为沈南洲那张堪比造物主得意之作的脸，更因为姜晏汐对沈南洲的一些微妙不同。

后世桃认识姜晏汐有十年，她向来温柔而疏离，把那些想要靠近她的人都拒之于外。

现在后世桃站在姜晏汐旁边，低头看着她的侧脸，她穿了一条黑白色格子长裙，站在路灯的光辉里，晚风轻轻扯动她的裙角，而她只是轻轻往下一瞥，用手按了按。

姜晏汐的眉眼是清冷的，像一幅传统的水墨画，清淡又隐藏着一股惊人的执拗。

后世桃第一次知道，原来自己也是会嫉妒的，他从前觉得那是懦夫才会做的事情，只有无能不敢去追求的懦夫才会生出这种无用的情绪。

嫉妒是多么让人不齿的情绪。

最起码在看到沈南洲之前，后世桃是这样想的。

他本来以为姜晏汐不会为任何人改变，她是眼里只有医学的天才少女，从十八岁到二十八岁，不知有多少美貌少男错付春心。

后世桃还觉得自己是特殊的，毕竟没有人比他认识姜晏汐更久，他还能以朋友的身份和她说得上话，以同门师兄的身份和她谈闲聊天，夹带私货，悄悄关心她。

可是为什么呢？姜晏汐回国不到一年的时间，他和她也不过小半年的时间没见，好像有什么变化了。

醋意让后世桃失去理智，以至于做出从前从来不屑于做的事情，比如诋毁一个他根本就不认识的人。

后世桃说："我听说那位沈先生很早就进娱乐圈了，名利场利益动人，你一直钻研学术，没有和这样的人打过交道，也不了解他们。现在你是综艺节目的导师，是医院的教授，或许他的团队想抓住你炒作……师妹，我不想你受伤害。"他忍不住说，"他一个大明星，总是出现你身边，难道不让人奇怪吗？"

姜晏汐问："难道我身上有什么可图的吗？"

后世桃说："师妹，你大约不知道，你在多少人眼里炙手可热？多少人在你这个年纪取得这样的成就？我早就打听过了，那位沈先生这次上综艺也不过是想再捏造一个人设，你年轻不知世事，只怕在他眼里，你是最好的利用工具，要不然他为何要请你吃饭？"

那天后世桃在餐厅撞见姜晏汐和沈南洲，要知道那家日料餐厅并不便宜。那位大明星为何又要单独请姜晏汐吃饭？

后世桃不由得有一些很黑暗的想法，或许沈南洲是看中了姜晏汐的学历，天才女医生和顶流男明星，多么具有话题度呀，说不定大家还会觉得沈南洲找医生当对象，在娱乐圈是一股清流。后世桃还想再说，却被姜晏汐打断了。

姜晏汐很少跟别人说重话，但她这次是真的有些生气了，她能理解后世桃不知道她之前和沈南洲认识，所以会对于沈南洲有些误解，觉得他刻意接近自己。但是……姜晏汐略有些失望地说："师兄，我记得你从前从来不会这样随意地批判一个人，他是怎样的人，不会有人比我更清楚。"

她的语气是那样斩钉截铁，以至于后世桃看着她的眼睛，微微一愣。

姜晏汐说："他是怀着目的接近我，还是真心待我，真心把我当朋友，我能感觉到。我虽然一心在医学上，但也不是对其他事一无所知的生活小白……师兄，你应该相信我，相信我并不是你想象中那样分辨不出别人善意与恶意的人，我能够处理好生活中的人际关系。"

人们对天才的定义总是狭隘，觉得天才除了学习什么也不会，可天才也是一个人，并不是人们想象中那样除了学习，其他一切无法自理的生活小白。这是姜晏汐第一次冷着脸对他说这样的话。后世桃愣住了。

/5/

姜晏汐是后世桃的同门小师妹，他们的老师是世界闻名的神经外科医生 Michael 教授。

虽然后续出于某种原因，后世桃转行做了麻醉医生。

后世桃习惯处处照顾这个小师妹，在他心里，小师妹心无旁骛，心思纯粹，不知外界的恶意。再加上国外的医疗环境也比较简单，后世桃和姜晏汐认识了十年，也不知道她没有他想的那么不谙世事。

当初姜晏汐要走，后世桃其实觉得她很快就会回来，因为国内医疗环境复杂，难缠的病人实在太多。

直到现在，后世桃看着姜晏汐清澈而坚定的眼睛，不得不承认，或许他没有认识过真正的小师妹。

后世桃心里也承认，他不喜欢沈南洲，沈南洲望向姜晏汐的那种眼神，他无比熟悉。

但后世桃心里说服自己，他是为了小师妹好，他说："师妹，就算那位沈先生是好的，可是娱乐圈是个复杂的环境，谁知道他身边的人想不想利用你？你和他不是同一个世界的人，但你和他的生活有了交集，你还能平平静静地做你的医生吗？"

后世桃知道，小师妹最大的心愿就是做一个好医生。

可他不知道的是……

姜晏汐对上他的视线，说："师兄，你错了，我能不能做一个好医生，是我自己的本事，和外界和其他人没有关系。我知道他是什么样的人，也相信他不是别有居心的人，我比流言蜚语更早认识他，相信他不会欺骗我。"

姜晏汐相信她十五岁认识的少年，那个跟她说，你一定会成为最好的姜医生的少年，永远都不会变成坏人。

"丁零零——"突然，姜晏汐的手机响了，暂时中断了两个人的谈话。

姜晏汐拿起手机，是一个陌生来电，手机号码是海都市本地的，但不是她手机里储存的沈南洲的电话号码。

姜晏汐有些疑惑的接通了，是一个陌生的声音，带着令人害怕的恶意，质问她为什么要诋毁实习生？说到激动之处，甚至破口大骂。

后世桃直接伸手接过了电话，语气冰冷："这位先生，我已经录音了，你无端对我进行了人身辱骂，我这边保留了证据，请你等着我的律师函。"

对面立刻挂断了电话。

自从挂断这通电话后，后世桃一直沉着脸，看上去比姜晏汐这个当事人还要着急，他来回踱步，说："你看，我刚才说什么来着？你还相信那位沈先生，他只怕早就把你卖了！"

本来姜晏汐说了那番话后，后世桃不想再说了，可刚才听了那通电话，他的火气噌噌往上涨。

小师妹是什么样的人？对面那个一听就是社会败类的人竟然敢这样无端辱骂她！他生气地叉着腰，气得中英文一起飙出来骂人，反倒是姜晏汐神色不变，好像一点儿也没有受到影响。

姜晏汐伸出手，轻声说："师兄，这件事情和他没有关系，你把手机给我吧。"

听刚才那通电话，像是节目组的实习生说了什么。

姜晏汐其实心里大致有数了，什么样的人做什么样的事情，她作为老师，不是什么都不清楚的。

后世桃有些犹豫，说："师妹，要不你现在还是别看手机吧。"

然后后世桃看着姜晏汐直接伸手从他手里拿走了手机。

姜晏汐打开手机锁屏，果不其然，微信被消息给淹满了，她先挑了几条重要的消息回复了一下。

然后打开了微博，视线在微博前几的热搜上飞快地过了一遍，顺利找到那条和自己相关的微博。

惊！某综艺节目关系户女导师 PUA 实习生！

姜晏汐内心毫无波澜，甚至还点进去吃了一整套"瓜"。在这套"瓜"里，她变成了一个空有皮囊的学术姐己，一个嫉妒实习生，打压异己，毫无师德的导师。

倒是后世桃忐忑不安地观察着她的神情，问："师妹，到底怎么了？"

姜晏汐的电话又响起来了。

还是陌生来电，鉴于怕是外地亲友的关心来电，姜晏汐接了这个电话。但很明显，又是一个网络键盘侠。

姜晏汐在对方没来得及说出第二句的时候，飞快地挂断了电话，然后再接下来一长串的骚扰电话后，长按了关机键。

姜晏汐对后世桃说："师兄，你先回去吧。"

看这情况，她决定还是先去便利店待一会儿，万一网友找上门来。

只能庆幸姜晏汐由于刚回国，不管是公众号上的"互联网医院"挂号，还是网站上的专家信息，都没有更新姜晏汐的照片信息。

姜晏汐不想给后世桃带来麻烦，这些莫须有的谣言给她造成不了伤害，但就怕不理智的网友找上门来，伤害她身边的同事和朋友。

后世桃却说："这个时候，我怎么能放你一个人在这里？我陪你一起等他！"开玩笑，这种关键时刻，他才不会放沈南洲接近姜晏汐！后世桃看出姜晏汐想要拒绝，急忙说，"师妹，我知道你或许不需要我的帮助，但是我作为师兄，在这种时候不能坐视不理。难道我遇到了这种事情，你也会袖手旁观吗？"

己所不欲，勿施于人。姜晏汐仔细思考了一下，好像是这个道理。

于是两人找了个二十四小时无人自助便利店，买了几样东西，在店里的桌子旁坐了下来。

刚才姜晏汐在电话里，只是跟沈南洲说了他们吃饭的位置，姜晏汐看了一眼便利店的名字，然后跟后世桃借了电话。

沈南洲这个时候正在开车赶来的路上，刚才他又给姜晏汐打电话，发现她的手机已经关机了。

沈南洲心急如焚，不知道姜晏汐是不是已经知道了微博热搜。

他猛地一踩刹车，在十字路口停下来，看着最后一秒的黄灯，一拳锤在方向盘上，低低地暗骂一声。

直到红灯过去，绿灯重新亮起，沈南洲刚过这个十字路口，突然手机响了。沈南洲一瞥，是个陌生来电，但不知怎的，他突然心跳加速，他摁了免提，姜晏汐的声音从电话里传出来。

沈南洲慢慢在路边停下，然后打开双闪。

姜晏汐开口第一句就是："我已经知道了。"

沈南洲的心猛地一跳，急忙说："不！你不要看网上的那些言论，他们全都不了解你，都是人云亦云，你现在不要看手机！"

沈南洲好像从姜晏汐的声音里听出了笑意，她说："你别担心我，我没事，谢谢你关心。"

姜晏汐顿了一下，说："要不然你先回去吧，不要来找我了。你是公众人物，拍到了对你不好，我没什么事情的，我没有做过亏心事，不会把网上那些话放在心上。我相信节目组也不会坐视不理的，或许明天也就过去了。"

无论是节目组还是海都大学附属医院，都不会容忍这些言论在网络上流传。不仅仅是因为这些言论完全是捏造的，更因为姜晏汐不是节目组能拿来炒作的人。

姜晏汐是美国都想留下来的人才，是国内医学界一颗冉冉的新星，她一入职海都大学附属医院，就被院长当接班人培养。

要知道，这世上不是所有的人都能拿来娱乐的，即使这是一个娱乐至死的社会，也总有人，总有事情不能被消费。

但是沈南洲还是坚持："你不知道有些人的丧心病狂，他们没有自己的思想，我怕他们会伤害你，让我去找你吧，只要确定你没事，保证你今晚的安全，我就走……"他的声音甚至带着一丝恳求，让姜晏汐的心不由得颤了颤，她一时竟忘了言语，总觉得好像有什么东西超过界限了。

过了好一会儿，姜晏汐才轻轻说："好，那你慢点开车，我等你。"

旁边的后世桃发出了无声的冷笑，他突然插了句嘴，好让电话里的沈南洲听得清清楚楚："师妹的手机现在用不了，这是我的手机，要不然你加一下我的微信，我把定位发给你。"

沈南洲的声音瞬间变得彬彬有礼，且带有一丝公事公办的味道，说："好。"然后迅速挂断了电话。

一分钟后，后世桃的微信收到了一条新的好友通知。

ZHOU 申请添加您为好友。

后世桃脸上带着"礼貌而又友好"的微笑，点击了同意，然后把便利店的定位发了过去。

姜晏汐是背朝门口而坐，而后世桃坐在她的对面。

在看到沈南洲出现在便利店不远处的时候，后世桃故意说："师妹，你要小心别有用心的人接近你，你现在只是配合一个综艺节目录制，就一不小心陷入了舆论中心，一旦和娱乐圈的人有了牵扯，哪里还有平静的日子？你也要小心那些花言巧语，若是真的关心你在意你的人，就不会舍得让你卷入这些舆论当中。"姜晏汐有些莫名其妙，然而从门口踏入的沈南洲，脸色有一瞬间的惨白。后世桃装作没看见沈南洲，继续说，"你还记得吗？老师也不喜欢娱乐圈的人，老师说他们和咱们不同，咱们这些搞研究的，和他们是两个世界的人。"

Michael教授年轻的时候被一个女人伤过心，后来终身没娶，对娱乐圈的人意见大得很。姜晏汐意会过来了，后世桃还是在说沈南洲的事情。

姜晏汐说："师兄，你误会了，我与沈南洲相识已久，我相信他的人品，他是一个正直的人，你以后不要再这样说了，我不希望再听到这样的话。"

相识已久？什么情况？后世桃沉默了。走过来的沈南洲也沉默了，他心情很复杂，他想说他不是一个正直的人，他想说他并非问心无愧。千言万语，最后都憋了回去。

"姜晏汐——"沈南洲不动声色地走上前，把后世桃挤到一边。

我对你所有想说的话，百转千回，都在我每一次叫你的名字当中。

他说："你放心，这件事情我已经叫业内朋友帮我去查了，一定把这个人查出来，让他给你道歉，恢复你的名誉。"

沈南洲四处望了一眼，伸手又压了一下头上的帽子，说："但这里不是久留之地，还是先离开这儿吧！"

今天晚上这事情一下子发酵起来，像是背后有推手一般，沈南洲不由得不慎重一点。沈南洲对后世桃说："后先生就不必再跟了吧。"

后世桃皮笑肉不笑："师妹出了这样的事情，我怎能坐视不理？要我说我师妹好好地在医院里当她的医生，如果不是你们节目组的责任，怎么会出这样的事情？"他语带讥讽，"那些骚扰电话都打到师妹的手机上了，你以为师妹和你们一样是圈里人？应该承受这些非议？"

沈南洲确实心里愧疚，他清楚网络的疯狂，正因为如此，他才考虑慢慢退圈，然后正大光明地跟姜晏汐表白，他不希望因为自己在娱乐圈的身份而影响姜晏汐的事业。这一次事发突然，也引发了沈南洲内心的恐惧。

如果他不能保护姜晏汐呢？

不料姜晏汐说："师兄，你回去吧。"

她有些严肃，显然是觉得后世桃说得有些过了。

后世桃脸上出现不可置信的表情，大约是：师妹竟然赶我走？

他张了张嘴，然而心知师妹主意已定，略微憋屈地走了。

姜晏汐对沈南洲说："你不要在意后师兄的话，因为老师，他对娱乐圈的人有些意见，这件事情和你无关。"

姜晏汐已经猜到了是谁爆的料，她不知道谢含章为什么要这么做，也不想知道。她自认问心无愧，也知道人在做天在看。

沈南洲和姜晏汐商量了一下，最后来到了简言之的别墅里。

沈南洲住的地方有娱记蹲守，姜晏汐住的公寓不知道有没有暴露，思来想去，还是去简言之目前住的滨江花园比较稳妥，全海都市安保数一数二的住宅区。只是简言之的家里不止他一个人，还有林甜甜。

林甜甜一看到姜晏汐，就扑了过来，身上还穿着睡衣。

"真是太可恶了！那个姓谢的小人！"林甜甜已经从业内好友的嘴中知道了事情经过。她拍拍胸脯保证，"你放心，我已经联系了好几家娱乐报纸和公众号，一定帮你把那姓谢的小人的真面目给揪下来！"

而沈南洲找到了姜晏汐，把她带到了安全的地方，这时候才有空坐下来回消息。

他先是从他找的线人那里得知了谢含章和娱记的消息记录，以及谢含章受小宋导演暗示那些事情，然后转发给汤导发消息：**您看这事怎么处理？是我发给医院还是怎么说？**

汤导：别别别，有话好好说。

要是医院那边知道了节目组想要炒作，有人心术不正，以至于闹出今天的热搜，说不定这档综艺就直接崩掉了。毕竟当初协议可是说好了，不能影响医院的正常医疗秩序，以及保护医院职工的个人隐私。

虽然现在医院也气得不轻，但他们现在只以为是某个实习生闹的幺蛾子，并不知道和节目组的某个导演也有关系。

汤导：小沈啊，你冷静点，我这边来跟医院沟通，大家一起把这件事情处理好，这边节目组官方微博呢，还有我个人，都会出面澄清。

汤导一直是到事后才意识到不对劲儿，沈南洲怎么这么激动？

第八章

DI ER CI
XINDONG

爱，及时而已

好像面对全世界，
眼睛里也只能看到一个人。

／1／

简言之家的客厅里。

林甜甜和姜晏汐坐在另一个沙发上,林甜甜已经换上了她的紫色小魔女风裙子,对简言之敬而远之,恨不得保持三米远。

她端直身子坐在沙发上,努力装出一副和简言之不熟的样子。

林甜甜在安慰姜晏汐:"你不要担心,那个橙子皮娱乐就是个不入流的公司。他们的主编就是从我们公司跳槽走的,是个心术不正、忘恩负义的小人。为了热度不择手段!你别担心,我给你算过了,这些人自讨苦吃,搬起石头砸自己的脚!"她义愤填膺地把橙子皮娱乐的主编骂了一顿,从头到尾没有一个重复的词语。

林甜甜说:"你放心,我已经在微博上把橙子皮娱乐骂了一顿!狠狠地谴责了他这种无耻的行为!"

简言之笑眯眯地附和道:"姜教授,我给她点赞了。"

结果被林甜甜剜了一眼,说好的在人外,他们要保持距离呢?其实他们进门的时候,她和简言之的关系就暴露了,毕竟深更半夜,孤男寡女,共处一室。林甜甜建议姜晏汐:"要不你注册个微博吧?你发一个澄清微博,我给你转发。"

林甜甜在网上有两个号,一个是橙子娱乐的认证记者,之前因为几段采访视频在网上走红了,积累了几万粉丝;另一个号是一个塔罗大众占卜博主,因为林甜甜某种神奇的能力,积累了几十万粉丝,不过她这个号高冷得很,除了和占卜有关的,其他东西一律不发,也不接推广,所以在粉丝眼里这大概是哪位玄学大佬。

毕竟在那些不露脸的视频里,林甜甜话很少,听着冷冰冰的,一听就是个不好惹的大佬。但事实上,林甜甜只是怕被同事抓到,怕说多了露馅,尤其是当她那个记者微博号也开始在网络上走红起来的时候,林甜甜真的很担心网友会发现,橙子娱乐的美少女娱记和网络上的双木塔罗,其实是同一个人。她的塔罗牌告诉她,不能在网络上"爆马",否则会发生不好的事情,上一个不听劝的同门师姐,听说已经倒霉地吃了三年土了。

旁边的简言之跟个复读机一样,说:"我也给你转发。"

林甜甜直接忽略他,对姜晏汐说:"你的手机是不是不能用了?拿我的好了！"姜晏汐并没有接林甜甜的手机，而是把自己的手机重新开机了。然而平静不过三秒，手机又开始响起来了。

周围担心的视线瞬间集中在她身上，姜晏汐笑了一笑，平静地挂掉陌生来电，然后打开号码拦截，拦截一切陌生来电。

姜晏汐语气平淡，似乎没有被影响，说："他们大约是从公众号上找到我的联系方式，那是医院给我发的电话卡，我手机上还有一张卡，我把第一张卡关掉就是了。"刚才事发突然，又在外面，她也一时没想起来。

林甜甜说："那你快快注册一个微博，我和你互关！"

身为网络大V，林甜甜对于互联网操作驾轻就熟，很快就帮姜晏汐注册好了一个账号，叫"DR.JIANG"，头像是系统默认。

由于是刚注册的新号，林甜甜好不容易才搜上了她，然而刚一关注，林甜甜就傻眼了。因为姜晏汐刚刚发了两条微博。

第一条是：大家好，我是海都大学附属医院神经外科姜晏汐。

第二条直接转发了那条微博热搜，配文字：作为导师，我问心无愧，如果有人借此虚假传言攻击我的朋友和家人，我将运用法律武器保护自己的权益。

林甜甜傻了，说："你就这么发了？"她想，难道不应该卖卖惨？比如说什么自己刚结束一天的手术，说自己兢兢业业带学生，却不料被反咬一口？但仔细一想，叫姜晏汐卖惨？林甜甜忍不住打了个寒战，还是算了。

思来想去，林甜甜反倒觉得姜晏汐这样做是最合适的。姜晏汐是海都市大三甲的正式员工，她不是娱乐圈的人，她没必要卖惨，反而像这样大大方方地站出来解释，或许更合适。于是林甜甜动动小手，转发了姜晏汐的微博，她是先用记者号转的，然后转发到了橙子娱乐的工作群里：拜托大家转发一下吧。

同事：这不是今天的热搜吗？

林甜甜：热搜标题的女导师就是之前焦点新闻部同事采访的那位教授，橙子皮娱乐的人为了热度，瞎说八道！

听林甜甜这么说，橙子娱乐的同事想起来好像是有一位姓姜的教授，拒绝了美国的优渥待遇回来报效国家，不由得肃然起敬：没问题，应该的！

橙子娱乐现在的副主编也很愤慨：橙子皮娱乐的人活腻了！早就看他们不顺眼了，靠山寨我们橙子娱乐的名字博取热度就算了，现在还诋毁国家医务人员，可恶！

副主编跟橙子皮娱乐的主编有仇，橙子皮娱乐的敌人就是他的朋友。

　　不过在经验老到的副主编看来，橙子皮娱乐此举实乃自掘坟墓，自以为能操控舆论，毕竟之前有几个小明星就是这么被橙子皮娱乐给搞死的。

　　但不是什么人，他们都能动的。

　　一个社会的兴盛，绝对不是靠娱乐圈来维持，在国家的力量面前，娱乐圈根本不值一提。而国家需要什么？国家需要科学家、航天学家、化学家、医生……还有各行各业的天才。

　　橙子娱乐的副主编第一个转发了林甜甜的微博：支持姜教授维权，我们曾有幸采访过姜教授，姜教授卓然的学术成绩和高洁的道德修养令人敬佩不已，何方小人，竟敢出言诋毁！

　　副主编顺便放出了采访姜晏汐的公众号文字链接。橙子娱乐公众号的这段文字是根据记者对姜晏汐的采访整理而来的。里面简述了姜晏汐的成就——她是国外知名医院的教授和主任，师从世界闻名的神经外科医生 Michael 教授。对，就是那个世界上有一大半神经外科教材都有他名字的 Michael 教授。美国为了留下她，提供了优渥的待遇。但是她回来了。

　　一部分好奇的吃瓜群众兴冲冲地点进公众号，然后恍恍惚惚地出来。

　　竟然有如此品德高尚的人！

　　这样的人怎么也不像是热搜里说的毫无师德，只会 PUA 实习生的恶毒女导师吧？

　　最重要的是她看着蛮有本事的。

　　有人说：就冲她拒绝美国的高薪资而选择回国，我就黑不了她。

　　但橙子皮娱乐的热搜是第一个发酵出来的，虽然橙子娱乐下场帮姜晏汐解释，可看到的人太少了，大部分还是在质疑姜晏汐。林甜甜气得在客厅走来走去，和网友对峙。姜晏汐说："谢谢，相信的人自然会相信，不相信的人再说多也没用，多谢你帮我转发，这样就行了。"

　　该解释的她已经解释了，清者自清，再说了，互联网上的狂欢无论多么盛大，过几天都会消失。对于那些咬死认为她不是好人的网友，姜晏汐觉得没什么好说的。她不是一个需要所有人都喜欢的人，她并不在意这些误解，说到底这些网友只是陌生人罢了。

　　姜晏汐唯一担心的就是她的亲朋好友会因此受到伤害。所以发完微博后，她没忘了去微信上报平安，一个个回复关心她的人。就是消息太多了，姜晏汐想了想，把微博转发到朋友圈，配文字：一切安好，我问心无愧，大家不要担心。

结果这一转，无异于平地起惊雷。姜晏汐的朋友圈大多也是学术圈的精英，甚至不少医学界的前辈，他们平时不关注娱乐圈，纵使外面锣鼓震天响，他们还不知道发生了什么。医院的院长也知道这事了，其实他本来在睡觉，老年人嘛，睡得早，毕竟院长今年已经六十多岁了。

院长是在睡梦中被妻子摇醒的，院长的妻子也是医生，是医院妇科的姚主任，也认识姜晏汐。姚主任是个潮流的小老太太，临睡前看到了姜晏汐的朋友圈，赶紧把丈夫摇醒了。院长本来迷迷糊糊的，在听妻子讲完事情经过后，给气得清醒了，爬起来给教办打电话："是谁搞出来的事情？"

教办也焦头烂额，说："一个实习生，就咱们医院拍的那档综艺节目。"

院长问："小姜怎么他了？他要这么污蔑小姜？"

教办："可能是有一些矛盾……"

院长吹胡子瞪眼睛："把节目组电话给我！就那个姓汤的！还有那个什么总导演的……"《生命之门》这档综艺一共有三个导演，一个总导演，两个副导演，两个副导演就是汤导和小宋导演。现在这三个导演都在一起，在汤导的家里围着桌子团团坐，总导演黑着脸，小宋导演低着头，汤导把手往怀里一揣默不作声，表示这件事情和自己没关系。

汤导把沈南洲发给自己的信息转发给了总导演，汤导很识趣，没说这是谁给他的。大家都是圈里的人精了，沈南洲那么跟汤导说了，自然也有让他通知节目组拿个决断的意思。是要借着姜晏汐继续炒作，还是直接把谢含章踢出去？笑话，这还用选吗？就是头脑最不清醒的小宋导演，也知道要选姜晏汐，而非谢含章。

对于沈南洲操心这件事情，汤导有些摸不着头脑，毕竟这件事情可以算得上和沈南洲毫无关系。后来汤导仔细想，不对！现在沈南洲是节目组的大投资人，节目组受到影响，沈南洲也要赔钱。更何况沈南洲现在是艺人嘉宾，签了协议，不能中途退出的，要是节目组的名声臭了，沈南洲只能赔钱退出，要不然就得把名声砸在里面了。

而且汤导似乎听说沈南洲和他的母公司星扬娱乐最近在走解约流程，其中有一项协议是必须完成星扬娱乐剩下的工作再走。

大约是这些原因，所以沈南洲才那么着急吧。汤导仔细想想，应该也没其他原因了。不过,现在闹得一发不可收拾,节目组要拿个主意,迅速平息这件事情。总导演现在也很头疼,他有些后悔邀请小宋导演参与制作了,他是知道汤导和小宋导演观念有所不和,但总导演从前是觉得,一个节目嘛,既要讲究口碑,也应该有商业价值。

所以他不顾老朋友汤导的阻止,把擅长搞人物矛盾的小宋导演邀请了过来。小宋导演这个时候也认栽,他哪里知道谢含章竟然做这么离谱的事情出来?

小宋导演一早看出来谢含章这个人自大又自卑,这六个实习生中,就属他身上最有可乘之机,能叫节目组钻空子制造矛盾。但小宋导演发誓,他从来只是想挑起谢含章和李拾月的矛盾,从来没想过去越级碰瓷姜晏汐啊!他也没想不到,谢含章竟然嫉妒姜晏汐?

总导演拍桌子:"现在这事情怎么搞?微博热搜都第一了!"他察觉出些许不对劲来,"也不应该呀,橙子皮娱乐一个不入流的小公司,怎么就掀起了这么大风波?是谁在背后做推手?"

汤导慢悠悠地说:"我看现在不是讨论这事怎么发酵起来的时候,不如想想怎么澄清,以及要不要让谢含章退出节目组。"

总导演一拍桌子:"那当然!他必须得退出节目组,还得赔钱!他违反了节目组的保密协议,还在外面造谣污蔑!"不过他有些犹豫,"公开澄清还是算了吧,这群不理智的网民,过几天就消停了。"

节目组再出来表态,这事情就闹大了。

汤导说:"我看让谢含章退出节目组,这件事情也不会消停。"他故意对小宋导演说,"你说是吧?"

小宋导演自知理亏,憋屈地说:"是。"不过他也有些不服气,说,"这件事情是谢含章一个人自作主张,没人叫他那么说,他违反了节目组协议,按照流程让他退出节目,赔钱。但是这件事情对节目组又有什么影响?话又不是我们说的,我们该做的也做了,过一段时间,大众的视线就转移了,谁还会记得这件事?"

小宋导演的意思是不想大张旗鼓地解释,毕竟他们节目组又没做什么,话是谢含章自己说的,事情是自己发酵起来的,他们节目组只需要"神隐"就好了。他不愿意承认他也有做得不对的地方,他不应该诱导谢含章,激发谢含章心里的不满与恶意。

他说:"这事情既然已经这样了,我看也不是什么坏事,说不定还能为节目组增加知名度。"

总导演突然沉默了。汤导不动声色地瞥了小宋导演一眼，说："你要拿节目组实习生炒作也就罢了，你想拿人家三甲医院的主任炒作，你担得起这个责任吗？"汤导在心里摇头叹息，这小宋导演才华是有的，就是心思歪了，老想着拿人炒作，以博热度。要不是这节目也有他的心血，汤导才懒得管小宋导演，让他撞到铁板上才好！

汤导对总导演说："我们应该直接澄清，直接宣布处理结果，这件事情没什么好犹豫的，要是继续发酵，等到明天，医院那边生气了，就不只是跟我们中断合作的问题了。"

海都大学附属医院是中国排名前几的医院，有三位院士，数百位高级职称医师，每年接诊几百万人次，治了好多疑难杂症。

常言道，不要得罪医生。总导演这才下定决心，毕竟暗中处理谢含章和公开处理这件事情还是不一样的。暗中处理谢含章完全可以找个理由让他退出节目，但如果公开声明，就表示他们节目组的工作有疏漏，相当于自打脸面。总导演有些艰难地开口，刚开口，他的电话就响了，是海都大学附属医院的时院长。他很生气，中气十足："小王啊，你们这是什么意思？"

时院长在中国医学界也是鼎鼎有名的人物，他作为海都大学附属医院院长，同时也是正厅级干部。

总导演也只能赔不是："这么晚，打扰您了，闹出这样的事情，真是不好意思。您放心，我们一定尽快处理这件事情，不会让姜教授和医院的名誉受损……"

时院长呵呵笑了两声，属于老教授的威严，听了叫人背后发颤，他说："当初你托我的老战友找上我，想和我们医院拍一档节目，你当初怎么说的？是想让民众更加了解医疗行业，更加了解青年医生。小姜是我们医院杰出的人才，我是信任你们，才让她跟你们一起拍节目，现在搞出这种事情，你们说说怎么办？"

时院长把问题抛给节目组，总导演也明白他的意思了，听得满脸惭愧，满头大汗，不住地点头说是，说立刻就处理这件事情。时院长没朝人发火，即使年纪大了，说话的时候也带有一种读书人的斯文，就是那种明明没说什么重话，却听得让人羞愧不已。又说了十分钟，时院长挂断了电话。

汤导环着手，仍是一副事不关己的样子，他早说了小宋导演不行，现在果然出事了吧？反正这件事情不是他弄出来的，该怎么办怎么办呗。

总导演结束通话后，这次决定下得十分果断，说："叫宣传部门发微博，向姜教授以及海都大学附属医院道歉……"想了想，又摆摆手说，"不不不，还是我亲自来发。小汤，你给发到工作群里，让大家都转发一下。"他补充道，"认识的人也都让他们转发一下吧，现在舆论搞得这么大，要把这件事情解释清楚。"

总导演看向小宋导演，脸色有些冷："谢含章是你负责的，他那边就你去解决，不要让他再闹出什么幺蛾子来。"

小宋导演也心知自己这次捅了娄子，憋屈地说了一句："是。"

和谢含章的沟通对于小宋导演来说不是什么难事，谢含章到底也只是个学生，怎么玩得过娱乐圈这群老狐狸精？更何况他本来也没什么脑子。

时院长给总导演打完电话后，睡也睡不着了，他被这件事情气得不轻，为此特地下载了个微博，注册了账号，前去跟网友们理论。只是他打字太慢了，又是个三无小号，直接被网友当成小学生，气得时院长血压都飙了。

时院长心想，他看了这些言论都这么生气，不知道小姜看了要多么难受。当初他把小姜争取到他们医院来，费了多大功夫。哼！气死了！

时院长想给姜晏汐打电话，可第一次打的时候没打通，想想就去网上跟网友理论了。还是姚主任建议丈夫："侬一个人跟那么多网友说有什么用？医院不是有个公用账号吗？侬明天跟宣传科管理公众号的说一下，让他们发个澄清不就好了？"

时院长头也不抬，继续跟网友争论，嘴上说："今天人家都睡觉了，等明天他们起来还要好久呢！我晚上睡不着，非得跟这群人好好说说！你说说现在这群小青年，看到什么就信什么，不像话！"

于是热搜下出现了一个叫"人生如茶"的三无小号，看打字速度像小学生，说话有点急躁，但用词又很文明，挨个跟每个网友解释，说姜晏汐是一个优秀的为人民服务的无私的脱离了低级趣味的好医生。

时院长跟网友吵到一半的时候，姜晏汐看到了未接来电，打了回来。

时院长得知姜晏汐也注册了账号，赶紧让姜晏汐把账号名字发给他。

时院长转发了姜晏汐的澄清微博，然后成功地被认为是姜晏汐的水军，气得时院长连夜把自己的账号和姜晏汐的账号发给宣传科。

于是第二天宣传科的小陈早上六点钟迷迷糊糊醒来，看到院长给自己一连发了十条消息，吓得立刻清醒了。

最新一条是：帮我认证一下黄V。

小陈一脸蒙，颤颤巍巍地发消息过去：时院长，您被盗号了吗？您还知道微博黄V？

/2/

当时姜晏汐给手机开机后，就看到了时院长的电话。她知道时院长的性格，若是不和他报个平安，怕他不放心。

姜晏汐回拨了电话，刚一打过去那边就接了，手机里传来时院长担忧的声音："小姜啊，你现在怎么样了？"还没等姜晏汐回答，又听得院长中气十足的声音，"你放心，这件事情我一定让他们给你一个交代！"

时院长说到这里又忍不住生气起来："把他们娱乐圈那一套带到我们医院里来，这是不把我放在眼里了！我们医院的人他们也敢动！那些小明星爱怎么炒作都是他们的事情，竟然把手伸到我们头上来了，岂有此理！"

时院长噼里啪啦说了一大堆，像是刚跟人吵完架一样，他说："小姜啊，这件事情医院和我都跟你站在一起，你不要担心，也不要看网上那些乱七八糟的言论，在家里安心休息几天。"他问，"你现在是在家里不？"

姜晏汐如实回答："我现在在一个朋友家里。"

时院长一听就转过弯来了，问："有人跟到家里去了？"时院长很紧张，"要不我让院里找几个人陪着你？"

刚才姜晏汐不接电话，时院长就猜到是信息泄露了。这年头信息泄露格外严重，就是时院长平时都能收到不少贷款广告信息，还有问他要不要买房的。姜晏汐谢绝了时院长的好意，说："不用麻烦了，我已经在微博上做了澄清，这些人也不过是人云亦云，过几天就好了。"

时院长刚在妻子的指导下下载了微博，对微博的功能有了一个初步的了解，他立刻说："我叫宣传科的人帮你转发微博！"

时院长火速关注加转发了姜晏汐的微博，并发给了宣传科小陈。

姜晏汐又再三解释，自己真的没事，时院长这才挂断了电话，嘱咐她好好休息。挂断电话后，时院长继续上微博跟网友"对线"。

网友怀疑时院长是小学生，气得时院长把家里一整面墙的荣誉证书拍了上去，放到主页上。然后被网友嘲笑：哪家的小学生又用网图骗人了？

时院长气得从床上爬起来，在房间里来回走。姚主任才建议道："侬叫那个小陈帮你认证撒，等明个儿一起弄了。"

现在网络发达,互联网医院逐渐成为一种趋势,所以海都市的各家医院都在搞"互联网医院",有微博、公众号、短视频,还有的科室、医生等专门开了个人号,给群众做医疗科普,宣传科负责认证。

有时候某个医生火了,还能反向给医院带一波粉。

姚主任说:"侬现在这个号光秃秃的,谁晓得侬是哪个?侬快睡吧!明天再去搞!我瞧着人小姜没放心上,刚才电话也打了,人心态蛮好,侬放心撒,这种事情影响不了她的!"

时院长这才放下手机,停止跟网友的争论。

而这个时候,在简言之家,姜晏汐和院长打电话的时候,林甜甜还在积极转发,拉动亲朋好友、同事、前同事,还有她的六个前男友。

林甜甜也是个妙人,之前和简言之结束恋爱关系的时候,总觉得桃花劫差了点意思,没有达成牌面上撕心裂肺的感觉,索性又谈了六个,每回她都很主动,当然了,分手也很主动。奇怪的是,也不知道是林甜甜的桃花劫还是她前男友的桃花劫,毕竟林甜甜很潇洒,她的这几个前男友却有死缠烂打的。林甜甜的眼光也很挑的,她这几个前男友长得都不错,也有本事。于是林甜甜这几个精英前男友,无一例外收到了林甜甜的转发微博:*来来来,帮个忙呗。*

在林甜甜心目中,她这几个前男友都是和平分手,正巧有几个开公司,当网红,有微博或者其他平台个人账号。这几个前男友被分手的时候很伤心,发誓再也不在同一个地方摔倒两次,然而看到林甜甜发的消息后,又口是心非地帮忙转发了。简言之忍着一口气站在林甜甜旁边,不知道应该气林甜甜有这么多前男友,还是该气林甜甜让其他人都发,就是不发链接给自己。难道自己不是她的前男友吗?厚此薄彼!

简言之憋着气问:"难道我不算你前男友吗?"

林甜甜奇怪地看了他一眼:"难道我不转发给你,你就不打算帮班长转发吗?"还用她转给就在旁边的他?没长手吗?

简言之被骂了回去,委委屈屈地找到林甜甜的微博,然后转发:*姜教授是我的初中班长,品学兼优,为人正直,上学的时候十分乐于帮助同学,我相信她并不是热搜里说的那种人。*

简言之是日光餐厅的唯一控股人,所以他又跟运营把日光餐厅的官方账号要过来,转发了一遍。

简言之突然想起来自己还有一个同学聚会群,又转发给同学群:*感谢*

大家帮忙澄清。

同学群瞬间沸腾了。当年初三（20）班的同学，如今都快三十岁了，大多都是忙碌的社畜，没有时间去关注这些娱乐新闻。直到看到简言之发的链接，点进去一看，这些姜晏汐的老同学气得肺都炸了。

这不是造谣吗？要是说姜班长刻薄，那世上都没有宽容的人了！

女同学们大多有微博账号，立刻一个转发；男同学们也立刻注册了一个，纷纷现身说法。一时间，"姜晏汐澄清"这个话题条竟有往上升的趋势。但这些都是小波的力量，来自姜晏汐的亲朋好友和同学，不足以扭转局势。沈南洲点开了简言之发在同学群里的链接，在转发微博那个页面，敲敲打打许久，斟酌着自己的字句。他要用怎样的语言才能合适地替她洗脱这盆脏水？

还是简言之阻止了他，说："你拿大号给她解释？沈你脑子进水了？你也不看看你微博上有多少粉丝，别说转发了，你就是现在点个关注，都能掀起不小的风波。"

沈南洲知道，所以他犹豫。但他又做不到，什么都不说，所以斟酌着字句，努力找一个合适的理由。

沈南洲面无表情地对简言之说："我就不能为国家栋梁发声吗？"

他觉得用大号转发澄清微博这件事情也不是不可以，并不觉得这件事情有不合理之处。姜晏汐的优秀是摆在明面上的，他就不能是因为尊重国家科研人才，所以出面发声吗？难道仅仅是因为他们的性别不同，就被大众曲解出其他意思来？虽然沈南洲的心思确实不清白，但自始至终，主动权在姜晏汐那里，沈南洲亲自把主动权交给姜晏汐，任由她的裁决。只要姜晏汐对他没有那个意思，他们就永远只是朋友，这是沈南洲一早就想好的事。他愿意在她身边，做一个并不清白的朋友。

简言之嗤笑道："你觉得这个理由别人信吗？"

简言之拿过他的手机："你还是冷静一点，作为明星，你就不要出来搅和了，节目组和医院都会处理这件事情。

简言之身为资本家，对这一套老懂了，他拍了拍好兄弟的肩膀，说："你是关心则乱，当然了，我也能理解……"

简言之跟沈南洲已经站到了客厅的另一边。他瞄了一眼那边正在跟院长通电话的姜晏汐，压低声音对沈南洲说："你能克制成这个样子已经很不容易了，但听兄弟一句劝，你人在娱乐圈里，那么多粉丝呢，就算你走

221

的不是流量明星的路线,但只要有那么一小撮不理智的粉丝,你将来要和姜晏汐在一起就够呛……"

简言之略带同情地看了一眼沈南洲,因为他知道沈南洲不是会把自己喜欢的人藏着掖着的人,他说:"这个时候你还是悠着点吧,本来你也不一定能追到姜晏汐,要是被你粉丝查到了姜晏汐头上,闹个天翻地覆,我看你这辈子是没可能了!你且相信兄弟,姜晏汐的身份摆在这里,医院不会让她吃亏,有医院为她撑腰,这件事情顶多明早就会被摆平了!"

这些道理,沈南洲怎么不懂?但是他又怎么能做到袖手旁观,一言不发呢?可是沈南洲知道简言之说的是对的,所以他握着手机艰难地点击了撤销键。沈南洲拿小号偷偷关注了姜晏汐,然后发消息督促汤导:尽快澄清。

汤导这边已经和总导演商量好了,爽快地答复:节目组今天晚上就会发声明,让谢含章退出节目组。

节目组亲自下场打脸,足以证明谢含章说假话。节目组收到了时院长的警告和沈南洲的最后通牒,效率很快,连夜赶出了一份道歉声明,总导演亲自发长文道歉,怒斥有人心术不正。总导演是业内有名的暴脾气,自嘲是个俗人,说话用词夹枪带棒,把人骂了一个狗血喷头。

网友相信了,还真是总导演本人,并且也不是助理代写,毕竟这味道实在是太冲了!

节目组公号也迅速转发了一遍,并评论:《生命之门》节目组向海都大学附属医院及姜教授表示诚挚的歉意。

汤导也转发了:姜教授人很好,是一个非常优秀的医生。

小宋导演是直接转发的,没说什么,他现在在忙着联系谢含章。

谢含章自从知道这件事情闹了这么大后,吓得就没出来吱过声。

节目组的工作人员也出来现身说法了。平平无奇的摄像人员表示:姜教授真的很认真,严于律己,宽以待人,第一天跟拍的时候,姜教授做了一天手术,即使很累,对待我们也很客气。

我能吐槽吗?那个爆料的实习生,大家都不喜欢他,他一直找碴,只是别人不理她罢了。悄悄说一句,他一直针对同组一个博士小姐姐,只是小姐姐不计较。

姜教授对实习生很好,我已经知道这个爆料的实习生是谁了,这个实习生其实在节目里老犯错,但姜主任都没有对他说过重话……

由于节目组和几个导演的发声,导致"姜晏汐回复""《生命之门》

综艺女导师到底是谁"等几个词条都被顶上来了。于是这个时候,姜晏汐的那些同学同事的回复和评论也重新出现在大众视野里。

  姜晏汐是我的初中班长,三十岁社畜表示,特意为班长注册的微博。我必须要说一句,姜班长是我遇到的脾气最好的人,我从来没见过她骂人,她不可能去 PUA 一个实习生的!
  我是姜晏汐的大学同学。

  这个人的微博主页认证的是 Q 大光华管理毕业生,在大厂做管理层,拥有一万多粉丝,她是在微信朋友圈看到的,直接转发了姜晏汐的微博,评论:我们是校友,姜晏汐是一位很优秀的学姐。
  还有一些经过微博认证的医生,也纷纷肯定了姜晏汐的技术和品德。
  至此,谢含章已无回转之地了。
  节目组的澄清发在十一点,不过短短三十分钟,网上的舆论就反转了。但同时,网友们也对姜晏汐起了好奇,这位年纪轻轻就当了神经外科副主任的女医生,到底有多大本事?能叫这么多人出来为她说话?

  连节目组都不敢得罪她!要知道总导演和汤导演在业内也是鼎鼎有名的大导演啊!
  一个医生,就算确实学历很高,但也不至于节目组下场澄清吧。
  对于节目组而言,这看上去有些掉价了,而且也不符合节目组的作风。
  对于一个即将播出的节目而言,自然是热度越高越好的,放任姜晏汐被攻击,对《生命之门》这个综艺没有坏处。

  网友并不知道的是,这只是一个开始。晚上十二点的时候,沈南洲转发了姜晏汐的微博:支持姜教授维权。
  微博直接"瘫痪"了,当晚微博的程序员直接紧急加班。

/ 3 /

  沈南洲本来是想听劝的,可是晚上十一点多,看着节目组上到导演下到工作人员,一个个出来发声,还有熟悉的初中同学……沈南洲感到了一丝委屈，只有他需要跟她保持距离，他比所有人更清楚她的为人，却不能光明正大地站出来。

直到汤导疑惑地来戳他：小沈，你也转一下吧？

沈南洲不是刚才还催他吗？怎么他作为大投资人，反而没动静了？

汤导说：其他嘉宾还没有进入正式拍摄，只有你之前跟着姜教授拍了先导片，你出来解释一下也合适，而且你粉丝多，这样澄清起来也更迅速。

简直是天上的馅饼砸到了头上。沈南洲没有哪一刻像这样庆幸过在看到汤导朋友圈的第一时间，他去微信汤导，给节目投资。

所以他现在不仅是节目组的艺人嘉宾，还是节目组的投资人……看！这不就有理由了吗？沈南洲一点儿也不担心给自己带来影响，他只是担心影响到姜晏汐。可以说沈南洲入圈的初心是姜晏汐，他那个时候以为姜晏汐再也不会回来了，抱着这样一种想法，他签了公司。

他想要站上更大的舞台，虽然一开始，沈南洲也不知道自己这么做是为什么，后来仔细想想，大约是想通过这样的方式告诉她，你看，我们都在各自的领域里闪闪发光。

喜欢你这件事情……我想成为更好的自己，再去喜欢你。

当然了，沈南洲本身也是热爱唱歌的，只是以他的性子，不喜欢太复杂的关系，他原先是没有打算进娱乐圈的。他近来也准备慢慢退圈了，但他会继续唱歌，只不过准备减少出现在大众视线里的频率，逐渐转为幕后制作。入圈这八九年，沈南洲自认问心无愧，他认真对待他每一首作品，每一场演出，他会给他的粉丝们一个交代，再去光明正大地追求姜晏汐。

在此之前，沈南洲并不想把姜晏汐拉到大众视野里，但这并不表示在她遇到危险的时候，他就要忍耐看着她被别人议论和诋毁，但偏偏他的发言有可能给她带来更多的议论。不过这下好了，节目组的人纷纷下场支持姜晏汐，那么他发一条微博也不算特立独行，引人注目了。

沈南洲着实低估了自己的影响力。他转发姜晏汐微博的五分钟后，"沈南洲发声力挺"冲上了微博热搜第一，后面跟着深红色的"爆"字。

微博的吃瓜群众闻风而动，冲到了姜晏汐的微博账号下面，然后发现这是一个新注册的账号，总共只有两条微博，信息少得可怜。

沈南洲还不知道自己在微博上引起了怎样的轰动，他发完微博就放下了手机。而这个时候姜晏汐也结束了和院长的通话，轻声对其他人说："今天打扰你们了，时间也不早了，早些休息吧。"

今晚他们都在简言之家，好在简言之家有三层楼，有足够多的空房间。

简言之和林甜甜已经上楼回房间了，姜晏汐握着手机坐在沙发上，沈南洲就坐在她对面，他看出姜晏汐神思有些恍惚。

姜晏汐恍惚地抓着手上的手机，屏幕是黑的，不知道在想些什么，她平时嘴角淡淡的笑意消失了。

沈南洲忍不住起身，走到离她还有两步远的位置停住，弯腰看她，他把声音放得极低，害怕惊扰她："不要担心，一切都会过去的，不会影响你的生活的。"

他在心里对她说，我保证。

姜晏汐是一个素人，她不属于娱乐圈，大约是没见过这样的阵仗，而且沈南洲知道，她的性子也不喜欢张扬。就算她并不在意这些诋毁，大约也是会感到无所适从的吧？被自己亲手带的学生背刺，突然卷入舆论中心，以至于第二天都没有办法去医院上班。

沈南洲试图用自己的方式让她感觉好受一些，他语气故作轻松地说："别想这些事了，晚上睡一觉，明天热搜就会下去了。"

姜晏汐微微弯了弯唇角，气氛好像一下子变得轻松起来。

姜晏汐认真看着他的眼睛，说："我只是有些担心，我爸妈会不会知道这件事情。"

姜晏汐的爸妈在Ａ市经营着一家手工面包店，他们年纪大了，并不怎么在网上冲浪，但恐怕这件事情闹得太大，会有熟人告爸妈。

只是现在夜已深了，姜晏汐也不好打电话回去。

姜爸爸和姜妈妈最引以为豪的就是女儿，即使姜晏汐当年要从Ｂ大退学，他们也从来没有怀疑过她的决定，而是一如既往地支持她，相信她。

但姜晏汐知道，父母还是为了她受了很多议论，但父母为她挡下了亲戚诸多异样的眼光。比如为什么姜爸爸和姜妈妈不拦着姜晏汐一点，小孩子任性，大人也不管，是不是小时候的青春期延迟了，突然叛逆了，诸如此类的话。

姜晏汐并不怕为自己的决定和行为承担后果，但父母年迈，实在不该让他们操心。

姜晏汐只是说了一句，沈南洲就懂了。

沈南洲说："阿姨和叔叔都睡得早，这件事情晚上突然发酵，他们未必知道，等明天一早，事情就会过去的。"

不知是什么原因，让沈南洲说得如此笃定。

不过从某种意义上来说，沈南洲说得没错。自从沈南洲发了那条微博后，微博直接瘫痪了，数百位秃头程序员正在连夜加班抢救。

以至于第二天一大早，海都大学附属医院宣传科的小陈想要打开微博帮院长搞黄V认证，想用医院官博转发院长说的那条微博，却发现微博根本打不开了。

小陈无语。

程序员连夜加班三小时，微博终于不闪退了，大量的微博用户再次涌入，险些带来二次瘫痪。

微博抢救好后的第一时刻，"沈南洲力挺"仍然挂在第一个热搜，热度居高不下，后面连跟着几条热搜——"《生命之门》总导演回应""《生命之门》节目组工作人员现身说法""姜晏汐高中同学回应""姜晏汐初中同学回应"……最神奇的是林甜甜那个"双木塔罗"的小号也上了热搜。

在直播的时候，有人问双木塔罗有没有看今天的热搜，怎么看待这件事情，以及能不能算算沈南洲和姜晏汐是什么关系？

当时恰好就是微博瘫痪的那三个小时，被林甜甜随机抽中的粉丝还想要问一问沈南洲现在是不是单身。

不过大家发现今天的双木塔罗似乎心情不是很好，她说："你问题太多了。"

最后林甜甜回答了两个问题。一个是今天的热搜到底是不是真的？对于此，林甜甜真情实感地痛斥了为了博热度不择手段的营销号，并用抽出的牌面解释了大家的困惑。

林甜甜抽出了小人牌，说爆料的是一位心术不正的男实习生，因能力不足，心生怨恨，从而被有心之人利用。很明显这个有心之人就是橙子皮娱乐。

随即林甜甜又抽出了伥牌，意思橙子皮娱乐是为虎作伥，也是受人指使。

林甜甜并不知道谢含章这个人，她完全是按照卡牌解释的，抽完牌她自己也气个半死，因为牌面上显示姜晏汐对这位男实习生还算不错，却被背刺一刀。

有些网友不太信，觉得姜晏汐不过是一个节目导师，哪里值得有人算计她？撑死是橙子皮娱乐想要博眼球，说再有什么更大的幕后黑手也属实离谱了吧。

如果说有人想算计沈南洲,这还差不多。

网友当即质疑:如果要炒作,应该拿沈南洲来炒作,一个导师,就算她很厉害,那也是一个素人,有什么针对的必要?

另一个网友:一个巴掌拍不响,一定是她自身有什么问题!

林甜甜是不露脸直播,但是听声音也知道她很生气了,直接禁言了该网友,说:"我要是打你一巴掌,应该也挺响的。有人问了我这个问题,我就是根据牌面来解答的,大家仅供娱乐,请勿迷信,另外希望大家不信谣不传谣,相信官方的解释。"

林甜甜继续抽第二个问题,有关于沈南洲是否单身。

她在心里腹诽,要是让你们知道这两个人我都认识,那还了得?这个问题林甜甜不抽都知道,不过她还是走了一遍流程,说:"目前还是单身。"

她没有再继续解释下去,倒是粉丝继续提问:那他最近的感情状况如何?什么时候会脱单?

林甜甜说:"两个问题已经到了哦,同一天不能问关于一个人太多的信息。"

她心想,要是再说下去,粉丝估计得炸了。

不过林甜甜心情变好了,因为她抽出来的牌面显示,虽然沈南洲现在是单身,但年底转运,牌面有一张大概意思是:一件做了很多年的事情,终于在今年得到了回报。

之前林甜甜给沈南洲算牌的时候,抽到的几乎都是希望渺茫,看不到尽头,这是第一次塔罗牌没有否定沈南洲和姜晏汐的可能。不过沈南洲粉丝的反应倒也很清奇:你什么时候能脱单?我家老二都三岁了!

好像并不像其他家粉丝一样对沈南洲将来可能有女朋友这件事情反应很大。仔细想想也是,难道追星就是希望他一辈子不谈恋爱不结婚吗?更何况沈南洲并不是卖男友人设的偶像。

林甜甜继续直播抽人回答问题,但直播到一半,被简言之敲开了门。

直播间的观众只能看到双木塔罗突然离开了座位,然后有一个男人的声音传出来。

"这么晚了还不睡,你要熬夜修仙吗?"

然后是双木塔罗的声音:"大哥,你能不能管好你自己?你要是看不惯,那我走?"

然后就是家具倒地的声音。

在有限的视角里,直播间的观众看见一双大长腿从镜头面前走过,双木塔罗被一双手拦腰抱起,然后镜头黑掉了。

那是一双年轻男人的手,指节分明有力,握在双木塔罗的腰间,配着雪白的皮肤,有种说不清道不明的暧昧。

在屏幕黑掉的最后一瞬间,观众好像听到有什么重物落在床上,然后是一句男人的冷哼:"你还想走?"

双木塔罗的声音含糊不清:"喂!我直播还没关呢!"

简言之用脚把直播杆勾过来,然后伸手摁掉了直播杆上的关机按钮。

"现在,我们可以好好谈一谈了……"

观众:别呀!有什么付费内容是我尊贵的VIP不能看的吗?

不过由于林甜甜这段直播涉及沈南洲还有今晚的热搜,于是在微博被抢修好的第一时间,林甜甜的双木塔罗账号火了。

因为大家挖出了谢含章的身份,根据节目组工作人员的现身说法,挖出了那个爆料的男实习生。

本来这几个选手的资料在网上就是透明的,网友一查就把谢含章从小学到中学,大学到研究生的所有生平都挖出来了。

人是经不起挖的,而且墙倒众人推,在这种趋势下,谢含章可能都不认识的大学同学出来说话了,说谢含章大学时候得的奖项有猫腻有黑幕。

还有人发了自己的大学毕业证书,证明自己和谢含章在一个本科学校。

非洛地平:半个利益相关吧,我们学校双非,只有不到十个保研名额,所以每年加分竞争的都很激烈,据我所知,谢含章花钱买了网上那种专利,给自己加分。

不过执医不改名:以前和谢含章一个部门的,他这个人是有点假,而且不能被说,你要是让他丢了面子,他会记仇。

别学医:想想确实是他能做出来的事情,不知道这是不是可以说的事情,之前谢含章谈恋爱,还让他女朋友不要考研……

节目组的下场很大一部分扭转了舆论的风向,直到沈南洲转发了姜晏汐的微博。然后风向彻底掉了个头,大家转而开始去挖谢含章,然后成功挖出了一堆黑料。

大家明白了,看来是这个实习生在节目中受到了批评,自己能力不足反而心生怨恨,竟然妄想诋毁导师。

网友们很惭愧，又去给姜晏汐的微博留言道歉。

自从微博修好后，姜晏汐的词条也消失了，出于对姜晏汐隐私的保护，以防有人顺着她的就读院校和荣誉奖项找到照片找到个人信息，沈南洲花钱买了个会员，修改了词条。而医院这边也考虑到姜晏汐的人身安全，紧急隐藏了个人相关信息。

于是网友只在公众号上找到了零星一些信息，比如姜晏汐是神经外科的副主任医生，放弃了高薪资回国，是国内医学界未来的希望。

网友瞬间肃然起敬：懂了，是大佬。

在网友的脑补中，姜晏汐应该是一个三十多岁不苟言笑的女导师，详情参考重点高中的教导主任。

短短一个晚上，姜晏汐的微博账号上涨了一万多粉。

同时网友们也发现了姜晏汐微博下那个宛如小号一般的"人生如茶"账号，在评论区上下解释。

嗯，从这个账号的言论来看，不是年纪太大了，就是年纪太小了。结合账号的名称，网友们倾向于前者。

直到第二天一大早，破案了。

海都大学附属医院的官博转发了姜晏汐的微博，十分硬气：请停止对我院职工的诋毁，姜教授是一位十分优秀的医生，无论在教学方面还是在临床工作方面都无可指摘。

几个认证过海都大学附属医院的医生也纷纷转发了。

姜教授是我的同事，人很好。

支持姜教授！

如果谁说姜教授的品德有问题，那一定是我本年度听到最大的笑话。

同时官方迅速给姜晏汐的还有时院长的微博账号挂上了小黄V。

大家傻眼了。

昨天跟自己"对线"的那个叫"人生如茶"的网友，竟然是海都大学附属医院的院长？国内肝脏移植方面鼎鼎有名的专家？

昨天吵过架的网友都精神恍惚。

时院长这个时候已经起床上班了，看见宣传科的小陈已经给自己进行了认证，立刻拿起手机挨个回复网友。

时院长的语气很认真很严肃：不是小号。小姜是我们医院最优秀的年轻医生，不容诋毁！

时院长再次转发了一遍，顺便还回复了一下昨晚的网友：不是小学生。

网友只好出来回复：（流泪）院长爷爷我错了！（抱大腿）

时院长也不是个斤斤计较的人，很宽容地回复：没关系，知错就改还是好孩子。

于是时院长和网友的这段对话又小小地上了一个热搜。

当然了，细心的网友也翻出了时院长昨天在回复中上传的图片：一墙荣誉证书。

当时网友质疑时院长是小学生拿网图诈骗，现在发现，是他们有眼不识泰山。

这条回复下的评论迅速走歪。

打卡！

沾沾大佬之气，时院长保佑我过法考！

许愿，让我今年上岸吧！

（惶恐）何德何能，竟然能让院士回复我们上自证……

由于时院长出来说话，其他医院的官博以及一些大佬也出来发声力挺了，大肆赞扬姜晏汐放弃国外高薪回国，从多个方面三百六十度赞扬了姜晏汐的品德，还有能力。

一时间大家对姜晏汐的好奇再次爆发了，她究竟是怎样一个人，能让这么多大佬出来发声？能让六十多岁的科学院院士亲自注册微博和网友辩论？并且现在网上出来的这些自称姜晏汐的初中同学、高中同学、大学同学，也没有一个说她坏话的。

要知道谢含章现在的黑料已经挖出来很多了。不过这也从侧面证明，起码姜晏汐的私人品德是无可指摘的。

在这种情况下，谢含章的微博私信也爆满了。

当初要上综艺节目，所以这六个实习生都有公开的微博账号，此刻谢含章一下子变成了人人喊打的老鼠。

一夜之间，天差地别。

谢含章颓废地坐在黑暗的房间里，他关掉了家里的路由器以及所有电子设备。他不知道事情为什么会变成这样,难道是他错了吗?

谢含章至今不觉得自己有错,如果错,也是因为他没有姜晏汐,没有李拾月那样光鲜的学历,走到哪里都有人瞧不起他,他要付出比常人更多的努力,也得不到别人的尊重。

谢含章默默攥紧了拳头,在大概一个多小时之前,小宋导演给他打了电话,把他劈头盖脸骂了一顿。

小宋导演说,由于他的行为给节目带来了负面影响,所以合约终止,并且他要为此负责。让他直接拍个视频认错,澄清自己的不当言论。

谢含章是断网录的视频,因为他害怕一连接网络,就会有数不清的电话和漫骂。

正如同一开始舆论发酵时候,姜晏汐遇到的那些。

但那个时候,谢含章在想什么?

谢含章在想,姜晏汐那样高高在上的天之骄女,大约从来没有听过如此低俗不入耳的谩骂,她会是什么反应,她会生气吗?会反驳吗?而现在这些反噬加倍地到了谢含章身上。

谢含章想要姜晏汐体验的那些情绪,如今他自己也感受到了。

当你从外界感知的只有铺天盖地的恶意,是一种怎样的体验?你必须关掉你所有的社交账号,才能不看到、不听到那些恶意的言论。

就算百分之九十的人是理智的,剩下百分之十的人,也足以掀起一场狂欢。

谢含章知道,这意味着他数十年的寒窗苦读全都作废了,他的大好前程,光明未来,全都一夕之间化为乌有。

网友或许会顺着网线摸到他的学校以及他将来的工作地址,他将来的同事、将来的对象,都会知道这一段往事……他以后的求职也会变得很困难。

最起码,谢含章想去的好医院不会想要一个定时炸弹。

谢含章握紧了拳头,心里充满了愤怒,如果他的人生被毁了,谁也不要想好过,谁也不要想吃这个人血馒头!他没有录道歉视频,而是在备忘录上打下了一段很长的字。

大家好,我是谢含章。

对于昨晚的事情,我深感抱歉,但还是希望你能听一下我的解释。

我出生在一个很贫困的小山村，父母外出务工，和几个姐姐相依为命。村子里没有学校，我小的时候需要走两个小时的山路才能上学，这里没有好的教育资源，所以即使我每天花长达十二个小时学习，也只是考上了一个普通的本科学校。但在我们那已经是二十年不曾出现的喜事了。

　　我当时以为我离开了小山村，来到城市，可以改变自己的命运。可是我到了城市之后才发现，我觉得很好的这个本科学校在那些名校面前，根本不值一提。甚至在很多人眼里是很差的不入流的学校。

　　于是我有了新的目标，我想要考上那些名校。

　　在经过四年不曾松懈的努力后，我保研了，上了我想要上的J大医学院。但我没想到的是，我仍然饱受质疑，我和那些本科就是985院校的同学之间，有一道不可横跨的鸿沟。

　　我承认是我的心态没有摆好，所以才会在节目组遇到类似的被质疑的情况，失去了理智，发了一些牢骚。

　　我在这里向姜老师道歉，我的本意并没有说她不好，只是被无良媒体曲解了。

　　我会退出这个节目，为我自己的行为负责，也希望这件事情到此为止，希望大家不要再谩骂我的家人。如果大家一定想要看到一个结果的话，那么我希望，以我的死亡结束。

　　幽幽的屏幕光照出谢含章神情扭曲的脸，他其实长得不错，但在这种情况下看着让人觉得害怕。

　　谢含章觉得网友闹这么大，不就是想逼死他吗？节目组也是把他利用完了就扔。

　　小宋导演让他道歉，道歉完了之后呢？他们也不会管他的死活，他才不会让他们和和乐乐的收场。如果他死了，节目组出了这样的事情，估计也不会再顺利播出吧。最起码，他要让他们付出一点代价。

　　谢含章连上了手机移动数据，登上了微博。

　　现在是早上九点钟，微博的私信消息一如他所料一般爆满，手机也有很多未接来电。但奇怪的是，在他开机后的这段时间里，并没有什么陌生来电，微博的私信消息也大多停留在一个小时前。

　　谢含章觉得有些不对劲儿，打开微博热搜一看，果然是姜晏汐的账号又说了什么。

DR.JIANG：昨天晚上我收到了很多私信，我没有看，因为我知道他们是不好的言论，并且有很多过激言论涉及父母。这件事情已经做了澄清，我希望到此为止，也希望大家不要转而去攻击谢同学。

沈南洲也转发了：理智冲浪。

/ 4 /

这件事情发生后，节目组也联系过姜晏汐，问她希望怎样处理。

姜晏汐的回答是："到此为止。"

姜晏汐对谢含章没有怨恨，只是替他感到惋惜。这个男生也是聪明的，他能够凭借自身的努力从一个小山村考到城市，从普本考到985，在他的每一个阶段，他都尽最大能力地去往上考了，只是性子太过偏激，这样的人或许并不适合临床，但是谁又有权利定别人生死呢？

合不合适，自有他日后任职的医院来断定，没有必要在这个时候断送他所有的职业生涯。

并且舆论发酵到这个程度，谢含章已经付出他应有的代价了，最起码他接下来一年多的研究生生涯和以后的求职都会受到影响。

对于心高气傲一心想留在大城市的谢含章而言，这已经是最大的惩罚了。对于其他的，谢含章虽有错，但罪不至死。要知道有时候网络暴力也是能逼死一个人的。

节目组和医院这边都听取了姜晏汐的建议，对此事做平息处理，把这件事情很快压过去。

谢含章的心情很复杂，他删掉了备忘录里那些暗藏怨毒的字句，然后上微博简单发了一些话：对不起，我是谢含章，我会为自己的言行负责，退出节目组。我会继续精进学问和品德，谨言慎行。

是姜晏汐放了他一马。

谢含章知道，从微博上这么多医学大佬和医院出来为她发声，他就知道姜晏汐的那些荣誉不是说说而已。但是事已至此，他是无法留在海都市了，他最好的选择是回到家乡。那里的医疗环境贫瘠，无法和海都市相比，也正需要有人回来。

对于此次突发事件，Leo第一时间得知了是沈南洲的做法。

不过他并没有批评沈南洲转发微博的做法，反而十分感动：天哪，孩子长大了，知道参加综艺节目也要进行人情社交了。

要知道放在从前，沈南洲绝对不会发微博的，但整个节目组的人都出声支持了，他要是不说点什么显得他不好相处。

这是沈南洲的第一个综艺节目，也是他转型的开始，不能再像从前那样不在乎路人缘了。而且姜教授嘛，国之栋梁，医学界未来的希望，能和这样的大佬攀个关系，错不了。

就是沈南洲什么时候这么机灵了？Leo看了一下转发时间，发现沈南洲几乎是秒转，心中升起了一点微妙的疑惑，这么及时？

网友也有一点点微妙的疑惑，毕竟节目组一共请了五个嘉宾，其中两个是医学界因为意外退居二线的大佬，一个是主持人，一个是演员，还有一个就是沈南洲。

两个大佬都转发了，但是三个涉及演艺圈的人只有沈南洲转发了。

想想也是，医学界大佬可能认识姜晏汐，但是这三个娱乐圈的又没见过姜晏汐，转发就有点奇怪了。

而且这是沈南洲诶！沈南洲之前什么时候管过这种事？

于是总导演这个时候恰当地放上了沈南洲之前拍的"一日实习医生"先导片预告，成功转移了注意力。

于是节目组成功地霸占了第三天的热搜。

/ 5 /

事情在第二天就基本平息了。

第一天晚上发酵，第二天早上谢含章出来道歉，然后迅速退赛注销账号。到了第二天晚上的时候，大家的注意力已经从谢含章身上转移了。

大家开始好奇沈南洲为什么这次这么积极，和那位副主任女导师又有什么关系？

难道是收了钱？

此等想法立刻被沈南洲的粉丝反驳回去。

开玩笑好不好？且不说我们家小沈在娱乐圈的身价，小沈家里也很有钱好吧？再说了，又不是只有我们家小沈出来发声，那么多医学界大佬还有时院长都出来发声了,难道他们也收了钱吗?

小沈那是见不得有人颠倒黑白,所以仗义发声,这说明我们家小沈和娱乐圈那些墙头草一点儿也不同!

不过也有人问:沈南洲也是娱乐圈的人,难道就了解姜晏汐?

粉丝也语塞了,对呀,他们是怎么认识的?听说节目还在拍摄过程中,难不成沈南洲挂了姜晏汐的门诊号?没记错的话,姜晏汐好像是神经外科的。这……

有人跑到姜晏汐的微博下,询问她跟沈南洲的关系。

姜晏汐看到这条微博的时候,还和沈南洲在简言之的家里。

医院今天放了她一天假,让她好好休息,姜晏汐本来准备早上和简言之他们打一声招呼再走的,但简言之和林甜甜一大早都没露面。

一直快到中午的时候,才见他们两个神色不自然地从楼上下来。

这两人倒也奇怪。

林甜甜除了刚开始有一瞬间的不自然,很快就恢复正常,言笑晏晏地跟姜晏汐他们打招呼,然后默不作声地跟简言之拉开距离。而简言之的视线就没从林甜甜身上离开过,看她在这里和自己装陌生人,又委屈又憋火。

不过明眼人都能看出来他们之间有种不可告人的关系。

姜晏汐是没谈过恋爱,但这并不意味着她不懂人情世故。心想,大约简言之和林甜甜是在谈恋爱吧,那就更不好打扰人家了。

姜晏汐向简言之告辞:"昨晚打扰你们了,十分感谢,万分抱歉。"

简言之的注意力暂时从林甜甜身上被拉过来,说:"没事,这多大点事。"

简言之没忘了给好兄弟沈南洲创造机会,说:"班长,你要走是吧?那让沈南洲开车送你回去吧,免得又在路上被人认出来了。"

他心想:把姜晏汐和沈南洲送走,他也可以好好跟林甜甜谈一谈了。

所以既为了兄弟,也为了他自己,简言之不遗余力地劝姜晏汐:"现在的网友都不理智,就怕有哪个脑子有毛病的……"他朝沈南洲挤了挤眼睛,说,"你新买的房子不就在医院附近吗?正好把班长送回去。"

沈南洲看向姜晏汐,他鼓起勇气才敢直视她的眼睛,比起多年前,他已经能够表现得云淡风轻,说:"那我们一起走吧。"

就像多年前那个傍晚,夕阳染红了教室外面天空的云霞,照进来梦幻的霞光。

少女的侧脸被笼罩在这橙色霞光里,而少年,一边收拾书包,一边用余光瞥她,绞尽脑汁找话题,鼓足勇气开口说话:"姜晏汐,我们今天一起走吧?"

姜晏汐也想起沈南洲好像确实住她家附近,她欣然点头,说:"那麻烦你了。"

她本来是打算打出租走的。网友并不知道她长什么样子,毕竟她刚回国不久,照片之类的信息并没有传到网上。

不过她没有拒绝沈南洲的好意,大约是她看到了青年眼睛底亮晶晶的光,而她不想看到这束光灭掉的样子。

简言之笑眯眯地把他们送到门口,林甜甜站在他旁边,依旧离他三米远。只是等沈南洲把车开过来的时候,她以迅雷不及掩耳之速拉开了后车门坐上去。

当着沈南洲和姜晏汐的面,简言之也不可能把林甜甜拉下来,只好看着林甜甜坐着车扬长远去。

林甜甜还不忘摇下车窗,朝他挑衅地挥了挥手,她无声地做了几个口型:"再见,前男友。"简言之后悔了,他昨天晚上还是太心软了。

不过林甜甜并没有跟着沈南洲和姜晏汐到他们家去,而是离开滨江花园不久,她就下车了。

林甜甜跑到副驾驶窗外跟姜晏汐挥手告别:"班长,我先溜了啊……"她一本正经地解说,"我昨天给自己算了一卦,发现最近流年不利,最好去乡下躲躲,同学聚会我就不去了,你们到时候帮我和简言之说一声,聚餐费就不用退我的了,你们玩得开心哦。"

林甜甜朝姜晏汐意味深长地眨了眨眼睛,然后一溜烟儿跑掉了。

不知道为什么,林甜甜总有一种不好的直觉,她觉得八九年前算出来的那一卦桃花劫,好像要应验了。祖师爷保佑,希望她不要翻车。

/ 6 /

沈南洲把姜晏汐送回家的时候,在小区门口等了三十分钟,确定附近没有娱记蹲守后,才停到姜晏汐家楼下。

姜晏汐住的地方是医院提供的职工公寓,一个新建的小区,里面住的大多是引进的高精尖人才，或者工作多年的医院老职工。

沈南洲目送她打开车门，走到单元楼下，准备刷卡，又见她突然回头问他："你现在也是回去吗？"

沈南洲点点头，又摇头，鬼迷心窍一般，说："我去找我经纪人，之前的房子已经被娱记知道，不能住了。"

他本来不该说这句话的，但说完，他也不知道自己心里在期待什么。

姜晏汐折返回来，敲了敲他的车窗，说："那这样的话，留下来吃个晚饭吧。"她抿了抿唇说，"只是我做饭可能不太好吃……"

沈南洲喜出望外，连忙接上话茬："没关系，我会做饭。"

他想，希望他之前报名的厨艺速成班有用。

姜晏汐哑然失笑，然后轻弯唇角，说："好。"

姜晏汐的房子是一套五十平方米的单身公寓，当初分给她的时候是精装修，姜晏汐对里面的布置也没有改动过。

房子的风格和姜晏汐本人一样，极其简单，除了基本的家具，没有多余的东西，以至于五十平方米的房子都显得有些空荡荡的。

厨房的油烟机也很干净，显然是不常做饭。

姜晏汐把沈南洲带回家后，才突然想到一个问题，她的冰箱没有菜。

打开冰箱的时候，她有一瞬间的愣神。

沈南洲问："怎么了？"

姜晏汐难得脸上出现不好意思的神情："家里好像没菜。"她说，"要不然我现在出去买吧？"

沈南洲下意识地起身，走过去："那我和你一起吧。"

姜晏汐想想觉得不妥："这里是海都市的商业区，附近的超市人流量也大，你新买的房子已经被娱记蹲守了，如果这个时候去公众场合，只怕被盯上的概率很大。"

姜晏汐拿出手机："点外卖吧，你想吃什么？"

沈南洲说："要不网上买菜吧？"

沈南洲其他没记住，记住了汤导说的"要抓住一个人的心，先得抓住他的胃"，这些天跟在汤导后面学综艺拍摄，记得最牢的一句话。

他想，不就是做菜嘛，有什么难的？然后迅速叫微信上加的1V1厨艺指导老师给他发了一份快捷菜谱。

高薪聘请的厨艺老师果然很靠谱，不仅发送了图解版厨艺指导教程，

237

还同城送了一份蔬菜大礼包到沈南洲所说的地址。

如此贴心的教学服务，简直感天动地，不仅包教会，还包食材。但怎么说呢，沈南洲做饭不难吃，但也绝对没有天赋，做出来的也就是平平无奇的家常菜水平，能吃，但没有太好吃。

饭桌上，沈南洲一只手握着筷子，一边小心翼翼地观察姜晏汐的神色，忐忑不安地问她："你觉得还行吗？"

沈南洲这个人实在太容易露馅了，刚才还跟她打包票说自己会烧饭……

姜晏汐想起了从前家里养的那只会炸毛的蓝眼睛白猫。

她点点头："挺好的。"

她不是在安慰他，而是说大实话。毕竟平常人的水平是肯定达到了，在国外吃了十年黑暗料理的姜晏汐表示，她真的对吃饭不挑。

沈南洲心里松了口气，感谢老师的图解教程，谁能想到他买的厨艺教程这么早就用到了呢？

他一边心不在焉地吃饭，一边心花怒放地想，四舍五入，他也算是进过姜晏汐家门的人了。

沈南洲吃一口饭，偷瞄姜晏汐三眼。姜晏汐又不傻，自然察觉到了他的小动作，心底生出一股异样，但是缺乏恋爱经验的她并不知道这是怎样一种感受。

姜晏汐好像忘了，她向来跟异性保持距离，却独独在沈南洲这里有一份例外。

说实话，沈南洲今天晚上的整个心思都不在吃饭这件事上，姜晏汐看着他一口饭嚼了五分钟，伸出手在他眼前挥了一挥："沈南洲？"

沈南洲这才如梦初醒一般，抱着饭碗快速吃了几口。

姜晏汐发现沈南洲今天晚上很奇怪，她忍不住观察了他一会儿，心里升起一个奇怪的想法：沈南洲是不是没注意他自己吃的是什么？尤其是当他把筷子伸向那道虾仁炒鸡蛋后，姜晏汐忍不住抬手，用筷子在半空中逼停了他的动作。

姜晏汐说："你现在对虾仁不过敏了吗？"

说实话，沈南洲今天晚上全部的心思都在姜晏汐身上，哪里在菜身上？他吃饭的时候想的是她，夹菜的时候想的也是她，连筷子夹的是什么都不知道。

他的手腕一抖，两根筷子间的虾仁掉到了桌上，终于彻底回过神来，掩慌张，说："现在已经好多了，就算不小心吃了，也没什么事情。"

姜晏汐于是把那盘虾仁端到自己旁边，说："既然这样，那还是小心点。既然不能吃，怎么还做了这道菜？"

沈南洲下意识脱口而出："你不是喜欢吃虾仁吗？"

气氛有三秒钟的沉默。

姜晏汐不知该如何形容她现在看到的这双眼睛。

沈南洲的眼睛中间圆润，眼尾往狭长而去，像一种不典型的丹凤眼，正派中带着一点多情。他不笑的时候，有一种冷漠和疏离，笑起来的时候眼睛熠熠生辉，好像面对全世界，眼睛里也只能看到一个人。

姜晏汐这才反应过来，今晚的这一桌菜是按照她的口味来做的。

可是为什么他会知道自己喜欢吃什么？还是说十年前他就记住了自己的口味，并且一直记到现在？

姜晏汐轻轻说："其实你不喜欢吃的菜，也可以不做……谢谢你。"她笑了一下，"我其实不挑食。"

吃完饭后，姜晏汐想去收拾碗筷，却被沈南洲拦下了。

他先她一步把碗筷叠落在一起，说："还是我来吧。"他望向她，"外科医生的手怎么能洗碗？"然后装作不经意地说，"如果以后有人让你洗碗，你也一定不要洗。"

姜晏汐不知道他为什么会突然说到这个话题，问："为什么？"

沈南洲说："不会洗碗的男人，做家务是不合格的，不适合做对象。"

说这句话的时候，沈南洲的心脏跳得很快，他怕被姜晏汐察觉，又希望她察觉，并有一丝隐隐期待她的反应。

姜晏汐果然有一瞬间的失神，本是寻常无奇的一句话，她却不知道该如何应答。她似乎碰上了比她从前遇到的那些科研更难的课题。

姜晏汐抿了抿唇，说："其实，厨房里有洗碗机……"

沈南洲有一刻的气馁，好像简言之教的那些方法不是很管用。

他是想暗戳戳地表现一下自己的贴心，隐晦地表达一下自己很适合做男朋友这件事情。

或许这些太过委婉的方法并不适合姜晏汐？难道他应该单枪直入？

姜晏汐隐隐觉得晚上让沈南洲留下来，或许不是个明智的决定。可当他神情落寞说要去找经纪人将就一晚上的时候，姜晏汐又没办法不挽留。

心软是大忌。或许是有什么不一样了,姜晏汐心想。

沈南洲去厨房送碗的时候,突然想起来自己还没尝出今晚的饭菜什么味道,毕竟他所有的注意力都在姜晏汐身上了。

他夹了一筷子送入嘴中,眉头瞬间皱了起来,就这?

挑剔的沈南洲心想:糟了,全砸了。姜晏汐一定是为了给他面子,才会说还可以。果然不能临时抱佛脚,这还不如一开始说点外卖呢。

抱着这种懊恼,沈南洲跟地里蔫了的大白菜一样。

回到客厅后,坐在沙发上沈南洲抱着手机也是心不在焉,他用余光偷偷瞄旁边的姜晏汐,瞄一下,心里叹一口气。

两个人各有心事,谁也没有说话。

沈南洲给简言之发微信:如果一个人烧的菜明明不好吃,另一个人却说还不错,那这个说还不错的人是什么意思?是安慰吗?

姜晏汐也在给林甜甜发微信:甜甜,我想问你一件事。

事实上简言之和林甜甜正在微信上吵架,然后两人不约而同地停止了吵架,各自去回复消息。

简言之想晾林甜甜一会儿,然后先去回复沈南洲消息:你说的这两个人不会是你和姜晏汐吧?等等,你现在在哪儿?你不会是在姜晏汐家里吧?可以呀,不算无可救药嘛!

林甜甜也懒得理简言之这个幼稚鬼,心想,让他自己生气一会儿吧。然后去回复姜晏汐消息:(可爱)亲爱的班长,怎么啦?

姜晏汐:如果……我是说如果,你对一个人和对其他人的态度都不一样,那是为什么呢?

林甜甜大概猜到了她是说的谁,但是她装作不知,她问:那你是有意这样做的还是无意的呢?

姜晏汐:无意的吧。

林甜甜:那这说明在你心里就默认他和其他人不一样哦,让我猜猜,他一定是异性,对不对?

林甜甜:其实我说过你今年会红鸾星动,你今年会遇到不止一朵桃花,其中说不定就有你的正缘哦!

林甜甜:言尽于此,天机不可泄露,班长顺心而为就好了。

结束和林甜甜的对话后,姜晏汐握着手机,有些心不在焉地看起了其他的消息。而沈南洲亦是如此。也算巧合,两个人都点进了微博。

过了一会儿沈南洲问姜晏汐："你在看什么？"

姜晏汐其实在回复微博消息，她打开微博的时候才发现自己突然多了一万多粉丝，这些粉丝异常热情，一口一个老婆，叫姜晏汐有些无所适从。

现在的网友都这么热情奔放了吗？姜晏汐随手点进去一个网友的主页，发现还是一个小学生，想起自己已经快奔三的年龄，陷入了深沉的迷惑。

不过姜晏汐发现一大部分的评论都是在问她和沈南洲是什么关系。所以沈南洲问她在看什么的时候，她下意识地回答："网友问，我和你是什么关系？问你为什么帮我说话？"

关系？她和沈南洲是初中同学。姜晏汐问："要说吗？"

对于两个人曾是同学这件事情，姜晏汐无所谓说不说，但是沈南洲身份特殊，姜晏汐不知道会不会对他有影响，不知道该怎么回复网友。

姜晏汐问这句话的时候，沈南洲觉得他像是穿越到很久以后，美梦里自己和姜晏汐在一起，她像是在问他："公开吗？"

很快，沈南洲就反应过来了，他说："那你觉得我们是什么关系？"说完，沈南洲又觉得问得太过明显了，自己找补，"我觉得我们是同学，是朋友，现在你是我的老师。"

毕竟中学的时候，姜晏汐给沈南洲补过将近一学期的课，拍综艺，姜晏汐也带过一天的一日实习生沈南洲。

沈南洲没有让姜晏汐为难，主动回复了一条微博评论：姜老师是我的良师益友，我向她学习，她是一位优秀的国之栋梁，希望大家不要打扰她的生活，让她好好为国家做贡献。

这样一说粉丝就明白了，看来是一位女性长辈，毕竟副主任这个职称一听就很严肃。

节目组这边趁此好机会放出的先导片预告，就是之前沈南洲做一日实习医生的先导片预告。

预告只有不到六十秒，但是几乎涵盖了先导篇中所有的名场面。

比如病房大爷问沈南洲有没有对象，要给他介绍女朋友，当然了，节目组也贼坏，直接截掉了沈南洲的反应，让大家脑补沈南洲会如何回答？

比如沈南洲在第一次问诊和补病历的时候，露出的迷茫的神情，后期配文字：瑟瑟发抖、弱小、可怜、无助。

预告里并没有出现姜晏汐的身影，但是预告的结尾是护士跑出来，说病人的 HIV 报告是阳性，然后戛然而止，让观众的心也狠狠揪起了。

啊啊啊！！断在这里，导演你没有心！

导演，你这样做是会被半夜寄刀片的……

所以到底最后有没有事啊？

那位没有露面的女医生是不是就是节目组昨天上热搜的女导师呀？听声音好年轻啊……她就是姜教授吗？

所以姜教授急诊的时候遇到了 HIV 病人，并且在不知情的情况下给他做了手术？急死我了，到底有没有事啊？

大家没有看到姜晏汐的正脸，只看到她在听说有病人大出血急需手术的时候，匆匆进入手术室的背影。

隔着屏幕似乎能感受到那种命悬一线的紧张，网友都忍不住屏住呼吸。

网友对这位神秘的姜教授更好奇了。

可以说总导演这一手营销玩得极好，短短不到六十秒的预告片中包含了好几个爆点。

节目组成功把舆论转化为了节目的流量，而一些粉丝也放下心来，看来是沈南洲和姜晏汐只是纯纯的师生情。

毕竟在未播出的片段里，姜晏汐虽然没露面，但看得出来是个资历深的大佬，那一声声姜主任，起码得三十五岁往上了吧。

大家都不由得想起自己去医院挂的那些专家号，强者的脑袋，慈祥的笑容……脑补出了一个不苟言笑的女导师。

之前冒出的一些粉色想法消失了，他们又跑到姜晏汐微博下留言。

谢谢姜教授照顾我们小沈。

感谢姜教授的教导。

对于网上这些再次掀起的波澜，姜晏汐没有再关注了。

第九章

DI ER CI
XINDONG

画小猫的少年

这些身外之物一般的名声，太过热烈，
会灼伤他喜欢的人。

1

事情发生的第三天,姜晏汐就回医院上班了,而节目组也恢复了正常拍摄。由于谢含章的退赛,李拾月变成了单人一个组,这也意味着导师的所有目光和压力都集中在她身上。

不过李拾月没太大感觉,还是跟从前一样。确切来说,她并不在意自己的同组是谢含章还是李含章,哪怕没有这个人也没有关系。

不得不说,谢含章退赛后,整个节目拍摄也变得和谐很多。拍摄间隙的时候,沈南洲还听见节目组的工作人员在嗑瓜子闲聊:"我发现没有谢含章的阴阳怪气之后,舒服多了……"

谢含章之前采访时的阴阳怪气,就连工作人员都听不下去。

"那是,你说说他搞什么小心眼,医院里多少大佬,能看不出他的猫腻?要我说他就是自找死路,还不如认认真真干活。"

"现在只剩下姜主任和李拾月,气氛好多了,不过李拾月真的好憨啊,她是不是有的时候听不出别人的阴阳怪气?"

工作人员 A 感慨道:"要不然她早就和谢含章吵起来了!聪明又努力的小姐姐谁能不爱呢?聪明人就应该花精力在提升自己身上……"

工作人员 A 突然瞄到左前方的沈南洲,拍了拍同伴的肩膀:"那个穿黑衣服戴帽子的人是谁?怎么之前没见过?"

工作人员 B 吐了一把嘴里的瓜子壳,说:"哦,好像是导演的亲戚,一关系户,空降塞进来的,不知道干吗的。"

工作人员 A 抬头望了一眼房顶:"这不是室内吗,他怎么还戴帽子?"

工作人员 B:"年轻人嘛,讲潮流,我们老了,跟不上时代的节奏了。你管人家干吗,人家是导演的关系户,反正碍不着咱们的事情,咱们该干吗干吗就好了。"

前面的沈南洲听到工作人员的对话,默默地把帽檐又往下拉了拉。

导演给沈南洲分了台摄像机让他练练手,汤导也隐约猜出来沈南洲准备转型做幕后,也知道他大学是导演系的,所以大方地放手给他练手机会。

想要做一个好的导演,一个好的制片人,要知道如何拍出好的镜头是必不可少的。反正汤导也没指望沈南洲拍出来的镜头能有多好,对于汤导而言,只是多安插了一个人,一台摄像机而已。

也怪不得沈南洲会被其他人认作是关系户了。沈南洲想尽力缩小自己的存在感，不过汤导又不可能把他往这一扔。

汤导拍着拍着就跑到沈南洲这里，看沈南洲的机子，手把手进行教学。

沈南洲有基础在，学得也快，汤导竟有一种教导学生的成就感。他拍了拍沈南洲的肩膀，说："小沈啊，不如你之后来跟我干怎么样？"

汤导过来的时候，其他工作人员自然都不会凑上前来，但他们隐隐约约听到了些什么来跟我的团队之类的字眼，更加认定了沈南洲是关系户。

由于这一层美好的误会，沈南洲的节目打工体验十分不错，没什么人使唤他，也没有人刁难他，甚至也没人凑上前来搭话。

大家都是老老实实打工人，不想惹是生非，节外生枝。

面对汤导的邀约，沈南洲没有拒绝。汤导是斩获无数奖项的大导演，跟着他学习，能学习到很多东西，也不至于在一开始的时候没有头绪。

于是汤导成功收获了一个新徒弟。他对沈南洲很满意，心说娱乐圈的传言果然信不得，之前听说沈南洲为人冷漠，和哪个导演拍戏的时候耍大牌，然后拍出来狗屎一样的烂戏，对，就是那部被钉在耻辱柱上的古装情感大剧，沈南洲在里面客串了一个亡国太子。汤导心想，这样一看，小沈虽然演戏烂，但是搞拍摄还不错嘛。带着某种滤镜，汤导甚至还觉得是当初的导演不行，没把沈南洲这么有天分的人给拍好。

汤导抬头看沈南洲摄像机里的画面，一帧帧往回看，他摸着下巴说："咦？"沈南洲其实有些紧张，因为他的画面大部分都是关于姜晏汐……谁能想到汤导突然手把手开始教学呢？但是汤导的关注点在另一件事上，他说："姜教授还怪好看的哦！"汤导抬头看了看远处的姜晏汐，又看了看镜头，不知道为什么镜头里的姜晏汐格外好看。

姜晏汐丑吗？当然不丑！用当地老人的话来说，老好看了，三庭五眼，模样端正。但不知是不是有职业加成的缘故，姜晏汐给人一种敬而远之的感觉，第一眼看到她的人会觉得她应该是个很厉害的学霸，然后肃然起敬，很少会关注到她的外貌。

但沈南洲的镜头捕捉到了姜晏汐许多生动的片段，鲜妍明媚。

汤导真情实感地夸赞："姜教授无论是从能力还是外貌上，都无可挑剔。可惜了，可惜我那个侄子不成器，配不上姜教授。"

汤导居然还惦念着要给姜晏汐介绍他的大侄子。沈南洲迅速绕开了话题："汤导，我感觉这个地方好像不是很合适……"

245

沈南洲心想，这些数据卡他一定要带回去。

但是沈南州万万没想到的是，他防住了汤导，没能防住时院长。

下午的时候，他们跟拍手术室。跟上次一样还是汤导和沈南洲一起，两人弱小且无助地安静缩在角落。姜晏汐还有助手穿着手术衣站在无菌区，旁边是器械护士。手术室电脑旁坐着巡回护士，巡回姐姐保管着大家的手机，如果有人来了电话，巡回姐姐就会把手机接到手机主人耳朵边，开免提。

手术做到快结束的时候，来了两个电话。一个电话是一助的。

巡回问："来电显示是女儿，接不接？"

一助愣了一下，点头："接吧。"

于是巡回摁下了绿色接听键，并打开了免提。

一个小女孩的声音传出来，软软糯糯的："爸爸，空调遥控器在哪里？"一助是个外表粗犷的中年男人，听到女儿的声音，神情变得柔和很多，他一边继续着手上动作，一边回答女儿："不在房间里吗？你昨天晚上把它放哪儿了？你把它放哪儿了，就应该还在那里。"

小女孩委委屈屈地说："早上起来就不见了……"

一助："被子里呢？被子里再找找。爸爸现在在做手术，不能和你说太多，要是找不到的话，回家之后爸爸帮你找好不好？"

小女孩也是讲道理，"嗯嗯"了两声："爸爸早点回来。"

软糯的声音听得人心都化了。乖巧的小孩子总是能给人带来好的心情，这一通电话过后，手术室的气氛都轻松了不少。当然了，也是因为这一场手术快结束了。器械护士和一助说："你家女儿今年多大了？上小学了没？"

一助说："十二月份的生日。今年不行，明年才能上。还在看呢，现在上小学还要面试家长，我和我老婆都没时间，正发愁这件事呢！"

一助突然想起来什么，说："我记得你家儿子也上小学了吧，你家当时怎么选的？"

器械护士说："这事情急不得，也要多看看，我当时拉了个表格，你要是需要的话，我等会儿发你。孩子的事情，不能马虎。"

一助感叹道："我和我老婆都忙，平时也没空陪她，想想也觉得对不起孩子。"

说到这个话题，有孩子的人纷纷附和："是啊，难得休一天假，其实累得根本不想爬起来，但想想还是订了个室内游乐园，陪孩子去玩一天，不然总觉得对不起她。"

没孩子的人则是表示："还是单身好，不用考虑那么多，一人吃饱，全家不愁。"还有单身的人，例如二助，幽幽感慨："我现在已经忙到连相亲都没有时间去了，你们的这些烦恼，在我看来是甜蜜的烦恼。"

说起单身，话题就不得不绕到手术室级别最大的单身姜晏汐身上。

二助问姜晏汐："姜主任现在有对象了没？"

姜晏汐摇头，笑着说："我现在也是一人吃饱，全家不愁。"

器械护士问："那姜主任之前在国外谈过男朋友没？"

这次没要姜晏汐回答，巡回护士先说了："人家姜主任一看就是个学霸，哪有空谈恋爱？"毕竟姜晏汐在国外的时候，只花了相当于别人不到一半的时间就完成了学业，然后破格进入医院工作。要不然也不能如此年轻就取得这样的成就。

姜晏汐点头，说："之前并没有心思考虑个人的事情。"

想想也是，从姜晏汐如此年轻的年纪拥有如此丰富的履历来看，哪里还有多余的时间想感情的事？

二助说："那下个月咱们院和六院的联谊，姜主任一定要去了，说不定能成就一段美事呢！"

二助嘴里说的联谊，就是之前时院长牵桥搭线，准备让两个医院的单身医生互相认识一下。

器械护士斜了他一眼说："去去去，你当人人都是你呢！咱们姜医生和你们这些庸俗的男人才不一样！"

旁边的醋坛子又打翻了。

/ 2 /

沈南洲越过镜头看着姜晏汐，她没有明确的表态。她是怎么想的？

下一秒他就听得姜晏汐说："还是把机会留给其他人吧，我就不耽误人家了。"不知道是不是沈南洲的错觉，他感觉姜晏汐好像看了他一眼。

沈南洲的心飞快地跳动起来，怕自己想多了，也怕自己自作多情。

这个时候又有一个手机响了。巡回护士说："姜主任，是你的手机——时院长打来的。"

巡回护士按了免提，时院长的声音从手机里传出来："小姜啊，你下班没有？"时院长听出了手术室的声音，"还在上手术啊？那我等会儿给你打回去?"

巡回护士帮忙回答了一句:"没事,院长,最后一台,快结束了。"

姜晏汐说:"院长你说吧。"于是时院长说:"小姜啊,我最近有个优秀的青年同志要介绍给你,搞航天的,哪天见见?"

时院长最近操心于姜晏汐的个人问题,说:"小姜啊,你先别急着拒绝我,你见一见,不喜欢再另说嘛,这个青年同志人不丑的,他是我老战友的儿子,人品什么的我都给你打保票。他恰巧今天来医院了,等会儿你下手术,正好去吃个饭。"

姜晏汐有些哭笑不得,刚准备说话,哪知道时院长竟像是怕她拒绝一样,直接把电话挂了。

手术室里也不好再纠缠个人问题,姜晏汐先把这件事情放到一边,等结束这场手术后再说。

二助羡慕地说了一句:"院长介绍的人那肯定都是靠谱的,姜主任去看看也无妨,顺利的话,说不定我们很快就能喝到喜酒了。"

一般到了这个年纪,工作也定下了,谈对象也没有那么多弯弯绕绕的,成年人,行就是行,不行就不行。尤其对于医疗等一些公家单位,双方觉得合适,又知根知底,一般就定下了。至于谈恋爱这些风花雪月的东西,太忙碌的职业一般直接跳过。

角落的汤导见状,对旁边的沈南洲说:"你看我就说吧,姜主任不缺人介绍对象。唉,我这大侄子怎么就这么不争气呢!"他无意间说了一句,"时院长老战友的儿子,想必一定很优秀了。"

沈南洲现在心里很堵。搞航天领域的,一听就是一个很高大上的职业,是名校高才生,是时院长老战友的儿子,还和姜晏汐一样有着国外留学经历。沈南洲不受控制地想到简言之跟他说的话:"难道以后姜晏汐结婚了,给你发请柬,你是不是也要乐呵呵跑过去送祝福?"

那绝不可能。于是节目组拍摄结束的第一时间,沈南洲跟汤导打了声招呼,把摄像机扔给他就跑走了。但由于手术室的男更衣室和女更衣室在不同的地方,沈南洲换完衣服出来的时候,已经看不到姜晏汐了。

沈南洲用最快的速度跑到八楼。神经外科的办公室和示教室都没有人,沈南洲又去病房快速过了一圈。上次沈南洲问诊的那个18床,老爷子认出了他:"咦?你不是上次那个小伙子吗?"

沈南洲问18床:"大爷,你有没有看到姜医生?"

老爷子摇摇头:"今天一下午都没有看到她,只有顾医生在。"

说曹操曹操到,下一秒,顾月仙就进来了。因为刚才急速地奔跑,加上换衣服的时候只是匆匆一套,沈南洲脸上的口罩掉下来了。

顾月仙立刻就认出了他,指着他吃惊得说不出话来。

沈南洲怎么在这里?顾月仙环顾了一圈,确认自己没走错地方。

沈南洲迅速把口罩带了回去,压了一下帽檐,对顾月仙说:"抱歉顾医生,请问你有见到姜主任吗?"

顾月仙说:"她今天下午不是在手术室吗?手术结束了?"

沈南洲点了点头。

顾月仙说:"手术结束的话,那应该就是回家了吧。"

可是时院长还要给她介绍搞航天的青年同志呢!沈南洲想了想,又问:"请问顾医生,院长办公室怎么走?"其实他能阻止她去见院长嘴里的青年同志吗?不能。但是沈南洲心里还有一丝侥幸,比如她不会去见那个人。

顾月仙奇怪地看着沈南洲匆匆跑走,有些摸不着头脑。

沈南洲怎么在这里来着?他一拍脑袋,她给忙忘了,听说沈南洲也在现场参与拍摄来着,但是为什么他这么着急找姜晏汐?顾月仙心里升起一种奇怪的感觉。所以在遇到从手术室出来的二助宋医生后,顾月仙问他:"对了,你有看到姜主任吗?"

宋医生说:"大约是去相亲了吧?"

顾月仙:"啊?"

宋医生说:"刚才在手术室的时候,时院长突然打电话过来,说有个老战友的儿子要介绍给她,人都到医院了,我看姜主任也不好拒绝,可能去看看了吧。"

听了这话后,顾月仙心里的疑惑并没有消失,所以沈南洲那么着急找姜晏汐是为了什么?她不敢细想,因为这种可能有点离谱,这两个人怎么看也不像一个世界的人呀。

沈南洲在院长办公室的走廊看到了姜晏汐。她和一个穿着格子衬衫的青年面对面站着,说了几句话,又往这边走过来。沈南洲侧身一躲,躲进了消防通道的楼梯口。青年就是时院长要介绍给姜晏汐的相亲对象,江沅。

江沅是典型的理工男,人长得不丑,就是说话的时候显得笨拙,像一只憨厚的熊猫,和他的外表形成了很大的差距。

江沅是陪父亲来医院做体检的,这里的院长是父亲的老战友,两家也有来往。但江沆没想到的是他一到医院,就被父亲和时院长联手塞进了办公室,然后扔下一句:"好好表现。"

江沆的老父亲虽然年纪大了,但是中气十足,说:"人家是个好姑娘,你好好争取一下,要是表现得不好,唯你是问!"

于是江沆就和姜晏汐在院长办公室里大眼瞪小眼,略微尴尬地站了一会儿。姜晏汐也收到了时院长的信息:去吃个饭吧,年轻人互相聊一聊。

时院长贴心地把江沆的个人信息和家庭信息都发了过来,详细到身高、体重、出生年月日,以及父母工作家庭住址。

时院长在微信上说:实在没缘分也不要紧,咱们还有下一个。

姜晏汐有些哭笑不得,她没想到时院长的效率这么高,她还没来得及拒绝时院长,时院长就把人给她送过来了。

江沆同样是在学校里读了很多年书,后来就进研究所工作了,他没怎么接触过女孩子,面对姜晏汐,有些手足无措。

他说:"姜医生,要不然,我们先去吃饭?"

姜晏汐在办公室里就婉拒了他:"抱歉,我没和长辈说清楚,我目前不打算谈恋爱,抱歉。"

姜晏汐的直接让江沆一愣。江沆挠头,磕磕巴巴地说:"哦哦,好,没关系。"江沆和姜晏汐在办公室里坐了一会儿,然而双方的长辈都没有出现,也没有再回复消息。

姜晏汐第一个起身,说:"我还有朋友在等我,不然我们各自回去吧。"

江沆也连忙跟着起身,说:"好。"

江沆想了想说,"我猜我爸可能跟院长去喝酒了,大约是不会回我们消息了。"

江沆把姜晏汐送到电梯门口,问她:"可以问一下姜医生为什么暂时不考虑谈恋爱吗?"江沆鼓起勇气说,"其实如果姜医生现在没有对象的话,要不要考虑一下我?"

江沆一直单身,是因为之前在读书,进了研究所之后接触的大部分是同性,很少有和女孩子接触的机会。还有就是江沆的工作比较忙,也怕谈了恋爱之后不能照顾到人家女孩子的情绪。这次猝不及防被老爹坑到办公室,他刚开始有些茫然,但见了姜晏汐后,也对她心生好感。

穿着白大褂的年轻女医生,站在那里如同一棵挺拔的松柏,温柔又坚韧。江沆是想和她继续接触的。

姜晏汐垂下眼帘，不知想到了什么。过了一会儿她开口说："最近我有一个问题一直想不明白，所以……抱歉……"姜晏汐不知道自己对于沈南洲的例外是为什么，但她隐隐觉得，在搞清楚之前，她不应该接受别人。

江沅恍然大悟："姜医生……是有了心上人？抱歉，是我失礼了。"

沈南洲就躲在他们隔壁的消防通道里，他的睫毛颤了一颤。

/3/

江沅心中有淡淡的惋惜，不过他也不是强求的人，说："既然这样，那就祝姜医生早日想明白，我就不打扰姜医生了，告辞。"

电梯门缓缓打开。从沈南洲的角度，可以看到江沅进了电梯，姜晏汐站在外面并没有进去。沈南洲心里不知是高兴还是难过，高兴她并没有和院长介绍的相亲对象去吃饭，可心里却有一种无法忽略的苦涩。

姜晏汐的心上人会是谁？是后世桃？还是其他人？那个今天上月亮降落的男人会是谁？

医院的电梯有些老旧了，每次合上的时候，都会发出轰隆隆的声音。这声音惊醒了恍惚的沈南洲，同时他的手机也响了起来。一段没有歌词的铃声，来自他某个深夜的灵感迸发。这声音在空旷的走廊异常响亮，以至于沈南洲手忙脚乱地摁掉了声音，然后才去看亮起的屏幕：姜医生。

沈南洲略有茫然地抬头看向前方，而姜晏汐握着手机放在耳边，恰好回头看他。那一瞬间的所见所闻都是如此真实，好像夏风静止，鸣蝉不明，就连心跳也变得清晰无比。

姜晏汐向沈南洲走来，问："你怎么在这里？"

沈南洲突然变得不善言辞，并且嘴巴也开始打结，说："我、我……"他一连说了两个我，才找到借口，"我来找你。"

姜晏汐笑了一下："我也正找你。今天下班了，我是想问你和经纪人联系过没有？你现在住哪里？"

姜晏汐向来不是一个爱管别人闲事的人，在她看来，既然是成年人，就有能力处理自己的事情。就算之前出于某些同学情谊暂时"收留"了沈南洲一晚，之后他要做何打算，是买房子还是租房子，按照姜晏汐的性格是不会多问的，难道一个成年人还能找不到去处吗？可姜晏汐忘了，当她心软留下了沈南洲的时候，她就已经为他破例了。

但很明显,沈南洲并不知道这一句问话对于姜晏汐的意义,他还沉浸在姜晏汐可能有心上人这件事的悲痛中。他控制住自己的嘴角,弯出一个微笑的弧度。其实他很难过,难过得想拉着简言之去喝酒,虽然他并不能喝。

上一次喝进 ICU 的场景还历历在目,如果沈南洲真去找简言之的话,一定会被他骂得狗血淋头。说不定简言之还会冷嘲热讽几句:"喝酒就不必了,不如我直接帮你预定墓地吧。"

姜晏汐觉得沈南洲现在的状态有点奇怪,他的声音也很低沉,说:"Leo 已经帮我联系了新房子。"

沈南洲低垂视线看她,低声说:"昨日打扰你了。"

姜晏汐摇头:"没有,说起来这件事的根源在我身上,麻烦你还有简言之他们了,好在这件事情也结束了。"

姜晏汐思及此也松了一口气。她习惯了待在医院这个熟悉的工作环境里,真让她在家里休息,还有些不适应。

谁知道看到她的反应,沈南洲更忐忑了,说:"这些舆论是不是给你带来很大困扰?我是说,是不是打扰了你的生活……"

姜晏汐或许不在乎外界的议论,但有些时候不是不在乎就能抵消这些议论带来的影响。她热爱她的医学事业,但这些议论很有可能毁了她,让她没有办法再继续她热爱的事业。倘若这次姜晏汐个人信息泄露得太厉害,舆论又没能很快平息下去,那么她的个人生活很快就会受到打扰。说不定黑粉会跟到她的住址、医院,甚至还会做出不理智的事情来。

如果真到了这种地步,医院很可能为了保护姜晏汐,也为了保护患者,把她调离到其他地方。对于一个医生而言,太出名不完全是一件好事。

在娱乐圈多年,沈南洲更明白出名这件事情是一把双刃剑,他也明白姜晏汐受此无妄之灾,是因为这个节目,还有一部分因为他。

沈南洲今天的情绪不只是因为看到姜晏汐和江沅走在一起,更因为他得知了一些另外的消息。姜晏汐看着面前惴惴不安的沈南洲,轻声说:"有句话叫'但行好事,莫问前程',我问心无愧,这些言论于我而言,不过是过耳风,你不必担心我。"

今天的沈南洲实在奇怪,姜晏汐思来想去,大概只能归结于:难道她是觉得拍这档综艺节目,连累她牵扯到舆论风波里?她看着他的视线变得很柔软,她想,当年的那个少年还是一点儿都没变呀。他这样心软,容易为别人感到愧疚,是怎么在娱乐圈这样污浊的大染缸里待了这么多年的?

当初在美国的街头，姜晏汐看到了高楼大厦上沈南洲的生日应援大屏，才知道他进了娱乐圈。她感到诧异，不仅仅是因为昔日的老同学变成大明星，更是因为她知道沈南洲这个人虽然看上去很酷拽，但心里柔软得就像一只小猫，惯用张牙舞爪来掩饰心里的脆弱。

他不擅长说谎，更不擅长伪装。这样的人要怎么去适应娱乐圈？回国再次遇到他的时候，沈南洲已经是国内的顶流巨星了。说实话，姜晏汐有一瞬间的欣慰。看上去，沈南洲已经游刃有余，风度翩翩，举止优雅，虽然有时候也透露出一种憨来。所以那天初次重逢，在医生办公室只有他们两个人的时候，青年忐忑地等待她的夸奖，而姜晏汐说："是的，你做得很好。"是真的比她想象中还要好。

那时候姜晏汐想，他和从前不一样了，他现在看上去很适合娱乐圈，适合站在聚光灯底下，做光芒璀璨的大明星。然而姜晏汐此刻才发现，沈南洲一直是沈南洲，他还是那样心软和善良。

姜晏汐说："你虽然是节目组的嘉宾，也是投资人，但这件事情和你没有关系，导演也没想到会出这样的事情，不过是网上的一些流言蜚语，你为什么要和我道歉？"

姜晏汐如此坦荡，反而叫沈南洲更加愧疚。他咬了咬牙，说："不，其实这件事情并非和我全无关系，是有人故意找上谢含章，他们想针对我，所以将你牵扯进来。"

这是 Leo 告诉他的，这也是 Leo 为什么没有反对沈南洲帮姜晏汐出声的原因之一，除了和姜晏汐这样的大佬结交没有坏处之外，Leo 觉得，说到底也是因为沈南洲生出来的事情，连累人家大佬，怪不好意思。

沈南洲低头，不敢看她："我最近准备和我的经纪公司解约，公司新换了高层，颇有些急功近利，我不喜欢。我的合约快到期了，我不想续签，想提前解约。"姜晏汐下意识地问："那他们愿意放你走吗？"

沈南洲这样一棵大摇钱树，只怕很少有人愿意。他收了笑，神情变得有些冷冽，说："他们把我的消息透露给娱记，想要抓住我的把柄，之前娱记蹲守，还有谢含章的事情，都是他们在背后做推手。"沈南洲解释，"我上这档综艺节目，其实是公司安排的。"说到这里的时候，他顿了一下，视线不经意地从姜晏汐身上掠过。

姜晏汐说："我好像记得他们说过，这是你第一次上综艺……原来是这个缘由。"

对于原因，沈南洲含糊其词，说："我本是不准备来的，因为某些个人问题，最终还是参加了这档节目。公司与我的合约里写了即使要解约，也必须完成公司的工作才能走。"

姜晏汐问："所以他们想破坏这个节目？"姜晏汐也觉得可笑，"这种手段实在下作，何况利用谢含章又能对你造成什么伤害？"

谢含章是自作孽，而且他现在做的孽也反噬到了他自己身上。可是沈南洲是嘉宾，从理论上和谢含章又不接触。

他说："他们借此挑起节目和医院的矛盾，若是这次谢含章真的成功了，你的名声被毁，医院肯定也不高兴。"

姜晏汐点点头，说："医院领导同意这场综艺在医院拍摄，本就是想扩大医院的名声，要是好名声没有，反倒惹来很多负面新闻，他们是不肯的。"

沈南洲说："舆论对医院的名声造成伤害，这件事情又是实习生搞出来的，也算节目组单方面违约，医院是可以终止拍摄的，这样节目就被迫中断了，这档综艺的名声就臭了，我作为艺人嘉宾，自然不能避免受到影响。他们想用这样的手段逼我不能离开，让我继续合约。"说完，他偷偷瞄她，"真的很抱歉，让你牵扯进来了。"

他没能保护好她。

姜晏汐却问："既然如此，你接下来想怎么做？"

沈南洲很坚定："我从前想着星扬娱乐的知遇之恩，可是发掘我的伯乐已经离开公司了，现在的这帮管理层唯利是图。经过此事，我更不可能留在公司。"面对姜晏汐，沈南洲不知怎的吐露心事，"和星扬娱乐解约后，我想放更多的时间在个人生活上。"

沈南洲并不是一个喜欢在公众场合抛头露面的人，他不喜欢把自己的生活掰碎给所有人看，除非他把生活掰碎的时候，他喜欢的那个人也能看到。

为了这一种可能，沈南洲愿意忍受聚光灯下的毫无隐私，愿意戴上虚假的面具，忍受娱乐圈里的逢场作戏，虚情假意。

可是如今他喜欢的那个人就站在他面前，他像是漂泊了很久的旅人，想要停下来，歇一歇了。

但他也有顾虑，顾虑自己的喜欢有时候也是一种伤害。这些身外之物一般的名声，太过热烈会灼伤他喜欢的人。

进入娱乐圈是沈南洲自己的选择，他知道选择了做公众人物，就要承担一些非议和很多目光，甚至公众人物的家人有时候也不得宁静。

　　那时候沈南洲是怎么想的呢？

　　他想，反正他这辈子不可能和他心爱的人在一起了，不如站到亮眼的地方，说不定她不会忘记他。

　　可谁知道呢？沈南洲觉得自己简直是搬起石头砸自己的脚，自己实在是太贪心了，在拥有了这么多锦簇花团后，又想着能和心爱的人在一起。

　　他想要光明正大地追求姜晏汐，就要从台前退到幕后，他不希望给她带来一分一毫的伤害，他害怕会有比这次更加过分的言论落在姜晏汐身上。

　　然后罪魁祸首是他。

　　姜晏汐轻声说："沈南洲，我没有那么脆弱的。"她好似看出了沈南洲心里的不安与愧疚，也猜出了他如此行径的原因，说，"我不管做坏事的是星扬娱乐还是橙子皮娱乐，都和你没有关系不是吗？你是受害者，我也是受害者，你为什么觉得我会怪你呢？你就是因为这件事心情不好吗？"

　　沈南洲刚想摇头，可是对上姜晏汐的眼睛，又鬼使神差地点了点头，他的声音里好像有些委屈："也不全是。"

　　都怪时院长要给姜晏汐介绍对象！沈南洲心里想，搞航天的那么忙，哪里有空关心姜晏汐！才不合适呢！不过比起航天学家江沅，沈南洲更关心姜晏汐那个未知的"心上人"。

　　于是他不动声色地问："我刚才听见你说，你已经有了喜欢的人？"

/ 4 /

　　沈南洲的心怦怦跳，像是等待裁决。

　　姜晏汐听到这话，停住脚步，转过头看他。

　　她大约盯着他看了三秒，对于沈南洲而言，像一辈子那么长。

　　姜晏汐把头转了回去，说："没有喜欢的人，只是不知道如何拒绝他。"

　　所以……只是借口吗？沈南洲心里涌起一股欣喜，又听得姜晏汐说："不过我最近确实有一个难题，怎么想也想不明白。"

　　沈南洲吃了一惊，这世界上竟然还有难住姜晏汐的难题？

　　他笨拙地说："学术方面的问题我也不懂，但是你这么厉害，一定会想出来的。"

她轻轻摇了摇头,说:"不是学术上的问题……"她顿了一顿,说,"大约我需要好好想一想。"

不是学术问题,那会是什么问题?沈南洲漂亮的眼睛里写满迷茫,他快走几步追上姜晏汐。

两人并肩往医院大门走去,沈南洲又开始暗戳戳地试探:"时院长介绍的人应该很不错吧?我听说是搞航天的应该也是高端科研人才了……"

沈南洲的语气有些酸溜溜的,不知为什么,听得姜晏汐嘴角微微上扬,沈南洲别扭的样子,好像一只傲娇的蓝猫。

姜晏汐点头:"江沅确实是一位很优秀的人才。"

"哦。"沈南洲突然不说话了,沉闷地答应了一声。

心上人突然夸情敌,不想附和怎么办?但过了一会儿,沈南洲主动问:"那你会喜欢江沅那样的国家人才吗?"

姜晏汐转过头:"我要是喜欢这样的人,就不会拒绝他了呀。"她想了想,说,"我当医生就已经很忙了,江沅在研究所应该也很忙,如果两个人都很忙,岂不是没有什么见面的机会?"

沈南洲心里一喜,江沅没有时间,他有时间呀!他差点就把这句心里话给说出来。但很明显,他眼角眉梢已经带上了喜气,就好像已经表白成功了一样。

沈南洲极力压抑自己高兴的情绪,若无其事地问:"那这样看来你是更喜欢工作清闲一点的了?"

姜晏汐没说是也没说不是,只是说:"我爸妈倒是挺希望我找教师一类的对象。"

沈南洲的心情又瞬间跌回谷底。好了,没事了,他现在去考教师资格证还来得及吗?

姜晏汐说:"但其实只要是对的人,什么样都好。"

沈南洲心里微微一动,那么他会是她心里对的人吗?

那天晚上,姜晏汐和沈南洲又在一起吃了晚饭,还是熟悉的连锁馄饨店。

几十年的老牌子,A中门口同款。

但是这次点餐的时候,姜晏汐点完自己的餐,又和老板说:"再来一份小份的荠菜馄饨。"

沈南洲有一瞬间的诧异。

姜晏汐点的是猪肉虾仁馄饨，和十多年前一样，但是沈南洲吃不了虾仁，他对虾仁有轻微的过敏，并且大份馄饨对他来说，实在太多……

十多年前的少年或许是为了逞强，也或许另有原因，坚持和少女姜晏汐点了一模一样的大碗猪肉虾仁馄饨，然后成功在那天晚上进了急诊。值得一提的是，那个晚上，少年沈南洲离家出走，被姜晏汐的妈妈带了回去。

后来沈南洲大半夜进了急诊，需要家属签字，姜妈妈打电话给沈老爹，喜提"诈骗犯"的称呼。

好在百般解释后，又听到了沈南洲的声音，沈老爹赶来了医院。

不过沈老爹真不愧是个生意人，面对刚被自己称呼为"诈骗犯"的姜妈妈，以及被自己误会为儿子早恋女友的姜晏汐，像个没事人一样，一个劲儿跟姜爸爸姜妈妈握手，感谢他们收留不成器的儿子。

躺在床上，奄奄一息的沈南洲半撑开眼睛，发现赶过来的老爹似乎并不在意自己的死活，一个劲儿对姜晏汐进行商业吹捧。

"哎哟，多好的孩子，不像我们家那个不省心的，简直叫我折寿哟！"

"要是我能有这么好的孩子，我现在的生意不做了都成，专门给他在家烧饭！"

当时的姜爸爸和姜妈妈就没见过这么热情的人，手足无措地站在那里。

沈老爹是个典型的"社牛"，当时躺在病床上的沈南洲怎么想的？

少年沈南洲无力的捂起了脸，把脸撇到一边去，希望暂时从地球上消失。

馄饨很快煮好了端上来，沈南洲默默咬了一口荠菜馄饨，心里想，丢人的往事不值得回忆。

但是仔细回想，竟然从那么早开始，他在面对姜晏汐的时候，就已经无法拒绝她了。

很少有人知道，沈南洲虽然看上去桀骜不驯，用沈老爹的话来说是个犟脾气，要他去迁就别人，那绝不可能！

可是沈南洲在面对在意的人的时候，会下意识地隐藏自己真实的喜好，而跟着对方走，尤其是那些和对方相斥的喜好和习惯。

究其原因，是沈南洲父母失败的婚姻。

沈南洲父母的婚姻并不成功，甚至说得上是很失败。

从沈南洲的记忆里来看，沈老爹和沈老妈之间永远只有无止境的争吵，反倒是离婚后，关系变得和谐了很多。

沈南洲小时候，不止一次听两边的亲戚讲，他爸爸和他爸妈是两个世界的人，根本就不合适。

一个是充满铜臭气息的商人，俗称"煤老板""暴发户"。另一个是优雅美丽的艺术家。

本是两条平行线，硬要扭在一起，最后的结局只能是渐行渐远。

所以沈南洲天然没有安全感。有时候觉得自己可能就像他爸留不住他妈那样，即使能和姜晏汐在一起，也留不住她，因为他们不是同一个世界的人，强留也没用，反而成怨偶。

所以最开始的时候，沈南洲只是想远远地看着她，可人总是越来越贪心，又奢求能和她在一起。所以他下意识地去靠近她的喜好，就像那一碗猪肉虾仁馄饨，明明不能吃却还要勉强，宁愿委屈自己也不说。

沈南洲吃着荠菜馄饨，心里想，她知道自己不能吃，也不喜欢吃猪肉虾仁。

他的心里突然泛起一股微微的涩意。

世上怎么会有姜晏汐这么好的人呢？就连沈老爹也不能注意到他对虾仁轻微过敏。

姜晏汐明明不喜欢他，却还是记住了他的口味。

为什么……她就不能喜欢他呢？

她要怎么样才能喜欢他呢？

当沈南洲把这一问题拿去问简言之的时候，简言之嘲笑他：她都不知道你喜欢她，你不试试怎么知道结果？我之前是不是说过，你再这样下去，人家姜晏汐迟早要跟造火箭的在一起！你看看，我说得没错吧，现在人造火箭的不就出现了吗？

孤陋寡闻的简言之并不知道航天不等于造火箭。

简言之在微信上回复他：这样吧，兄弟，我给你指个明路。我在同学聚会上给你制造机会，你这次可不许打退堂鼓，直接给我冲就完事！

/ 5 /

同学聚会在下周六，也就是第一轮实习结束后的下一周。

为期两周的第一轮实习结束，实习生们各自通过所在科室的考核，有了短暂一周的休息时间。

在这一周的休息时间，后期加班加点把第一期节目剪了出来，然后邀请几位嘉宾在观察室共同观看，再将他们的实时反应剪进去。

节目里的线上嘉宾一共有五位，其中有两位都是有医学背景的，一位是已经退休的国内肝移植领域的大佬，冯教授；另一位是从医学专业转行的前麻醉医生，唐医生。

另外三位嘉宾多少跟娱乐圈沾点边，一位是前央视综艺节目主持人李丹，一位是知名男演员康凯，另一位就是沈南洲。

鉴于节目组实在资金匮乏，所以直接从嘉宾里拽了一个人当主持人，按理说，专业对口应该是李丹来当主持人，不过想想李丹那张嘴，节目组怕了，转而选择了康凯。

康凯在圈内是个让人挑不出毛病的老好人，节目组跟他说了这事，他爽快地答应了，还尽心尽力地收集资料，在每一位嘉宾露面的时候，不遗余力地夸奖。

冯教授因为时间问题，是参与的线上录制，节目组很重视这位大佬，给他搞了个超大号高清投屏，康凯更是给他写了三页纸的介绍词。

当冯教授不苟言笑的脸出现在大屏幕的时候，康凯连忙介绍："这位是我们的冯院长冯教授，是我国知名肝移植方面的专家，在过去二十几年里，攻克了无数科研难题，拯救了无数患者的生命……"

然后康凯像报菜名一样报冯教授的荣誉奖项，过了五分钟还没有念完。还是视频里的冯教授摆摆手，说："小康啊，不用介绍那么多，先介绍其他人吧！"

康凯这时候才读了一页纸，颇有些遗憾地停下，继续寻找他的二号商业吹捧目标。

"这位是唐医生，之前就职于海都大学附属瑞山医院，是一位麻醉医生，如今在网上以'芝麻医生'这个账号为我们所熟知，做了许多有趣的科普小视频……"

"这位就不用我向大家介绍了吧，国内知名明星，坐拥千万粉丝的沈南洲，这次也是他的综艺首秀……"

大约同是圈里人，康凯面对沈南洲的时候用一种调侃的语气，说："从前圈里流传一句话，说你沈南洲绝不参加综艺，可以问一下，这次是为什么要决定参加这个综艺吗？"

正常回答无非是说，这个综艺有特殊的教育意义，所以改变了想法。

但沈南洲幽幽地说:"公司欠了导演人情,这个问题你大约要问汤导。"想了想,他补充道,"不过我之前并没有说过我不参加综艺节目。"

除了演唱会以外,沈南洲并不喜欢在人前露面,所以他拒绝了很多综艺节目。不过他也没在公众场合说过自己不参加综艺节目就是了。旁边一直面无表情的李丹突然笑出了声。

面对康凯看过来的视线,李丹只是轻描淡写地说了一句:"没什么,我只是突然想到了好笑的事情。"

面对康凯冗长的商业吹捧,大家都想快点跳过,毕竟节目组给的商务费是固定的,早点拍完不好吗?再这样下去,人物介绍都要有快一小时了。不过康凯这么积极也是有原因的,他之前拿了最佳男演员的奖项后,就回去陪老婆生孩子了,娱乐圈更新迭代快,康凯又没有什么强有力的背景,所以想着上这档节目吸一点人气,攒一点观众缘,顺便再看看有没有导演看上他。

康凯就差在额头上贴张纸:便宜好用,电视剧电影速来。

不过他人不坏,顶多有些缺心眼。面对这几位节目嘉宾也是真心赞扬,尤其在面对沈南洲的时候,想起他从不上综艺的习惯,还有最近圈里那些传闻,缺心眼的康凯心想,大约沈南洲也是日子过得不景气,所以故意那么问,想给沈南洲一个攒观众缘的机会。

反正就随便说说,表达一下对医学专业的尊敬,再说几句希望更多人了解医生这个行业的场面话。但是没想到沈南洲同样耿直,直接说是公司让他上的。

哎哟,这实诚孩子。大家不约而同地想,脑袋不灵光的傻孩子,怪不得星扬娱乐不放他走呢,上哪去找这么好的摇钱树?

康凯继续介绍:"这位是鼎鼎有名的主持人……"

话还没说几句就被李丹打断了,她人狠话不多,微笑道:"我是前主持人李丹,现在是一名自由媒体人。"

李丹对康凯没意见,只是这一长串商业吹捧听得她起鸡皮疙瘩,还是算了吧。

康凯也不在意,兢兢业业地跟着节目的流程走,说:"好,那现在我们就看一下实习生在第一个科室的表现。"

康凯摁了一下遥控器开关,面前的显示屏开始播放实习生面试的片段。

首先就是谢含章穿手术衣被骂的片段。

屏幕亮起的瞬间，是鞋子在光洁的地板上走过的声音，然后迅速转向长长的走廊，一个快速的长镜头，迅速进入了会议室。

镜头从下而上，显露出了三位导师的真面目。

桌子上的铭牌写有他们的名字和职称。

康凯首先吃了一惊："姜主任好年轻！"

视频里的姜晏汐坐在麻醉科方主任和肝胆胰外科的高主任之间，好像打在她身上的光格外亮一些。她穿着修身的白大褂，人虽坐在那里，背是挺直的，头发乌黑亮丽，和旁边快要秃顶的高主任形成鲜明对比。

姜晏汐的五官很端正，像古典画卷里的仕女，但别人第一眼看到她，最先注意到的是她的气质，反而忽略她的容貌。

她是典型的学霸气质，大约就是别人一瞧她就知道她读了很多书。

做医生的时候，即使看着年轻了些，头发多了些，可她一说话的时候，大家又觉得这是一位可靠的医生了。

康凯开玩笑说："看来姜主任是驻颜有术，我听说要想在海都大学附属医院当医生，最起码要博士学历，这样算下来姜主任该有三十几岁了……若是有机会见到姜主任，一定向她讨教如何驻颜有术，我可太羡慕了。"

李丹说："这是基因问题，七分天注定，三分靠打拼。"一句话噎死了康凯。

李丹微笑："你想要见姜主任，或许可以去挂一个脑外科的专家号。"

康凯连忙摆摆手："那还是算了，我最怕见医生了。"

冯教授说话了："姜医生很优秀，先前她从国外回来，我们医院也想争取她，结果被老时给抢走了。"

冯教授嘴里的老时就是时院长。冯教授和时院长都是国内肝移植领域的专家，两个人也是多年的好朋友。

冯教授说："姜医生是年轻有为，不是驻颜有术，别把人家说老了。"

明眼人都看得出来，冯教授在提到姜晏汐的时候，没有刚才那么严肃了，反而还起了一些小玩笑。

节目组也是蔫坏的，给其他人都打上了年纪，唯独在姜晏汐名字旁边打上了一个问号。

不用想，到时候又会有一个新的微博热搜词条——"海都大学附属医院姜主任年纪"。

……

视频继续播放着,很快第一个实习生谢含章进入了会议室。

视频里,他去捡垂落的手术衣带子而受到高主任训斥,站在那里不知所措的时候,录制室的气压都低了几分,大家都会有不由得屏住呼吸,高主任的气势所摄。

康凯还假装抬手擦了擦汗,说:"看这个视频,感觉我变成了实习生。不过为什么高主任会那么生气呢?"

康凯一并替屏幕中的观众问出了他们的心声。

前麻醉医生唐医生回答:"对于外科而言,无菌观念是很重要的,如果不能严格遵守无菌观念,很有可能使患者发生感染,危及性命,是马虎不得的。这表面看是穿脱手术衣,实际上是高主任在考他的无菌观念,进手术室的人要每时每刻把无菌观念刻在自己的脑子里。

"从前我还在医院工作的时候,经常会有进修医生来手术室学习,他们有一个共同的特点就是无菌的意识很差,事实上,这是外科手术至关重要的问题,必须从一个学生开始进入临床的时候就要强调。不过他没有什么进手术室的经验,虽然是在临床工作的专硕,但毕竟是内科,可能轮转的时候也不进手术室,对穿手术衣不熟练也是正常的。"

唐医生这么一解释,大家就明白了。

冯教授严肃的补充:"这个学生不够沉心静气,还需要好好磨一磨性子,无菌观念也要好好学一学,就算是内科,也不能不知道无菌观念。"

康凯及时搭上话:"看来小谢同学需要学习的地方还有很多,相信跟着这几位优秀的老师,一定能够在这段实习中受益匪浅。"

不过这些嘉宾谁也没想到,在这几位实习生的表现中,谢含章的表现不是最差的,可以说后面的实习生一个比一个惨不忍睹,大约是因为他们大多是学硕,或者像罗月文这样是本科生,临床的经验更少。

康凯说:"看样子目前实习生的表现并不能使几位主任满意,他们需要学习的东西还有很多,让我们拭目以待他们的成长。"他开玩笑说,"我看高主任训人训到最后,都不想训下去了,你看最后一个实习生,他都没有生气,这还是我们刚开始看到的高主任吗?"

这时候,后期适时给高主任头上加一个表情包,配字幕:生气且无奈。

面试结束后,就是对各位选手的单人采访,其实当时每个人都采访了半个多小时,但剪到正片里每个人也就两三句话。

之前闹出那事,谢含章虽然退赛了,但他的镜头拍了不少,本着不能浪费的原则，导演组商量了一下，准备把谢含章的镜头剪辑一下，还是放出来。谢含章后面退赛，到时候剪节目的时候，再换一个明面上的理由，毕竟之前舆论搞得那么大，大家也都知道是怎么回事。

至于谢含章在节目组的那些阴阳怪气，节目组想了想，也没有全剪掉，适当地放出来一些。

毕竟后期把谢含章和李拾月这一组拿给导演看的时候，小宋导演不必说，汤导和总导演也觉得这一组充满爆点。

俗话说得好，反派虽然讨厌，但是总是失败的反派会莫名充满一种喜感。

比如每次暗戳戳针对李拾月的谢含章，结果李拾月根本就没有领会他的意思，正儿八经地噎了他一把，导演越看越觉得李拾月是个妙人了。

从前没觉得，现在看来李拾月分明很有综艺感嘛。

看完选手们面试的视频，以及后面的单人采访，康凯问几位嘉宾："不知道大家对这几位有什么想法和看法？最期待看到哪位实习生的成长？"

"我觉得谢含章蛮不错的，人生经历很励志，而且从这几位实习生面试的表现来看，他其实还算很不错的，看得出来应该也是一个很努力的人。"他挠了挠脑袋，笑着说，"而且这小伙子长得也挺帅的。"

谁知道他说完这话后，录制室陷入了一片沉默。

康凯还没察觉出不对劲儿，毕竟本来其他几个人说话就不多，还兴致勃勃地问李丹和沈南洲："丹姐，南洲，你们觉得呢？"

李丹说："这才是一个面试，我再看看。"

她的意思就是不发表任何意见。

李丹一向在圈内以直爽出名，她都这么谨慎，按照道理，向来不爱多管闲事的沈南洲更不会发表什么意见。

谁知道沈南洲竟然开口了，他神色有些冷，虽然脸上在笑，但笑意不及眼底，说："我觉得他得失心太重，比起技术，更需要学习怎么做人。"

录制室陷入了比刚才更为长久的沉默。

/ 6 /

场外的工作人员面面相觑，沈南洲是在公开怼谢含章吗？难道是因为之前的事情替姜主任抱不平？虽然，但是……有一点爽怎么回事？

•• —— 263

工作人员表示他们也不爽谢含章很久了，看来沈南洲真是个直性子，旁边的李丹都故意避过此事了，沈南洲却发表了自己的意见。

勇！真的勇！毕竟现在这个社会多说多错，事情已经过去，沈南洲作为大明星在说些什么，总归是不合适的，难免会被别人抓到错处，说他太过刻薄。

不过康凯也真的虎，竟然公开夸起了谢含章。

一时间，竟没人接这两人的话。

最后是冯教授开口了，他没说什么实质性的内容，但是倾向沈南洲这一边的。他说："学医先学德，这句话是没错的，做医生除了技术，更要注重个人修养。"

偏偏康凯还是没反应过来发生了什么事情，颇为赞同地点头："冯院长说得是。"

而这一段后来播出的时候，让网友爆笑不已。

这个片段竟然也让康凯意外地再次火了一把，还接到了一个角色，是一个充满喜剧感的人。

当然了，也会有人质疑康凯是不是装的，毕竟这事上过那么多个热搜。可节目里李丹直接问康凯："康哥，你最近看微博热搜了没？"

在场所有人都知道李丹问的是什么事情，只有康凯挠了挠头，说："你嫂子刚生了孩子，我从前不知道刚生下来的小孩子这么难带，每隔几个小时就要喂一次……哎哟，我这些天忙得真是，哪儿有空看手机？"

康凯说着这些话，脸上却洋溢着幸福的笑容，显然乐在其中，他说："我家小金鱼那么小，我还真舍不得离开家，这不是要给孩子赚奶粉钱嘛！"康凯还真是这些人中唯一不知道此事的。

大约是康凯脸上的幸福太有感染力，沈南洲竟忍不住问："刚生下来的小孩子是不是特别耗人精力？"

康凯说："你想想她才那么小，离不开大人，一不小心吹了风，受了凉，又不会说话，那可就麻烦了！带孩子特别累人，要我说，还是得咱们男人来才行！"

康凯十分自豪自己奶爸的身份，甚至于后来沈南洲扫他微信加好友的时候，发现他的微信名字叫"超级奶爸"。

第一期节目的嘉宾观察室一共录了三天，节目组定下的开播日期在下下周末，也就是实习生第二个科室快结束的时候。

嘉宾录完，剩下的事情就交给后期了，由于谢含章这么一个特殊存在，秃头后期剪了又剪，既要保持一定的冲突，又不能让谢含章讨厌的画面太多，让人看了糟心。

结束录制的那个周六傍晚，天边有大片的火烧云，沈南洲开着车，在医院附近的停车场等姜晏汐。

他其实早早就到了这里，估摸着姜晏汐快下班的时候才给她发了微信：*我在停车场等你。*

刚到这里等她的时候，沈南洲就给简言之发了信息：*你们什么时候到？*

简言之不知道最近在搞什么，回消息总是很慢，今天一直都没有回复。

突然听到有人敲他的车窗。

车窗摇下来后，他看到姜晏汐。

她今天穿了一身红裙子，她甚少穿这样鲜艳的颜色，红得像火，更像是沈南洲心中某种激烈的情绪。

她仍是素净一张脸，只是把头发放了下来，但是也没有被这鲜艳的红裙子压住，反而更衬得她皮肤白，往那一站，似乎满室生辉。

姜晏汐看到沈南洲的那一瞬间，露出了淡淡的笑意。

沈南洲在心里深呼吸两下，想起简言之教自己的不要怕，故作平静地说："走吗？"

当她打开车门，向自己靠近的一瞬间，沈南洲的心又不受自己控制地乱跳了。

今天的姜晏汐似乎格外美丽。他就像情窦初开不敢看她的毛头小子，只敢用余光去瞥她的侧脸，他鼻尖萦绕某种幽香，似乎是从姜晏汐身上飘过来的。沈南洲努力寻找话题："你也喜欢木质香吗？"

姜晏汐说："是顾月仙给我的。"她凑近自己衣服闻了闻，说，"是有些奇怪吗？"

"不。"沈南洲说，"挺好闻的，我喜欢木质香。"

木质香的感觉就像姜晏汐给他带来的感觉，清淡且从容。

姜晏汐说："如果你说的木质香是这种味道的话，那我也觉得很不错。"她问，"对了，今晚的晚饭是七点开始吗？"

现在是下午五点钟。

沈南洲却吃了一惊："不是六点吗？"

姜晏汐说："群里的消息是这么通知的。"

沈南洲赶紧将车停下来,在路边打双闪,说:"我问一下简言之,时间和地点都是他通知我的。"

刚打开手机,沈南洲就看到了简言之给他的回复:啊,我记错了,今天晚饭要七点开始不是六点,要不然你们先去附近逛逛?

简言之还贴心发了一个链接来:这是附近的一家手工奶茶店,要不然你们先去买杯喝的?

沈南洲有理由怀疑简言之是故意的,但是他没有证据。

沈南洲说:"是我记错了,七点才开始,现在去的话,可能有些太早了?"又鬼使神差地说,"要不然先去买喝的?"

"好。"

于是沈南洲直接导航到了简言之说的那家奶茶店。

这是一家坐落于广场一楼外围的奶茶店,里面的老板是一位盲人,耳朵也不太灵光。

店内并没有扫码点餐,只能去柜台用现金,菜单是手写的,上面画了许多憨态可掬的小猫咪,正好与这个奶茶店的名字相呼应——猫爪奶茶店。

沈南洲给自己点了一杯手打柠檬水,问姜晏汐:"你要喝点什么?"

姜晏汐说:"黑糖珍珠奶茶,去冰,不加糖。"

在旁边等奶茶的时候,姜晏汐翻起了柜台上的手写菜单。

沈南洲问:"你在看什么?"

姜晏汐抿唇笑:"想起了一个同样擅长画小猫的人。"

第十章

DI ER CI
XINDONG

去见你时，带上鲜花与爱情

年少时那些不为人知的情窦初开，随着那一沓沓画纸被压入箱底，但是好像，如今可以重见天日了。

/ 1 /

提起擅长画小猫的人，沈南洲有一瞬间的局促，他初中那会儿叛逆，故意不听课，不过他不听课的方式，并不是打扰其他人，而是自己一个人默默在书的页脚上画小猫。

沈南洲是有些艺术天赋在身上的，在此之前，他没有系统学过画画，是对色彩与动作有一种敏锐的捕捉能力，他画在页脚上的那些小猫，甚至可以在迅速翻动书页的时候连成动态。

用沈老爹的话来说，这就是街头卖艺的本事，然后狠狠把他骂了一顿。

从此之后沈南洲上课，除了画小猫，再没干过其他事。

但由于沈南洲不听讲的方式和其他人都不同，在讲台上的老师看来，他一直在埋头奋笔疾书，还以为他在认真记笔记，竟也没点过他名。

直到姜晏汐给他辅导物理的时候，发现了他物理书上的"蹊跷"，当时的小沈很拽，梗着脖子，大有一副我就是没听讲，你能拿我怎么办的态度。

他像一只虚张声势的纸老虎，明明是有些在意她的看法，却装出什么都不在乎的样子。

当时的小沈心里想，她这样的好学生，大约也是瞧不上他此番自甘堕落不务正业的行径。

但是姜晏汐只是把书塞给了他，说："挺好看的，下次也给我画只小猫吧。"

沈南洲直接震惊到失语，然后又听她说："不过就别在课上画了。"

少年一下子嚣张不起来了，竟然乖乖把书接回去，低声说了一句："好。"

后来少年小沈在家里画了无数张小猫草图，等着姜晏汐和自己讨要。

但她再没提过，他也没能送出去。

沈南洲无意识地向手掌内弯曲手指，轻轻摩挲手掌，说："你如果喜欢的话，我也可以给你画。"

姜晏汐想了想问："会不会太麻烦？"

沈南洲最近又要拍节目，又要跟节目，让他花时间在这种无意义的事情上，好像挺过意不去的。

沈南洲说："不会，用不了多长时间的。"

然而说完这话回家后,沈南洲画了一屋子小猫,以至于 Leo 来找他汇报解约进度的时候,差点以为走错了地方。

沈南洲看她,说:"那你记得到时候跟我要。"

沈南洲在心里默默补充了一句,不过这一次就算你不说,我也会说的。

年少时那些不为人知的情窦初开,随着那一沓沓画纸被压入箱底,但是好像,如今可以重见天日了。

正说话的时候,两杯奶茶做好了。

姜晏汐起身去拿,沈南洲随后站起。

盲人老板把东西打包给他们,她看不见姜晏汐和沈南洲,但是听声音能听出来是一对年轻的男女。

她跟姜晏汐说:"果茶是您男朋友的,奶茶是您的,请拿好。欢迎下次光临。"

盲人老板把他们当成一对年轻的情侣,这是盲人老板开店多年的直觉。

喜欢一个人的时候,和她说话时候的声音都是骗不了人的。

沈南洲想要解释,姜晏汐却从盲人老板手上接过两杯奶茶,笑着说:"谢谢您。"

沈南洲的心开始猛烈跳跃起来,她为什么没有否认,也没有解释?

沈南洲说服自己尽量冷静下来,比如说姜晏汐不是喜欢解释的人,又比如说只有一面的人,姜晏汐觉得没有必要解释。

但只要有那万分之一可能,沈南洲就忍不住为这个可能欢欣雀跃。

买完奶茶,两个人再去饭店的时候,时间刚刚好。

同学聚会的地址在陆家楼 12F 西贵宾厅,是简言之负责联系的,姜晏汐和沈南洲到的时候,里面已经有一些同学了。

初三(20)班一共有五十几位同学,不过今天本班来的也只有二三十个人,这已经算得上是简言之神通广大,才能把人都联系上。

除此之外还有一些同年级不同班的人,很明显是听说姜晏汐和沈南洲要来,各有算盘。

不过说实话,在姜晏汐和沈南洲到之前,每一个进来的人必先张望一番,看看大明星和大医生有没有到,即使坐下来谈笑风生,也用余光瞥着门口。

参加过同学聚会的人都知道,同学聚会嘛,也就这么一回事,出人头地的站人群中央滔滔不绝,默默无闻的往角落一躲,一言不发,更多的基

269

本上是一见面就吹牛。

正当大家吹牛吹累了的时候,姜晏汐和沈南洲进来了,俊男美女,自带打光。

他俩一进来的时候就跟所有人的画风都不一样,好像光线都格外眷顾他们,他们的皮肤都是柔焦的。

沈南洲穿了一身黑西装,长腿薄背,像极了世家排行老二的贵公子,慵懒闲散,不用为家族企业操心,是那种威胁人也要光明正大地拿着刀子威胁,并不藏着掖着。

姜晏汐则穿了一身红裙子,裙长恰好及膝盖以上,她的肌肤印在这红绸缎上,白得发光且似玉的质感。她把头发放了下来,乌发如墨凝,和平时相比,多了几分摄人心魄。

两个人是一起走进来的,其实仔细看,沈南洲有意让姜晏汐半步,让她走在自己的身前,但或许是视线问题,从某些角度来看,竟像是两个人挽手而来。

一时间大厅里陷入了沉默,打扑克牌的放下了扑克,喝茶的放下了茶杯,聊八卦的吃惊地捂住了嘴巴。

不过大家也都不是十几年前的少男少女了,在职场上摸爬滚打,已经练就了泰山崩于眼前面不改色的技能,虽说心里有些小小的八卦,小小的震惊,但每个人还是收敛好情绪,继续谈笑风生起来。

"王老狗,你初二借我的十块钱还没还呢!"

"最近在哪里发财?"

"你和你男朋友下半年要订婚了?"

"恭喜恭喜呀,现在是大老板了,这不巧了?有笔生意想找你谈谈。"

……

同学聚会是什么?

是春风得意后找老朋友吹吹牛,嘚瑟一下如今的好日子;是看看曾经强过自己的人现在又是否过得比自己好;是看看曾经的老同学里还有没有可以相交的人,拉近关系,促进生意。

成年人的情感交流并不影响利益交换,大多数时候是两条线并进的。

当然了,要说这些老同学里,最有认识价值的非姜晏汐和简言之莫属,当然了,沈南洲也不赖。

姜晏汐是国内大三甲的医生,常言道,认识医生好办事,谁还没有一个头疼脑热?

简言之那小子,听说他发了财,趁着前些年风口早早在海都市买了房,如今身价很高了。

至于沈南洲,虽然不如姜晏汐和简言之能提供实质性的帮助,但认识大明星,说出去也好听嘛!而且人都是有趋从性的,见到了沈南洲,即使是不追星的人,也忍不住上来要个签名。

一时间,这三个人被围住了。

围堵姜晏汐的人是最多的,七嘴八舌地跟她打招呼,恨不得现场拿出医保卡让她挂个号,再把七大姑八大姨的病也给看了。

而沈南洲由于不笑的时候冷着张脸,浑身上下散发一股疏离,大家瞅瞅他,又不敢上前了。

/ 2 /

沈南洲瞧见被大家围在中央的姜晏汐,径直把她拉了出来,嘴上开着玩笑说:"大家要是想找姜医生看病,可以去医院挂号,今晚是同学聚会,总说一些生病的事情,恐怕不太好。"

他语气平和地说这话,然而怎么听都有一些阴阳怪气。

而另一边的简言之,本来就是生意场上的人,面对老同学的围堵,圆滑得就像是狐狸一样,和人谈笑风生,但就是让别人占不到便宜。

他听着这些免费的吹捧,十分驾轻就熟了,还有些飘飘然。

不过在注意到好兄弟那边的情况后,简言之适时上来解围:"今天同学聚会,就不要老谈论工作上的事情了,你们老这样,围着姜医生算怎么回事?看来过了这么多年,在大家眼里,还是姜班长最受欢迎啊!"

简言之先给大家安排座位:"今天咱们一共四十多个人,分三个桌子坐,大家是觉得男女分开坐,还是混合坐?"

几个大胆的女生先起哄:"我们要跟帅哥坐!"她们跟简言之说,"你快给我们桌安排几个还单身的帅哥呀!"

简言之笑着说:"那行,有对象的男女分开坐,单身的男女坐一桌。"

不过实际安排的时候还是遇上了一些困难,因为这将近四十个老同学,只有十来个有对象,剩下的都是单身,也就是说,最后只能混合坐。

于是,每一桌都是半边男生,半边女生。

简言之分桌子的时候，特意给沈南洲走了后门，把沈南洲和姜晏汐分在一桌的边上，刚好靠在一起。

俊男美女，格外赏目，不知道有多少人吃饭的时候，偷偷往他们那瞄。

当然了，大家心中也升起一个疑惑，他们两个是什么关系？

在谈恋爱吗？好像又不太像。更何况一个医生，一个娱乐圈明星，看上去不是一个世界的人。

饭桌上就有人问了："姜班长，我敬你一杯，多年不见，你还是如此优秀。"他高举酒杯，一饮而尽，"我干了，班长随意。"

姜晏汐酒杯里装的是饮料，她抿了一口，点头致意，她记得这位男同学的名字，但对他只有一个模糊的印象。

确切地说，除了沈南洲，其他人在她的记忆里都显得那么死板，好像只是单纯因为她的好记性留在她的记忆里。

姜晏汐为这一发现感到吃惊，从前她觉得对沈南洲或许只是同学情谊，可今天见了这些老同学，她突然意识到，沈南洲是不同的。

这时候便听得有人问："班长，你刚才怎么和沈南洲一起走进来？你们现在还有联系吗？"

不过这话没用姜晏汐回答，坐在她另一边的女生帮她回答了那位男生："黄老板，一看就知道你日理万机，没看新闻，最近樱桃卫视有一档医疗职场综艺要播出，就在班长现在工作的医院里拍的，沈南洲是明星嘉宾，两个人有工作上的交集，拍完节目一起过来不是很正常吗？"

其实大部分初三（20）班的同学是知道这件事情的，毕竟他们还有不少人在微博发声了，再加上这位女生一解释，其他人的疑虑消失了。

也是，姜班长和沈南洲看着画风就不一样，如果他们之间真有什么关系，也实在太可怕了。

虽然那些年，学校里并不是没有传过他们的绯闻，但那都是传沈南洲单相思，可从来没有人说过姜晏汐对沈南洲有什么感情。

姜晏汐发现后来吃饭的时候，自己旁边的女生一直在偷看她，她索性大大方方地看了回去，把那女生吓了一跳。

那女生反倒偷偷脸红了："姜、姜班长。"

姜晏汐回忆了一下，发现她并不是初三（20）班的同学，微微有些疑惑："你是？"

女生涨红了一张脸，有些磕磕巴巴地说："我是邓燕燕，我、我……"

姜晏汐朝她笑了一下，她反而更紧张了。

邓燕燕低下头，颇为不好意思地说："我那时候不懂事，班长你别介意。我那时候鬼迷心窍了，其实我和沈南洲一点儿关系都没有，是我单方面对他有企图。不对不对，是不切实际的幻想，其实我压根也没和他说过话，和他一点儿关系也没……"

其实不光姜晏汐想不起来邓燕燕是谁，桌上的其他人也想不起来她。

然而沈南洲对这个名字有些熟悉。

坐在沈南洲旁边的简言之用手肘捣了捣他："这不是隔壁学校的那个女校霸吗？"

由于本次同学聚会有沈南洲和姜晏汐这两个传奇人物在，所以其他年级和其他班级的同学也找上门来，跟简言之说要联络感情。

简言之想着初中同学能联系上的本来就少，又恰好在海都市的不多，索性都同意了，最后也实在没想到竟然能凑出四十多个人来。

邓燕燕找上门来的时候，简言之并没想起来她是谁，毕竟他列表的好友实在太多了。如今见了她，一些陈年旧事才浮上心头。

邓燕燕是A城初级中学隔壁一中的女校霸，不过她初中的时候没有现在苗条，长得比较壮实，性格豪放，当年不知在哪儿见了沈南洲一眼之后，就放出话。

后来不知从哪儿传出了沈南洲和姜晏汐的八卦，邓燕燕生气地找上门去。然后……然后就没有了。

邓燕燕见了姜晏汐之后，脑袋里的想法立刻从"是谁那么大胆子"变成了"天啊，姜晏汐也是沈南洲敢肖想的？"。

总而言之，姜晏汐在她并不知道的情况下，收获了一枚小迷妹。

人人都有一段中二岁月，后来邓燕燕想起这段在学校之间大肆传播的中二时光，恨不得穿越回过去，一巴掌扇死自己。

邓燕燕变成姜晏汐的小迷妹后，一直内疚不安，想找个机会和她解释，可后来又听说姜晏汐和沈南洲没什么，松了口气，也没好意思主动找上门去。

唉，中二岁月害死人，她当初怎么就鬼迷心窍了呢？一定是被沈南洲的皮囊迷惑了。

前些日子，邓燕燕从朋友那里得知姜晏汐要参加同学聚会，赶紧来找简言之报名了，一方面是想借此机会见见女神，另一方面还是想和女神解释一下当年的事情。

不过女神好像不记得了。也对,年级上那些沸沸扬扬的八卦,其实也只是在对八卦感兴趣的人之间流传,要不然早就传到老师耳朵里了。

经验老到的同学们对此还是很有分寸的。

其实那时候的邓燕燕还知道一个秘密,沈南洲每天晚上都会在篮球场待到很晚,等到姜晏汐恰好从小黑屋补课结束的时候再离开学校。

邓燕燕撞见过他们走在一起,心里更觉得不安。

隔了这么多年,总算解释清楚了。

姜晏汐看着忐忑不安的邓燕燕,面前腼腆的女孩面孔看起来和过去的一中女校霸毫无关系。

她轻声说:"没关系,沈南洲有时候看着冷了一点,其实不会把这些事放在心上。"

而他们对话中的主人公沈南洲,只能看见姜晏汐低头侧耳,似乎在和邓燕燕说什么。

桌上的声音太嘈杂了,她们声音又小,所以沈南洲不知道邓燕燕和姜晏汐说了什么。

沈南洲有些紧张,下意识地看着姜晏汐。关心则乱,他太过在意姜晏汐,在意姜晏汐怎么想自己,他害怕邓燕燕说了一些不好的话。

大约是他的视线有些明目张胆了,邓燕燕突然轻拍了一下姜晏汐的手,然后靠近她的耳边,快速说了一句:"班长,沈南洲在看你欸!他是不是喜欢你?"说完这一句,她就迅速缩回去了,心想自己也算做了好事。

邓燕燕之前年轻的时候不懂事,竟然在两个学校之间放话,当然也给沈南洲带来了很多困扰。她心想,现在也算是助攻一把了,至于姜晏汐到底喜不喜欢沈南洲,沈南洲能不能得到回应……嗯,看命吧。

因为邓燕燕的这一句话,姜晏汐有轻微的失神。

喜欢……吗?沈南洲是喜欢她的吗?

/ 3 /

或许她也应该问一下自己,她喜欢沈南洲吗?她有没有考虑过把沈南洲列入自己未来的计划之中?

这个时候其他桌有人来敬酒了,打断了姜晏汐的思绪。

是一个略有些发福的男同学,方才被其他人称为"黄老板",他端着酒杯,首先敬了一圈桌上的人:"好久不见,这杯我敬桌上的老同学,希望大家以后常来常往。"

一饮而尽后,黄老板又单独敬了姜晏汐,他不仅给自己斟了酒,还给姜晏汐倒上了,说:"你们当医生的肯定能喝酒,平时有人排着队要请你们吃饭,还请老同学给我这个面子。"

姜晏汐能喝酒,但是她不喜欢喝酒,她垂下眼眸,仔细思考了一下是否要喝这杯酒。

她想起从前有人对她说过:"JIANG,你这样实在太无趣了些。"

那么,一些人情场合,要不还是学习一下?

姜晏汐很快做了决定,毕竟一杯酒对她来说不算什么,只要不是触及底线的事情,她一向很随和。

姜晏汐伸手去接那杯酒,却在半路被人拦截了。

沈南洲接过她的酒杯,一仰头,倒入了自己的喉咙里,一滴不剩。

姜晏汐听见沈南洲闷咳了两声,好像是呛到了。她听见沈南洲开口,声音里有隐隐怒气,但又好像是自己的错觉。

沈南洲说:"谁跟你说医生就得会喝酒了?"

沈南洲其实不能喝酒,他从前胃就不好,还喝酒把自己喝到急诊过,但其实那次也就是普通人的酒量。但他的身体动作比他的大脑更快反应,在看到有人给姜晏汐劝酒的时候,火气噌噌往脑子里钻,想也不想就把酒给截下来了。

他面色不善地看着黄老板,他把姜晏汐当做什么了?拿酒场上那一套来和姜晏汐打招呼?

饭桌上的气氛有一瞬间凝固了,其余人大气不敢喘一声,毕竟沈南洲脸黑得可怕。

但其他人也有些埋怨黄老板,实在太过市侩了,姜教授是什么人?是天才医生是国家栋梁,拿酒场上那一套逼人喝酒,也太恶心人了。这是想结怨还是结仇啊?

不过沈南洲反应怎么这么大?记性好一点的人,不由得想到了当年的那些八卦。

当年有传闻沈南洲给姜晏汐写过信,被其他人捡到了,姜晏汐温柔善良,知道这件事后没公开说过什么,但听说私底下拒绝了沈南洲。

不过这些传闻真真假假,也没有人找当事人姜晏汐验证过。

/ 4 /

要不怎么说三人成虎?但凡这些人有一个去跟姜晏汐求证过,这些谣言也不至于十来年都没澄清,以至于同学聚会上大家又想起了这件事。

大家的目光齐刷刷落到了姜晏汐和沈南洲身上。

姜晏汐这个人吧,其实很少生气,只要不是触及她原则的大问题,大部分时候都是一笑而过。

初三(20)班的同学也从来没见过姜晏汐生气。

但姜晏汐看到沈南洲替她挡了那杯酒后,脸上的笑消失了,周围的人不知怎的,突然感觉气温骤降,还在心里嘀咕着,空调的温度调太冷了。

姜晏汐伸手拿走沈南洲手上的酒杯,往旁边的桌子上轻轻一放,对那位劝酒的男同学说:"常来常往就不必了。"

黄老板端着空酒杯愣在原地,不明所以:"姜主任?"

明眼人都看出来,姜晏汐是生气了,说话才如此不留情面。

不过也没有人同情黄老板,黄老板这嘴太贱了,上学的时候就爱开些不正经的玩笑,如今挣了几个钱,喝了几口酒,就得意忘形了。

大约是平时不生气的人生起气来更吓人,加上被姜晏汐落了面子,也觉得丢人,黄老板没有继续敬酒,灰溜溜回到自己的桌子上。

这一小插曲很快过去,大家继续喝酒吃菜,然而姜晏汐的心情却不如之前平静了。她记得沈南洲胃不好,是滴酒不沾的,这一杯酒是否对他身体有碍?

姜晏汐忍不住频频看他,低声问:"你还好吗?要不要提前走?"

沈南洲最开始是轻摇头,可不知什么时候,他的一只手就滑落到椅背上,以一种轻微的力度反撑着,支撑自己身体。他的手在椅背上滑了一下,然后不小心碰到了姜晏汐的手臂。

姜晏汐几乎是立刻就察觉了不对劲儿,她反握住他的手臂,让他支撑在自己的身上。

姜晏汐的语气里藏有一丝自己都不曾察觉的着急:"你还好吗?要不要去医院?"

沈南洲漂亮的眼睛里透露出些许迷茫,犹如懵懂的稚儿,不能理解她的意思。

姜晏汐不确定他是不是喝醉了,小声问:"你知道我是谁吗?"

沈南洲乖巧地点了点头,他迟疑地说:"同桌?"

高大的男人端坐在椅子上,双手放在膝上,莫名像一个规矩的小学生。

不过从外表来看,看不出沈南洲醉了,他坐在那里透露出一种生人勿近的气势,神情也比往常更冷淡了。

他冷淡的表情,配上他迷茫的声音,竟然有一种诡异的反差萌。

当姜晏汐伸出手,在他眼前挥了挥的时候,他下意识地抓住她,然后迷茫地回答了她的问题。

她是谁?姜晏汐是谁?他迟疑地说:"是同桌……"

剩下半截话他没有说出来。

姜晏汐松了口气,看来还有意识,她把手从沈南洲手里抽出来,低声说了一句"放手",沈南洲果真乖乖放开了。

他一动不动地坐在那里,似乎是酒意上了头。

这时候饭局酒局已经到后半场了,其余人要么是昏昏沉沉,要么在互相交谈,竟也无人注意到沈南洲和姜晏汐这边来。只有少数几个关注到沈南洲和姜晏汐这边,心道,沈南洲和姜晏汐是否太亲近了一些?

同学们的八卦之魂,熊熊燃烧,同时还有那么一点兴奋。

过了一会儿,沈南洲的眼睛渐渐清明了,他也就喝了一小杯酒,不过是很少喝酒,刚开始有些晕,等到身体吸收掉一部分酒精,意识自然回来了。

鉴于神智好像还没那么清醒,沈南洲站起来,和旁边的姜晏汐低声快速说了一句:"我去趟洗手间。"

在洗手间里,沈南洲用冷水扑了一下脸,刚才断片的记忆慢慢回来了。他松了口气,为自己刚才没有冒失说出什么话而庆幸;又有一种微微的遗憾,今天的姜晏汐似乎格外纵容,以至于让他生出了妄想。

沈南洲关掉水龙头,快步走出卫生间,与简言之迎面相撞。

简言之好像在走廊上打电话,最后语气激烈地说了一句什么。看到沈南洲,他拽着他愤愤不平地说道:"她竟然挂我电话!我还没追究她当年利用我的事!她现在还敢躲着我?"

沈南洲从简言之的生气里瞧出了委屈,突然思考到一个盲点,简言之给他出的办法真的有用吗?毕竟他自己的情感问题还没有解决呢,并且堪称一个失败案例。

277

/5/

简言之一巴掌拍在沈南洲的背上,把他神游的思绪拉了回来。

他说:"算了,先把你的人生大事搞定,我就不信了,到时候林甜甜还能忍着不出来?"

林甜甜作为沈南洲和姜晏汐的粉头,要是知道他俩在一起,多少得出来晃悠两圈。他拉起沈南洲说:"走,兄弟给你创造机会去。"

不过回到饭桌后,沈南洲才知道简言之说的机会就是玩真心话大冒险。

酒过三巡,饭也吃得差不多的时候,简言之提出来要玩些游戏,增加同学之间的感情,提出了要玩真心话大冒险。

有个女同学笑他:"大帅哥,这游戏早就过时了,还不如打扑克呢!"

简言之说:"经典永不过时!"他故弄玄虚,"我相信这么多年没见,大家一定有很多值得回忆的事情,说不定还有一些当年的遗憾,大家在酒局上就开诚布公,说真心话或者大冒险,大家自己选择怎么样?"

大约是气氛到了,大家最后也都同意玩这个游戏。

于是简言之叫来服务员,给他们另外安排了一个放游戏桌的房间,在这个房间正中央,有一个圆形绿色台面,上面有磁铁控制的旋转指针,当指针第一次停下的时候,指针指到的人要选择真心话或者大冒险。

指针第一次指到的人是邓燕燕,她想了想说:"我选择真心话吧。"

简言之露出了微笑,问:"当初给沈南洲的信是不是你写的?"

沈南洲的眼皮子猛然跳了一下,曾记得,某人说过要给他和姜晏汐制造机会,他就是这么制造的?

沈南洲下意识地转头看姜晏汐,却发现她正视前方,正在和大家愉快地参加游戏,好像也没有在意简言之的问题。

邓燕燕吃了一惊,连忙摆摆手:"不是我写的,我不知道这事。"她看了一眼姜晏汐,嘴里嘟囔了一句,"我给她写还差不多……"

邓燕燕嘴里的她自然指的是姜晏汐。

邓燕燕十分后悔自己年轻的时候不懂事,被沈南洲的皮囊蛊惑,见了姜晏汐后,突觉自己以貌取人十分肤浅,然后变成了为姜晏汐哐哐撞大墙的小迷妹。她觉得是人生一大憾事:不是个男孩子,要不然多少要追求一下姜晏汐。

邓燕燕的神情不似作伪，简言之颇有遗憾地说："那看来是个未解之谜了，来来来，继续转……"

由于邓燕燕是第一个被提问的人，所以下一轮由她叫停，摁下按钮，并且给下一个参加挑战的人下指令。

大约真是风水轮流转，下一个竟然是简言之，简言之选择了大冒险。

不过邓燕燕也没为难他，说："那你给你最近通讯记录的第一个人打个电话吧。"她补充道，"开免提。"

简言之的神色有一瞬间的僵硬，不过他想到刚才自己才给林甜甜打过电话，而林甜甜毫不留情地挂掉了他的电话。

估计自己打过去，林甜甜也不会接。思及此，他打开了手机，但是计划赶不上变化，电话竟然接通了。

手机里传来林甜甜暴躁的声音："简言之？你能不能别婆婆妈妈的？干脆一点！咱们都分手多少年了？我承认我前几天是有些色迷心窍，但是大家都成年人了，好聚好散不行吗？"

由于时隔多年，大部分人并没有听出来这是林甜甜的声音，但是这短短一分钟透出来的信息也足够劲爆了。

惊！情场老手简言之疑似翻车！

看样子，简言之竟然被始乱终弃了，好像对方只是玩玩他？天哪，这是何方勇士？

谁不知道，简言之是万花丛中过，片叶不沾身，高中的时候换女朋友换得贼勤快，大学的时候听说收了心，但是被那时候的女朋友甩了，从此再也没谈过恋爱。

难道就是电话里这个女人？简直是我辈楷模。

林甜甜说完那番话后就把电话挂了，不过在挂之前电话里还传来一个男人的声音，亲昵地问她："哦，honey（亲爱的），是谁啊？"

林甜甜："一个讨人厌的家伙。"

"嘟——嘟——嘟——"电话被挂掉了。

/ 6 /

很明显，这通电话挂掉之后，简言之周身的气压都变低了，变得很心不在焉，以至于过了一会儿匆匆起身说："我突然想起来今晚有急事，先走了，今晚的钱我已经付过了，大家玩得愉快。"

简言之一拱手，以示歉意。

大家都表示理解，大老板嘛，走得这么匆忙，肯定是有生意要谈。

就是简言之脚步急匆匆，好像家里房子着了火。那可不，他再去晚了些，老婆就没了。

虽说简言之走了，但他临走前把事情都安排好了，钱也付了，所以他的离开并没有造成什么影响。

反而之前玩游戏的人上了头，越玩越兴奋，在指针的转动下，一个又一个秘密被爆出来，选择大冒险的也不轻松，就比如那个肥头大耳的男同学，被邓燕燕指定去包厢外找一个男生表白。

这个男同学也不是其他人，正是之前劝姜晏汐酒的黄老板。

黄老板涨红了脸，对邓燕燕说："这不好吧？"

邓燕燕说："玩游戏就要遵守游戏规则，黄老板不会玩不起吧？"她故意说，"还是黄老板不给我这个面子？"

这邓燕燕的身份也不同寻常，她之前能在一中做女校霸，是因为有个很牛的爹，听说是在道上混的，所以当初邓燕燕放话要追沈南洲，大家都对沈南洲报以深切的同情。

不过听说邓燕燕的爸后来生意也做得很大，现在是个大富商了，总而言之，邓燕燕是个不能得罪的人。

黄老板既然是生意场上人，也明白这一点，他万万没想到刚才用来为难姜晏汐的话，又从邓燕燕的口里反弹给自己了。

旁边的同学还在起哄："黄老板快去呀，不会是玩不起吧？"

黄老板只能捏着鼻子认栽，真去外头随便找了个男生，然后成功被扇了两巴掌。

游戏还在进行中。

这时候指针指到了沈南洲。

大家玩嗨了，也不再顾及沈南洲大明星的身份。

上一个同学问沈南洲："初二初三那会儿，有人撞见你写信给姜晏汐，是不是有这回事？"

沈南洲沉默了，他没有回答，看样子是想选择大冒险。

谁知道姜晏汐替他开口了："没有这回事。"

当年确实有人递过信给姜晏汐，不过那是个女孩子递完信就跑了，剩下沈南洲和姜晏汐面面相觑。

后来有人路过，便看到的是这一场景。

于是沈南洲写信给姜晏汐的谣言就这么传开来了。

那个女孩子在年级上是有一些精神疾病的，为了保护她，沈南洲和姜晏汐都没有提及那个女孩子的名字。

好事不出门，坏事传千里，后来谣言越传越离谱，变成了沈南洲写信被拒。

姜晏汐是有澄清过的，但是大家都不信，毕竟有人亲眼看到了沈南洲手里拿着信和姜晏汐站在一起。

如果信不是沈南洲写的，那会是谁写的？于是同学A继续问："可当初有人看见你拿着信向班长……难道你是替别人代为转交？"

当年的沈南洲和姜晏汐都不约而同地选择保护了那个女孩子，隐去了那个女孩子的名姓。

因为他们知道，有些时候大众的接受度没有那么高，如果女孩子写信给姜晏汐的事情被爆出来，这个女孩子也许会受到伤害。

哪怕只有一小撮人不理解，觉得她是异类而攻击她，对于本身精神脆弱的女孩子而言，已是一种致命的打击。

所以当年如此，现在亦如是，姜晏汐和沈南洲的默契再次高度重合了。

姜晏汐说："真心话只有一个问题，你现在是第二个问题了。"

同学A："不行不行，这个问题不是沈南洲回答的，是班长你回答的，班长你违规了！"

旁边人起哄："要么让沈南洲继续回答，要么班长你要接受惩罚！"

所谓的惩罚，就是喝下一杯用两种酒同时调制的饮料。

旁边的好事者把酒给倒好了，让姜晏汐自己选。无论是看班长喝酒还是听沈南洲的答案，都不亏。

唯一着急的大概是邓燕燕，她说："你们这群人太坏了，怎么能这么对班长，我来替班长喝！"

然而姜晏汐对邓燕燕笑了一下，伸手举起酒杯，一饮而尽，说："好了。"她面不改色地把空酒杯放在桌上，说，"现在可以继续了吧？"

姜晏汐不喜欢喝酒，不过她酒量挺好的，这大约是家族遗传。一杯高浓度的酒精下肚，她和平常也没有什么变化，要知道，她喝的可不是刚才沈南州喝的那一杯普通的酒。这杯调制酒度数高，后劲大，其余人都暗暗吃了一惊。

沈南洲更想伸手去夺，奈何动作太慢，后面只能暗暗观察着姜晏汐的神色，怕对她身体有什么影响。

谁也想不到姜晏汐这么干脆利落，大家猛烈鼓掌："好！不愧是班长！"

大家愈发觉得当年那封信是沈南洲写的，要不然他为什么不说？班长照顾沈南洲的面子，帮他撒谎，替他喝酒，真的是太温柔了。

于是大家不约而同想到另外一件事，看沈南洲这样子，莫非他现在仍然喜欢班长？

/ 7 /

要知道沈南洲现在已经是大明星了，在娱乐圈什么样的美人没有见过？

若真是如此，不知道是该羡慕沈南洲还是该羡慕班长了。

一时间，这群老同学竟然逮着两人猛薅起来，只要一有机会，各种各样的问题向他们抛过来，好似非要挖出来什么不成。

这边问沈南洲有没有谈过恋爱？理想型是什么？娱乐圈有没有人向他投怀送抱？另一边问姜晏汐，找对象是更看重脸还是更看重内在？在国外的时候有没有谈对象？

然后大家同时发现这两人都快三十的年纪，竟然一次恋爱也没谈过。

如果说姜晏汐是为了学业还能理解，毕竟年纪轻轻取得如此成就，除了卓绝的天赋，更要付出常人难以想象的努力。但沈南洲是为了什么？他一个娱乐圈的男明星，放着娱乐圈那么多美人不谈恋爱？

一般这种情况，不是心里有人了，就是这个男人不行。

姜晏汐也发现了，自己和沈南洲似乎成了大家盘问的重点对象，于是他们之间出现了一种奇妙的默契，愣是回答得天衣无缝，让想要吃瓜的群众找不到一点儿空隙。

问到最后，大家也放弃了，又玩了几轮游戏才结束，有人已经开始讨饶，说明天还要加班，必须得回去了。

一看时间，已经深夜十二点。

彼时，指针又转到姜晏汐，而提问她的是邓燕燕。

邓燕燕没有为难她，只问了一句："姜班长，你最近最喜欢的一首歌是什么?"

姜晏汐说:"是《仲夏夜之梦》。"说完,便发现邓燕燕的眼睛亮了起来了,她兴奋地说:"好巧,我也喜欢这首歌!我家里还有这首歌的整盘磁带!"

今晚邓燕燕一直坐在姜晏汐旁边,还替她挡了不少刁钻的盘问,姜晏汐看得出来,邓燕燕好几次为难黄老板,是为她打抱不平。

与此同时,姜晏汐终于在久远的记忆里,找到了有关邓燕燕的片段。

邓燕燕是A城中学隔壁一中的女校霸,长得腰粗膀圆,凶名在外,但她其实没干过什么坏事,相反还带着家里的保镖教训了几个敲诈学生的混混。至于说什么要抢沈南洲的话,那也是夸张了。邓燕燕完全是听说A城中学有这样一个美人,被人一激,说出了这样的话。后来还是被同样一个人一激,气势汹汹要去找姜晏汐,却在了解她之后自惭形秽。

而在姜晏汐的记忆里,是有一个可爱的胖姑娘经常躲在角落看她,有一次运动会的时候还买了一只雪糕给她。

那时候邓燕燕突然冲上来抱了她一下,然后眼睛笑成了月牙:"谢谢你,姜班长!"对于邓燕燕而言,她在姜晏汐身上看到了更好的自己,也因此成为更好的自己。

初中的邓燕燕想,世上怎么会有这么聪明又温柔的女孩子?姜晏汐是那样坚定地迈向自己的目标,而自己却认了几个小弟,在一中做校霸……

她之前还觉得做校霸是一件很酷炫的事情,后来恨不得把这段黑历史永久性删除。

今晚的同学聚会已经结束了,由于大部分人喝了酒,所以安排男同学和女同学结伴打出租回去。

分到最后的时候,剩下姜晏汐、沈南洲和邓燕燕,因为邓燕燕一直在拉着姜晏汐说话。

最后一个走的同学跟他们打招呼:"班长,我们先走了啊!要不你们三个就一起打车回去吧?"

然后原地就剩下他们三个人。

邓燕燕也有趣,刚才缠着姜晏汐说个不停,直接把旁边的沈南洲忽略成了空气,这个时候却又倒退一步,笑眯眯地朝姜晏汐招手:"班长,我就不跟你们一起了。"她说,"我家里有人来接我。"

这时,从远处开来一辆加长版的面包车,下来一排壮汉,是邓燕燕家的保镖。

邓燕燕飞快地跳上车,再次见到女神,她今天心满意足了,她不能再做女神的电灯泡了。

邓燕燕离开后,就只剩下了姜晏汐和沈南洲。

这里离医院不远,姜晏汐准备走回去,她和沈南洲挥手告别,然而一转头,发现他亦步亦趋地跟着自己。

姜晏汐于是停下来。

路灯下,他的眼睛里好像有光。他看着别处,就是不敢落在姜晏汐身上,他问:"今天你为什么要帮我喝酒?"

姜晏汐说:"当时那封信不是你写的,你是为了保护那个女孩子的隐私,我亦然如此。你不该受这些非议,不论是现在,还是以前。"

沈南洲突然看向她,说:"但倘若……我对你,并非问心无愧呢?"

(上册完)